BESTSELLER

Lauren Weisberger tiene una licenciatura de la Universidad de Cornell. Actualmente reside en Nueva York. *El diablo viste de Prada*, su primera novela, fue todo un éxito en Estados Unidos que se ha extendido a otros países desde su adaptación al cine.

Biblioteca

LAUREN WEISBERGER

Cómo ser lo más de Nueva York

Traducción de

Alexandre Casal Vázquez

Sílvia Pons Pradilla

DEBOLSILLO

Título original: *Everyone Worth Knowing*
Diseño de la portada: Departamento de diseño de Random House Mondadori/Yolanda Artola
Fotografía de la portada: © Stock Illustration Source/Getty-Images

Quinta edición: septiembre, 2007

Printed in Spain – Impreso en España

ISBN: 978-84-8346-300-0 (vol. 619/2)
Depósito legal: B. 34.027-2007

Fotocomposición: Comptex & Ass., S. L.

Impreso en Liberdúplex, S.L.U.
Sant Llorenç d'Hortons (Barcelona)

P 863000

A mis abuelos:
Esto debería ayudarles a recordar
la clase de nieta que soy

1

> «How does it feel to be one of the beautiful people?»
> [¿Qué tal sienta pertenecer a la gente guapa?]
>
> JOHN LENNON Y PAUL MCCARTNEY,
> *Baby, You're a Rich Man* (1967)

A pesar de que solo lo vi un momento con el rabillo del ojo, supe de inmediato que aquel animal oscuro que cruzaba como un rayo mi parquet era una cucaracha, la más grande y rolliza que había visto jamás. Antes de desaparecer bajo la librería, la bestia había estado a punto de rozarme los pies descalzos. Temblando, me obligué a poner en práctica las técnicas de respiración que había aprendido junto a mis padres, durante mi involuntaria asistencia a un curso sobre meditación y chakras. Tras varias concentradísimas inspiraciones en «cal...» y espiraciones en «... ma», conseguí que el ritmo de mi pulso se rebajara y, a los pocos minutos, ya me había repuesto lo suficiente para tomar una serie de medidas de precaución. Primero rescaté a Millington (también aterrada) de su escondrijo, bajo el sofá. Después, sin mediar interrupciones, me calcé unas botas de caña alta para protegerme las piernas, abrí la puerta del pasillo con la intención de invitar al bicho a partir de inmediato, y comencé a rociar todas y cada una de las posibles superficies de mi minúsculo apartamento con un insecticida extra fuerte matatodo. Sujetaba el bote de veneno como si de un rifle de asalto se tratara, y no dejé de disparar ráfagas hasta que sonó el teléfono, casi diez minutos más tarde.

El número entrante era el de Penelope. Habría rechazado la llamada de no ser porque me di cuenta de que ella constituía uno de los dos refugios posibles. Si la cucaracha conseguía sobrevivir a la fumigación y volvía a patrullar por mi salón, yo iba a necesitar quedarme a dormir con ella o con tío Will. Insegura acerca del paradero de Will aquella noche, opté, sabiamente, por mantener intactas mis líneas de comunicación y contestar al teléfono.

—Pe, estoy sufriendo el mayor ataque de cucarachas de Manhattan. ¿Qué hago? —inquirí, no bien hube descolgado el auricular.

—Bette, tengo... ¡noticias! —repuso ella, indiferente, al parecer, al pánico que me invadía.

—¿Y son más importantes que la plaga que asola mi casa?

—¡Avery me lo acaba de pedir! —gritó Penelope—. ¡Estamos comprometidos!

Pues vale. Aquellas dos simples palabras —«estamos comprometidos»— tenían la capacidad de hacer feliz a una persona y sumir a otra en la amargura. El piloto automático enseguida se puso en marcha para recordarme que sería poco apropiado —por decirlo con suavidad— que yo manifestara la verdadera naturaleza de mis pensamientos. «Es un fracasado, Pe. Es un malcriado y un fumeta, un niñato con cuerpo de hombretón. Sabe que no te llega a la suela del zapato y quiere amarrarte con un anillo antes de que tú también te des cuenta. Y lo peor es que, al casarte con él, le dedicarás tu tiempo hasta que te reemplace por una que se te parezca, diez años más joven y ávida, y te abandone a tu suerte para que te recompongas como puedas. ¡No lo hagas! ¡No lo hagas! ¡No lo hagas!»

—¡Dios mío, Dios mío! —exclamé a mi vez—. ¡Felicidades! ¡Me alegro mucho por ti!

—Oh, Bette, sabía que te alegrarías. Casi no puedo hablar; ¡todo va muy deprisa!

¿Muy deprisa? Estás con el mismo tío desde que tenías diecinueve. Me parece que esto era de esperar; lleváis ocho años. Solo espero que tu chico no vuelva con herpes después de la despedida de soltero en Las Vegas.

—Cuéntamelo todo. ¿Cuándo? ¿Cómo? ¿Hay anillo? —Recité de un tirón las preguntas de rigor en mi papel de buena amiga, que me pareció bastante creíble teniendo en cuenta las circunstancias.

—Ya, es que no puedo hablar mucho porque ahora mismo estamos en el St. Regis. ¿Te acuerdas de cuánto me insistió para venir a recogerme hoy al trabajo? —Antes de darme tiempo a contestarle, siguió con su sofocado relato—. Había un coche fuera, esperando, y Avery me dijo que era porque no podía tomar un taxi, y también que sus padres nos esperaban en su casa en diez minutos, para ir de cena. Desde luego, no me pareció muy bien que no se dignase a preguntarme si me apetecía el plan (me dijo que tenía una reserva en el Per Se, y ya sabes lo difícil que es conseguir una mesa por allí), y cuando estábamos tomando el aperitivo en la biblioteca, aparecieron sus padres y los míos. ¡Antes de que me enterase de nada, él ya estaba de rodillas!

—¿Delante de vuestros padres? ¿Hizo una pedida en público? —Sabía que la voz denotaba mi espanto, pero no fui capaz de remediarlo.

—Bette, no puede decirse que fuera en público. Eran nuestros padres, ¿entiendes?, y además, dijo las cosas más dulces del mundo. Porque, vaya, no nos habríamos conocido de no ser por ellos, así que tenía sentido hacerlo así. Por cierto, alucina: ¡me dio dos anillos!

—¿Dos anillos?

—Uno, el de verdad, en platino y con una piedra redonda

y perfecta de siete quilates, que perteneció a su tatarabuela; y el otro tiene una incrustación cuadrada preciosa, de tres quilates, y es mucho más llevable.

—¿Llevable?

—No se puede andar por las calles de Nueva York con un pedrusco de siete quilates, ¿no crees? Me pareció muy inteligente por su parte.

—¿Dos anillos, de verdad?

—Bette, no te enteras. Desde allí, fuimos al Per Se, y mi padre fue capaz de tener el móvil apagado durante la cena y de pronunciar un brindis más que digno. Luego dimos un paseo en coche de caballos por Central Park y ahora estamos los dos aquí, en una suite del St. Regis. ¡Tenía que llamar para contártelo!

¿Adónde? ¿Adónde había ido a parar mi amiga? Penelope, la que ni siquiera iba a mirar anillos de compromiso porque decía que todos eran iguales, la que hacía tres meses, cuando una amiga común se había comprometido en el asiento trasero de un coche de caballos, había dicho que le parecía una horterada como pocas, acababa de transformarse de golpe y porrazo en una mujercita sumisa. ¿Acaso estaba yo amargada? Claro que lo estaba. Mis aproximaciones al compromiso se reducían a leer la sección de anuncios nupciales de *The New York Times* o, dicho con otras palabras, a practicar el llamado «deporte de las solteronas», durante los largos desayunos de los domingos. Pero esa no era la cuestión.

—Pues ¡gracias por haber llamado! Tendré que esperar para que me cuentes todos los detalles, porque tienes un compromiso que consumar. Deja el teléfono y ve a alegrar a tu prometido. Qué raro suena eso, ¿verdad? Prometido.

—Bueno, es que Avery está atendiendo una llamada de trabajo. Estaría bien que colgara —dijo elevando la voz para que él se diera por enterado—, pero lo cierto es que no deja de hablar. ¿Qué tal ha sido tu noche?

—Pues nada, un nuevo viernes triunfal. Veamos. Millington y yo fuimos a dar una vuelta por el río y un vagabundo le dio una galleta que la puso muy contenta. Después volvimos a casa y nos encontramos con el insecto más grande de la costa Este, al que espero haber dado muerte; ojalá. Pedí comida vietnamita, que, cuando me la trajeron, acabé tirando tras acordarme de que, según he leído, hay aquí cerca un sitio vietnamita que cerraron por cocinar perro, así que, ya ves, estoy a punto de cenar arroz con habas recalentado y chocolatinas rancias. Vaya, soy la alegría de la huerta, ¿verdad?

Sin saber qué decir para confortarme, se rió. Entonces oí un pitido que indicaba que ella tenía una llamada por otra línea.

—Es Michael. Tengo que decírselo. ¿Te importa si montamos una conversación a tres? —preguntó.

—Claro que no. Quiero oír cómo se lo cuentas.

No tuve dudas de que Michael, una vez que Penelope hubiese colgado, coincidiría conmigo en su juicio de la situación, pues su odio por Avery superaba incluso al mío.

En la línea se produjo un chasquido seguido de un breve silencio y después otro chasquido.

—¿Hay alguien por ahí? —chilló Penelope. No era una chica que soliera chillar—. ¿Michael? ¿Bette? ¿Estáis ahí?

Michael era compañero nuestro en CWK pero, desde que lo habían nombrado vicepresidente (uno de los más jóvenes jamás designados en el banco), lo veíamos mucho menos. Aunque tuviera una novia estable, hizo falta que Penelope se comprometiese para que afrontásemos la realidad de la vida: nos estábamos haciendo mayores.

—Hola, chicas —saludó Michael con tono exhausto.

—¿Sabes qué, Michael? ¡Voy a casarme!

La perplejidad duró un instante. Yo sabía que, al igual que para mí, el anuncio no constituía sorpresa alguna para Michael, así que debía de estar esforzándose en encontrar una respuesta entusiasta y creíble.

—¡Pe, eso es fantástico! —exclamó tratando de compensar con el volumen de la voz lo poco que se alegraba; por mi parte, me anoté el truco para casos de necesidad venideros.

—¡Sí! —respondió Penelope—. Sabía que Bette y tú ibais a alegraros por mí. Ocurrió hace unas pocas horas, ¡y estoy muy emocionada!

—Pues tenemos que celebrarlo —afirmó él, sin bajar el tono de voz—. En el Black Door, nosotros tres solos, con algo para beber fuerte y barato.

—Desde luego —tercié yo, contenta por tener algo que decir—. Celebrarlo es lo menos.

—¡Vale, cariño! —dijo Penelope con la boca alejada del auricular; como era comprensible, nuestros planes para ir de copas le resultaban de escaso interés—. Chicos, Avery ya ha colgado y está tirando del cable del teléfono por el que os hablo. Avery, ¡para! Tengo que dejaros, pero ya os llamaré más tarde. Bette, te veo mañana en el trabajo. ¡Os quiero a los dos!

Después del chasquido, Michael dijo:

—¿Sigues ahí?

—Claro. ¿Me llamas tú o te llamo yo?

Sabíamos desde hacía tiempo que no se podía confiar en que la tercera línea estuviera desconectada, por lo que siempre teníamos el cuidado de colgar y volver a llamar antes de poner a caldo a la persona que hubiera dejado la conversación.

—Vaya —se quejó al tiempo que se oía una voz aguda por detrás—, me requieren. No puedo seguir hablando. ¿Nos llamamos mañana?

—Vale. Saluda a Megu de mi parte y, Michael, por favor, no vayas también tú a comprometerte un día de estos; no podría soportarlo.

Michael se rió.

—No tienes que preocuparte por eso, te lo prometo. Hablamos mañana. Y, Bette, arriba ese ánimo. Es el peor tío que conocemos pero ella parece feliz y eso es lo que importa, ¿verdad?

Colgué y me quedé mirando el teléfono durante unos minutos, tras lo cual me asomé a la ventana y me estiré como pude en un vano intento por contemplar unos reconfortantes milímetros de río. El apartamento no era una maravilla, aunque, por fortuna, era todo mío. Desde que Cameron se había mudado, hacía casi dos años, no lo había compartido con nadie, y, a pesar de que fuese tan largo y estrecho que me bastaba estirar las piernas para tocar la pared del fondo, a pesar de que estuviese en Murray Hill, y a pesar de que los listones del parquet se estuviesen combando un poco y de que las cucarachas hubieran hecho su aparición, yo era la única soberana en mi palacio. El edificio era una monstruosidad de cemento en la Treinta y cuatro con la Primera, un leviatán con múltiples alas que albergaba ilustres inquilinos como, por ejemplo, un adolescente miembro de un desmembrado grupo pop, un jugador de squash profesional, una estrella del porno «serie B» y su rebaño de visitantes, un ciudadano medio, gris y anodino, una antigua actriz infantil que no actuaba desde hacía décadas, y cientos, millares de universitarios recién licenciados incapaces de encajar la idea de abandonar la residencia o el local de estudiantes. Podría decirse que ofrecía una panorámica general del East River siempre que se entienda que «panorámica general» es una noción que abarca grúas de construcción, un par de contenedores de escombros, un muro de ladrillo perteneciente al edificio vecino y, como colofón, un pírrico pedacito de río visible solamente tras la realización de inenarrables contorsiones. Aquel paraíso terrenal era mío a cambio de una cantidad mensual equivalente a una casa unifamiliar con cuatro habitaciones, dos cuartos de baño y un aseo, en el norte del estado.

Mientras conservaba, sobre el sofá, la postura forzada, analicé mi reacción ante la noticia. Concluí que había estado convincente aunque no eufórica, claro que Penelope sabía que la euforia no formaba parte de mi carácter. Por otro lado, había caído en preguntarle por el anillo —o, para ser más exactos, por los anillos— y afirmar que me alegraba por ella.

Desde luego, no había logrado participarle nada sentido ni significativo, aunque, probablemente, Penelope estaba tan extasiada que no se habría dado cuenta. En resumen, mi actuación merecía un notable alto.

Había recobrado el aliento y me fumé un cigarrillo que me hizo sentir un poco mejor, ayudada por el hecho de que se prolongase la ausencia de la cucaracha. Traté de convencerme de que mi infelicidad procedía de mi sincera preocupación por Penelope, que iba a casarse con un pésimo individuo, y no de una cierta envidia enraizada en mi interior y debida a que ella tuviese un novio formal mientras yo ni siquiera disponía de una segunda cita. Hacía dos años que Cameron se había marchado, y a pesar de que me había arrastrado a lo largo de las sucesivas etapas del proceso de recuperación (obsesión por el trabajo, obsesión por ir de compras, obsesión por la comida) y pasado por la consabida serie de citas a ciegas, citas para ir de copas y las menos frecuentes citas para ir a cenar, solo dos tipos me habían concedido la entidad necesaria para decidirse a una tercera cita. Y ninguno había llegado más lejos. Me había dicho a mí misma una y otra vez que no me pasaba nada —y forzado a Penelope para que lo ratificara—, pero estaba empezando a tener serias dudas sobre la validez de semejante afirmación.

Encendí un segundo pitillo con la brasa del primero e hice caso omiso de la cara de desaprobación perruna que me dedicaba Millington. El autoodio comenzó a instalárseme en los hombros como una manta cálida y ya conocida. ¿Qué clase de mala persona era capaz de no manifestar una sentida y auténtica alegría por uno de los días más felices de la vida de su mejor amiga? ¿Cuán retorcida e insegura tenía que ser una para rogar que todo el asunto resultara ser un gigantesco malentendido? ¿Cómo había llegado a ser tan miserable?

Levanté el auricular del teléfono y llamé a tío Will en busca de algún tipo de apoyo. Aparte de ser una de las personas más brillantes y malvadas de la Tierra, Will era también mi animador personal. Contestó con una voz en algo aquejada por el consumo de gin-tonic y yo procedí a relatarle la versión corta y menos dolorosa de la última traición de Penelope.

—Me parece que te sientes culpable porque Penelope está muy ilusionada y tú no te alegras por ella tanto como debieras.

—Sí, es cierto.

—Pues bueno, podría ser mucho peor. Al menos, no se trata de una variación del mismo tema en la que tu felicidad y satisfacción beban del sufrimiento de Penelope.

—¿Eh?

—*Schadenfreude*, como dicen los alemanes: porque no estás sacando tajada emocional o de otra índole de su infelicidad, ¿verdad?

—Ella no es infeliz. Al contrario, está eufórica. La infeliz soy yo.

—Bien, ¡ahí lo tienes! ¿Ves?, no eres tan horrible. Además, querida, tú no vas a casarte con ese mocoso consentido cuyos únicos talentos en esta vida se reducen a gastar el dinero de sus padres y a fumar grandes cantidades de marihuana. ¿Tengo o no tengo razón?

—Sí, claro que sí. Pero siento que todo está cambiando. Penelope es lo más importante en mi vida, y ahora se casa. Sabía que al final pasaría algo así, pero no me imaginé que el final estuviera tan cerca.

—El matrimonio es cosa de la burguesía. Ya lo sabes, Bette.

Aquel comentario disparó en mi imaginación una serie de imágenes de desayunos dominicales, ocurridos a lo largo de los años: Will, Simon, el condado de Essex, yo y el suplemento semanal de *The New York Times*. Dedicábamos la mañana a diseccionar bodas de famosos y no olvidábamos prodigar risitas tontas tras aplicar nuestra perspicacia a leer entre líneas.

Will continuó:

—¿Me puedes explicar por qué estás tan impaciente por meterte en una relación para toda la vida cuyo único propósito consiste en sofocar hasta el más mínimo ápice de individualidad de tu carácter? Quiero decir, mírame a mí: sesenta y seis años y cero matrimonios, y aquí estoy, tan feliz.

—Tú eres homosexual. Y no solo eso; también llevas un anillo de oro en el anular de la mano izquierda.

—¿Y qué quieres decir? ¿Crees de verdad que me casaría con Simon, aunque pudiera? Jamás me verás en uno de esos casamientos consistoriales de San Francisco entre individuos del mismo sexo, no mientras vivas.

—Vives con él desde antes de que yo naciera. Te darás cuenta de que, en la práctica, estás casado.

—Ni hablar, querida. Tanto él como yo tenemos la libertad de dejarlo en cualquier momento sin que surjan complicaciones legales o emocionales. Por esa razón nos va bien. Pero, bueno, basta de hablar de eso; no te estoy diciendo nada que tú no sepas. Cuéntame lo del anillo.

Le hice un resumen de los detalles a los que él daría importancia mientras mascaba el resto de la chocolatina y luego no me di cuenta de que me había quedado dormida en el sofá hasta las tres de la madrugada, cuando Millington bufó para exponer su deseo de dormir en una cama de verdad. Nos arrastré a ambas hasta la habitación y escondí la cabeza bajo la almohada recordándome una y otra vez que aquello no era un desastre. No era un desastre. No era un desastre.

2

Por suerte para mí, la fiesta por el compromiso nupcial de Penelope cayó en la noche del jueves, la misma en que solía quedar con tío Will y Simon para ir a cenar. No podía negarme a ninguna de las dos citas. Me detuve frente a mi edificio, feo y de la posguerra, intentando escaparme desesperadamente al enorme dúplex que mi tío tenía en Central Park West. No era hora punta, ni Navidad, ni cambio de turno ni el diluvio universal, y sin embargo no había manera de encontrar un taxi. Tras haber silbado, gritado y saltado como una majadera durante veinte minutos, al fin me hizo caso un taxi y pisó el freno. La respuesta del taxista cuando le dije que iba al norte de la ciudad fue «¡Demasiado tráfico!», después de la cual, el hombre arrancó y desapareció. Al taxista que me recogió le acabé dando una propina del cincuenta por ciento de la carrera, de tan aliviada y agradecida que me sentía.

—Hola, Bettina. Pareces deprimida. ¿Va todo bien?

Yo insistía para que quienes me rodeaban me llamaran Bette y, en general, lo hacían. Solo mis padres y George, el portero de tío Will (que, de tan viejo y avispado, siempre se salía con la suya) seguían persistiendo en utilizar mi nombre completo.

—Los taxis, que son un coñazo, George. —Suspiré y le di un beso en la mejilla—. ¿Qué tal el día?

—Óptimo, como siempre —replicó sin el menor rastro de sarcasmo—. Tuve unos minutos para ver el sol, esta mañana, y he estado feliz desde entonces.

Menudo panorama.

—¡Bette! —oí a Simon llamar desde un discreto rincón, en la zona de los buzones—. ¿Eres tú, Bette?

Calzaba unas zapatillas de deporte blancas y llevaba colgada de los anchos hombros una bolsa con forma de raqueta de tenis y, tras aparecer en escena, me dio el abrazo más rotundo que ningún otro hombre me había dado hasta la fecha. Saltarse nuestra cena semanal era un sacrilegio, pues, además de constituir un buen momento, me facilitaba, con mucho, la atención masculina más denodada que recibía (sin contar con el desayuno de los domingos).

Will y Simon habían adquirido un sinnúmero de rituales durante los casi treinta años que llevaban juntos. Solo se iban de vacaciones a tres lugares: St. Barth's a finales de enero (aunque Will había empezado a quejarse por considerarlo «demasiado francés»), Palm Springs a mediados de marzo, y algún que otro fin de semana espontáneo en Key West. No bebían su gin-tonic si no era en vasos de Baccarat; todos los lunes, de siete a once de la noche, estaban en el Elaine's, y montaban una fiesta anual en la que ambos se vestían con sendos jerseys de cachemir. Will tenía cerca de los sesenta y tres años, el pelo canoso y cortado al cepillo, y prefería los suéteres con parches de ante en los codos; Simon rozaba los cincuenta y nueve y solía envolverse con lino el fibroso y atlético cuerpo, cualquiera que fuese la estación. «Los homosexuales —decía— tienen carta blanca para desobedecer las convenciones de la moda. Nos hemos ganado ese derecho.» Incluso en aquellas circunstancias, poco después de jugar al tenis, había conseguido ataviarse con una especie de cazadora de lino.

—Dime, bonita, ¿cómo estás? Ven, ven; Will debe de estar preguntándose dónde estamos, y la nueva chica nos habrá preparado algo fantástico para cenar.

Siempre un perfecto caballero, Simon me cogió mi atiborrado bolso del hombro, me dejó pasar al ascensor y pulsó el botón del ático.

—¿Qué tal el tenis? —pregunté, tratando de averiguar por qué aquel sexagenario tenía mejor cuerpo que cualquier chico que yo conociera.

—Ya te puedes imaginar; un grupo de vejetes que corren dando vueltas por la pista, van a por pelotas que están más allá de sus posibilidades, y se creen que sus golpes son como los de Roddick. Es un poco patético, pero siempre es divertido.

La puerta del apartamento estaba entreabierta y pude oír a Will en el estudio, hablando con la televisión como solía hacer. En los viejos tiempos, Will había conseguido las primicias de la recaída de Liza Minnelli, los avatares amorosos de Robert Kennedy y el cambio de Patty Hearst, que pasó de ser personalidad pública a objeto de culto. Fue la «amoralidad» de los demócratas, que él denominaba «Clímax Clinton», lo que lo empujó a interesarse por la política en perjuicio de la farándula. Unos cuantos años más tarde, Will era un adicto a las noticias cuyo ideario político se situaba algo más a la derecha del de Atila el rey de los Hunos. Radicado en el Upper West Side de Manhattan, era, con toda probabilidad, el único columnista homosexual y de derechas de la sección de sociedad y espectáculos que se negaba a hacer comentarios sobre los asuntos de sociedad y espectáculos. De las dos televisiones que había en su estudio, una, la más grande, estaba siempre en el canal Fox News. «Por fin —le gustaba afirmar—, una cadena que habla a mi gente.»

Simon, a su vez, siempre daba la misma respuesta: «Justamente; ¿porque te refieres a esa grandísima cantidad de homosexuales de derechas que escriben en las columnas de sociedad y viven en el Upper West Side de Manhattan?».

La televisión más pequeña se debatía a perpetuidad entre la CNN, la CNN Headline News, la C-SPAN y la MSNBC, todas ellas cadenas dedicadas a perpetrar lo que Will llamaba «la conspiración liberal». Encima de esta segunda televisión había un cartel escrito a mano que rezaba: «Conoce a tu enemigo».

En la CNN, Aaron Brown estaba entrevistando a Frank Rich y preguntándole sobre la cobertura que los medios habían dado a las anteriores elecciones.

—¡Aaron Brown es un mequetrefe, un pusilánime y un gallina! —gruñó Will, que, tras dejar el vaso de tubo a un lado, le arrojó al televisor uno de sus extravagantes zapatos Belgian, mezcla de mocasín y pantufla.

—Hola, Will —dije al tiempo que picaba en el puñado de pasas al chocolate que mi tío solía tener en un cuenco de cristal Orrefors, sobre el escritorio.

—Con todas las personas cualificadas para hablar de política en este país, para ofrecer alguna visión perspicaz o una opinión inteligente sobre si los medios tuvieron o no incidencia en el resultado de las elecciones, ese atajo de idiotas van y entrevistan a alguien de *The New York Times*. El tema es sangrante a más no poder, ¿y se supone que yo tengo que estar aquí escuchando la opinión de ese señor?

—Yo diría que no, Will. Puedes apagar la tele, ¿a que sí?

Me ahorré la sonrisa al ver que no apartaba la mirada de la pantalla. Me cuestioné en silencio cuánto tardaría en llamarle *Izvestia* a *The New York Times* o en sacar a relucir la debacle de Jayson Blair para demostrar, una vez más y en el mejor de los casos, la ínfima calidad de la prensa y, en el peor, la existencia de una conspiración contra los estadounidenses de bien.

—¿Sí y perderme el dogmatismo descarado con el que el señor Aaron Brown relata el dogmatismo descarado con el que el señor Frak Rich relata ese no sé qué carajo de lo que están hablando? En serio, Bette; no vayamos a olvidarnos de que se trata del mismo periódico cuyos reporteros no ponen reparos a inventarse las noticias cuando el tiempo se les echa encima.

Bebió un trago y manipuló el mando a distancia para rebajar el volumen de ambos televisores. Aquella noche solo había durado quince segundos: una plusmarca.

—Basta por hoy —sentenció antes de abrazarme y darme un fugaz beso en la mejilla—. Estás tan estupenda como siempre, querida, pero ¿te supondría un martirio ponerte un vestido de vez en cuando?

Con no demasiada habilidad, había introducido el segundo de entre sus temas favoritos; mi vida. Tío Will tenía nueve años más que mi madre y ambos juraban que habían nacido en la misma familia, aunque pareciera imposible entenderlo. Mi madre se horrorizaba si yo aceptaba un trabajo en el que me exigieran ponerme cualquier cosa que no fuese una sotana y unas alpargatas, y mi tío consideraba grotesco que vistiera de uniforme en lugar de ataviarme con un mortal vestidito de Valentino y unos fabulosos taconazos de Louboutin.

—Will, es la costumbre en los bancos de negocios, ¿sabes?

—Lo supongo. Es solo que no creí que acabaras metida en la banca.

Otra vez aquello.

—A ver, a tu gente, que yo sepa, le encanta el capitalismo, ¿no? —le espeté—. Me refiero a los republicanos; porque a los gays no demasiado.

Elevó una poblada y canosa ceja y me escudriñó desde el otro lado del sofá.

—Bravo, muy bien. No tiene que ver con la banca, querida; creí que ya lo sabías. Es una buena profesión, una dedicación respetable, y yo te veo más en ella que en uno de esos trabajitos hippies de «salvemos el mundo» que les gustan a tus padres; sin embargo, eres demasiado joven para consagrarte a algo tan aburrido. Deberías estar por ahí conociendo gente, yendo a fiestas y disfrutando de ser joven y soltera en una ciudad como Nueva York, y no atada a una mesa en un banco. ¿Qué es lo que quieres hacer?

Por muchas veces que me hiciera la misma pregunta, yo

no era capaz de dar con una gran respuesta; ni siquiera con una respuesta decente. La pregunta, desde luego, era pertinente. Cuando iba al instituto siempre pensé que me uniría al Cuerpo de Paz de Estados Unidos; mis padres me habían inculcado que aquel era el paso a dar después de graduarme. Pero entonces fui a la Universidad de Emory y conocí a Penelope. Ella adoraba que yo no supiera nombrar ningún colegio privado de Manhattan e ignorase lo que debía saberse de Martha's Vineyard y a mí, desde luego, me encantaba que ella sí lo supiera. En las vacaciones navideñas ya éramos inseparables y, al acabar el primer curso, yo ya me había deshecho de mis camisetas favoritas, todas ellas con mensaje. Al fin y al cabo, John Lennon y los hippies hacía tiempo que habían muerto. Porque era divertido ir a partidos de baloncesto y a fiestas de la cerveza, o meterse en la liga mixta de rugby, con toda una banda de individuos que no solían hacerse rastas, reciclar el agua del baño ni utilizar aceite de pachulí. Nunca fui la excéntrica que olía un poco raro y sabía demasiado sobre las secoyas. Llevaba los mismos vaqueros y camisetas que los demás (sin considerar siquiera si aquella ropa la habían fabricado niños explotados), comía las mismas hamburguesas y bebía las mismas cervezas. Era fantástico, la verdad. Durante cuatro años frecuenté un grupo de amigos que compartían opinión sobre la vida y tuve algún que otro novio, ninguno de ellos demasiado interesado en unirse a los Cuerpos de Paz. Así que cuando las compañías más importantes empezaron a aparecer por el campus universitario, agitando nóminas de desorbitados salarios, prometiendo bonificaciones y ofreciendo viajes a Nueva York para entrevistar a los candidatos, decidí apuntarme. Casi todos mis amigos se decidieron por trabajos similares, ya que, pensándolo bien, ¿de qué otro modo puede una persona de veintidós años pagar un alquiler en Manhattan? Lo realmente increíble fue que aquellos cinco años pasaron volando. Cinco años que se esfumaron y desembocaron en un agujero negro de programas de formación, informes trimestrales y bonificaciones al término del balance anual, que apenas me dejaban tiempo para considerar que detestaba profundamente lo que hacía todos los días de mi vida. Y el hecho de que fuera buena en mi trabajo no ayudaba demasiado, ya que, de algún modo, parecía demostrar que estaba haciendo lo que debía. Sin embargo, Will sabía que me estaba equivocando, lo notaba, pero mi apatía me impedía dar el salto y buscar una alternativa.

—¿Qué quiero hacer? ¿Cómo podría tener la respuesta a esa pregunta? —inquirí.

—¿Cómo es posible que no la tengas? Si no dejas pronto ese trabajo, un día te levantarás y serás una directora ejecutiva cuarentona con ganas de tirarse de un puente. Los bancos no tienen nada de malo, cariño, pero no son para ti. Tú deberías relacionarte con gente, reírte un poco más. Deberías dedicarte a escribir, eso es lo que tendrías que hacer. Y también vestir mejor.

No le comenté que me estaba planteando buscar trabajo en una organización sin ánimo de lucro, ya que habría empezado a divagar sobre cómo sus intentos de librarme de la influencia nociva de mis padres habían sido en vano, y habría pasado el resto de la velada abatido. Una vez lo intenté, le mencioné que estaba pensando en hacer entrevistas para la Asociación de Paternidad Responsable y él me respondió que, pese a tratarse de una idea muy noble, me llevaría de vuelta al «mundo de los parias», según sus palabras exactas. Por tanto, nos ceñimos a los temas habituales. El primero en salir a relucir fue el de mi inexistente vida sentimental («Cariño, eres demasiado joven y bonita para tu trabajo y para estar tan sola»), seguido de algún comentario enfervorizado sobre el último artículo de Will («No es culpa mía si en Manhattan la gente es tan inculta que no quiere saber la verdad sobre los candidatos a los que eligen»). Llegado ese punto volvimos a los días de mi activismo político en la universidad («Afortunadamente, tu época enardecida terminó») y de ahí al tema favorito de todo el mundo, el lamentable estado de mi vestuario («Los pantalones de hombre sientan mal y no son lo más apropiado para acudir a una cita»).

Justo en el momento en que se estaba abandonando al soliloquio sobre las múltiples ventajas de tener un traje Chanel, la asistenta llamó a la puerta del estudio para informarnos de que la cena ya estaba servida. Tomamos nuestras copas y nos dirigimos al comedor.

—¿Has tenido un día productivo? —le preguntó Simon a Will, mientras lo saludaba con un dulce beso en la mejilla. Simon se había duchado y puesto un pijama de hilo. Sostenía una copa de champán y todo el conjunto le daba cierto aire de playboy maduro.

—Claro que no —respondió Will, dejando a un lado su martini para servir dos copas de champán. Una era para mí—. El plazo de entrega no vence hasta la medianoche, así que ¿por qué diablos tendría que ponerme a trabajar antes de las diez? ¿Qué celebramos?

Hinqué el tenedor en mi ensalada de gorgonzola, agradecida por estar comiendo algo que no había sido cocinado en un puesto ambulante, y tomé un sorbo de champán. Si me las pudiera haber arreglado para ir a cenar allí cada noche sin que pensaran de mí que era la persona más desgraciada de la Tierra, lo habría hecho sin vacilar. Sin embargo, aún conservaba la dignidad suficiente para saber que quedar para cenar o comer más de una vez por semana con la misma gente —aunque se tratara de mi tío y su novio— era algo realmente patético.

—¿Qué pasa? ¿Es que hace falta celebrar algo para beber un poco de champán? —preguntó Simon, sirviéndose otro de los filetes que la asistenta había preparado como segundo plato—. Se me ocurrió que estaría bien variar un poco. Bette, ¿qué planes tienes para esta noche?

—La fiesta de compromiso de Penelope. En realidad, no

debería tardar demasiado en salir hacia allí. Su madre y la de Avery lo organizaron todo antes de que ellos pudieran objetar. Por lo menos la celebran en un club de Chelsea y no en uno del Upper East Side; creo que esa es la concesión que hicieron para que sus hijos pudieran disfrutar un poco.

—¿Cómo se llama el club? —preguntó Will, aunque de no tratarse de un sitio oscuro, revestido de madera y cargado de humo de habano, era poco probable que lo conociera.

—Me lo dijo pero no lo recuerdo. Empieza por B, creo. Aquí lo pone —dije, mientras sacaba un trozo de papel de mi bolso—. Está en la calle Veintisiete, entre la Décima y la Once. Se llama...

—Bungalow 8 —dijeron al unísono.

—¿Cómo lo sabéis?

—Querida, sale todos los días en «Page Six», la página de sociedad del *New York Post*, ya sabes —explicó Will.

—He leído en algún lugar que lo hicieron a semejanza de los bungalows del Hotel Beverly Hills, y que el servicio es igual de bueno. Se trata de un club nocturno, pero el artículo decía que hay camareros que te satisfacen cualquier necesidad o deseo, desde el sushi menos común hasta un helicóptero. Hay lugares que están de moda unos cuantos meses y después caen en el olvido, pero todo el mundo dice que Bungalow 8 tiene cuerda para rato —añadió Simon.

—Supongo que ir al Black Door cuando salgo no hace mucho por mi vida social —dije, y aparté a un lado mi plato—. Chicos, ¿os importa si me marcho temprano esta noche? Penelope quiere que esté allí antes de que lleguen las hordas de la familia y los amigos de Avery.

—¡Vuela, Bette, vuela! ¡Detente solo para retocarte el pintalabios y vuela! Y tampoco estaría mal que te buscaras a un atractivo joven con el que salir —respondió Simon, como si aquella noche fuera a encontrarme en habitaciones llenas de hombres estupendos y atractivos esperando que yo entrara en sus vidas.

—O aún mejor, búscate a un gallardo cabronzuelo con el que disfrutar solo durante una noche —repuso Will con un guiño, medio en serio medio en broma.

—Sois los mejores —les dije, mientras recogía la chaqueta y el bolso y les daba un beso en la mejilla—. No tenéis ningún reparo en hacer de vuestra única sobrina una furcia, ¿verdad?

—Ninguno en absoluto —respondió Will. Simon meneaba la cabeza con solemnidad—. Compórtate como una cualquiera y pásatelo bien, hazme el favor.

En la puerta del club había tal aglomeración de gente que la cola llegaba hasta el final de la calle, y de no haber sido porque se trataba de la fiesta de Penelope, le habría pedido al taxista que no se detuviera. Sin embargo, no me quedó más remedio que fingir una sonrisa y caminar hasta la entrada del local, donde me encontré con un gigante que sostenía una carpeta entre las manos y llevaba un auricular al estilo de los que utilizan los espías secretos.

—Hola, me llamo Bette y vengo a la fiesta de Penelope —dije mientras echaba un vistazo a las caras desconocidas que guardaban la cola.

El hombre me miró sin pestañear.

—Muy bien, encantado de conocerte, Penelope. Si me haces el favor de ponerte a la cola como el resto de la gente, haré que entres lo antes posible.

—No, verás, esta es la fiesta de Penelope. Yo soy amiga suya. Me pidió que llegara temprano, así que sería mejor que entrara enseguida.

—Vaya, una gran idea. Escucha, apártate y deja pasar.

El hombre se llevó la mano al auricular como si escuchara atentamente el mensaje. Entonces asintió repetidas veces y dirigió la vista a la cola, que ya doblaba la esquina.

—Bueno, a ver, escuchad —anunció, mientras los asistentes a la fiesta, todos ellos ligeritos de ropa, guardaban silencio—. El Departamento de Bomberos informa de que el local está al límite de su capacidad, así que iréis entrando a medida que vayan saliendo. Poneos cómodos o volved más tarde.

La multitud emitió algunos gruñidos de queja. Esto no está saliendo bien, este hombre no entiende lo que le estoy tratando de explicar, pensé.

—Perdona, oye. —Volvió a mirarme, visiblemente enfadado—. Está claro que hay mucha gente esperando para entrar, pero se trata de la fiesta de compromiso de mi amiga, y ella me necesita. Si conocieras a su madre entenderías que es absolutamente imprescindible que me dejes pasar.

—Muy interesante. Verás, por mí, como si tu amiga Penelope se casa con el príncipe Guillermo. Ahora mismo no puedo dejar pasar a nadie más; estaría violando el código de seguridad y no tengo ninguna duda de que tú no quieres que haga eso. —En tono algo más suave añadió—: Ponte a la cola y te haré entrar lo antes posible, ¿de acuerdo?

Me pareció que con aquellas palabras pretendía calmarme, pero lo cierto es que solo consiguió encenderme más. Aquel tipo me resultaba familiar, aunque no sabía por qué. Llevaba una camiseta verde lo bastante ajustada como para dejarle claro a todo el mundo que era muy capaz de evitar la entrada de quien él decidiera, pero los vaqueros, anchos, desteñidos y de cintura baja, sugerían que no se tomaba a sí mismo demasiado en serio. Justo en el momento en que me dio por pensar que tenía la mata de pelo más bonita que había visto jamás en un hombre —larga, oscura, espesa e irritantemente brillante— se puso una chaqueta de pana gris que le dio un aire todavía más irresistible.

Tenía que ser modelo. Contuve las ganas de decirle con altanería que aquel ejercicio de poder debía de ser algo muy excitante para alguien que, seguramente, no tenía ni el graduado escolar, y me puse a la cola. Como cada vez que llamaba al móvil de Penelope o Avery me saltaba el contestador y el matón de la puerta dejaba entrar a una media de dos personas cada diez minutos, me quedé plantada a la espera durante casi una hora. Estaba enfrascada en mis pensamientos sobre cómo humillar o agredir a aquel gorila, cuando Michael y su novia salieron del club y se encendieron sendos cigarrillos a tan solo unos metros de la puerta.

—¡Michael! —grité, consciente del tono patético de mi voz, aunque sin concederle demasiada importancia—. ¡Michael, Megu, aquí, aquí!

Ambos miraron hacia el nutrido grupo de gente y no tardaron en localizarme, ya que yo seguía gritando y agitando los brazos sin ningún sentido del pudor. Me devolvieron el saludo y salí corriendo hacia ellos.

—Tengo que pasar ya. Llevo una eternidad esperando para entrar en este antro de mala muerte y el portero no me deja. ¡Penelope me va a matar!

—Hola Bette, yo también me alegro de verte —dijo Michael mientras se inclinaba para darme un beso en la mejilla.

—Perdona —me disculpé, y le di un abrazo a él y otro a su novia, Megu, la encantadora japonesa estudiante de medicina con la que se había ido a vivir—. ¿Cómo estáis, chicos? ¿Por qué habéis salido de casa para venir a esto?

—Sucede solo unas dos veces al año —respondió Megu con una sonrisa, mientras le daba la mano a Michael y se la llevaba a la espalda—. Tenemos que aprovechar los períodos de doce horas que no coinciden con mis guardias o con su trabajo.

—¿Y habéis venido aquí? ¿Estáis mal de la cabeza o qué? Megu, eres una santa. Michael, deberías valorar lo que tienes.

—Ya lo hago —respondió, mirándola con veneración—. Ella sabe que si no hubiéramos venido Penelope me habría matado a mí también, pero creo que ya nos vamos. Empiezo a trabajar dentro de, veamos, cuatro horas, y Megu hace semanas que no duerme seis horas seguidas, así que nos retiramos. Parece que ya vuelven a dejar entrar.

Me di la vuelta y observé una curiosa mezcla de gente

guapa: algunos que salían en dirección a una fiesta «en condiciones» que se daba en TriBeCa y otros tantos que entraban en el momento en que el portero levantaba el cordón de terciopelo.

—Creía que me habías dicho que yo sería la próxima en pasar —le dije con desgana.

—La princesa Penelope está lista para recibirla —respondió mientras hacía un exagerado ademán con una mano y se colocaba el auricular con la otra para escuchar una información que, seguro, era de crucial importancia.

—¿Ves? Ya estás dentro —dijo Michael, alejándose con Megu—. Llámame esta semana y vamos a tomar algo. Avisa también a Penelope. Esta noche no he podido hablar con ella y hace mucho que no salimos los tres juntos. Despídete por mí.

Y se fueron, probablemente encantados por haber escapado de allí.

Eché un vistazo alrededor y vi a un grupo de gente que vagaba por la acera o hablaba por teléfono, como si no le importara demasiado entrar en aquel lugar. En unos pocos minutos la multitud se había dispersado y fue entonces cuando me dejaron pasar.

—Vaya, muchísimas gracias. Has sido de gran ayuda —le dije al portero, mientras pasaba junto a su voluminoso cuerpo y entraba en la zona delimitada por el cordón de terciopelo que él sostenía.

Tiré de la enorme puerta de cristal y pasé a un vestíbulo oscuro donde Avery le hablaba al oído a una hermosa chica de pechos descomunales.

—Hola, Bette, ¿dónde te habías metido? —me preguntó, mientras se acercaba para cogerme el abrigo.

En aquel momento apareció Penelope; me pareció que estaba azorada, aunque pronto su expresión dio muestras de alivio. Llevaba un vestido de fiesta, negro y corto, una chaquetilla de lentejuelas y unas sandalias plateadas de tacón imposible. Supe inmediatamente que la había vestido su madre.

—¡Bette! —masculló, agarrándome por el brazo y apartándome de Avery, que volvía a estar absorto en la conversación con aquella chica—. ¿Por qué has tardado tanto? Llevo toda la noche sola y lo he pasado fatal.

Arqueé una ceja y me volví para mirar alrededor.

—¿Sola, dices? Aquí debe de haber unas doscientas personas. Después de tantos años y no sabía que tenías doscientos amigos. ¡Esto es lo que yo llamo una fiesta!

—Sí, impresionante, ¿verdad? De toda la gente que hay aquí solo cinco han venido a verme a mí: mi madre, mi hermano, una chica de la sección de inmobiliaria, la secretaria de mi padre y ahora tú. Megu y Michael ya se han ido, ¿no? —Asentí—. Los demás son amigos de Avery, claro. Y de mi madre. ¿Dónde estabas? —Tomó un trago de la copa que sostenía y me la acercó con manos temblorosas, como si me estuviera pasando un porro y no una copa de champán.

—Cariño, llevo aquí más de una hora, como te prometí. He tenido algún que otro problema en la puerta.

—¡No me digas! —exclamó horrorizada.

—Pues sí. El gorila es muy mono, pero un desgraciado.

—¡Oh, Bette! Lo siento mucho. ¿Por qué no me has llamado?

—Lo he intentado un montón de veces, pero supongo que no lo has oído. Pero no te preocupes, esta es tu noche, así que intenta, no sé... ¿disfrutar?

—Vamos a conseguirte un trago —dijo, mientras arrebataba un Cosmopolitan de la bandeja que paseaba uno de los camareros—. ¿Qué te parece esta fiesta?

—Es una locura. ¿Cuánto tiempo le llevó a tu madre organizarla?

—Hace unas semanas leyó en «Page Six» que habían visto por aquí a Leonardo di Caprio besuqueándose con su novia y enseguida hizo la reserva. Siempre me dice que estos son los lugares que debería frecuentar, por su «clientela exclusiva». Lo que ella no sabe es que la vez que Avery me arrastró hasta aquí, la clientela se dedicaba a fornicar en la pista de baile.

—Probablemente ese dato la habría animado aún más.

—Tienes razón.

En aquel momento una mujer que, a juzgar por su estatura, bien podría ser modelo, pasó entre nosotras y comenzó a lanzar besos al aire en dirección a Penelope de una manera tan falsa que me encogí de hombros, apuré el cóctel de un sorbo y opté por escabullirme. Me encontré metida en una conversación estúpida, rodeada de gente del banco que había acabado de llegar y que, lejos de la pantalla de su ordenador, parecía algo aturdida y fuera de lugar. Mantuve una breve charla con la madre de Penelope, que me habló de pasada sobre su vestido y sandalias Chanel, tras lo cual tomó a Penelope del brazo y la arrastró hacia otro grupo de elegantes invitados. Le eché un vistazo a aquella gente, todos ataviados con modelos de diseñador, y me esforcé por no sentir demasiada vergüenza de mi vestido, escogido de entre las páginas de un catálogo de J. Crew y Banana Republic a las tres de la mañana unos meses antes. Cuando Will insistía con frecuencia en que necesitaba renovar mi vestuario para «salir», seguro que no se refería a aquello. Me dio la impresión de que cualquiera de aquellas personas se sentiría igual de cómoda paseando por el local totalmente desnuda. Aparte de los vestidos —que eran fantásticos—, aquella gente mostraba una seguridad que no tenía nada que ver con lo que llevaba puesto. Dos horas y tres cócteles más tarde y ya algo achispada, decidí que era hora de volver a casa. Sin embargo, pedí otra copa y salí a la puerta.

Ya no había nadie esperando para entrar; solo quedaba el portero que había hecho de mi noche un auténtico infierno. Me concentré en pensar en algún comentario malicioso en caso de que se dirigiera a mí pero, tras una forzada sonrisa, devolvió su atención a la edición de bolsillo del libro que se perdía entre sus enormes manos. Lástima que fuera tan mono, aunque lo cierto es que los memos casi siempre lo son.

—Dime, ¿qué te ha molestado tanto de mí?

No pude contenerme. Llevaba cinco años en la ciudad y solo entraba en lugares donde había porteros y cordones de terciopelo si era absolutamente necesario. Era evidente que había heredado algo del fariseísmo igualitario de mis padres; eso, o una enorme inseguridad, todo dependía de cómo se mirara.

—¿Cómo dices?

—¿Por qué no me dejaste entrar, aun sabiendo que se trataba de la fiesta de mi mejor amiga?

El hombre meneó la cabeza y esbozó una sonrisa.

—Oye, no es nada personal. A mí me dan una lista que tengo que seguir para tener a la gente controlada. Si no estás en la lista o apareces al mismo tiempo que otras cien personas, es normal que te haga esperar. No hay muchas más explicaciones.

—Claro. —Me acababa de perder la gran noche de mi amiga por culpa de su política de control. Me acerqué a él con paso algo inestable y mascullé—: Nada personal. Ya.

Puede que mi respuesta se debiera a la acción del cuarto cóctel de la noche, fuente líquida de valor donde las haya, pero como no estaba de humor para enfrentarme a su actitud condescendiente, di media vuelta, trastabillé hasta la puerta y la abrí.

—Muchas gracias pero no necesito tu caridad —espeté, mientras entraba en el club esforzándome por mantener el equilibrio.

Abracé a Penelope, le lancé un beso a Avery y me fui derecha a la puerta antes de que alguien me diera conversación. Ya en el exterior vi a una chica sentada en el suelo que lloraba ante la atenta mirada de un grupo de gente y pasé junto a una elegante pareja de extranjeros que se besaban y manoseaban con lascivia. Me coloqué junto al bruto del portero, que, por cierto, estaba leyendo *El amante de Lady Chatterley* (¡el muy depravado!) y alcé el brazo para parar un taxi. El problema era que la calle estaba desierta y que había empezado a lloviznar, lo cual hacía pensar que habría de pasar mucho tiempo antes de que por allí apareciera un taxi.

—¿Necesitas ayuda? —me preguntó, mientras levantaba el cordón de terciopelo para que entraran tres jóvenes chillonas que avanzaban a trompicones—. Es difícil encontrar un taxi en esta zona cuando llueve.

—No gracias. Me las arreglaré solita.

—Tú misma.

Los minutos empezaron a parecerme horas y la suave llovizna se había convertido rápidamente en una lluvia fría e intensa. ¿Qué estaba intentando demostrar? El portero había encontrado refugio junto a la puerta y seguía leyendo con calma, sin prestar ninguna atención al huracán que se estaba empezando a formar. Me quedé observándolo fijamente hasta que levantó la vista, sonrió y dijo:

—Pues sí, parece que te las arreglas muy bien sola. Con tu decisión de no coger un paraguas y caminar un par de calles, donde no te costaría nada encontrar un taxi, me estás dando toda una lección. Eres muy lista.

—¿Tenéis paraguas? —pregunté sin poder contenerme. Tenía el vestido empapado y notaba mechones de pelo frío enganchados a la nuca.

—Pues claro. Los tenemos para ocasiones como esta, pero supongo que tú no querrás coger uno, ¿verdad?

—Verdad. Estoy bien.

No sé por qué su comentario me sorprendió. Entonces vi pasar un taxi ocupado y se me ocurrió la brillante idea de llamar al servicio de taxis del banco para que me mandaran uno.

—Hola, me llamo Bette Robinson, y mi clave es seis, tres, tres, ocho.

—Están todos ocupados —gruñó la teleoperadora.

—No, no me has entendido; tengo una cuenta con vuestra compañía... —conseguí decir, antes de que colgara.

Me quedé inmóvil, totalmente empapada y bullendo de ira.

—No hay taxis, ¿verdad? Qué mala suerte —dijo el portero, sin levantar la vista del libro.

A los doce años le había echado una ojeada a *El amante de Lady Chatterley* y ya sabía todo lo que tenía que saber sobre el sexo gracias a la información obtenida a través de revistas para adolescentes y libros de anatomía, pero no era capaz de acordarme de nada. Puede que se debiera a mi mala memoria, o, con mayor probabilidad, al hecho de que el sexo no formaba parte de mi vida desde hacía ya dos años. O quizá a que leía demasiadas novelas románticas y mezclaba todos los argumentos. Fuera como fuese, no se me ocurrió ningún comentario insidioso al respecto, agudo o no.

—No hay taxis —suspiré—. Esta no es mi noche de suerte.

Entonces el portero se acercó y me cobijó bajo un elegante paraguas que tenía estampado el logotipo del club.

—Llévatelo. Sube dos calles y si no encuentras un taxi dile al portero de Serena, que está en la esquina, que te mando yo. Él te lo conseguirá.

Sentí la tentación de echarme a andar y tomar el metro, pero la idea de meterme en un vagón a la una de la mañana no me pareció demasiado atractiva.

—Gracias —farfullé, evitando mirarle a los ojos, que seguramente mostraban su regodeo.

Agarré el paraguas y empecé a subir la calle con la sensación de que me seguía mirando. Cinco minutos más tarde ya estaba entrando en calor en el asiento trasero de un taxi.

Le di mi dirección al conductor y me recosté, exhausta. A esas horas, los taxis son buenos solo para dos cosas: enrollarse con el ligue de la noche de camino a casa o mantener breves conversaciones telefónicas con gente que hace tiempo que no ves. Como ninguna de las opciones era factible apoyé la nuca en el mugriento asiento de skay en el que tantas cabezas grasientas, sucias, piojosas y, en general, despeinadas, habrían descansado antes que la mía, cerré los ojos y me imaginé la bienvenida chillona e histérica que pronto recibiría de Millington. Y es que, teniendo una perra, ¿quién necesita a un hombre o una buena amiga que se acaba de prometer?

3

La semana que siguió a la fiesta de Penelope fue insoportable. Y todo por mi culpa, claro está: hay muchas formas de mandar a paseo a los padres y rebelarse contra la educación que te han dado sin tener que morir en el intento, pero está claro que yo era demasiado estúpida como para dar con ellas. Así que volví a sentarme en el minúsculo cubículo que ocupaba en mi oficina bancaria —como llevaba haciendo durante los últimos cincuenta y seis meses— y a empuñar el auricular, en aquella ocasión teñido de una capa de base de maquillaje Maybelline (tono melocotón) y algún que otro manchón de brillo de labios L'Oréal (rosa intenso). Lo limpié lo mejor que pude y me llevé el auricular al oído mientras restregaba los restos pegajosos adheridos a mis dedos contra la parte de debajo de la silla. Estaba siendo amonestada por una «mínima», alguien que invierte solo el mínimo de un millón de dólares en mi departamento y que suele resultar más exigente y maniática que la mayoría de gente que invierte cuarenta millones de dólares.

—Señora Kaufman, entiendo su preocupación por la leve caída del mercado, pero le aseguro que todo está bajo control. Me parece bien que su sobrino el decorador de interiores crea que su cartera de inversión está cargada de obligaciones, pero le aseguro que nuestros operadores de bolsa son excelentes y que siempre velan por su interés. No le sé decir si un treinta y dos por ciento de ganancias anuales es una cifra realista tal y como está el mercado, pero cuando Aaron vuelva a su mesa le pediré que la llame. Sí. Por supuesto. Sí. Sí. Sí. Sí, la llamará en cuanto salga de la reunión en la que se encuentra. Sí. Efectivamente. Por supuesto. Sí. Cómo no. Sí. Encantada de hablar con usted, como siempre. Está bien. Hasta luego. Adiós.

Esperé a oír el sonido que indicaba el final de la comunicación y colgué el auricular de un sonoro golpe.

Casi cinco años y todavía no podía utilizar la palabra «no», pues, al parecer, hacía falta un mínimo de setenta y dos meses de experiencia para poder negarse a algo. Decidí mandarle un correo electrónico a Aaron rogándole que le devolviera la llamada a la señora Kaufman para que dejara de acosarme de una vez y, para mi sorpresa, observé que ya estaba de vuelta en su mesa, ocupado en bombardearnos con correos en los que nos dedicaba su inspirador parloteo de todos los días.

> Buenos días, familia. ¡No olvidemos mostrarles a nuestros usuarios la energía con que trabajamos! Nuestras relaciones con esa buena gente constituyen el cien por cien de nuestro negocio; aprecian nuestra paciencia y consideración tanto como nuestro manejo de las carteras de inversiones para obtener los resultados esperados. Me complace anunciaros la creación de una nueva reunión de grupo semanal, que, según espero, nos permitirá innovar y mejorar los servicios que ofrecemos. Tendrá lugar todos los viernes a las siete de la mañana y nos proporcionará la oportunidad de liberarnos de lastres y pensar con libertad. El desayuno corre de mi cuenta, así que solo tendréis que venir con lo puesto sin olvidaros del órgano pensante. Recordad: «Los grandes descubrimientos e innovaciones conllevan invariablemente la cooperación de muchas mentes»; Alexander Graham Bell.

Me quedé mirando el mensaje durante tanto tiempo que los ojos se me empañaron. ¿Era la utilización de la palabra «familia» o su llamamiento a «liberarnos de lastres y pensar con libertad» más irritante que la inclusión de la perífrasis «órgano pensante»? ¿Había Aaron pergeñado y enviado ese mensaje con el único propósito de sumarlo al omnipresente suplicio y desesperanza que poblaban mis días? Lo sopesé durante unos momentos con el ansia de pensar en algo que no tuviera que ver con la anunciada reunión de las siete de la mañana. Estuve ocupada en eso hasta que tuve que habérmelas con otra llamada frenética, esta vez del sobrino de la señora Kaufman, que se prolongó durante unos inigualados cincuenta y siete minutos. El noventa por ciento de ellos se fue en oírlo acusarme de cosas que nada tenían que ver con mis responsabilidades mientras yo no decía nada o, a lo sumo y para mayor abundamiento, coincidía con él en que yo era, sí, tan necia e inepta como él afirmaba.

Colgué y, desganada, devolví la mirada al correo electrónico. No sabía muy bien cómo aplicar a mi vida la cita del señor Bell o por qué habría de importarme, pero sí sabía que si pensaba escaparme para ir a comer, aquel era el momento oportuno. Durante los primeros años en CWK Hoffman había acatado la norma de no salir a comer y, siempre obediente, pedía la comida por teléfono. Sin embargo, no hacía mucho que Penelope y yo habíamos empezado a escabullirnos durante diez o veinte minutos al día y, con todo el descaro, íbamos a algún sitio de comida rápida a inflarnos de cuanta queja o cotilleo se nos ocurriera. En mi pantalla apareció un mensaje de texto instantáneo.

> *Pe:* ¿Preparada? Hoy toca falafel. Nos vemos en el puesto de la 52 en 5 minutos.

Escribí un «Sí», pulsé en «mandar» y coloqué la chaqueta en el respaldo de la silla para dejar patente mi presencia. Uno de los jefes me vio coger la cartera, así que me serví café en mi taza para probar que no había abandonado las dependencias del banco y la coloqué en el centro de mi mesa. Murmuré algo sobre ir al baño a mis vecinos de cubículo, que estaban demasiado emponzoñados con sus teléfonos para prestarme atención, y, ni corta ni perezosa, marché caminando hacia la entrada. A pesar de que Penelope, que trabajaba en el departamento inmobiliario, dos pisos más arriba, estuviera ya en el ascensor, hicimos como los agentes de la CIA bien entrenados y no llegamos a mirarnos la una a la otra. Me dejó pasar para salir y circunvalar el vestíbulo mientras ella se escurría hasta el exterior y se alejaba paseando con aire disipado hasta más allá de la fuente. La seguí como buenamente pude, dificultada por los horrendos e incómodos tacones y medio sofocada por la humedad. No hablamos hasta que nos hubimos fundido en la cola que formaban los zánganos de las oficinas alejadas del centro, que, callados e inquietos, esperaban saborear la efímera dosis diaria de libertad al tiempo que se sulfuraban, se frustraban instintivamente por tener que esperar a que llegara su turno.

—¿Qué vas a tomar? —me preguntó Penelope mientras barría con la mirada los tres puestos de comida exótica, hirviente y muy especiada que unos hombres de atavío diverso y barbas estaban cociendo, tajando, sofriendo, trinchando, friendo y alzando ante la trajeada congregación.

—Todo es lo mismo: brochetas de no sé qué carne y masa frita rellena de váyase a saber —articulé con tono monocorde sin apartar la mirada de los vapores que emanaban de los puestos—. Me da igual una cosa que otra.

—Me parece que hoy venimos con muy buen humor.

—Vaya, perdona, me olvidé de que estoy emocionadísima por el fruto que han dado estos cinco años de esclavitud. Quiero decir, míranos, mira el glamour que nos rodea. —Extendí los brazos para abarcar lo que teníamos enfrente—. Ya es muy triste que no podamos salir a comer durante las dieciséis horas de jornada laboral, pero, joder, lo de que ni siquiera nos permitan ir a buscar la comida no tiene nombre.

—Es lo de siempre, Bette. No sé por qué te irritas justo en este momento.

—Será que tengo un día especialmente infecto. Y eso si me es posible diferenciarlo de cualquier otro.

—¿Por qué dices eso? ¿Te pasa algo?

En aquel momento quise decirle «¿Qué tal lo de los dos anillos?» pero me contuvo la visión de una gruesa mujer vestida con un traje de chaqueta más feo que el mío, medias y un par de zapatillas deportivas de color blanco, a la que se le derramó salsa picante sobre el bordado y los volantes de la blusa. Me vi a mí misma con diez años más y el malestar a punto estuvo de hacerme trastabillar.

—Desde luego que no me pasa nada, ¡de eso va! —exclamé.

Dos tipos rubios con aspecto de acabar de salir del club gastronómico de Princeton se volvieron y me miraron con curiosidad. Consideré la conveniencia de recuperar la compostura pues, vaya, ambos eran muy atractivos, pero pronto me acordé de que los arrogantes jugadores de *lacrosse* como ellos no solo eran demasiado jóvenes, sino que, además, solían tener por novias a bellezas igual de arrogantes ocho años menores que yo.

—En serio, Bette, no sé qué pretendes. Se trata de un trabajo, ¿no?, nada más. No importa lo que hagas; nunca va a ser como pasarse la tarde en el sofá de un club de campo, qué le vamos a hacer. Desde luego, es un asco tener que dedicar cada segundo a trabajar. Tampoco es que a mí me gusten las finanzas, que digamos; nunca fantaseé con ser empleada de banco. Pero no está tan mal, a fin de cuentas.

Los padres de Penelope habían intentado conseguirle un puesto en *Vogue* o en Sotheby's con objeto de transformarla en una criatura modosa y refinada, una señorita licenciada, pero cuando ella insistió en su pretensión de unirse al mundillo de los negocios junto al resto de nosotros, ellos lo aceptaron; al fin y al cabo, era muy posible que encontrara marido si trabajaba en el sector financiero, muy posible siempre que la niña tuviera claras sus prioridades, no manifestara ambiciones impertinentes y dejara de trabajar justo después de la boda. Por cierto que, para ser sinceros, yo pensaba que a Penelope, por mucho que despotricara del banco, lo cierto era que le gustaba trabajar allí.

Extendió un billete de diez dólares para pagar nuestras dos raciones de kebab y a mí se me fue la vista hacia su mano, como atraída por un imán. A pesar de los pesares, tenía que admitir que el anillo era espléndido. Se lo dije, por décima vez, y ella me dedicó una sonrisa radiante. Me pesaba que me desagradase su compromiso estando ella tan extasiada. Además, desde la pedida, Avery se había reciclado y había conseguido interpretar al novio atento y cuidadoso, lo que había hecho que mi amiga estuviera aún más feliz. Iba a buscarla al trabajo para que ambos pudieran regresar juntos a casa e, incluso, le llevaba el desayuno a la cama. Y lo más importante; Avery había dejado de practicar su pasatiempo favorito —salir por la noche— desde hacía tres semanas, con la sola excepción de la velada en su honor de la semana anterior. A Penelope no le importaba que Avery quisiera dedicar cuanto tiempo fuera humanamente posible a moverse entre taburetes o, llegado el caso, a bailar encima de ellos, pero no estaba dispuesta a participar. Las noches que él pasaba con los amigos de la consultora en la que trabajaba, Penelope y yo nos sentábamos en el Black Door, un antro de tomo y lomo, y, junto a Michael (que venía cuando estaba libre), bebíamos cerveza sin entender por qué alguien querría estar en cualquier otro sitio. De todos modos, alguien debía de haberle insinuado a Avery que, aunque fuese aceptable dejar sola a la novia propia seis noches a la semana, plantar a una prometida era cuestión distinta, y así había efectuado un encomiable esfuerzo por bajar el ritmo. Yo sabía que no iba a durar.

Deshicimos el camino hasta el banco y nos colamos de nuevo en la oficina con la sola mirada reprobadora del recto limpiabotas de CWK (a quien, por cierto, también habían prohibido salir a la hora de comer por si surgía la desesperada necesidad de abrillantar algún par de zapatos entre la una y las dos de la tarde). Penelope me siguió hasta mi cubículo y se acomodó en la silla que, en teoría, estaba destinada a invitados o clientes, y que, en la práctica, había estado hasta entonces vacía.

—Pues ya tenemos fecha —dijo apenas sin respiración mientras se abalanzaba sobre el suculento plato que tenía en el regazo.

—¿Ah, sí? ¿Cuándo?

—Dentro de un año y una semana, para ser exactos. El diez de agosto, en Martha's Vineyard; es lo suyo, pues allí comenzó todo. Llevamos comprometidos unas cuantas semanas y nuestras madres ya se están volviendo locas. En serio, no sé cómo me las voy a arreglar con ellas.

Las familias de Avery y Penelope iban juntas de vacaciones desde que los dos eran bebés. Había montones de fotos de todos ellos en Martha's Vineyard, durante el verano, luciendo chanclas de rayas y bolsos de playa estampados, y en los Adirondacks, durante la semana blanca, con pantuflas compradas en Stubbs and Wootton. Ambos habían ido a escuelas privadas —ella a Nightingale y él a Collegiate— y pasado una buena porción de sus infancias respectivas siendo paseados en sociedad por sus madres al hilo de actos de beneficencia, fiestas y partidos de polo. Avery estaba en su salsa, se incluía en todo comité juvenil de toda fundación que lo solicitara, salía seis noches por semana sirviéndose de la ilimitada línea de crédito de sus padres, y, en definitiva, era uno de esos chicos neoyorquinos de pura cepa que todo el mundo conoce en cualquier parte de la ciudad. Para desgracia de sus padres, los intereses de Penelope seguían otros derroteros. Rechazaba, respetándolo, todo el circuito y prefería dedicar su tiempo a cierta clase de artistas inadaptados que vivían de becas, el tipo de gente que hacía que su madre sudara por las noches. En realidad, Avery y Penelope no llegaron a intimar —y, mucho menos, a tener una relación romántica— hasta que Avery acabó el instituto un año antes que ella y se marchó a Emory. Según Penelope, que siempre había sentido por él una pasión intensa y secreta, Avery era uno de los chicos más populares de la universidad; sacaba buenas notas y encarnaba al fornido y encantador jugador de fútbol cuyo atractivo bastaba para solapar su monumental petulancia. Por lo que yo sabía, ella siempre se había mantenido en segundo plano, como hacen las niñas de belleza heterodoxa a una edad en la que solo cuentan el pelo rubio y las tetas grandes, esforzándose por obtener buenos resultados académicos e intentando por todos los medios pasar desapercibida. Y funcionó, al menos hasta que Avery regresó de las vacaciones de su primer año en la universidad y, mirando hacia la piscina de agua caliente de la casa que los padres de ambos compartían en Vineyard, vio lo que había que ver en Penelope, que era esbelto, gracioso y bello: los labios dulces, la melena negra y lisa, y las pestañas que enmarcaban los enormes ojos castaños.

Entonces, ella hizo lo que toda buena chica sabe que está mal —para su reputación y su autoestima, y para la estrategia con la que lograr que el chico llame al día siguiente— y se acostó con él de buenas a primeras, pocos minutos después de que él la hubiera besado por primera vez («Es que no pude evitarlo —decía en las millones de ocasiones en que contaba la historia—. ¡No podía creer que le gustara a Avery Wainwright!»). Pero, a diferencia de los casos que yo conocía de chicas que habían compartido cama con algún tipo justo después de conocerlo y después no lo habían vuelto a ver, Penelope y Avery se adhirieron el uno al otro, de modo que su compromiso era poco más que una mera formalidad, por lo demás, muy aprobada y aplaudida.

—¿Están peor de lo que suelen estar?

Ella suspiró y miró hacia arriba.

—«Peor de lo que suelen estar»; una frase interesante. Hubiera dicho que era un imposible, pero no, mi madre está consiguiendo volverse aún más insoportable. Nuestro último duelo a muerte versó sobre si se le puede llamar como tal a un vestido de boda que no esté diseñado por Vera Wang o por Carolina Herrera. Yo dije que sí. Como es obvio, ella no estuvo de acuerdo y me lo dijo sin ahorrarse su chulería.

—¿Quién ganó?

—Fui yo la que cedió porque, al fin y al cabo, no me importa quién haga el vestido a condición de que me guste. Imagino que tendré que andarme con mucho tino porque en lo que no pienso transigir es en lo del anuncio de la boda.

—Define «anuncio de la boda».

—No me pidas eso —mascullo antes de beber un sorbo de Dr. Pepper.

—Dímelo.

—Por favor, Bette, ya es suficiente. No me hagas decírtelo.

—Vamos, Pe. Anímate. Espabila; te será más fácil después de la primera vez. Tú dilo.

Tiré de su silla con un pie y me incliné para saborear lo que estaba a punto de oír. Ella se cubrió la frente, perfecta y blanca, con las finas y largas manos, y sacudió la cabeza.

—*The New York Times.*

—¡Lo sabía! Willy y yo no nos burlaremos demasiado, te lo prometo. No te estará tomando el pelo, ¿verdad?

—¡Pues claro que no! —gimió Penelope—. Como te podrás imaginar, también la madre de Avery está que se muere por la idea.

—Vaya, Pe, ¡es maravilloso! Hacéis una pareja tan fantástica; ¡todo el mundo podrá comprobarlo! —ironicé.

—Tendrías que oírlas, Bette; qué horror. Ya están las dos fantaseando con todos esos colegios privados para ricos que pueden enumerar para la lista de invitados. ¿Sabes que oí decir a mi madre, mientras hablaba por teléfono con la organizadora de la ceremonia, que también quería incluir los colegios de los niños? La mujer le dijo que eso no se hablaría hasta que faltaran seis semanas, pero su opinión no ha hecho mella en nadie: la mamá de Avery ya ha quedado con los fotógrafos y tiene todo tipo de ideas acerca de cómo posar para que las caras nos salgan a la misma altura, según recomiendan los especialistas. ¡Y todavía falta un año para la boda!

—Sí, pero estas cosas requieren mucha investigación y planificación previa.

—¡Eso es justo lo que ellas dicen! —gritó.

—¿Y por qué no os fugáis?

Antes de que me pudiera contestar, apareció Aaron y nos interpretó su numerito, que consistía en golpear con los nudillos el tabique de mi cubículo y agitar los brazos para dar a entender que sentía interrumpir nuestro «pequeño conciliábulo», según solía decir, a despecho de nuestro buen humor, cada vez que nos veía comer juntas.

—No quería interrumpir vuestro pequeño conciliábulo, familia —dijo al tiempo que Penelope y yo repetíamos las resabidas palabras en silencio—. Bette, ¿podría hablar contigo un momento?

—No hay problema; yo ya me marchaba. —Penelope tomó aire, visiblemente agradecida por la oportunidad de largarse sin hablar con Aaron—. Bette, charlamos más tarde.

Y se marchó antes de que yo pudiera contestarle.

—Estooo, ¿Bette?

—Sí, Aaron.

Hablando, se parecía tanto a Lumbergh, de *Trabajo Basura*, que me habría resultado gracioso de no ser yo la receptora final de sus «sugerencias».

—Bueeeno. Me preguntaba si habrías tenido oportunidad de leer la cita de hoy.

Carraspeó y me miró con las cejas alzadas.

—Claro, Aaron, la tengo aquí. «El compromiso del individuo con el impulso del grupo; eso es lo que hace que un equipo funcione, que una empresa funcione, que la sociedad funcione, que la civilización funcione.» Tengo que decir que me llegó al alma.

—¿De verdad? —Parecía complacido—. Esa es la de ayer, pero me alegra que haya calado hasta tal punto.

—Desde luego. Era muy apropiada. Aprendo mucho de todas las citas. En fin, ¿ocurre algo? —pregunté con el tono más inocente y preocupado del que fui capaz.

—No ocurre nada *per se*; es solo que antes estuviste ausente durante casi diez minutos y, aunque eso parezca una minucia, estoy seguro de que para la señora Kaufman (que esperaba a que alguien la pusiera al corriente del estado de sus cuentas) supone una eternidad.

—¿Una eternidad?

—No me parece que ausentándote de tu mesa períodos de tiempo tan prolongados estés proporcionando a clientes nuestros como la señora Kaufman la atención de la que aquí, en CWK, nos enorgullecemos. Es un detallito en el que pensar la próxima vez, ¿estamos?

—Te pido disculpas. Es que fui a por la comida.

—Ya lo sé, Bette. Pero no tengo que recordarte que las normas estipulan que los empleados no deben perder el tiempo en salir a buscar comida. Si te hubieras tomado la molestia, sabrías que tengo un archivador lleno de menús a domicilio.

Permanecí en silencio.

—Ah, Bette —agregó—. Estoy completamente seguro de que el supervisor de Penelope la necesita a ella tanto como yo a ti, así que intentemos reducir esos conciliábulos al mínimo, ¿te parece?

Me endilgó la sonrisa más paternalista que pueda imaginarse y, con ella, me ofreció un historial de treinta y siete años plagado de manchas dentales y empastes; creí que vomitaría si aquel hombre no cerraba la boca de una vez. Desde que vi *Girls Just Want to Have Fun* por vez primera, cuando tenía doce años, nunca había sido capaz de quitarme de la cabeza las cavilaciones de Lynne Stone. Mientras va acompañando a Janey después de que esta se haya saltado su clase de coro para ir a ensayar con Jeff (y, por supuesto, la sorprende la malvada, la bruja dueña de un armario giratorio; Natalie), Lynne dice: «Siempre que me encuentro en una habitación con un chico, sea cual sea (un novio, mi dentista, cualquiera), pienso: "Si fuéramos los últimos dos seres humanos del planeta, ¿me darían ganas de vomitar en caso de que me diera un beso?"». Pues bien, gracias a Lynne, yo tampoco podía dejar de preguntármelo, con el desafortunado resultado de que, en aquella ocasión, me imaginé recibiendo un beso de Aaron y me encontré a la muerte.

—¿Y bien? ¿Qué te parece lo que acabo de decirte?

Nervioso, balanceaba el cuerpo de un lado a otro y yo me pregunté cómo era posible que aquel hombre ansioso, aquel inútil social, hubiera conseguido remontarse en la jerarquía del banco hasta ocupar un rango tres veces superior al mío. Había visto a clientes retroceder cuando él se les acercaba para darles la mano y, pese a todo, trepaba por el escalafón como si estuviera lubricado con el mismo aceite que utilizaba para peinarse hacia atrás los cuatro pelos que le quedaban.

Todo lo que quería de él era que desapareciese y, no obstante, cometí un error de cálculo crucial. En lugar de limitarme a estar de acuerdo y volver a concentrarme en mi comida, dije:

—¿Estás descontento con mi rendimiento, Aaron? Me esfuerzo todo lo que puedo, pero tú, por lo que se ve, estás siempre insatisfecho.

—No diría que estoy «descontento» contigo, Bette. Creo que lo estás haciendo, en fin, digamos que bien. Pero todos pretendemos mejorarnos a nosotros mismos, ¿no es cierto? Como dijo una vez Winston Churchill...

—¿«Digamos que bien»? Eso es como afirmar que alguien es agradable o que una cena fue correcta. Trabajo ochenta horas semanales, Aaron. He entregado mi vida a CWK.

Servía de poco tratar de subrayar mi dedicación cuantificándola en horas puesto que Aaron trabajaba un mínimo de quince más de las que trabajaba yo, todas y cada una de las semanas y, aun así, yo tenía razón: trabajaba muchísimo, siempre y cuando no estuviera comprando en la red, hablando por teléfono con Will o escabulléndome junto a Penelope.

—Bette, no seas tan susceptible. Si tuvieras mayores deseos de aprender y, tal vez, si prestaras más atención a los clientes, no creo que tuvieras problemas para ganarte un ascenso. Limítate a reducir la frecuencia de los conciliábulos y a echar el resto en tu trabajo, y los resultados serán magníficos.

Observé la saliva que se le había concentrado en los delgados labios mientras pronunciaba su frase favorita y, entonces, algo en mi interior se rompió. No había ángel en un hombro ni diablo en el otro, no había lista de pros y contras ni estimación rápida de las consecuencias, ramificaciones o segundos planes. No había ideas claras de ninguna clase; solo una todopoderosa sensación de calma y determinación, aunada a una profunda aceptación de que yo no podía seguir aguantando aquella situación por más tiempo.

—Está bien, Aaron. En lo que a mí respecta, no volverán a producirse conciliábulos... jamás. Lo dejo.

Permaneció un minuto en estado de confusión, tras el cual entendió que le estaba hablando en serio.

—¿Que qué?

—Te ruego que lo consideres un aviso reglamentario, a dos semanas vista —afirmé, impulsada por una seguridad que ya mostraba visos de tambalearse.

Aparentó considerar mi anuncio durante un minuto y luego se restregó el sudor de la frente, que arrugaba una y otra vez.

—Eso no será necesario —concluyó con voz queda.

Era mi turno para sentirme confusa.

—Te lo agradezco Aaron, pero, de verdad, voy a marcharme.

—Me refiero a que no serán necesarias las dos semanas. No creo que tengamos muchos problemas para encontrar un sustituto, Bette. Hay mucha gente que, a diferencia de ti, quiere trabajar aquí, como puedes suponer. Por favor, arregla los detalles de tu salida con recursos humanos y ten tus cosas recogidas cuando acabe la jornada. Que tengas buena suerte en lo que sea que vayas a hacer.

Forzó una sonrisa tensa y se alejó con aspecto de estar seguro de sí mismo, como yo no lo había visto en los cinco años que llevaba trabajando para él.

Las ideas se me arremolinaron en la cabeza, tan rápidas en su aparición y de tan diversa procedencia que no era capaz de procesarlas. Aaron tenía pelotas; ¡quién lo diría! Acababa de dejar mi trabajo. Fuera. Sin pensar en el futuro, sin planear nada. Tenía que decírselo a Penelope. Penelope estaba comunicando. ¿Cómo iba a hacer para llevar todas mis cosas a casa? ¿Todavía podía pasarle la factura de un taxi a la empresa? ¿Tendría paro? ¿Seguiría yendo al puesto de los kebabs? ¿Quemaría todos mis trajes de chaqueta en una fogata litúrgica que celebraría en mi apartamento? Millington estaría encantada por salir a pasear a mediodía. ¡A mediodía! Podría ver El Precio Justo todo el tiempo que quisiera. ¿Por qué no me había decidido a hacerlo antes?

Me quedé mirando la pantalla durante un rato, lo que tardé en volver a poner los pies en el suelo, y, entonces, me dirigí a la sala de descanso a alucinar un rato en la relativa privacidad de una de las butacas. Por una parte estaba la despreocupación y, por la otra, la estupidez redomada, y era esta segunda la que comenzaba a casar con la situación. Tomé aire unas cuantas veces y traté de murmurar —con calma y espontaneidad— mi nuevo mantra, pero cualquier cosa que pronunciara sonaba a gemido asfixiado y, mientras tanto, me preguntaba qué coño acababa de hacer.

4

—Por favor, Bette, no has descuartizado a nadie. Has dejado el trabajo. ¡Felicidades! Bienvenida al maravilloso mundo de la irresponsabilidad adulta. Las cosas no siempre salen de acuerdo con el plan, ¿no es cierto?

Mientras esperábamos a que Will llegase a casa, Simon estaba intentando tranquilizarme, convencido de que aún no estaba del todo relajada.

Pensé que la última vez que había sentido el zen habría podido ser en el retiro al que había asistido junto a mis padres.

—Es un poco estremecedor esto de no saber qué hacer a partir de ahora.

Tenía, en efecto, una involuntaria sensación de calma y paraplejia.

A pesar de que sabía que debía estar más aterrorizada de lo que estaba, el último mes había sido estupendo. Albergué la intención de comunicarles a todos mis allegados que dejaran sus trabajos, pero, cuando llegaba el momento de descolgar el auricular, me invadía una agotadora mezcla de hastío, pereza y apatía. No era que no pudiese decirle a la gente que lo había dejado —solo era cuestión de marcar el número y empezar a hablar— y, sin embargo, el esfuerzo de explicar mis razones para haberlo hecho (ninguna) y argumentar mi plan a seguir (inexistente) se me antojaba absolutamente abrumador no bien me acercaba al teléfono. En lugar de eso, sumida en lo que podría llamarse un estado psicológico de aflicción/evasión/negación, dormía hasta la una, dedicaba la mayor parte de la tarde a ver la tele o a pasear a Millington, salía a hacer compras innecesarias en un evidente intento de llenar el vacío de mi vida, y, por último, llegué a la conclusión de que iba a volver a fumar en serio para, de ese modo, tener algo que hacer una vez que se acabase *Conan el bárbaro*. Sé que suena deprimente, pero había sido el mejor mes del que yo tuviera un recuerdo reciente y habría continuado en esa línea de no ser por la llamada que Will hizo a mi trabajo, para hablar con mi sustituto.

Curiosamente, había perdido cinco kilos de peso sin proponérmelo. No había hecho ningún ejercicio exceptuando las maniobras de caza y recolección en busca de comida y, aun así, me sentía mejor que nunca o, en todo caso, mejor que cuando trabajaba dieciséis horas al día. Siendo delgada durante los años de universidad, había comenzado a sumar kilogramos tan pronto comencé a trabajar, momento a partir del cual no tuve tiempo para hacer deporte y me acostumbré a una dieta diaria más bien repugnante a base de kebabs, donuts, chocolatinas de máquina y un café tan azucarado que se me perlaban los dientes. Mis padres y mis amigos habían tenido la delicadeza de ignorar mi incremento de peso y, sin embargo, yo sabía que mi aspecto era terrible. Todas mis promesas de Año Nuevo tenían que ver con resolverme a asistir al gimnasio con regularidad; mi convencimiento solía durar unos cuatro días, hasta que, la mañana del quinto, apagaba el despertador y reclamaba la necesidad de una hora más de sueño. Will era el único que no dejaba de repetirme que estaba hecha un asco. «Pero, cariño, ¿no te acuerdas cuando los boy-scouts te paraban en la calle para pedirte que posaras? Eso no ha vuelto a ocurrir, ¿no es verdad?» O «Bette, bonita, tú que gozabas de ese aire de chica natural, lozana y no maquillada, y que te iba tan bien... ¿Por qué no te dedicas un tiempo a recuperarlo un poco?». Yo le escuchaba y sabía que estaba en lo cierto; fue difícil negar el sobrepeso cuando el botón del único par de vaqueros que aún poseía comenzó a hincárseme tanto en la carne del estómago que resultaba difícil localizarlo una vez abrochado. Que la desocupación me hiciera adelgazar era ilustrativo. La piel se me aclaró, los ojos ganaron en brillo y, por primera vez en cinco años, el volumen se había mudado de mis caderas y muslos al tiempo que permanecía indemne en mi pecho; una clarísima señal divina de que yo no estaba hecha para trabajar. Pero, por supuesto, tampoco estaba hecha para disfrutar de la haraganería o de la vagancia, así que intentaba dar a entender la justa mezcla de pesar, arrepentimiento y angustia. Simon, por su parte, se lo estaba creyendo.

—Tal y como están las cosas, creo que lo que procede ahora es una copa. ¿Qué te apetece beber, Bette?

Poco sabía que me había dado a la bebida en solitario. No de un modo desesperado y abandonado, en plan «Necesito beber para estar bien, aunque no haya nadie a mi alrededor», sino de una manera liberada: «Soy adulta, así que qué pasa si me apetece una copa de vino o de champán, o cuatro tragos de vodka de una sola sentada». Sí, ¿y por qué no? Fingí sopesar su oferta antes de decir:

—¿Qué tal un martini?

En aquel momento, tío Will entró en tromba y, como era habitual en él, cargó el ambiente con una energía de naturaleza inmediata e intensa.

—¡Adivina quién viene esta noche! —exclamó, haciendo uso del título de la película que habían pasado la noche anterior por el canal AMC y descubriendo así que, por mucho empeño que pusiera en negarlo, sí veía la televisión.

»Simon, prepárale a nuestra ex empleada de banca un martini extra seco con vodka y tres aceitunas. Yo tomaré lo de siempre. ¡Cariño! ¡Estoy tan orgulloso de ti!

—¿En serio?

Lo cierto era que en el mensaje que me había dejado en el contestador unas horas antes emplazándome en su apartamento para tomar unas copas aquella misma noche no parecía demasiado entusiasmado. («Bette, cariño, no tienes escapatoria. Acabo de hablar con la pobre criatura que afirma ocupar tu cubículo y me pregunto qué estás haciendo en estos momentos. Ojalá todo esté bien. Quizá tengas un amante. Te espero esta tarde a las seis en punto para que me relates todos los detalles escabrosos. Cuenta con venir a cenar con nosotros al Elaine's.»)

—¡Pues claro, mi amor! Por fin has dejado ese horrible lugar. Eres una criatura seductora, tan fascinante, tan fabulosa... y me da la impresión que ese deprimente trabajo que tenías estaba acabando con todas tus virtudes. —Llevó sus enormes y cuidadas manos a mi cintura y chilló—: Pero ¿qué es esto? ¿Una cinturita de avispa? Dios Santo, Simon, esta mujer está recuperando su figura. Parece como si en las últimas semanas te hubieran hecho liposucciones allí donde te hacía falta. ¡Me alegro de que vuelvas a ser tú, cariño!

Levantó uno de los martinis que Simon había preparado para los tres (Will no tenía permitido hacerlos porque su torpeza al servirlos era notoria) al tiempo que se quitaba la gorra de lana gris marengo que llevaba puesta desde antes de que yo naciera.

Simon sonrió, levantó también su copa y brindó con las nuestras con delicadeza para no derramar ni una gota de aquel valioso líquido. Yo, por mi parte, no fui tan cuidadosa y me salpiqué los vaqueros con la embriagante bebida. De haber estado a solas me habría lamido el pantalón. En fin.

—Pues ya está —anunció Will—. Ya es oficial. Y ahora, ¿qué? ¿Vas a escribir para una revista? ¿Vas a hacer tus pinitos en la moda, quizá? Me han dicho que en *Vogue* están buscando a gente.

—Venga ya —suspiré, sin demasiadas ganas de pensar en

ello—. ¿*Vogue*? ¿Acaso crees que estoy preparada o cualificada para trabajar para esa redactora jefe...? ¿Cómo se llama?

Simon se apresuró en disipar todas mis dudas.

—Anna Wintor. Y la respuesta es no y no.

—¿No? Bueno, ¿y qué me dices de *Bazaar*? —preguntó Will.

—Will...

Dirigí la mirada a mis desgastados y horribles zapatos planos y la levanté de nuevo hacia él. Aunque mi aspecto había mejorado en algo —hacía ya tiempo que no me hacía coletas y había jubilado para siempre las alpargatas—, lo cierto era que desde que dejé la universidad me había ceñido a los trajes de chaqueta que utilizaba para ir a trabajar.

—Deja ya de gimotear, querida. Algo saldrá. Y si no, siempre puedes trabajar conmigo, ya lo sabes. Como medida desesperada, claro está.

Will llevaba mencionando de manera sutil lo divertido que resultaría que trabajáramos juntos desde que yo estaba en el instituto, ya que, según él, estaba dotada de un talento natural para la investigación y la escritura. Mis padres hacían copias de todos mis trabajos y se las mandaban a Will, quien me hizo llegar un centro de flores espectacular cuando en segundo de carrera me decidí por especializarme en literatura. La tarjeta decía: «PARA LA FUTURA COLUMNISTA DE LA FAMILIA». Me repetía con frecuencia que me enseñaría los entresijos de la profesión, pues estaba seguro de que aquello era algo que me gustaría hacer. Y yo jamás lo puse en duda. Sin embargo, en los últimos tiempos sus columnas de opinión estaban más cerca de la verborrea conservadora que de los comentarios ligeros que tanto gustaban a sus fieles lectores. Era un maestro del género; nunca se prestaba a escribir únicamente sobre chismes de sociedad, pero tampoco se tomaba a sí mismo demasiado en serio. O al menos así había sido hasta hacía unos días, cuando escribió un artículo de mil palabras en el que identificaba a las Naciones Unidas con el mismo demonio. (Sirva como resumen: «¿Por qué razón, en estos tiempos de grandes avances tecnológicos, todos esos diplomáticos tienen que estar físicamente en Nueva York y hacerse con las mejores plazas de aparcamiento, y copar las mejores mesas de los restaurantes, y contribuir así al ambiente de habla no inglesa de la ciudad? ¿Por qué no mandan sus votos por correo electrónico desde sus respectivos países? ¿Por qué tenemos que lidiar con las aglomeraciones de tráfico y la inseguridad si, en realidad, nadie les presta ninguna atención? Y si se oponen rotundamente a trabajar desde sus países, ¿por qué no desplazamos toda la producción a Lincoln, Nebraska, a ver si así se siguen muriendo de ganas por venir aquí a mejorar el mundo?».) Una parte de mí estaría encantada de poder aprender la profesión, pero no, demasiado fácil. ¡Menuda suerte! Resulta que tu tío es un columnista famoso cuyos artículos se publican en casi todos los periódicos del país y da la casualidad de que tú trabajas para él. Además, Will contaba con un grupo reducido de investigadores y colaboradores que yo sabía que se acordarían de mi santa madre si, un buen día, apareciera por la puerta y empezara a escribir de inmediato. También me preocupaba la posibilidad de echar a perder algo que estaba muy bien: teniendo en cuenta que Will era el único familiar que tenía cerca, un buen amigo, y la única persona con la que tendría vida social ahora que Penelope iba a casarse, no me pareció una buena idea pasar todo el día trabajando a su lado.

—Según mi ex jefe, todavía no soy capaz de desentrañar el mensaje de una simple cita del día. No estoy segura de que te convenga alguien así en tu equipo.

—¡Por favooor! Lo harás mucho mejor que los mocosos de mi oficina, que fingen estar comprobando datos cuando en realidad están actualizando sus perfiles en las páginas de contactos con fotos picantes y vulgares insinuaciones —gruñó—. Ya sabes que aplaudo la falta total de ética en el trabajo. ¿Cómo si no podría escribir tal montón de basura a diario? —Se terminó la bebida con expresión de satisfacción e hizo un esfuerzo por levantarse del diván tapizado en piel—. Solo es una opción a tener en cuenta. Y ahora, vayamos a cenar, a ver qué se cuece por allí.

—Está bien, pero no me puedo quedar mucho rato. Hoy tengo reunión con las del club de lectura —dije con resignación.

—¿Ah, sí, querida? Eso suena a actividad rayana en la vida social. ¿Qué estás leyendo?

Pensé con rapidez y solté el primer título socialmente aceptable que me vino a la cabeza.

—*Moby Dick.*

Simon dio media vuelta y se me quedó mirando.

—¿Estás leyendo *Moby Dick*? ¿En serio?

—Claro que no —respondió Will entre risas—. Está leyendo *Pasión y perdición en Pensilvania*, o algo por el estilo. No eres capaz de abandonar el vicio, ¿verdad, mi amor?

—No lo comprendes, Will. —Me dirigí a Simon—. Por muchas veces que se lo explique, se niega a entenderlo.

—¿Entender qué, exactamente? ¿Que mi adorable e inteligente sobrina licenciada en literatura no solo las lee, sino que está obsesionada con las novelas rosa? Tienes razón, cariño. No lo entiendo.

Bajé la vista y fingí sentir una vergüenza insondable.

—*Un chico muy malo*. Acaba de salir a la venta, y las críticas son muy buenas. Además, no soy la única a la que le gusta... Es uno de los libros más comprados en Amazon ¡y el pedido tarda hasta tres semanas en llegar!

Will miró a Simon con gesto de incredulidad.

—Cariño, es que no logro entender por qué. ¿Por qué?

¿Por qué? ¿Cómo que por qué? ¿Acaso podía responder a esa pregunta? Me la había hecho a mí misma millones de veces. Todo había comenzado de manera inocente, cuando me encontré un ejemplar de *Ardiente e Intenso* en el asiento del avión que me llevaba de Poughkeepsie a Washington. Tenía trece años y el juicio suficiente para saber que debía ocultárselo a mis padres, y así lo hice. Aquel maldito libro era tan bueno que, cuando llegamos al hotel, fingí un fuerte dolor de garganta para que mis padres fueran a la marcha de la Liga de Acción Nacional sobre el Aborto y los Derechos de Reproducción sin mí y poder terminar de leerlo. Aprendí a reconocer las novelas rosa al instante, a husmearlas en las estanterías de las librerías en cuestión de segundos, a sacarlas de entre los montones de libros apilados en los carritos de las bibliotecas, y me convertí en una experta en aprovechar el momento en que mi madre hacía sus compras para pagarlas en cualquier otra sección del centro comercial y dejarme en ellas mi exigua paga. Leía dos o tres cada semana, y como tenía la sensación de que aquello se podía considerar material de contrabando, las escondía en un rincón de mi armario. Leía solo por la noche y siempre tenía cuidado de volver a guardarlas antes de quedarme dormida.

Al principio, me daba vergüenza la carga sexual de las ilustraciones de la cubierta, y también, cómo no, las explícitas descripciones que encontraba en su interior. Como cualquier adolescente, no quería que mis padres descubrieran que yo sabía algo sobre el tema, así que leía solo cuando tenía la total seguridad de que ellos no estaban cerca. Pero en los últimos cursos del instituto, tendría yo unos diecisiete años, decidí salir del armario. Acompañé a mi padre a una librería para recoger un pedido que había encargado y cuando llegó la hora de pagar, coloqué sobre el mostrador un ejemplar de *Un guardaespaldas de sangre azul*. Con total naturalidad mascullé:

—No he traído la cartera. ¿Puedes pagarlo tú y te doy el dinero cuando lleguemos a casa?

Mi padre levantó el libro con dos dedos como si estuviera sujetando una rata muerta. Sin embargo, la expresión de su rostro demostraba que a él también le resultaba una lectura apetecible. Pasados unos segundos, soltó una risotada y dijo:

—Bettina, por favor. Devuelve esta cosa horrible al lugar donde la hayas encontrado y escoge algo decente. Le dije a tu madre que estaríamos de vuelta en veinte minutos, no podemos perder más tiempo.

Insistí y me compró el libro, probablemente para salir de la librería cuanto antes. Aquella misma noche, mientras estábamos cenando, mencionó mi adquisición y en su voz percibí un matiz de confusión.

—Pero... no me dirás que lees esa clase de libros, ¿verdad? —preguntó, contrariado, como si estuviera haciendo un esfuerzo por comprender.

—Pues sí —me limité a responder, sin que mi voz denotara la vergüenza que sentía.

Mi madre soltó el tenedor, que chocó estrepitosamente contra el plato.

—No es posible —añadió, como si tuviera la esperanza de que pronunciar aquellas palabras con tanta determinación pudiera llegar a convertirlas en realidad—. Es que no es posible.

—Sí lo es —dije con tono cantarín, intentando quitarle hierro a la situación—. Y lo es para cincuenta millones de personas más, mamá. Son libros relajantes y muy interesantes. Es decir, hablan de sufrimiento, de éxtasis y siempre acaban bien. ¿Qué más se puede pedir?

Conocía a fondo el mercado, y lo cierto era que las cifras resultaban impresionantes. Las dos mil novelas románticas que se publican cada año forman una industria que mueve un millón y medio de dólares. Dos quintas partes de la población femenina estadounidense compra, al menos, una novela rosa al año. Más de un tercio de las novelas de ficción que se venden anualmente son novelas de este género. Una especialista en Shakespeare (que es también profesora en la Universidad de Columbia) admitió hace poco haber escrito docenas de novelas rosa. ¿Por qué habría de sentirme avergonzada?

Lo que no les decía entonces a mis padres —ni tampoco

les conté después a Will o a Simon— era lo mucho que me gustaban esas novelas. El escapismo era un factor a tener en cuenta, por supuesto, pero mi vida tampoco era tan funesta como para tener que recurrir a un mundo de fantasía. Era tan solo que me resultaba inspirador leer sobre dos personas de extraordinaria belleza, capaces de superar todos los obstáculos para estar juntos, que se amaban tanto que siempre encontraban la manera de hacer que su relación saliera adelante. Las escenas de sexo eran un valor añadido, pero aún más importante era que aquellos libros siempre terminaban bien, lo cual me dejaba en un estado de ánimo tan optimista que no podía dejar pasar ni un día hasta comenzar a leer el siguiente. Eran previsibles, entretenidos, nunca decepcionaban y, sobre todo, describían relaciones amorosas que —pese al feminismo, corrección política y atribución de poderes a la mujer que mis padres intentaban inculcarme— yo deseaba para mí más que nada en este mundo. Y aquello hacía que me dedicara a comparar todos y cada uno de los hombres con los que salía con «El Hombre Ideal». No podía evitarlo. Quería vivir un cuento de hadas, que, ni que decir tiene, no se acercaba demasiado a lo que viví con Cameron ni a lo que viven la mayoría de parejas heterosexuales de Nueva York. Pero yo no estaba dispuesta a darme por vencida... al menos todavía no.

¿Iba a explicarle todo esto a Simon? Era evidente que no. Así que optaba por sonreír y hacer algún comentario que mostrara desaprobación hacia mí misma, del tipo «ya ves, la realidad me supera», cada vez que alguien me preguntaba por qué leía esa clase de libros.

—Bueno, ¿qué más da? —respondí con una sonrisa, sin mirar a ninguno de los dos—. Es una tontería a la que me aficioné de pequeña y que todavía no he sido capaz de dejar.

A Will, el eufemismo le hizo una gracia extraordinaria.

—¿Una tontería, dices? Bette, cariño, ¡perteneces a un club de lectura cuya misión consiste en analizar y comentar a fondo ese género que tanto te gusta! —cacareó.

Cierto. Hasta que descubrí el club, no conocía a nadie que me entendiera. Ni mis padres, ni mi tío, ni mis amigos del instituto o de la universidad. Penelope se limitaba a menear la cabeza cada vez que veía uno en mi apartamento (lo cual, por cierto, no era tarea difícil, teniendo en cuenta que poseía más de cuatrocientos ejemplares apilados en cajas, armarios, cubos que guardaba debajo de la cama y, siempre y cuando la cubierta no fuera demasiado escandalosa, también en estanterías). Yo sabía que las cifras hablaban de millones de mujeres que leían estos libros, pero solo hacía dos años que había conocido a una de ellas, Courtney, en una librería Barnes & Noble del centro de la ciudad. Yo acababa de salir del trabajo y estaba haciendo girar el expositor en busca de una de mis novelas cuando oí tras de mí una voz femenina.

—No estás sola —musitó.

Me di la vuelta y me encontré con una bonita chica que debía de tener mi misma edad, de rostro ovalado y labios encendidos. Parecía una muñeca de porcelana, con unos tirabuzones que me recordaron a Nelly, de *La casa de la pradera*, y con facciones tan delicadas que parecían poder resquebrajarse en cualquier momento.

—Disculpa, ¿hablas conmigo? —pregunté, mientras me apresuraba en ocultar mi ejemplar de *El sueño de toda mujer* tras un enorme diccionario de griego que encontré a mano.

La chica asintió y se acercó para susurrarme:

—Te decía que no tienes por qué avergonzarte. Somos muchas.

—¿Y quién te ha dicho que me avergüenzo? —pregunté.

Echó un vistazo al libro que intentaba esconder y arqueó una ceja.

—Mira, me llamo Courtney y yo también estoy enganchada. Tengo una carrera, un buen trabajo, y no me importa admitir que me encantan estos malditos libros. Y hemos formado un grupo, ¿sabes? Nos reunimos una o dos veces al mes para comentarlos, tomar unas copas y convencernos las unas a las otras de que no hay nada de malo en ello. Vendría a ser algo así como un club de lectura y una sesión de terapia, todo en uno.

Comenzó a hurgar en su bolso Tod's y sacó un trozo de papel arrugado y una pluma Montblanc. Le quitó la capucha con los dientes y garabateó una dirección en SoHo y una dirección de correo electrónico.

—La próxima reunión es este lunes por la noche. Te he escrito mi correo por si tienes alguna pregunta, aunque no tiene muchos secretos. Estamos leyendo este —me mostró con discreción un ejemplar de *¿Quien quiere casarse con un rompecorazones?* y nos encantaría que vinieras.

Es probable que el hecho de que me presentara en el apartamento de una extraña a la semana siguiente fuese una señal de profunda adicción. Nada más llegar me di cuenta de que Courtney tenía razón. Todas las chicas eran listas, modernas e interesantes a su modo, y a todas ellas les encantaban las novelas románticas. Exceptuando a dos gemelas, ninguna de las otras se conocía de antes; todas habían llegado hasta el grupo de forma parecida a como llegué yo. Me sorprendió, debo admitir que gratamente, darme cuenta de que yo era la única que había sido capaz de hablar sin tapujos de mi afición. Ninguna de ellas le había contado a nadie —ya fuera marido, novio, amigo o familiar— el contenido real de aquellas sesiones de lectura. En los dos años que llevaba acudiendo, solo una se había atrevido a confesarle a su novio sus preferencias en cuanto a libros y la mofa de este había sido tal, que ella había acabado dejándolo, pues se había dado cuenta de que ningún hombre que realmente la amara (como ama el héroe de una novela rosa, se infiere) podría burlarse con tanta crueldad de algo que a ella le gustara. Durante las reuniones nos contábamos nuestras vidas; en ese tiempo algunas cambiaron de trabajo, otras se casaron, una incluso tuvo que ir a juicio, pero si nos encontrábamos por la calle o en una fiesta, nos limitábamos a saludarnos con un «hola» de cortesía o a dirigirnos una mirada de complicidad. Me había perdido la reunión de la semana pasada y desde entonces estuve deseando que llegara la de aquella noche, así que no permitiría que Will me la arruinara.

Simon, Will y yo subimos al coche de inmediato, pero cuando llegamos al restaurante, en la Ochenta y ocho con la Segunda, nos dimos cuenta de que no éramos precisamente los primeros en llegar.

—¡Preparaos, ahí viene! —consiguió susurrar Simon justo antes de que Elaine, la dueña, hiciera su poco elegante aparición.

—¡Llegáis tarde! —ladró, mientras señalaba al salón del fondo, en el que había ya reunido un grupo de gente—. Anda, ve y saluda a los tuyos; yo os traeré las bebidas.

Los seguí hasta el salón del fondo del famoso restaurante y eché un vistazo alrededor. Las paredes estaban totalmente cubiertas de libros y fotografías enmarcadas, cada una de ellas firmada por el escritor. Eran tantas que se diría que allí estaban todos los que habían publicado algo a lo largo del siglo XX. El ambiente rústico y familiar hacía que aquello pareciera más bien una reunión habitual de vecinos, o eso creí hasta que reconocí al grupo de periodistas y escritores congregado junto a la mesa lista para veinte comensales: Alan Dershowitz, Tina Brown, Tucker Carlson, Dominick Dunne y Barbara Walters. Una de las camareras me ofreció un martini que llevaba un buen rato mezclado y comencé a sorberlo de inmediato. Apuré la última gota justo en el momento en que el ecléctico grupo de gente de los medios de comunicación y la política ya se había sentado a la mesa.

Will estaba proponiendo un brindis en honor de Charlie Rose, autor del libro que había propiciado la celebración, cuando la única mujer menor de cuarenta años se inclinó hacia mí y me preguntó:

—¿Cómo te han liado para que asistieras a esto?

—Soy la sobrina de Will. No me he podido escapar.

Rió en voz baja y me puso la mano sobre las piernas, lo cual me hizo sentir muy incómoda hasta que me di cuenta de que intentaba darme la mano con discreción.

—Me llamo Kelly y soy la que ha organizado esto para tu tío, así que supongo que yo también estoy obligada a estar aquí.

—Encantada —susurré—. Yo soy Bette. Hace un rato estaba en su apartamento y ahora aquí me tienes. La fiesta está muy bien.

—¿En serio? No es de mi estilo, pero creo que es lo que tu tío quería. Mucha gente, todos los que confirmaron su asistencia han venido (que no es nada habitual) y Elaine llevándoselo todo a su terreno, como sí es habitual. En general, estoy bastante satisfecha con el resultado. Si logramos que no se emborrachen demasiado, podré decir que todo ha salido a la perfección.

Los invitados liquidaron la primera ronda de cócteles en un tiempo récord y empezaron a comer con fruición las ensaladas que habían aparecido frente a ellos.

—Cuando dices que «has organizado esto», ¿a qué te refieres, exactamente? —pregunté, más porque me sentía obligada a decir algo que por un interés genuino en el asunto, aunque Kelly pareció no darse cuenta.

—Soy la propietaria de una compañía de relaciones públicas —respondió tras dar un sorbo a su copa de vino blanco—. Representamos a todo tipo de clientes: restaurantes, hoteles, boutiques, compañías discográficas, estudios cinematográficos, personajes famosos... y hacemos cuanto podemos por mejorar su imagen congregando a los medios de comunicación, mediante lanzamientos de productos, y eventos por el estilo.

—¿Y lo de esta noche? ¿A quién representas? ¿A Will? No sabía que tuviera una relaciones públicas.

—No, para lo de esta noche me contrató el agente de publicidad de Charlie. Quería que organizara una cena para los periodistas de élite, los que se han ganado un nombre por mérito propio. El agente de publicidad dispone de sus relaciones públicas, por supuesto, pero no siempre tienen los contactos necesarios para montar algo tan determinado. Y ahí es donde entro yo.

—Entiendo. Y dime, ¿cómo conoces a toda esta gente?

Kelly soltó una carcajada.

—Tengo una oficina llena de empleados cuyo trabajo consiste en conocer a toda la gente que hay que conocer; unos treinta y cinco mil nombres, de hecho, y podemos contactar con cualquiera de ellos en cualquier momento. A eso nos dedicamos. Y hablando del tema, ¿tú a qué te dedicas?

Por fortuna, antes de que se me ocurriera una mentirijilla que contarle, Elaine le hizo un gesto para que se acercara hasta la puerta. Kelly se levantó precipitadamente y se dirigió a la sala de delante. Entonces centré mi atención en Simon, sentado a mi izquierda, y descubrí a un fotógrafo agazapado en un rincón, sacándonos fotos sin flash y con gran disimulo.

Me vino a la cabeza la primera vez que Will me arrastró hasta una cena con los medios de comunicación. Yo tenía catorce años y había venido a visitarlo desde Poughkeepsie. Aquella noche también fuimos al restaurante de Elaine, y también se trataba de una fiesta para la presentación de un libro. Entonces le había preguntado a Simon si no era extraño que alguien nos hiciera fotos mientras cenábamos. Él se había reído. «Claro que no, cariño, por eso estamos aquí. Si no aparece la foto en las páginas de sociedad, ¿cómo demostrar que la fiesta tuvo lugar? No hay dinero en el mundo que pueda pagar la publicidad que tanto él como su libro van a recibir esta noche. Ese fotógrafo es de *New York Magazine*, creo recordar, y cuando él se vaya, entrará otro enseguida. Al menos, eso es lo que todo el mundo espera que suceda.»

Aquella noche Will me había enseñado cómo hablar con la gente. Lo fundamental era tener presente que a nadie le importa demasiado tu vida ni tus opiniones, así que lo que hay que hacer es sentarse cuanto antes y empezar a hacerle preguntas a la persona que tienes a tu derecha. Hay que preguntar lo que sea, simular interés y evitar silencios incómodos con más preguntas sobre su vida. Tras años de instrucción y práctica, ya era capaz de mantener una conversación prácticamente con cualquiera, pero como aquella noche no me lo estaba pasando mejor que cuando era niña, me despedí de los allí presentes y me escabullí una vez terminado el entrante de ensaladas.

La reunión con el club de lectura era en casa de Alex, en East Village. Tomé el tren de las seis y fui pasando las canciones de mi iPod hasta llegar a «In my dreams», de REO Speedwagon. Cuando bajé del tren en Astor Place, topé de bruces con una señora diminuta con aspecto de bibliotecaria, que en el encontronazo, literalmente me cacheó. Me disculpé por mi papel en el incidente (el hecho de estar allí) con un sentido «Perdone», tras el cual se volvió como una furia, y con la expresión más contraída y demoníaca que había visto jamás, bramó: «¿Perdone? ¡Esto no habría sucedido si miraras por dónde andas!». Dio media vuelta y siguió soltando blasfemias. Desde luego, no le vendría mal pasar un rato con *Un chico muy malo*, pensé.

Caminé seis calles en dirección al este, llamé al piso de Alex, en la avenida C y emprendí la temida subida. Según ella, su apartamento estaba en la sexta planta, pero teniendo en cuenta que la lavandería de los chinos ocupaba el principal y que los números no se correspondían exactamente con los tramos de escalera, en la práctica, vivía en un séptimo piso. Alex era la típica artista del East Village, siempre de riguroso negro de los pies a la cabeza, con un color de pelo distinto cada semana, y con un piercing que iba pasando del labio a la nariz y después a la ceja. Una artista alternativa que sentía una encendida pasión por la novela rosa. Evidentemente, ella era la que arriesgaba más en caso de que sus colegas llegaran a descubrir su afición —tenía una reputación que preservar, se podría decir—, así que acordamos que si sus vecinos preguntaban, diríamos que íbamos allí a celebrar reuniones de Adictos al Sexo Anónimos.

—¿Te parece mejor decirles que eres adicta al sexo que confesar que lees novela rosa? —le había preguntado cuando nos dio la instrucción.

—¡Por supuesto! —me había respondido sin vacilar—. Ser adicto mola. Cualquier artista que se precie tiene alguna adicción.

Y así quedó resuelto.

Aquella tarde tenía un aspecto más punk que de costumbre. Llevaba unos pantalones de piel ajustados al estilo de los ochenta y una camiseta clásica CBGB algo desteñida. Me acercó un ron con Coca-Cola y me senté sobre su cama a observar cómo se aplicaba otras seis o siete capas de rímel mientras esperábamos al resto de las chicas. Janie y Jill fueron las primeras en llegar. Jill todavía estaba en la universidad, cursando un posgrado en arquitectura, y Janie trabajaba en una agencia de publicidad. La afición por los libros de Harlequin les venía de pequeñas, cuando, escondidas bajo las sábanas, se pasaban horas leyendo los que compraba su madre. Poco después llegó Courtney, mi nexo de unión con el grupo. Trabajaba como directora adjunta de la revista *Teen People* y, no conforme con leer toda novela rosa que viera la luz, se dedicaba también a escribirlas. Finalmente hizo su aparición Vika, mitad sueca y mitad francesa, con un acento adorable y profesora de niños pequeños en una escuela privada del Upper East Side. Formábamos un grupo de lo más variopinto.

—¿Alguien tiene alguna noticia que dar antes de que empecemos? —preguntó Jill, mientras el resto sorbíamos el dulce líquido tan rápido como nos era posible.

Ella era la encargada de las reuniones, la que siempre se esforzaba por reconducir la conversación; una pretensión del todo inútil, puesto que aquellos encuentros se parecían más a una terapia de grupo que a cualquier tertulia de análisis literario.

—Yo he dejado el trabajo —anuncié con entusiasmo, levantando a la vez mi vaso de plástico de color rojo.

—¡Salud! —gritaron todas, e hicieron chocar sus vasos contra el mío.

—Ya era hora de que te libraras de aquella pesadilla —dijo Janie.

—Sí, seguro que no echas de menos a tu jefe, ¿verdad? —preguntó Vika con su precioso aunque extraño acento.

—No, eso sí que no. No voy a echar de menos a Aaron.

Courtney se sirvió la segunda copa en diez minutos y añadió:

—Sí, bueno, pero ¿ahora cómo vamos a saber cuál es la cita del día? ¿No hay nadie que te las pueda mandar?

En mi segunda reunión había empezado a compartir con ellas el júbilo y la sabiduría de las inspiradoras citas de Aaron. Tras un breve comentario a modo de introducción, leía las mejores de la semana y nos partíamos de risa. En las últimas reuniones, las chicas habían comenzado a asistir con sus propias contra citas, breves epigramas zahirientes, sarcásticos o maliciosos que, de considerarlo oportuno, debería haber llevado a la oficina y compartido con Aaron.

—Lo cual me recuerda —anuncié con grandilocuencia, mientras sacaba una hoja del bolso— que justo tres días antes de marcharme, recibí esta, y he de confesar que es una de mis favoritas. Dice así: «Trabajo en equipo: en pocas palabras, menos hablar de mí y más de nosotros». Queridas, esto es lo que yo llamo un pensamiento profundo.

—¡Vaya! —suspiró Jane—. Gracias por compartirlo con nosotras. Desde hoy mismo me voy a plantear cómo incluir menos de mí misma y más de nosotras en mi vida.

—Yo también —decidió Alex—. Además eso concuerda con una cita de nuestro amigo Gore Vidal que leí hace poco. «Cuando un amigo triunfa, algo muere en mí.»

Aquello desató una carcajada general que se vio interrumpida por el escandaloso anuncio de Janie.

—Hablando de jefes... yo, esto... he tenido un incidente con el mío.

—¿Un incidente? —preguntó Jill—. ¡No me habías dicho nada!

—Bueno, es que sucedió ayer por la noche. Cuando llegué a casa ya estabas dormida, y no te he visto hasta ahora.

—Háblanos del «incidente», por favor —le pidió Vika, con gesto de genuino interés.

—Veamos... diríamos que... nos hemos enrollado —confesó, sonriendo con timidez.

—¿Qué? —chilló Jill, mientras observaba a su hermana con una mezcla de sorpresa y felicidad—. ¿Qué pasó?

—Bueno, pues habíamos conseguido un posible cliente, y me preguntó si me apetecía ir a cenar algo. Fuimos a tomar sushi, y después unas copas...

—¿Y después? —intervine.

—Y después más copas y, a continuación, me recuerdo desnuda en su sofá.

—Dios mío. —Jill empezó a mecerse hacia delante y hacia atrás.

Jannie la miró.

—¿Por qué te pones así? No es para tanto.

—Bueno, es que no creo que lo sucedido vaya a granjearte un camino de rosas en tu trabajo —replicó.

—¿Y no será que desconoces el talento que me caracteriza en ciertas actividades, eh? —apuntó Janie sonriendo con picardía.

—¿Te acostaste con él? —preguntó Alex—. Dime que sí, por favor. No pediría más por hoy. La agente financiera Bette toma la delantera y deja su trabajo sin plan «b», ¿y tú te lías con tu jefe? Si así fuera, tendría la tremenda impresión de que alguna influencia debo de estar ejerciendo sobre vosotras.

—En fin, no sabría decir si lo que ocurrió entre nosotros fue sexual —respondió Janie.

—¿Y eso qué puñetas significa? —inquirió Alex—. O fue sexual o no lo fue.

—Ya. De no haber sido mi jefe es probable que este encuentro no hubiera contado. Solo unas cuantas veces de mete y saca... Nada serio.

—Eso es más de lo que yo he hecho en dos años —confesé.

—Interesante. Lo que me pregunto es cuántos otros tíos entran dentro de tu categoría de no ser lo bastante importantes como para contar. ¿Janie? ¿Tendrías la amabilidad de ilustrarnos? —terció Courtney.

Alex regresó de su rudimentaria cocina portando una bandeja con vasos de chupito llenos hasta el borde.

—¿Por qué hablar de *Un chico muy malo* cuando tenemos aquí a nuestra chica mala particular? —dijo, y repartió los vasos.

Habíamos entrado en materia, y de qué modo.

5

Pasaron otras tres semanas de un modo muy semejante al de mi primer mes de desempleo, si bien algo menos placenteras como consecuencia de la recién adquirida costumbre de Will y mis padres de llamarme a diario «para ver qué tal», según afirmaban. Las conversaciones solían ser así:

MAMÁ: ¿Alguna novedad hoy, cariño?

YO: Hola, mamá. Estoy tanteando el terreno; la cosa promete pero aún no he encontrado lo que busco. ¿Qué tal estáis tú y papá?

MAMÁ: Estamos bien, hija; un poco preocupados por ti. Te acuerdas de la señora Adelman, ¿no? Su hija es la encargada de recaudación de fondos en Earth Watch y dice que la llames, que siempre necesitan a gente entregada y formada.

YO: Hummm, qué bien. Tomo nota [Cambio de canal para ver las entrevistas de Oprah, que está a punto de empezar]. Oye, tengo que colgar. Todavía me quedan por escribir unas cuantas cartas de presentación más.

MAMÁ: ¿Cartas de presentación...? Ah, ya, claro. No quiero entretenerte. Que tengas suerte, cariño. Sé que no tardarás en encontrar algo.

Aparte de aquellos siete dolorosos minutos diarios en los que me dedicaba a repetir que me encontraba bien, que la búsqueda de trabajo iba bien y que estaba segura de que encontraría algo pronto, todo iba a pedir de boca. Eran mi compañía Bob Barker, Millington, un apartamento repleto de noveluchas en rústica y cuatro bolsas diarias de gominolas, mientras me dedicaba a navegar en la red en busca de páginas de trabajo, efectuaba, de vez en cuando, alguna que otra impresión y, muy de vez en cuando, un formulario. A pesar de que no me sintiera en modo alguno deprimida, resultaba un poco difícil de juzgar, sobre todo porque eran muy escasas las ocasiones en que salía de mi apartamento y porque apenas pensaba en otra cosa que no fuese mantener aquel estilo de vida sin que hiciera falta conseguir un nuevo trabajo. Muchas veces se oye a la gente hacer afirmaciones como: «Solo estuve sin trabajo una semana ¡y casi me vuelvo loco! Es que yo soy de esa clase de personas que necesitan sentirse productivas, que necesitan contribuir, ¿entiendes?». No, yo no lo entendía. Por supuesto, mi tesorería comenzaba a hacer aguas, pese a lo cual me imaginaba que acabaría por recuperarse de algún modo, o, en caso contrario, me lanzaría a buscar la misericordia de Will y Simon. Era una estupidez malgastar el tiempo en preocupaciones teniendo a la vista las valiosísimas lecciones de vida y los melodramas cotidianos del programa televisivo *Dr. Phill.*

Recoger el correo me ocupaba sus buenos diez minutos al día. Aunque sabía que el cartero llegaba a las dos de la tarde, no solía estar con el ánimo suficiente para ir a por las cartas hasta el atardecer, momento en el que bajaba a recibir los fajos de facturas y catálogos y salía disparada de vuelta al ascensor. Décimo tercer piso. El trece, ese número infortunado. Cuando, al ir a ver mi apartamento por primera vez, titubeé, el agente de la inmobiliaria se burló de mí diciendo algo como: «¿Qué me cuentas? ¿Otra que cree en la astrología? En serio, no puedes estar preocupada por algo tan ridículo... ¡y mucho menos con el aire acondicionado incluido por ese precio!». Y dado que parecía ser costumbre neoyorquina la de convertirse en objeto de abuso por parte de las personas a las que se paga para que lleven a cabo un servicio, no dudé en balbucir una excusa y firmar en la línea de puntos.

Aquel día, sin embargo, mi buzón contenía el último número de *In Touch*, en cuya lectura invertiría al menos una hora. Después de rescatar la revista y los suculentos cotilleos que llevaba dentro, cerré la puerta, rastreé el suelo en busca de posibles escarabajos y me preparé a recibir los acostumbrados histerismos de Millington. La perra parecía estar convencida de que todos los días eran el día en el que la abandonaría para siempre y, a mi llegada, corría a mi encuentro poseída por un frenesí de resuellos, bufidos, olisqueos, saltos, toses y sumisas micciones, tan desesperada que, a veces, me daba por pensar que semejante excitación acabaría por matarla.

Recordando la media docena de manuales para el entrenador que el criador me había dado «por si acaso», interpreté un aparatoso espectáculo consistente en no hacerle caso, dejar la bolsa en el suelo con aire despreocupado, colgar el abrigo y caminar con toda tranquilidad hasta el sofá, situación que aprovechó Millington para subírseme de inmediato al regazo, plantarme las patas delanteras en el pecho y comenzar a lamerme la cara según era su ritual. Su pequeña y húmeda lengua me recorrió la cara, desde la frente hasta la barbilla, y añadió un fracasado intento de introducírseme en la boca, todo lo cual terminó en más estornudos. El primero me roció el cuello y el animal se vino abajo cuando notó la llegada del verdadero, el segundo, que me dejó en la falda un gigantesco lamparón.

—Buena chica —murmuré en su apoyo y sintiéndome algo culpable por tenerla agarrada en el aire y bien separada de mi ropa, al tiempo que ella no dejaba de agitarse.

Sin embargo, iba a comenzar una reposición de un capítulo de *Newlyweds* y las toses podían durar hasta diez minutos. No hacía mucho que acababa de desarrollar la habilidad de mirar a Millington y no pensar en mi ex novio, Cameron, y ello suponía un ostensible y esperado progreso.

Penelope nos había presentado, a Cameron y a mí, en alguna barbacoa que Avery había organizado a los dos años de haber acabado la universidad. No estoy segura de si fue el cabello, castaño y brillante, o lo bien que le sentaban los pantalones Brooks Brothers color caqui, pero me quedé tan alelada que no percibí su exagerada tendencia a dárselas de conocer a gente importante o su inmunda costumbre de hurgarse los dientes después de comer. Durante un tiempo, al menos, me sentí fatalmente enamorada de él. Era tierno oírlo hablar de inversiones y obligaciones del estado, de sus años de secundaria, cuando jugaba al *lacrosse*, y de sus excursiones de fin de semana a los Hamptons y a Palm Beach. Era, en sí mismo, un experimento sociológico —un alienígena, para mí—, y yo nunca llegaba a hartarme de él. Desde luego, nuestra relación estaba condenada al fracaso desde el principio: su familia era un permanente surtidor de próceres neoyorquinos y como tal figuraba en los registros y, por otro lado, mis padres habían estado una vez incluidos en la lista de agitadores políticos peligrosos del FBI por causa de su activismo contestatario. Sin embargo, aparejado a mi trabajo en la banca, su sempiterno carácter de colegial aristocrático valió para demostrarles a mis padres que yo no iba a dedicarle mi vida a Greenpeace. Nos fuimos a vivir juntos al año de conocernos, cuando a los dos nos subieron nuestros respectivos alquileres. Nuestra vida en común duró seis meses justos, tras los cuales, nos dimos cuenta de que no teníamos nada en común aparte del apartamento, trabajar en el mundo de las finanzas, y amigos como Avery o Penelope. Así las cosas, hicimos lo que hace toda pareja destinada al desastre y, sin perder un minuto, fuimos a comprar cualquier cosa que pudiera conciliarnos o que, al menos, nos diera algo de lo que hablar distinto a la discusión sobre a quién le tocaba suplicarle al casero un nuevo asiento para el retrete. Optamos por una Yorkshire terrier de dos kilos valorada en mil seiscientos dólares el kilo, tal y como Cameron calculó en más de una ocasión. Amenacé de muerte a mi querido novio si volvía a anunciarme que en el Peter Luger había segundos platos más grandes que el animal y, una y otra vez, le recordé que aquello había sido idea suya. Sí, claro, por no mencionar el pequeño detalle de mi alergia, que se presentaba ante cualquier cosa con pelo, ya viva o disecada, animal o de peletería, y que él también obvió.

—Cameron, ya has tenido oportunidad de ver cómo me pongo con los perros —le había dicho—. No veo por qué quieres volver a someterme (y también a ti) a algo así.

Pensaba en la primera vez que había visto a su familia, un fin de semana invernal en los Adirondacks. Conformaban el perfecto modelo WASP (blancos, anglosajones y protestantes) —¡Fuego de verdad en la chimenea! ¡No hay mando a distancia! ¡Los troncos son del bosque!—, con pijamas de tartán J. Crew, patos de madera decorativos, suficientes provisiones de alcohol para necesitar una licencia de licores, y dos gigantescos cachorros de Golden Retriever, dados a seguirnos al trote. Tosí, lagrimeé y estornudé hasta tal punto que su madre, en un permanente estado de leve embriaguez, («¡Ah, cariño, ya verás que con una copita de jerez solucionamos todo eso!») empezó a hacer sarcásticas bromas sobre contagios, y su padre, como una cuba, suspendió el consumo de gin-tonic el tiempo suficiente para subirme al coche y llevarme a urgencias.

—Bette, no tienes que preocuparte en lo más mínimo. Lo he tenido en cuenta y he dado con el perro perfecto para nosotros.

Denotaba suficiencia y satisfacción y, así, empecé a contar los días que faltaban para que venciera nuestro contrato de alquiler. Ciento setenta. A veces, intentaba recordar qué nos había atraído el uno al otro en primera instancia, qué había antes de la indiferencia glacial que había llegado a ser característica de nuestra relación, pero no sacaba nada en limpio. Sus luces nunca fueron muchas y eso fue algo que las escuelas privadas consiguieron enmascarar pero no corregir. Era decididamente guapo con aquel estilo suyo limpio y bien planchado, y sabía utilizar sus encantos para conseguir lo que necesitara, pero lo que yo recordaba era más bien la comodidad: teníamos los mismos amigos, la misma afición por quejarnos y fumar como chimeneas, y un par de pantalones color salmón casi idénticos. ¿Podría surgirme un romance después de mi relación con Cameron? No, no lo creía. Sin embargo, su disoluta e insulsa compañía durante aquellos raros años postuniversitarios se me antojaba suficiente.

—No dudo de que se trata de un perro muy particular, Cameron —dije con tono pedagógico, como hablándole a un escolar—. El problema es que yo, soy, alérgica, a, todos, los, perros. Entiendes lo que acabo de decirte, ¿a que sí?

Le sonreí con dulzura.

Sin amilanarse por el tono más insidioso y condescendiente que yo había sido capaz de lograr, gruñó. Impresionante. Pues sí que iba en serio con el tema.

—He hecho algunas llamadas e investigado un poco, y he encontrado para nosotros —redoble de tambor— un perro hipoalergénico. ¿Eres capaz de decir «hipoalergénico»? Vamos, Bette, repite conmigo: «hipo...».

—¿Que has encontrado un perro hipoalergénico? ¿Y qué hacen, los crían para que salgan así? Lo último que necesito en estos momentos es una de esas mutaciones genéticas que, con toda probabilidad, me envíe directa al hospital. De ninguna manera.

—Bette, ¿es que no te das cuenta? Es perfecto. El criador me explicó que los Yorkshire tienen pelo de verdad, como el nuestro, de manera que es imposible tenerles alergia. Incluso en tu caso. He quedado en que iremos el sábado a recoger uno; el sitio está en Darien, al lado de mi oficina, y prometieron que nos reservarían un macho y una hembra para que podamos elegir.

—Tengo que trabajar —anuncié con desgana y ya con cierta conciencia de que añadir responsabilidades a nuestra particular relación solo iba a valer para deteriorarla a mayor velocidad.

Tal vez hubiéramos debido cortarla entonces, pero diciembre es un muy mal momento para encontrar piso, la casa era de proporciones bastante decentes y, en fin, los perros son amables y distraen... así que acepté.

—Está bien —dije—, el sábado. Iré el domingo a la oficina para acompañarte a recoger a nuestro hipoalergénico perro.

Me abrazó con profusión y me contó al detalle su plan de alquilar un coche y, quizá, visitar unos cuantos anticuarios que estaban cerca (aquello venía de un individuo que, a la hora de poner en común nuestras pertenencias, había defendido hasta la saciedad su pretensión de conservar un horrendo puf de su propiedad) y yo albergué la esperanza de que aquella mutación genética de perro constituyese la solución a todos nuestros problemas.

Mal.

Fatal.

Lo que vino fue confuso. Como era de esperar, la perra no arregló nada, pero Cameron había tenido su parte de razón: Millington resultó ser, después de todo, hipoalergénica. Podía tenerla en los brazos y frotarme la cara con sus barbas sin que notara ni un ápice de picor. El único problema consistía en que la perra era alérgica a todo. A todo. Por alguna razón, al verla con el resto de la camada en la cocina del criador, sus estornudos de cachorro se nos antojaron encantadores. Era adorable... La única hembra de entre las crías padecía un leve resfriado, y nosotros estábamos allí para asistirla y que recobrase la efervescente salud de sus hermanitos. Pero el resfriado no acababa de curarse y la pequeña Millington tosía y tosía. Después de tres semanas de continuos cuidados y atenciones —Cameron quiso ayudar y yo le di mi confianza—, nuestra simpática bolita de pelo aún no había mejorado, y ello a pesar de los casi tres mil dólares que nos habíamos gastado en veterinarios, antibióticos, comida especial y dos visitas intempestivas a la sala de emergencias, cuando los asfixiados resuellos del animal se tornaron preocupantes. Faltábamos al trabajo, nos gritábamos el uno al otro y, por si fuera poco, la sangría de dinero continuaba, hasta el extremo de que mi sueldo del banco y los dividendos del fondo de inversiones apenas bastaban para cubrir los gastos del can. El diagnóstico final fue el siguiente: «Muy sensible a la mayoría de los alérgenos domésticos, que incluyen, entre otros, polvo, suciedad, polen, productos de limpieza, detergentes, tintes, perfumes y pelo de otros animales».

Para mí fue como rizar el rizo. Por razones desconocidas, yo, la persona más alérgica de la Tierra, era propietaria de una perra que era alérgica absolutamente a todo. Es de suponer que habría sido más divertido si Cameron, Millington o yo, hubiéramos dormido más de cuatro horas consecutivas durante aquellas tres semanas, pero no pudimos y, como resultado, la diversión brilló por su ausencia. «¿Qué haría la mayoría de la gente en esta situación?», recuerdo que me preguntaba mientras me encontraba en la cama velando la primera noche de la cuarta semana de insomnio. Una pareja sana y práctica habría optado por devolverle la perra al criador, tomarse unas largas vacaciones en algún lugar cálido y reírse de lo que habría acabado convirtiéndose en un recuerdo amable o en una simpática anécdota que contar en las fiestas. ¿Y qué hicimos nosotros? Contraté un servicio de limpieza industrial para eliminar toda hebra de cabello, toda partícula de suciedad, toda mancha de toda superficie, y que la perra pudiera respirar, y, por otra parte, le dije a Cameron que se marchara, cosa que hizo. Ocho meses después, Penelope me contó —con una excitación que yo juzgué más intensa de lo necesario— que Cameron se había comprometido con su nueva novia en un campo de golf escocés y vestido con un kilt, y que se iban a mudar a Florida, pues allí la familia de ella poseía una pequeña isla. Eso resolvió las cosas: todo fue como tenía que ser. Dos años después, la perra había aprendido a tolerar el olor del suavizante, Cameron brindaba por su paternidad con un gin-tonic bien cargado, en consonancia con la costumbre de su familia, y a mí me recibía en casa cierta criatura tan ilusionada por darme la bienvenida que se hacía pis todas las noches, cuando yo llegaba. Todo el mundo salió ganando.

Al fin, Millington dejó de toser y cayó fulminada por una aparente narcolepsia que la dejó dormida junto a mi pierna, respirando al ritmo de la televisión, que yo siempre mantenía encendida para que me hiciera compañía. Después de *Newlyweds,* me embarqué en una maratoniana sesión de *Queer Eye* para ver cómo mis cinco gays favoritos le adecentaban la vida a un hetero en apuros. En aquel episodio, tras escarbar en el ropero del afortunado de turno con unas pinzas, describían su indumentaria como «comprada hace veinte años en una liquidación», y yo aposté a que su espanto no sería inferior si le echaran un vistazo a mi armario; por ser una mujer, me exigirían algo mejor que los corrientísimos vestidos de Ann Taylor, el par de vaqueros desgastados y aquellas camisetas de tirantes que constituían mi atavío «de gala».

Un poco después de las once de la noche, el teléfono sonó. Tomé el auricular y esperé pacientemente a que la centralita reconociera la identidad de la llamada entrante. Era tío Will: ¿contestar o no contestar?, aquella era la cuestión. Solía llamar a horas tardías las noches previas a la entrega de uno de sus artículos, y yo estaba demasiado exhausta de mi no hacer nada para enfrentarme a él. Me quedé mirando el teléfono durante unos instantes, demasiado apoltronada para decidir qué hacer, y el contestador automático se puso en marcha.

—Vamos, Bette, contesta al maldito teléfono —me ordenó Will a través del contestador—. Encuentro ofensivo que estos chismes desvelen la identidad del que llama. Al menos, ten el *savoir faire* suficiente para deshacerte de mí una vez estemos conversando. Cualquiera puede ver una pantallita y optar por no responder; el verdadero logro está en salirte con la tuya hablando conmigo, en vivo y en directo.

Suspiró y yo me reí.

—Perdón, perdón, es que estaba en la ducha —mentí.

—Sí, claro, cariño. En la ducha a las once de la noche; estabas preparándote para salir, ¿no? —se burló.

—¿Y eso sería muy difícil de creer? He salido antes, ¿sabes? ¿La fiesta de Penelope? ¿Bungalow 8? ¿La única persona del hemisferio norte que no sabía dónde estaba el sitio? ¿Todo esto te suena de algo?

Le di un mordisco a un Slim Jim, un aperitivo ahumado al que me aficioné cuando descubrí que horrorizaba a mis padres.

—Bette, hace tanto de eso que apenas me acuerdo —afirmó, pensativo—. Escucha, cariño. No te llamo para reñirte otra vez, aunque no encuentre ninguna razón que explique por qué una chica de tu edad y tan atractiva tenga que estar en su casa y sola la noche de un jueves, comiendo sucedáneo de carne y hablando con un perro de dos kilos y medio; en fin. Te llamo porque se me ha ocurrido una idea providencial. ¿Tienes un minuto?

Ambos resoplamos. Estaba claro que yo no tenía por qué oponerme.

—Estás muy equivocado. Le hablo a un perro que pesa dos kilos.

—Bette, hazme caso. No sé por qué no se me ocurrió antes; soy estúpido por no haber pensado en cierta posibilidad. Dime, cariño, ¿qué te pareció Kelly?

—¿Quién es Kelly?

—La mujer junto a la que te sentaste en el restaurante de Elaine, en la cena de Charlie. Dime, ¿qué opinas de ella?

—No sé, supongo que muy agradable. ¿Por qué?

—¿Que por qué? Cariño, ha dejado de funcionarte el cerebro. ¿Qué te parecería trabajar para Kelly?

—¿Cómo? ¿Quién trabaja para Kelly? No me entero de nada.

Él suspiró.

—Vayamos más despacio. Dado que en este momento estás sin trabajo y que, al parecer, en esas circunstancias te encuentras un poco demasiado cómoda, estaba pensando en que, tal vez, te apetecería trabajar para Kelly.

—¿Organizando fiestas?

—Cariño, es mucho más que organizar fiestas. Les da palique a los dueños de los clubes nocturnos e intercambia los rumores que encuentra sobre los clientes de otra gente con los columnistas para que estos, así, escriban cosas buenas sobre los clientes de ella, y también le manda regalos a los famosos para convencerlos de que acudan a los eventos que ella organiza, luego la prensa, entonces... y siempre está muy guapa cuando sale por la noche. Sí, cuanto más lo pienso, más te veo en la organización de actos. ¿Cómo lo ves?

—No lo sé —contesté—. Yo pensaba que me vendría bien hacer algo, sí, ya sabes, algo que...

—¿Que tuviera sentido? —insinuó, con sarcasmo.

—Bueno, sí o, quiero decir, no eso, no como mis padres —tartamudeé—. Es que mañana tengo una entrevista en las oficinas de Meals on Wheels, ¿entiendes? Un cambio de rumbo.

Will se quedó un momento callado y supe que estaba sopesando lo que iba a decir.

—Cariño, eso es estupendo, claro que sí. Es tierno llevarle comida a los viejitos y, con ello, lograr un mundo mejor. Sin embargo, faltaría a mis principios si no te recordara que reconducir tu carrera profesional en esa dirección te pondría en riesgo de recaer en un camino que ya tienes trillado; el del pachulí. Y no te has olvidado de cómo era eso, ¿no?

Suspiré.

—Lo sé, lo sé. Es que pensé que podría ser interesante.

—Bueno. No te voy a decir que organizar fiestas sea tan interesante como ayudar a los necesitados, pero sí, desde luego, que es mucho más divertido. Y eso, cariño, no constituye un delito. La empresa de Kelly es nueva y, casi seguro, una de las mejores; está a la última, tiene una lista de clientes impresionante y es un sitio privilegiado para conocer a todo tipo de adoradores de la frivolidad y especialistas en sí mismos, y para que salgas de una puñetera vez del zulo en el que has decidido secuestrarte. ¿Te interesa o no?

—No lo sé. ¿Me dejas un tiempo para pensármelo?

—Por supuesto que sí, cariño. Te doy veinticuatro horas para que disciernas los pros y los contras de aceptar un trabajo que consiste en ganarse la vida yendo de fiesta. Espero que tomes la decisión acertada.

Will colgó antes de que pudiera decirle nada.

Me acosté tarde aquella noche y dediqué la totalidad del día siguiente a aplazar disquisiciones. Jugué con los cachorros de la tienda de mascotas de la esquina, hice una parada técnica en la tienda de chucherías Dylan's, y organicé por orden alfabético las novelas que había en el apartamento. Reconocía que me provocaba curiosidad especular con lo que el trabajo conllevaría. Estaba la parte tentadora, la de tener la oportunidad de conocer gente en lugar de pasarme todo el día sentada frente a una mesa. Los años del banco me habían enseñado a estar muy atenta a los detalles, y las décadas de socialización promovida por Will me habían convencido de que yo tenía capacidad para hablar con cualquiera sobre cualquier cosa, y, de hecho, dar la impresión de estar interesada aun en el caso de que estuviera mortalmente aburrida. Siempre me sentía un poco rara, un poco fuera de lugar, pero podía seguir con la conversación pasara lo que pasase, con lo que a la gente le daba la impresión de que yo estaba dotada de cierto sentido de la empatía. Y, por supuesto, la sola idea de imprimir más currículos y solicitar entrevistas se me antojaba mucho más espantosa que organizar fiestas. Todo ello, unido al estado de mi cuenta bancaria, bajo mínimos, hizo que el puesto de relaciones públicas me pareciera un sueño.

Llamé a Will.

—Vale. Voy a escribirle a Kelly y a pedirle más información sobre las características del trabajo. ¿Puedes darme su correo electrónico?

Will soltó un bufido.

—¿Su qué?

Ni tan solo se animaba a comprar un contestador automático, de modo que un ordenador era más de lo que Will estaba dispuesto a entender. Escribía sus columnas con una destartalada máquina de escribir y, luego, una de sus asistentes las copiaba en un procesador de textos. Cuando le llegaba el momento de editarlas, se quedaba detrás de la ayudante, señalaba con el dedo extendido en la pantalla y le ordenaba que borrase, añadiese o expandiese el texto mientras él inspeccionaba las maniobras.

—La dirección informática especial a la que, por medio de la red, puedo mandarle una carta electrónica —expliqué.

—Eres encantadora, en serio. Bette, no seas ridícula. ¿Para qué ibas a necesitar semejante cosa? Haré que te llame para que fijéis el primer día de trabajo.

—¿No crees que estás yendo demasiado deprisa, Will? Sería mejor si le mando primero un currículo, y luego, si le gusto, pues empezamos por ahí. Así suele funcionar, ¿entiendes?

—Sí, eso he oído —repuso, con un tono que denotaba un desinterés creciente—. Pero eso solo vale para perder el tiempo. Creo que eres perfecta para el puesto, sobre todo porque cuentas con esa serie de habilidades que has ido adquiriendo en el banco: obsesión por los detalles, perfeccionismo obseso y respeto obsesivo por los plazos. Además, sé que Kelly es una buena chica porque fue mi asistente. La llamaré por teléfono y le diré lo afortunada que sería si pudiera contar contigo en su equipo. No tienes nada de que preocuparte, querida.

—No sabía que hubiera sido tu ayudante —exclamé al tiempo que hacía una estimación mental de la edad de Kelly.

—Pues sí. Estuvo conmigo justo al acabar la universidad. La contraté como favor a su padre. Es lo mejor que he hecho: es brillante y entusiasta, y me organizó todas mis cosas. A cambio, yo la modelé de la nada. Después trabajó para *People* y, luego, lo dejó para dedicarse a ser relaciones públicas. No dudes de que vaya a aceptarte. Confía en mí.

—Está bien —afirmé sin titubeos—, si tú lo dices.

—Lo sé, cariño. Dalo por hecho. Le diré que te llame para que te explique los detalles, pero, ya de entrada, te digo que no habrá ningún problema. Todo irá bien, siempre que repases ese ropero tuyo y elimines todos los trajes de chaqueta y cualquier cosa que se les parezca.

6

El primer día de trabajo llegué a las nueve en punto, tal y como me habían ordenado, y allí estaba Kelly, esperándome en el vestíbulo para abrazarme como se abrazan dos buenas amigas que hace tiempo que no se ven.

—Bette, cariño, ¡estamos tan contentos de tenerte con nosotros! —dijo con entusiasmo, mientras echaba un rápido vistazo a mi indumentaria.

Tras aquella mirada fugaz —en la que no reconocí señales de pánico, sino algo de tristeza— Kelly me dedicó una amplia sonrisa y me llevó de la mano hasta el ascensor.

Había acertado al no ponerme un traje de chaqueta, pero entonces me fijé en el atuendo de los que allí trabajaban y me di cuenta de que tampoco podía decirse que lo hubiera calculado demasiado bien. Al parecer, mi noción de ropa de trabajo informal (bombachos gris marengo, camisa Oxford azul cielo y zapatos de tacón bajo) difería ligeramente de la del resto del personal de Kelly & Company. La céntrica oficina consistía en un espacio de enormes ventanales desde los que se divisaba Wall Street, al fondo, y New Jersey, al oeste, como si estuviéramos en un loft. Había una gigantesca mesa redonda, alrededor de la cual estaban sentadas unas seis personas, todas ellas, sin excepción, irritantemente atractivas y vestidas de negro. La chica que tenía aspecto de padecer una desnutrición más acusada se dirigió a Kelly y le dijo:

—«Page Six», comentario sobre acuerdos prenupciales, línea dos.

Kelly me hizo un gesto para que me sentara y se colocó en el oído lo que me pareció un diminuto auricular. A los pocos segundos estaba saludando a la otra persona con risitas y halagos mientras paseaba frente a las ventanas que daban al sur de la ciudad. Me senté junto a la chica raquítica y me volví hacia ella con intención de presentarme, pero me encontré con una mano cerrada de la que sobresalía tan solo el dedo índice, señal inequívoca de que debía esperar. Miré a los demás y me di cuenta de que todos los que estaban sentados a la mesa mantenían conversaciones animadas al mismo tiempo, aunque no parecía que hablaran entre sí. Puse atención y me fijé en que todos ellos llevaban diminutos auriculares. Entonces no sabía que, en pocas semanas, yo también me sentiría desprotegida —¡desnuda!— sin ese teléfono pegado a un lado de mi cara... pero en aquel primer momento lo encontré extraño. La chica asintió con solemnidad unas cuantas veces y me dirigió una mirada, mientras murmuraba algo indescifrable. Desvié la vista para que pudiera seguir con su trabajo y esperé a que alguien se percatara de mi presencia.

—¿Hola? ¿Hola? ¿Cómo has dicho que te llamas? —oí que me preguntaba mientras yo repasaba al resto del grupo.

Me llamó la atención el sorprendente equilibrio que existía entre hombres y mujeres; todos ellos eran tan atractivos que resultaba casi perturbador. No podía dejar de mirarlos. Pero entonces noté un golpecito en la espalda que me despertó de mi ensimismamiento.

—Oye —dijo la chica escuálida—. ¿Cómo te llamas?

—¿Yo? —fue mi estúpida respuesta, pues no sabía si todavía estaba hablando por teléfono.

Se rió con prepotencia.

—¿Acaso crees que hay alguien más por aquí que no sepa cómo se llama? Yo soy Elisa.

La mano que me tendió estaba fría como el hielo y era muy, pero que muy delgada. Me quedé observando las vueltas que daba el anillo de diamantes que lucía en su escuchimizado anular y después respondí:

—Hola, ¿qué tal? Soy Bette. Bette Robinson. Es mi primer día.

—Sí, eso he oído. Bienvenida a bordo. Kelly va a estar al teléfono un buen rato, así que vamos, te presentaré a los demás.

Elisa se ató la ondulada melena pajiza en un moño y lo aseguró por debajo con una pinza. Por delante le quedaron algunos mechones sueltos que se colocó detrás de las orejas. Entonces se llevó las manos al recogido para asegurarse de que tenía ese aire moderno y despreocupado que yo siempre intentaba conseguir y nunca lograba, y se puso unas descomunales gafas de sol en la cabeza para mantenerlo todo en su sitio. En cada patilla brillaba una G de plata; eran de Gucci. Aquella chica era tan elegante, tan chic, que podría haberme quedado mirándola toda la vida.

Elisa se dirigió al otro lado de la mesa y encendió y apagó las luces tres veces seguidas. De inmediato, oí un coro de voces que anunciaban al unísono que tenían una llamada muy importante por la otra línea y pedían a su interlocutor que volviera a llamar pasados unos minutos. Casi al mismo tiempo, seis cuidadas manos se levantaron hasta seis oídos y sacaron seis auriculares. Elisa no tuvo que decir nada para que todos le prestaran atención.

—Escuchad, esta es Bette Robinson. Trabajará fundamentalmente con Leo y conmigo, así que intentad no ponerle las cosas difíciles ¿de acuerdo?

Asintieron.

—Hola —saludé, con voz temblorosa.

—Esta es Skye —comenzó Elisa, apuntando a una chica de aspecto nervioso que llevaba vaqueros azul oscuro, camiseta negra de manga larga, un grueso cinturón de piel con hebilla gigantesca rematada con piedras preciosas y el par de botas camperas más fabulosas que había visto en toda mi vida. Tenía una cara lo suficientemente bonita como para aguantar su radical corte de pelo masculino, que combinaba a la perfección con las sinuosas curvas de su cuerpo. De nuevo, tuve ganas de sentarme y quedarme mirándola, pero conseguí decirle un «hola» que Skye me correspondió con una enigmática sonrisa—. En estos momentos, Skye trabaja en el proyecto de los bolsos Kooba —me informó, antes de señalar al siguiente—. Este es Leo, el otro veterano aparte de mí. Y ahora también de ti, claro —añadió en un tono que no fui capaz de identificar.

—Hola guapa, encantado de conocerte —dijo Leo, levantándose para darme un beso en la mejilla—. Es siempre un placer ver a una nueva cara bonita en la oficina. —Se volvió hacia Elisa y le dijo—: Lo siento, mi amor, pero he quedado con el chico de los vaqueros Diesel para comer. ¿Se lo dirás a Kelly, por favor?

Elisa asintió mientras Leo se colgaba la bolsa al hombro y salía precipitadamente en dirección a la puerta.

—Davide, saluda a Bette —ordenó Elisa al único chico que quedaba en la mesa.

Davide levantó la vista y pude entrever un par de ojos marrones de mirada inquietante que permanecían ocultos bajo unas pobladas pestañas y una mata de pelo negro que le cubría media cara. Se pasó los dedos por el mechón y me miró fijamente. Tras unos instantes de incómodo silencio, respondió con un «aló» algo extraño.

—Hola, Davide. ¿De dónde es ese bonito acento?

—Es italiano, está claro —intervino Elisa—. ¿O no se nota?

En aquel momento decidí que entre Elisa y Davide había algo; noté esa vibración especial que se da entre los que salen juntos y me sentí orgullosa de mí misma por haberla percibido. Pero mientras yo seguía dándole vueltas a mi perspicacia,

Elisa se sentó sobre las piernas de Davide, le rodeó el cuello con los brazos como lo haría una niña pequeña con su hermano mayor y le dio un beso en la boca muy poco fraternal.

—Por favor, Elisa, ahórranos el numerito en la oficina, ¿quieres? —se quejó Skye, entornando los ojos—. Ya es suficiente castigo tener que imaginaros a lo vuestro en privado como para que, encima, nos hagáis demostraciones en vivo.

Elisa suspiró y se levantó, no sin antes recibir un apretón en el pecho izquierdo por parte de Davide. Intenté imaginar a dos trabajadores de CWK compartiendo el mismo tipo de escena en la sala de juntas y a punto estuve de soltar una carcajada.

—Pues bien —prosiguió, como si la breve sesión de magreo no hubiera tenido lugar— Skye, Leo y Davide ocupan cargos de mayor responsabilidad. Aquellas de allí —me indicó, señalando a tres guapas jovencitas, dos rubias y una morena, que trabajaban frente a portátiles PowerBook— son las chicas de la Lista. Su tarea consiste en recopilar toda la información sobre la gente que queremos o que hace falta que asista a un evento. Sabes que alguien dijo que en el mundo solo hay unas cuantas personas a las que merece la pena conocer, ¿no? Pues bien, ellas las conocen.

—Ajá, ya veo —respondí, aunque no tenía ni idea de a qué se refería—. Entiendo.

No habían pasado ni tres horas, y ya tenía la sensación de llevar trabajando allí tres meses. Asistí a una reunión en la que la gente se acomodaba en sus butacas y bebía Coca-Cola Light y agua Fiji mientras hablaba de la fiesta de lanzamiento del nuevo libro de Candace Bushnell. Skye iba siguiendo una lista y los demás le hacían comentarios sobre el lugar, las invitaciones, el menú, los patrocinadores, la ubicación de los fotógrafos y el acceso de la prensa. Cuando hubo terminado, Kelly ordenó silencio e hizo que una de las chicas de la lista leyera en alto los nombres de los que ya habían confirmado su asistencia como si aquello fuera palabra de Dios. Cada nombre dio lugar a un movimiento de cabeza, un arqueo de ceja, un suspiro, una sonrisa o a un murmullo, aunque yo fui capaz de reconocer tan solo a unos cuantos de los mencionados. Nicole Richie. Karenna Gore Schiff. Natalie Portman. Gisele Bundchen. Kate y Andy Spade. Bret Easton Ellis. Rande Gerber. Todo el elenco y el equipo de *Sexo en Nueva York*. Cabeza, ceja, suspiro, sonrisa, murmullo. Aquello duró casi tres horas, y cuando hubieron terminado de debatir las ventajas e inconvenientes de cada uno de ellos —qué aportarían a la fiesta, y, por tanto, a la cobertura mediática, o, en el peor de los casos, en qué podrían perjudicarla— yo me sentía más cansada que cuando acababa de hablar con la señora Kaufman. A las dos de la tarde, Elisa me preguntó si me apetecía tomar un café y acepté de inmediato.

De camino, ambas encendimos un cigarrillo y sentí el súbito e incontenible deseo de estar compartiendo un falafel en el banco de delante de CWK con Penelope. Elisa iba haciendo algún que otro comentario sobre la política de la empresa, sobre quién se encargaba de todo (ella) y quién se moría por hacerlo (los demás). Yo recurrí a mi inestimable habilidad para hablar de lo que fuera con quien fuese y la fui acribillando a preguntas sin poner ninguna atención a sus respuestas. Solo cuando nos sentamos a la mesa con nuestros cafés —desnatado, descafeinado y largo para Elisa— escuché algo de lo que estaba diciendo.

—Jo-der. Pero... ¿tú estás viendo eso? —chilló.

Seguí su mirada y mis ojos se encontraron con una mujer alta y desgarbada que llevaba unos vaqueros poco favorecedores y una chaqueta negra. Tenía el pelo lacio y castaño y un cuerpo corriente. Todo en ella resultaba bastante normal. El entusiasmo de Elisa parecía indicar que aquella mujer era famosa, pero a mí no me sonaba de nada.

—¿Quién es? —pregunté acercándome a ella. No es que me importara demasiado, pero consideré oportuno simular interés.

—¡No es «quién», es «qué»! —respondió, esforzándose por no chillar y con los ojos todavía clavados en la mujer.

—¿El qué? —volví a preguntar, sin entender nada.

—¿Cómo que «el qué»? ¿Estás de broma? ¿Es que no lo ves? ¿Necesitas gafas? —Llegado a ese punto, creí que Elisa me estaba tomando el pelo, pero entonces metió la mano en su enorme bolso y sacó unas gafas de montura de pasta—. Toma, póntelas y échale un vistazo.

Seguí mirando sin saber de qué me estaba hablando, hasta que, finalmente, se acercó y me dijo:

—Mira ese bolso y dime que no es lo más maravilloso que has visto en tu vida.

Me fijé en el aparatoso bolso que colgaba del codo de la mujer mientras esta pedía su café. Cuando llegó el momento de pagar lo dejó sobre el mostrador, hurgó en él, sacó la cartera y se lo colgó al hombro. Elisa soltó un sonoro suspiro. A mí me pareció como cualquier otro bolso, solo que más grande.

—Dios mío, es irresistible. Es increíble. Es un Birkin de piel de cocodrilo. El más raro de todos.

—¿Un qué? —pregunté. Consideré por un instante la posibilidad de fingir que sabía de lo que me estaba hablando, pero no me sentí con ganas de hacer el esfuerzo.

Entonces me miró y pareció recordar de repente que yo también estaba allí.

—No sabes qué es, ¿verdad?

Negué con la cabeza.

Elisa tomó aire, bebió un sorbo de café para reunir fuerzas y me agarró el brazo como queriéndome decir «Escucha atentamente porque te voy a explicar lo único que merece la pena ser recordado».

—Habrás oído hablar de Hermès, ¿no?

Asentí y observé que una oleada de alivio cruzaba su rostro.

—Claro. Mi tío tiene corbatas de esa marca.

—Sí, bueno, pues mucho más importantes que las corbatas son los bolsos. El primer bolso famoso de la colección fue el Kelly, llamado así porque lo llevaba Grace Kelly. Pero el realmente famoso (y unas mil veces más prestigioso) es el Birkin.

Se me quedó mirando con expectación y yo murmuré:

—Vaya, es muy bonito. Un bolso precioso.

Elisa suspiró.

—Pues claro. Ese debe de costar unos veinte mil dólares. Y lo cierto es que los vale.

Tomé tanto aire por la impresión que por poco me ahogo.

—¿Cuesta cuánto? No hablas en serio. ¡Es imposible! Pero ¡si es un bolsito!

—No es ningún bolsito, Bette. Es una forma de vida. Yo pagaría sin pensármelo si consiguiera hacerme con uno.

—Supongo que no hay mucha gente haciendo cola para gastarse ese dineral en un bolso —apunté, lo que en aquel momento me pareció un comentario muy lógico. No podía siquiera llegar a sospechar lo estúpida que decir aquello me había hecho parecer, pero, por suerte, Elisa estaba dispuesta a sacarme del error.

—Por el amor de Dios, Bette. No tienes ni idea, ¿verdad? No imaginaba que hubiera alguien en este planeta que no estuviera apuntada en la lista para conseguir un Birkin. Hazlo ya y quizá, si tienes suerte, consigas uno que regalarle a tu hija algún día.

—¿Mi hija? ¿Veinte mil dólares por un bolso? Estás loca.

Llegado este punto, Elisa cedió a la frustración y apoyó la cabeza sobre la mesa.

—No, no y no —se quejó, como si estuviera soportando terribles dolores—. Es que no lo entiendes. No se trata de un bolso. Es todo un estilo de vida, una declaración de principios. Te define como persona. Es una razón para vivir.

No pude contener la risa ante tal demostración melodramática. Elisa se incorporó de inmediato y comenzó a hablar a la velocidad de la luz.

—Tenía una amiga que cayó en una terrible depresión cuando murió su abuela favorita y su novio de tres años la dejó. No comía, no dormía, no conseguía reunir fuerzas para salir de la cama. Dejó de ir a trabajar y la echaron. Se le formaron unas ojeras espantosas. No quería ver a nadie y no respondía al teléfono. Cuando, pasados unos meses, me presenté en su apartamento, me confesó que estaba pensando en suicidarse.

—¡Qué horror! —susurré, algo aturdida por el súbito cambio de tema.

—Sí, horroroso. Pero ¿sabes qué la hizo superar todo aquello? De camino a su apartamento yo había parado en una tienda Hermès para preguntar... solo por curiosidad. Y ¿sabes qué? Me dijeron que tan solo faltaban dieciocho meses para que llegara su Birkin. ¿Te lo puedes creer? ¡Dieciocho meses!

—¿Y ella qué dijo? —pregunté.

—¿Qué crees que dijo? Se puso eufórica. La última vez que preguntó le dijeron que faltaban cinco años, pero al parecer habían contratado a un nuevo grupo de talabarteros y ya solo faltaba año y medio. En ese mismo instante se metió en la ducha y aceptó salir a comer conmigo. De eso hace seis meses. Desde entonces, ha recuperado su trabajo y tiene otro novio. ¿Te das cuenta? ¡Ese Birkin le dio una razón para vivir! Es imposible pensar en suicidarte cuando estás tan cerca de conseguir algo así... ni te lo planteas, vaya.

Entonces llegó mi momento de decidir si me estaba tomando el pelo. Y no. De hecho, Elisa estaba radiante por haber recordado aquella historia, como si aquello le hubiera servido de inspiración para vivir su propia vida al máximo. Le di las gracias por haberme concienciado de la existencia de los Birkin y me pregunté dónde me había metido, exactamente. Aquel mundo era muy distinto al de los bancos de negocios, y era evidente que tenía mucho que aprender.

7

Eran las siete y media de la tarde de mi cuarto día de trabajo como organizadora de fiestas en Kelly & Company. A aquellas horas, en el quiosco que había junto a mi apartamento quedaba solo un ejemplar de *The New York Daily News*, uno de los periódicos en los que aparecía la columna de Will. Llevaba leyendo *Serwillismos fuera* prácticamente cada semana desde que aprendí el abecedario, pero por alguna razón nunca consideré la posibilidad de suscribirme a uno de los muchos periódicos que la publicaban. Por supuesto, nunca le mencioné que notaba en la columna un giro gradual, sobre todo desde que Will había optado por un tono dogmático y malhumorado para despotricar contra las «tragedias» que se cernían sobre su querida ciudad, pero lo cierto es que cada vez me costaba más mantener la boca cerrada.

—¡Bette, una columna fantástica, la de hoy! —gritó con entusiasmo mi portero, Seamus, mientras me abría la puerta del edificio y agitaba un periódico—. ¡Este tío tuyo ha vuelto a dar en el clavo!

—¿Es buena? Todavía no la he leído —respondí distraída, hablando y caminando rápidamente, como hace la gente que intenta a toda costa evitar una conversación.

—¿Buena? ¡Es genial! ¡Por fin un hombre que lo ve claro! ¡Cualquiera capaz de meterse un poco con Hillary Clinton me cae bien de inmediato! Ya creía que era la única persona de esta ciudad que votaba a George W. Bush, pero tu tío asegura que no es así.

—Entonces, supongo que será cierto. —Me dirigí al ascensor, pero él siguió hablando.

—¿Crees que vendrá por aquí a visitarte uno de estos días? Me encantaría decirle en persona lo mucho que...

—Se lo preguntaré y le mantendré informado —grité, mientras se cerraban las puertas del ascensor.

Meneé la cabeza, recordando la única vez que mi tío vino a visitarme y la forma en que Seamus se rindió a sus pies cuando lo reconoció. Resultaba sobrecogedor, por decirlo con suavidad, que Seamus representara al público objetivo de las columnas de mi tío.

Cuando abrí la puerta, Millington estuvo a punto de desplomarse en un paroxismo de alegría, aún más exaltada de lo habitual, desde que no me veía en todo el día. Pobrecita Millington. Hoy no te saco a pasear, pensé, mientras le acariciaba la cabeza y me dejaba caer sobre el sofá para leer los últimos sermones de Will. Millington se dio cuenta enseguida de que aquella noche tampoco iba a salir de casa, así que se dirigió a utilizar su cajita de hacer pipí y, una vez aliviada, se sentó sobre mi regazo para leer conmigo.

Justo cuando me disponía a elegir entre los menús de comida rápida algo para cenar, el móvil vibró sobre la mesa auxiliar como un muñequito de cuerda. Me planteé si debía o no responder. Era el teléfono de la compañía, y al igual que la mayoría de mis nuevos colegas, parecía no descansar nunca. Llevaba tres noches seguidas saliendo con ellos, asistiendo a eventos organizados por la empresa, siguiendo a Kelly arriba y abajo mientras ella atendía a clientes, despedía a camareros lentos, recibía a vips y organizaba pases de prensa. Mis jornadas eran incluso más extenuantes que las del banco —a un día entero en la oficina le seguía toda una noche fuera—, pero me relacionaba con gente joven y guapa y, puestos a elegir, si se tienen que pasar quince horas al día trabajando, mejor hacerlo rodeada de pinchadiscos y cócteles de champán que de carteras de acciones.

En mi pantalla a color apareció la siguiente información: «1 msj nuevo». ¿Un mensaje? Nunca antes había recibido ni enviado un mensaje. Tras unos segundos de duda, miré la pantalla y pulsé «Leer».

Cna sta nxe 9? cip dwntn en w. broad. h lgo.

¿Qué era aquello? Algún tipo de invitación críptica a una cena, eso seguro. Pero ¿dónde y con quién? La única pista de su origen me la dio un número que empezaba por 917 que no identifiqué. Llamé y una chica jadeante respondió de inmediato.

—¡Hola Bette! ¿Qué haces? ¿Te apuntas? —preguntó la voz, frustrando mis esperanzas de que aquella persona se hubiera equivocado de número.

—Hola, oye, ¿quién eres?

—¡Bette! Soy Elisa. Llevamos una semana trabajando veinticuatro horas al día juntas, ¿me recuerdas? Esta noche celebramos que ya hemos terminado de organizar la fiesta de Candace. Seremos los de siempre. ¿Te veo a las nueve?

Había quedado con Penelope en el Black Door, pues el tiempo que había estado sin trabajar lo había pasado invernando en mi apartamento y apenas nos habíamos visto, pero tampoco me parecía correcto rechazar la primera invitación para salir que me hacían mis nuevos compañeros de trabajo.

—Sí, claro, suena genial. ¿Cómo dices que se llama el restaurante?

—Cipriani Downtown. Lo conoces, ¿no? —preguntó, como si no se pudiera creer que no lo hubiera deducido de su mensaje.

—Claro, claro. Me encanta. ¿Te parece bien que venga con una amiga? Ya habíamos quedado y...

—¡Genial! ¡Os veo a las dos en un par de horas! —gritó. Y colgó.

Dejé el teléfono sobre la mesa e hice lo que todo neoyorquino hace casi por instinto al oír el nombre de un restaurante. Lo busqué en la guía *Zagat*. Cinco estrellas por la comida, cinco por la decoración y cuatro respetables estrellas por el servicio. Y el nombre del lugar no consistía en una sola palabra, ya que esos restaurantes suelen ser, aunque parezca una tontería, siempre los peores. Hasta entonces, todo resultaba bastante prometedor.

> «Observar o ser observado, esa no es la cuestión» en este restaurante italiano del norte de SoHo, en el que contemplar a las euronenas lanzar besos al aire y fingir que se comen sus ensaladas tiene más importancia que su excelente carta «creativa»; los nativos se sentirán «como extranjeros en su propio país». Las extraordinarias críticas hablan por sí mismas.

Vaya, de modo que aquello iba a ser otra noche de euronenas, fuera lo que fuese aquello. Sin embargo, lo realmente importante era ¿qué me iba a poner? Elisa y compañía parecían ceñirse a los pantalones negros, camisetas negras y vestidos negros para ir a trabajar, así que quizá lo más prudente sería seguir la fórmula. Llamé a Penelope al banco.

—Hola, soy yo. ¿Qué tal?

—¡Puaj! No sabes la suerte que tienes de haber dejado este maldito agujero. Kelly no estará buscando a más gente, ¿no?

—Ojalá. Oye, ¿qué te parece si te los presento a todos esta noche?

—¿A todos?

—Bueno, a todos no. A la gente de mi equipo. Ya sé que habíamos quedado, pero como siempre vamos al Black Door, pensé que sería divertido salir a cenar con ellos. ¿Te apetece?

—Claro —respondió, exánime—. Avery sale con un grupo de amigos del instituto y a mí no me apetecía demasiado. Salir a cenar suena bien. ¿Dónde es?

—Cipriani Downtown. ¿Lo conoces?

—No, pero mi madre habla del lugar de manera obsesiva. Se muere de ganas de que me convierta en una asidua.

—¿Debería preocuparme que tu madre y mi tío conozcan todos los lugares de moda de la ciudad y a ti y a mí no nos suenen de nada?

—Te entiendo perfectamente —suspiró—. Avery es igual, conoce a todo el mundo y ha estado en todos los lugares. A mí es que me da pereza. Estar al día requiere un esfuerzo demasiado grande. Pero esta noche estará bien. Tengo ganas de conocer a la gente con la que trabajas organizando fiestas. Además, he oído que la comida es genial.

—Bueno, no creo que eso le importe demasiado a esta gente. He pasado cuarenta horas con Elisa esta semana y todavía no la he visto comer nada. Parece subsistir a base de cigarrillos y Coca-Cola Light.

—La dieta de las chicas sexys, ¿no? Bien por ella. Esa capacidad de sacrificio es admirable.

Penelope volvió a suspirar y añadió:

—Dentro de nada salgo para casa. ¿Quieres compartir un taxi?

—Genial. Te recojo en la esquina de la Catorce y la Quinta un poco antes de las nueve. Te llamo cuando suba al taxi.

—Perfecto. Estaré esperando fuera. Hasta luego.

Me fui directa hacia el armario. Después de descartar algunas cosas y probarme otras por segunda vez, me decidí por unos pantalones negros ajustados y una camiseta de tirantes también negra. Escogí unos zapatos de tacón bastante alto que compré en SoHo y comencé a modelar la tupida mata de pelo negro que heredé de mi madre —el tipo de melena que todas creen que desean tener, hasta que se dan cuenta de que apenas cabe en una coleta y que tarda media hora en ser domada—. Incluso me animé a ponerme un poco de maquillaje, que llevaba tanto tiempo olvidado que el rímel estaba seco y algunos lápices de labios no se desenroscaban. ¡No pasa nada!, pensé, mientras cantaba «The Living Years» de Mike & the Mechanics, y me empleaba en adornarme el rostro... lo cual, por cierto, llegó a ser gracioso. Tuve que admitir que los resultados obtenidos compensaban el sobreesfuerzo: los michelines no me asomaban por encima de la cintura del pantalón, las tetas preservaban su plenitud de niña regordeta a despecho del resto de mis encorsetadas protuberancias, y el rímel que tan al tuntún me había aplicado en las pestañas, tras corrérseme por un feliz accidente, me había dado a los ojos, por lo común de un gris anodino, un aspecto seductor y provocativo.

Penelope estaba donde habíamos quedado a las nueve menos diez justas, y, taxi de por medio, ambas llegamos a la dirección pretendida con puntualidad británica. En West Broadway había gran cantidad de restaurantes y la gente, apiñada en las terrazas y emperifollada hasta el extremo, hacía ostensibles muestras de una alegría desconcertante. Nos costó un poco encontrar el sitio pues la gerencia del restaurante no se había molestado en colocar un cartel indicador. Tal vez fuera por motivos prácticos; dado que la caducidad de la mayoría de clubes nocturnos neoyorquinos no llega a los seis meses, la sencillez de las instalaciones facilita su clausura. Por suerte, recordé el número de la calle por haberlo visto en *Zagat*, y pudimos localizarlo a lo lejos, desde una esquina. En las proximidades del bar se congregaban grupitos de mujeres vestidas con ropa sencilla aunque cara, y hombres más mayores a su alrededor dedicados a mantenerles las copas llenas. No veía a Elisa ni a nadie de la oficina.

—¡Bette, aquí! —exclamó Elisa, con una copa de champán en una mano y un cigarrillo en la otra; estaba plantada en el medio de la terraza del Cipriani y apoyada en una de las sillas en actitud seductora, los brazos tan delicados que parecía que fueran a quebrársele—. Los demás están dentro. ¡Me alegra mucho que pudieras venir!

—¡Por favor, qué delgada está! —murmuró Penelope en susurros mientras caminábamos hacia las mesas.

—Hola —saludé inclinándome para besar a Elisa.

Me volví para presentarle a Penelope, pero me di cuenta de que Elisa, con un gesto emotivo en la cara en suspenso y los ojos cerrados, seguía a la expectativa. Supongo que esperaba los dos besos a la española, que yo había dejado por la mitad. No hacía mucho, había leído en *Cosmopolitan* un convincente artículo en el que se menospreciaban los dos besos por considerarlos una estúpida muestra de afectación, y, desde entonces, había decidido no volver a darlos. Para remediar la situación, dije:

—Gracias por haberme invitado. ¡Esto es fantástico!

Ella no tardó ni un instante en recuperar la compostura.

—Ah, claro, sí que lo es. Hacen las mejores ensaladas de la ciudad. Hola, soy Elisa —dijo, ofreciéndole una mano a Penelope.

—Vaya, lo siento, qué desconsiderada estoy siendo. —Me sonrojé, consciente de que Penelope estimaría ridículo lo que acababa de decir—. Penelope, esta es Elisa. Lleva toda la semana presentándome por ahí. Y, Elisa, esta es Penelope, mi mejor amiga.

—Ay, qué anillo; es ideal —afirmó Elisa, cuya mano, en la de Penelope, palpaba con delicadeza el enorme brillante—. ¡Ese brillo cegador implica muchos quilates!

Como podía observarse, Penelope estaba luciendo su muy llevable pedrusco de tres quilates, y a mí me habría gustado saber qué habría opinado Elisa del segundo anillo.

—Gracias —contestó Penelope, a todas luces complacida—. Me acabo de comprometer...

Antes de que pudiera terminar, Davide agarró a Elisa por la espalda y le rodeó la estrecha cintura como temiendo rompérsela. Se inclinó y le susurró algo al oído, y ella le respondió riéndose y echando la cabeza hacia atrás.

—Davide, cariño, ¡compórtate! A Bette la conoces. Davide, esta es Penelope, la mejor amiga de Bette.

Todos fingimos besarnos en las mejillas los unos a los otros (mi regla conforme a no dar dos besos había durado veinte segundos) sin que Davide fuera capaz de apartar la vista de Elisa por un segundo.

—Nuestra mesa está preparada —anunció con acento italiano mientras daba una palmadita al magro trasero de Elisa y volvía a acercársele al cuello—. Pasad *presto*, cuando estéis listas.

Había algo raro en el acento de Davide. Sonaba como un francés que intentara hablar con acento italiano.

—Yo ya estoy —indicó alegremente Elisa tras tirar el cigarrillo bajo una mesa—. Entremos, ¿os parece?

Teníamos una mesa para seis situada en una esquina del fondo. De inmediato, Elisa me informó de que quienes entendían un poco se desesperaban por conseguir una mesa en la zona delantera del restaurante, pero que los entendidos de verdad pedían las mesas del fondo. Skye, Davide y Leo componían el resto del grupo que había trabajado en la fiesta de Candace Bushnell la noche anterior, y me sentí aliviada al comprobar que la única pareja presente era la de Elisa y Davide. Todos estaban bebiendo y discutiendo sobre algo, y se comportaban con una tranquilidad solo al alcance de las personas seguras de sí mismas. Como era de esperar, nadie iba de negro. Skye y Elisa llevaban sendos vestidos cortos que eran casi idénticos; el de la una de color rojo coral pálido y acompañado por unos espectaculares tacones, y el de la otra, turquesa, con unas sandalias doradas que se anudaban a la altura de las pantorrillas. Daba igual que estuviéramos a mediados de octubre y que las noches fueran algo frías. Incluso los chicos parecían haber pasado por Armani para prepararse antes de venir. Davide aún vestía el traje gris marengo con el que había ido a trabajar, que aunque fuese mucho más ceñido de lo que los hombres estadounidenses en su mayoría estarían dispuestos a llevar, le sentaba a las mil maravillas a su elevada estatura y a su robustez. La indumentaria de Leo era la combinación perfecta entre la sofisticación y el desaliño: unos vaqueros Paper Denim, una camiseta ajustada estilo retro que decía: «VIETNAM: CUANDO ME MARCHÉ, ÍBAMOS GANANDO», y las últimas zapatillas masculinas Puma color naranja. Fui a ocupar el lugar que quedaba, al lado de Leo, pero él se levantó sin esfuerzo y sin siquiera dejar de hablar, me besó ambas mejillas y me ofreció una silla y luego otra para Penelope, que, como yo, intentaba actuar como si aquella fuese una entre tantas noches. Una vez estuvimos acomodadas, Leo nos alcanzó los menús y gesticuló al camarero para que viniera a tomar nota de las bebidas que quisiéramos tomar, y todo ello, junto a lo anterior, sin hacer una pausa en la conversación.

Me empleé a fondo en un esfuerzo por acordarme de alguna bebida que no desentonara del todo en aquellas circunstancias, pero, tras años de beber junto a mi tío, el intento fracasó. El Absolut no estaba desfasado, ¿verdad?

—Mmm, para mí un Absolut con zumo de pomelo, por favor —farfullé, desprevenida cuando el camarero me preguntó a mí primero.

—¿En serio? —inquirió Elisa, que me miraba con los ojos muy abiertos—. No creo que tengan Absolut. ¿Por qué no pedimos unas botellas de vino para todos y abrimos boca?

—Ah, sí. Me parece estupendo —juzgué.

Primera cagada.

—Tranquila, hija, que yo iba a pedir cerveza —me susurró al oído Penelope.

Me reí como si lo que acababa de decirme fuese lo más gracioso que hubiera oído.

Davide se dirigió al camarero en perfecto italiano, que acompañó gesticulando con las manos y, en cierto momento, besándose las yemas de los dedos como si la mera idea del plato de su elección fuese, por sí misma, una delicia irresistible. Elisa y Skye lo miraban con adoración. Solo dejó el italiano, si bien conservando el deje a la francesa, cuando nos habló a nosotros, monolingües de baja estofa.

—He pedido tres botellas de Chianti para empezar, si os parece bien. Mientras tanto, ¿querréis rosado o blanco?

Elisa se volvió en mi dirección y me anunció:

—Davide es siciliano.

—¿Ah, sí? Qué interesante —dije—. ¿Sus padres siguen allí?

—No, no; están aquí desde que él tenía cuatro años. Aun así, Davide conserva el cariño por su tierra.

Se hizo una votación para elegir la marca del agua embotellada —con la lección aprendida, me abstuve de confesar que me contentaba con agua del grifo—, y Davide pidió tres de cada. Según mis cálculos, ya habíamos gastado algo menos de trescientos dólares y todavía no habíamos elegido ni el aperitivo.

—Una buena elección —proclamó Skye mientras se afanaba en el teclado del móvil con las arregladísimas uñas—. Doy fe de ese vino. Es el único que pruebo, y eso que hemos ido de vacaciones a la Toscana durante años.

Devolvió la atención al teléfono, que estaba sonando, y lo guardó en su bolso tras comprobar con disgusto la procedencia de la llamada.

Me entretuve en examinar el menú mientras me preguntaba por la posibilidad de que todos los empleados de Kelly & Company estuvieran en posesión de vastas herencias. Por otra parte, no me veía en situación de departir en alguna medida sobre las sutilezas del Chianti. La idea que mis padres tenían de «irse de vacaciones» consistía en viajar en coche desde Poughkeepsie hasta el lago Cayuga, en Ithaca, y, una vez allí, presidir una barbacoa vegana en compañía de los lugareños, esparcidos por el porche, y deleitarse en la ingesta de aquella infusión de regaliz suya. Nada semejante a pulirse la primera paga semanal en una única y no pretendida cena.

—¿Qué tal estuvo la noche de ayer? —quiso saber Davide—, es decir, ¿llegó a aparecer algún famoso de primera categoría?

—Estaban algunos de *Sexo en Nueva York* —indicó Leo, pensativo.

—¡Vaya, perdona, no creo que Chris Noth y John Corbett sean de primera categoría! —terció Skye— ¿A que no viste a Sarah Jessica Parker? ¿Verdad que no? Además *S.N.Y* está muy pasada.

El grupo había recibido el encargo de organizar una presentación para la nueva novela de Candace Bushnell y, al parecer, se había colado mucha gente que no estaba invitada. Puesto que yo no había trabajado para ese acto desde un principio, había acudido a otro evento aquella noche; la cena de bienvenida para el director general de uno de los nuevos contratos en manos de Kelly & Company.

Leo suspiró.

—Ya, tienes razón, desde luego. Es que fue... ¡fue muy vergonzoso!

—Sí, muy vergonzoso, porque ¿quiénes eran todas aquellas que estaban en la terraza? Estaban arramplando con el champán; se diría que era la primera vez que lo bebían. ¿Y aquellos dos tipejos con acento de Staten Island que acabaron peleándose? Un horror —apostilló Skye.

—Como ves, Penelope, no te perdiste nada —le aseguró Elisa a mi amiga, sin ser consciente de que Penelope no entendía en lo más mínimo lo que se estaba hablando—. Sin embargo, ahí está lo bonito de las presentaciones de libros. Los editores están tan fuera de onda que no son capaces de juzgar si es o no numeroso el público que han convocado.

Davide bebió un poco de vino con suma delicadeza y asintió.

—Al menos no tendremos que soportar otro discursito

de Kelly explicándonos que la Lista hace a la fiesta. Sinceramente, no creo que pudiera aguantarlo.

Había oído comentarios sobre «la Lista» desde el lunes, pero seguía sin conocer las vicisitudes de «la más completa base de datos del quién es quién» dado que Kelly no se había tomado un rato para explicármelo. Había dejado para el día siguiente, un viernes, la tarea de mostrarme las maravillas de la Lista. Yo aún esperaba encontrarle los tres pies al gato, todavía incapaz de aceptar que Kelly fuese la optimista atolondrada que parecía ser a pesar de que, hasta entonces, no hubiera dado visos de no serlo. Y a pesar de que no creía que Will le hubiera dejado opciones a la hora de contratarme, ella daba la sincera impresión de estar contenta de tenerme a su lado. Había invertido cuatro días enteros en estudiarla al detalle, en un desesperado esfuerzo por encontrar en ella algún defecto ignominioso, alguna susceptibilidad, y, sin embargo, no había conseguido desvelar una sola tacha en su carácter. ¿Sería posible que fuera tan encantadora, tan dulce, tan exitosa? La ofensa más grave que había hallado estribaba en su afición por los correos electrónicos alegres plagados de emoticonos. No obstante, no había utilizado la palabra «conciliábulo» en ninguna ocasión ni puesto una mano sudorosa en mi lugar de trabajo, de modo que yo me sentía tan satisfecha como para dejarlo correr.

Me sonó el teléfono en el momento en que empezaron a discutir sobre si Kelly se había operado los ojos a la avanzada y oportuna edad de treinta y cuatro años, y aunque me apresuré en silenciarlo, me di cuenta de que a aquella gente no solo no le importaba que contestara, sino que querían que lo hiciera.

—Hola, Bette, ¿qué tal?

Era Michael, y parecía un poco confuso.

—Michael, cariño, ¿cómo te va?

¿Cariño? Se me había escapado sin darme cuenta. Todos los comensales me dirigieron miradas interrogativas; Penelope, que me hacía señas de sorpresa con disimulo, la más intensa.

—¿Cariño? —Michael se reía al otro lado de la línea—. ¿Qué, estás borracha? ¡Hoy me escapé del trabajo antes de tiempo! Dime dónde estás y voy a verte.

Me reí con ganas de congraciarme, del todo incapaz de imaginarme a Michael, quien, recordé, era igual a John Cryer, y que me hablaba de aquel modo dulce y patoso mientras Davide se deshacía en laudatorias de la villa que acababan de alquilar en Cerdeña para el agosto siguiente.

—Estoy de cena con una gente, pero acabaremos en una hora o así. ¿Qué te parece si te llamo cuando llegue a casa?

—Vale —respondió, aún más confuso—. Llámame al fijo porque el móvil se me está quedando sin batería.

—Quedamos así —concluí, y pulsé el botón de colgar.

—¿Era nuestro Michael? —preguntó Penelope, que no salía de su asombro.

—¿Que era quiéeen? —inquirió Elisa inclinándose con furor sobre la mesa—. ¿Un amorío? ¿Un jefecillo caliente del banco? ¿Se trata de sentimientos irresueltos que al fin puedes encajar porque ya no trabajáis juntos? ¡Cuenta!

Y a pesar de que la idea de acostarme con Michael fuese menos apetecible que la de acostarme como mi propio tío, de que Michael estuviera locamente enamorado de su tierna y adorable novia, y de que Penelope supiese de sobra que no había nada entre Michael y yo, decidí tirarme de la moto.

—Ah, ya, algo así —afirmé al tiempo que bajaba la vista con toda la intención y que, por primera vez en aquella velada, reclamaba toda la atención de los asistentes—. Estamos, sí, tratando de aclarar las cosas.

—Aaah —exclamó Elisa—. ¡Lo sabía! Asegúrate de que Kelly lo añada a la Lista para que pueda venir y adornarnos los actos con sus guapísimos amigos banqueros. ¡Qué divertido! ¡Hagamos un brindis! ¡Por Bette y su nuevo novio!

—Bueno, es que no es precisa...

—¡Por Bette! —coreó todo el mundo entre copas alzadas y tintineos.

Penelope también brindó, aunque tenía la vista fija al frente. Todos bebieron. Yo hice lo propio y le di un leve codazo a Penelope. Por fortuna, empezó a cundir el desorden con la llegada del postre.

—Hablé con Amy y me dijo que le parecía bien pasarse por Bungalow esta noche —anunció Leo apartándose de la cara el cabello, cuidado y con mechas

Hasta entonces, habían hablado de los mejores sitios de la ciudad para someterse a una limpieza de cutis, del último grito en sandalias masculinas, a conseguir en John Varvatos, y de lo exasperante que era que su instructor de Pilates favorito empezase la clase con diez minutos de retraso. Y todo ello teniendo en cuenta que Leo era el único gay.

—¿Bungalow? ¿Te refieres a Bungalow 8? —pregunté, una vez que mi capacidad de discernimiento se vio mermada por la abundancia de vino.

La conversación cesó de súbito y cuatro caras perfectamente arregladas y/o maquilladas se volvieron para mirarme. Fue Skye la que, al fin, reunió fuerzas suficientes para molestarse en aclarar mi desafortunada duda.

—Sí —dijo con un hilo de voz y sin mirarme a los ojos para ocultar la vergüenza ajena que sentía—. Amy Sacco es dueña de Bungalow 8 y de Lot 61, y es una muy buena amiga de Kelly. Estamos todos en la lista para esta noche, y es la mejor fiesta de la semana.

Se produjo un asentimiento general.

—Yo estoy dispuesto a todo —apuntó Davide, que jugueteaba con el pelo de Elisa—, en caso, claro está, de que tengamos mesa. Si no es así, lo siento, no voy.

—Por supuesto —coincidió Elisa.

Cuando llegó la cuenta eran más de las doce y, pese a que Penelope charlaba amistosamente con Leo, yo supe que se moría de ganas por irse a su casa. Sin embargo, lo de Bungalow resultaba apetecible, así que le dirigí unas cuantas miradas cargadas de significado y me levanté para ir al servicio, donde esperé a que viniera a encontrarse conmigo.

—Qué noche agradable —dijo con tono insípido.

—Sí, son guays, ¿verdad? Una cosa diferente.

—Pues sí. Oye, espero que no te importe si me marcho temprano —afirmó, en actitud cada vez más distante.

—¿Va todo bien? ¿Pasa algo?

—No, nada. Es que es un poco tarde y no estoy segura de querer ir a un, vaya, a ningún sitio. Acordé con Avery que nos veríamos en casa por la noche, así que tengo que irme. En fin, la cena estuvo muy bien. No sé, yo estoy un poco cansada, pero tú ve y diviértete, ¿vale?

—¿Estás segura? No le hago ascos a compartir un taxi e irme a dormir. Tampoco yo estoy segura de que me apetezca —repuse en ofrecimiento, pero ella solventó el problema.

—No seas tonta. Vete y pásatelo bien por las dos.

Volvimos a la mesa y nos sentamos para, según tuve la esperanza, dar cuenta de una última botella de vino que corría de mano en mano. Cuando, con un gesto pomposo, el camarero trajo la cuenta para dársela a nadie en particular, contuve el aliento. Un cálculo rápido me permitió comprender que iba a deberle doscientos cincuenta dólares a alguno de mis compañeros. Sin embargo, resultó que no se estilaba que cada quien pagara lo suyo pues Davide alargó un brazo para tomar la pequeña carpetilla de cuero y, con absoluta indiferencia, proclamó:

—Pago yo.

Nadie hizo el amago de oponérsele.

Deslizó una tarjeta de crédito negra en la carpetilla y se la alcanzó al camarero. Allí estaba, la legendaria tarjeta negra de American Express, disponible por invitación solo para aquellos que cargaran a su cuenta un mínimo de ciento cincuenta mil dólares al año. Aquello lo sabía por mí misma, gracias a un artículo sobre la hija de un famoso cuya identidad no podía revelarse en el que se incluía una frase como: «¿Por qué iba a necesitar una tarjeta negra si su papi dispone de cuentas bancarias con crédito ilimitado?». Nadie pareció darle la más mínima importancia al particular.

—¿Nos vamos? —preguntó Elisa, alisándose el vestido allí donde le ceñía las pequeñas y estilizadas caderas—. Vamos a necesitar dos taxis. Leo y Skye, ¿os parece tomar el primero? Davide, Bette, Penelope y yo os veremos allí. Por si llegáis vosotros antes; prefiero una mesa que esté lo más cerca posible de la barra, ¿vale?

—Oye, lo siento, pero yo creo que me voy a mi casa —advirtió Penelope—. La cena estuvo muy bien, pero mañana tengo que levantarme temprano para ir a trabajar. Ha sido estupendo conoceros a todos.

—¡Penelope! No te puedes ir a casa de ninguna de las maneras. ¡La noche no ha hecho más que empezar! Vamos, vente, la fiesta va a ser antológica —la animó Elisa.

Penelope sonrió.

—Me encantaría, de verdad, pero es que esta noche no puedo. —Se hizo con su abrigo, me dio un breve abrazo y agitó la mano para despedirse del resto—. Davide, gracias por la cena. Me alegra mucho haberos conocido —concluyó, y antes de que pudiera decirle que la llamaría más tarde, desapareció.

Nos metimos en los taxis según la disposición de Elisa y, durante el trayecto, conseguí pronunciar las palabras y hacer los gestos de asentimiento precisos. No fue hasta encontrarme frente a la alfombra roja de Bungalow 8 que me di cuenta de que, a causa del vino de la cena, estaba un poco bebida y, dado que no tenía apenas experiencia en nada que se pareciera a sitios como aquel, me hallaba en una excelente situación para hacer o decir cualquier cosa ridícula o humillante.

—Elisa, creo que lo mejor es que me marche —dije a media voz—. No me encuentro del todo bien, y necesito estar de pie mañana por la mañana temprano para...

Ella profirió un gritito agudo y le subieron los colores a las mejillas, hasta entonces apagadas.

—Bette, ¡debes de estar bromeando! Estás a punto de estrenarte en Bungalow y acabamos de llegar. Salir por la noche es parte de tu trabajo, ¡no lo olvides!

Advertí a medias que las treinta personas o más que estaban en la cola —chicos en su mayoría— nos estaban mirando, pero Elisa no parecía darle importancia. Davide estaba enfrascado en saludar al gorila de la puerta según un aparatoso estilo de darse la mano, y me descubrí incapaz de hacer otra cosa que no fuera oponer la mínima resistencia.

—Está bien —murmuré—. Vamos allá.

—Sammy, nosotros estamos en la lista de Amy para esta noche —le explicó Elisa al portero que Davide había saludado. El tipo debía de medir dos metros y pesar ciento diez kilos, y resultó ser el mismo portero que había trabajado en la fiesta de Penelope. No parecía que le hiciera demasiada gracia el caos que reinaba frente a la puerta, pero, tan pronto como Elisa acabó de hablarle, dijo:

—Por supuesto, Elisa. ¿Cuántos sois? Entrad. Le diré al encargado que os dé una buena mesa.

—Fantástico, encanto, muchísimas gracias. —Le dio un beso en la mejilla y, acto seguido, me agarró del hombro para susurrarme—: Estos tíos se creen que son algo especial, pero nadie hablaría con ellos si no estuvieran trabajando en la puerta de este sitio.

Asentí y deseé que el portero no la hubiera oído aun en el caso de que se mereciera el comentario. Miré por encima del hombro y vi que me seguía con la mirada.

—Hola —saludó Sammy dándome a entender que me había reconocido.

—Sí —me limité a contestarle sin indicarle que aquella noche no había tenido problemas para dejarme entrar—. Gracias por el paraguas.

Pero no me oyó; se había dado la vuelta para cerrar la entrada con el cordón de terciopelo y anunciar a la grey restante que su espera todavía no había terminado. Dijo algo por un transmisor portátil y abrió la puerta. Pasamos el guardarropa y, al punto, nos vimos envueltos en una nube de humo.

—¿Cómo es que lo conoces? —inquirió Elisa mientras Davide saludaba a todo el que se encontraba en un radio de siete metros.

—¿A quién?

—Al payaso de la puerta.

—¿Quién?

—Al imbécil que trabaja en la puerta —aclaró tras exhalar lo que me pareció una bocanada de humo.

—Me dio la impresión de que te caía bien —repuse, recordando cómo lo había tratado hacía un momento.

—¿Y qué otra cosa iba a hacer? Eso es parte de nuestra tarea. Menudo desperdicio de hombre. ¿Lo conoces?

—No. Estaba en la fiesta por el compromiso de Penelope, hará unas dos semanas, en actitud más bien hostil. Me hizo esperar fuera una eternidad. Sé que lo he visto antes, en alguna otra parte, pero no acabo de situarlo.

—Hummm —murmuró a medida que perdía interés—. Vayamos a por una copa.

Para ser uno de los sitios más afamados del país, lo cierto era que su aspecto no se correspondía con tanto empaque. Era una sala rectangular, con una barra en el fondo y unas ocho mesas con taburetes a cada lado. Había gente bailando en el medio y otra acumulada en la barra, de modo que solo el alto techo acristalado y las hileras de palmeras me hicieron sentir que, en efecto, me encontraba en un lugar algo extravagante.

—Eh, estamos aquí —llamó Leo, repantigado en un sofá, en la esquina izquierda del fondo tal y como Elisa había requerido.

Un pinchadiscos oculto tenía sonando a 50 Cent a todo trapo, y advertí que Skye ya había encontrado unas piernas de hombre sobre las que sentarse y que estaba moviéndose al ritmo de la música. Había una especie de minibar en la mesa que ocupaban con varias botellas de Veuve Clicquot, Ketel One y Tanqueray. Para mezclar había también zumo de naranja, uva y arándano, y un par de botellas de tónica y agua con gas. Penelope había mencionado el desmesurado coste de su fiesta, así que supe que estábamos pagando cada botella a varios cientos de dólares.

—¿Qué te apetece para beber? —me preguntó Leo, a mis espaldas.

Con la idea de no arriesgarme a elegir una bebida inapropiada, le pedí una copa de champán.

—Enseguida va —repuso—. Bailemos, vamos. Skye, ¿vienes a bailar?

Leo se levantó pero, durante los seis minutos anteriores, Skye había ido ganando terreno hasta estar dándose el lote con el espontáneo sobre el que se había sentado a horcajadas. No esperamos a que nos diera una respuesta.

Los clientes del Bungalow eran guapos por igual. Pertenecían a un intervalo de edades comprendidas entre los veinte y los treinta años, y se veía a las claras que frecuentaban el local. Las mujeres eran altas y delgadas, y se encontraban a sus anchas mostrando generosas porciones de muslo y amplios escotes con no poca elegancia. Los hombres, que las escoltaban bailando, pasaban las manos sobre caderas, espaldas y hombros, sin desfallecer ni permitir una copa vacía. Nada que tuviera que ver con la noche de adolescentes díscolos a la que torpemente yo había sobrevivido guarecida en una esquina, aterrorizada ante la visión de las masas convulsas que inundaban el Limelight.

En el momento en el que ya me había hecho una composición de lugar, Leo había avistado ya a un atractivo chico de cabello oscuro. Ambos bailaban con una pareja de heteros que parecían modelos, y cada uno de ellos se movía según lo hacía el cuerpo del vecino. De vez en cuando, se resituaban para que «las nenas» danzaran cara a cara.

Fui al baño y, allí, antes de tener oportunidad de identificar a su dueño, me vi rodeada por un par de brazos que se cerraron en torno a mí. Con el rabillo del ojo distinguí una melena ondulada, larga hasta la cintura y de un desvaído color castaño, y percibí el aroma del humo y del colutorio a partes iguales.

—Bette, Bette, ¡no puedo creer que haga tanto tiempo! —me chilló la chica, apoyada en mi hombro.

Su barbilla se me clavaba en el pecho y, teniendo en cuenta que no sabía de quién se trataba, la situación era harto incómoda. Mantuvo su abrazo durante unos instantes más y, cuando se separó y yo pude verla, la consiguiente sorpresa fue mayúscula.

Era Abby Abrams.

—¿Abby, eres tú? Vaya, pues sí que hace mucho tiempo —dije tratando de que no se notara lo poco afortunado que me parecía nuestro encuentro.

No guardaba de ella otra cosa que no fueran malos recuerdos, en la universidad, y había conseguido olvidarme de su existencia una vez que me hube mudado a la ciudad. Hasta entonces, Nueva York había demostrado ser un lugar lo bastante grande para que no se diera ni una sola aparición indeseable, pero, por lo que estaba viendo, se me había acabado la suerte. Aquellos cinco años que mediaban desde que habíamos terminado la universidad le habían endurecido el aspecto y parecía mayor de lo que en realidad era. Resultaba evidente que se había operado la nariz y que había recibido una abundosa ración de colágeno en los labios, aunque lo más notable eran los pechos, excesivos para su escasa estatura.

—En realidad, ahora prefiero que me llamen Abigail —me corrigió al instante—. Es de locos, ¿verdad? Claro que yo ya había oído decir que trabajabas para Kelly, así que sabía que te encontraría por aquí tarde o temprano.

—¿Eh? ¿Qué quieres decir? ¿Desde cuándo vives en Nueva York?

Se me quedó mirando con un rastro de terror en los ojos y me empujó hacia un sofá. Intenté zafarme pero ella redobló la fuerza de su abrazo y se me acercó aún más.

—Pero ¿hablas en serio? ¿Es que no te has enterado? ¡Estoy en el vórtice de los medios!

Tuve que taparme la boca con la mano izquierda y fingir una repentina tos para que no viera la descontrolada carcajada que pugnaba por salirme. Durante nuestra época de Emory, a Abby le apasionaba decir que estaba «en el vórtice» de cualquier cosa, ya fuera la hermandad de estudiantes, el equipo masculino de baloncesto o la revista universitaria. Nadie sabía con exactitud qué quería decir con aquello —la palabra era un tanto ampulosa—, pero, por alguna razón, ella se había acostumbrado a la frasecita y la incluía en su cháchara cada vez que tenía ocasión. El primer año habíamos vivido en la misma planta de la residencia, y yo no tardé en darme cuenta de que aquella chica poseía un extraño don para identificar los puntos débiles de los demás. Se dedicaba a acribillarme a preguntas sobre los chicos que me gustaban para que luego, «incidentalmente», alguien la viera echándose encima del tío que yo hubiera nombrado. Una vez, estando en el baño, oí cómo acosaba a una chica asiática para que la ayudara a conseguir ese aspecto «sexy y achinado» con un lápiz de ojos. En otra ocasión, tomó «prestado» un trabajo de historia de una de sus compañeras de clase y lo entregó como si fuera suyo. Solo admitió el «error» cuando el profesor amenazó con suspenderlas a ambas. Penelope y yo conocimos a Abby al mismo tiempo, en un taller de escritura en primero de carrera, y enseguida decidimos que debíamos evitarla. Ya desde el principio nos pareció una chica taimada, el tipo de persona que hacía comentarios sutiles pero crueles sobre tu pelo, tu novio o tu ropa y después fingía sentirse ofendida cuando te enfadabas con ella. La dejábamos plantada muy a menudo, pero ella no parecía darse cuenta; al contrario, insistía en vernos para después echarnos en cara que no apareciéramos. Como es normal, jamás tuvo buenas amigas, pero las idas y venidas entre las fraternidades de estudiantes y las habitaciones del equipo de atletismo de Emory la mantuvieron distraída.

—Así que en el vórtice de los medios ¿no? Pues no, no lo sabía. ¿Dónde estás trabajando? —pregunté con el menor entusiasmo del que fui capaz. Me prometí que no me dejaría impresionar.

—Bueno, veamos. Empecé a trabajar en *Elle* y después di el salto a *Slate*... que es una revista mucho más inteligente, ¿sabes? Estuve un tiempo en *Vanity Fair*, pero la política empresarial allí era demasiado intensa. Y ahora escribo por mi cuenta. ¡Mis artículos están por todas partes!

Le dediqué un minuto a aquella afirmación y no fui capaz de recordar haber visto su nombre... en ningún sitio.

—¿Y tú qué me dices, señorita? ¿Cómo te va con tu nuevo trabajo? —chilló.

—Sí, bien, llevo una semana y de momento está bastante bien. No sé si podría decir que estoy en el vórtice de las relaciones públicas, pero me gusta.

Una de dos: o no notó el sarcasmo o lo pasó por alto.

—¡Es una compañía tan guay! Representa a los mejores clientes de hoy en día. ¡Oh, Dios mío! Me encanta tu camiseta, es genial para disimular barriga, ¿verdad? Yo tengo una igual y me la pongo mucho.

No pude evitar meter tripa.

Antes de que pudiera responder con algún improperio, como que, en un cuerpo como el suyo dos kilos parecerían veinte, me preguntó:

—Dime, ¿has hablado con Cameron, últimamente? Así se llamaba tu novio ¿no? Me dijeron que te dejó por una modelo, pero yo no me lo creí, claro.

No podía ponerme a su altura.

—¿Cameron? No sabía que lo conocieras. Pero claro, es un chico y vive en Nueva York, así que...

—Oh, Bette, estoy tan contenta de haberte visto —continuó, sin prestar atención a mi comentario—. Me dejas que te invite un día a comer, ¿de acuerdo? Tenemos que ponernos al día. Hace mucho tiempo que te quiero llamar, pero desde que terminamos la universidad has estado desaparecida. ¿Con quién sales? ¿Todavía ves a aquella chica tan paradita? Era tan mona. ¿Cómo se llamaba?

—¿Te refieres a Penelope? Está preciosa, y prometida, y sí, todavía la veo. La saludaré de tu parte, no te preocupes.

—Sí, por favor, hazlo. Te llamo la semana que viene y vamos a algún sitio ideal a comer, ¿sí? Y felicidades por haber dejado ese horrendo banco y haberte unido al mundo real... Tengo tantas ganas de presentarte a todo el mundo. ¡Te hace falta conocer a tanta gente!

Estaba preparando lo que iba a ser una respuesta ocurrente cuando apareció Elisa. Jamás creí que me alegraría tanto de verla.

—Elisa, esta es Abby —dije, señalándola con desgana.

—Abigail, si no te importa —remarcó Abby.

—Sí, bueno. Y Abby —continué, mientras le dedicaba una mirada elocuente—, esta es Elisa, una compañera de trabajo.

—Ya nos conocemos, ¿no? —farfulló Elisa con un cigarrillo entre los labios, mientras hurgaba en el bolso en busca de un encendedor.

—Así es —respondió Abby. Se inclinó para alcanzar una caja de cerillas que había en la mesa de al lado y, en un gesto de amabilidad, encendió el cigarrillo de Elisa—. ¿Me podrías dar uno?

Elisa se lo dio y empezaron a charlar sobre una nueva sección de cotilleo, conocida como *Primicias de Nueva York*. Había oído algo al respecto en la oficina; al parecer, pese a llevar años siendo publicada, nadie le había dado demasiada importancia hasta que incorporaron una nueva columna de tono insolente firmada por alguien que utilizaba el seudónimo poco afortunado de Ellie Infiltrada. Aparecía dos veces por semana, en versión online e impresa, aunque —a diferencia de las columnas del *New York Post* de Cindy Adams o Liz Smith— la de Ellie no iba acompañada de la foto de la autora. Abby estaba diciendo que aquella era la sección más innovadora que habían dado los medios en los últimos años, pero Elisa le explicaba que, según sus fuentes, solo algunas personalidades del mundo de la moda y la farándula la seguían con devoción; aunque también predijo que pronto serían muchos más los que se aficionarían a ella. Esta conversación estuvo bien para entretenerme durante un largo minuto y medio, pero entonces me di cuenta de que era muy libre de excusarme y marcharme de allí.

En ese preciso instante caí en la cuenta de que me encontraba de pie, rodeada por una multitud de gente guapa que tenía un sentido del ritmo extraordinario, y no fui capaz de moverme. El baile nunca había sido mi punto fuerte. En los bailes del instituto me las había llegado a arreglar para arrastrar los pies durante un par de interminables canciones lentas (y para evitar a toda costa los ocho minutos de «Stairway to Heaven») y me había tambaleado borracha alguna que otra vez junto a las máquinas de discos de los antros a los que íbamos cuando estábamos en la universidad, pero aquello era algo muy distinto. Intimidatorio. Antes siquiera de que pudiera iniciar un leve balanceo, me asaltaron los mismos temores que cuando tenía diecisiete años. En una fracción de segundo, volví a sentir que todo el mundo tenía la vista clavada en mis michelines y en mi corrector dental. Tenía que salir de allí o, por lo menos, volver a la mesa y evitar la tortura del baile, pero cuando me decidí a marcharme noté una mano en la cadera.

—Hola —me dijo un chico alto con acento británico y un bronceado tan perfecto que tenía que ser artificial—. ¿Bailamos?

Reprimí el impulso de dar media vuelta para asegurarme de que estaba hablando conmigo y no con alguien a mis espaldas, y antes de que pudiera preocuparme por mi aliento a tabaco o por mi camiseta —empapada de sudor—, él ya había tirado de mí y empezado a moverme. ¿Bailando? ¡Estábamos bailando! No había estado tan cerca de alguien desde la última vez que un pervertido se había frotado contra mí en el metro en hora punta. Cal-ma, go-za, cal-ma, go-za, me repetí en silencio con la esperanza de mantener los nervios a raya. Aunque tampoco me hizo falta demasiada concentración. Cuando aquel dios de piel dorada me ofreció otra copa de champán, me acurruqué junto a él y mi cerebro dejó de funcionar. Tomé aquella copa, y después otra, y antes de que pudiera darme cuenta de lo que estaba sucediendo me encontré sentada sobre sus piernas y riéndome con los demás sobre algún que otro escándalo mientras el apuesto desconocido me acariciaba el pelo y me encendía los cigarrillos.

Me olvidé por completo de que vestía el color equivocado, de que la zorra enana que me hacía la vida imposible en la universidad me había estado insultando, e incluso de que carecía de cualquier sentido del ritmo. Recuerdo haberme quedado observando a uno de los amigos del inglés que se acercó para preguntarle quién era la nueva criatura encantadora que estaba sentada sobre su regazo. No reaccioné o, mejor dicho, no me di cuenta de que estaban hablando de mí hasta que me abrazó por detrás y respondió:

—Es un descubrimiento que he hecho... fantástico, ¿no es verdad?

Y entonces yo, la criatura encantadora, el fantástico descubrimiento, reí complacida, le agarré la cabeza entre las manos y le planté un beso en la boca. Y esto es, a Dios gracias, lo último que recuerdo.

8

Me despertó la voz de un hombre enfadado. Por un breve momento, me pregunté si habría alguien flotando sobre la cama y conduciendo una excavadora por encima de mi cabeza. La vibración era, de tan regular, casi reconfortante, pero entonces abrí los ojos y me di cuenta de que no estaba en mi cama. No logré ver mi ropa negra por ningún lado y observé que llevaba puestos unos calzoncillos grises ajustados de Calvin Klein y una enorme camiseta blanca con el lema «SPORTS CLUB L.A.». Que no cunda el pánico, me dije, mientras intentaba descifrar lo que decía la voz masculina que oía a lo lejos. Piensa. ¿Dónde estuviste y qué hiciste ayer por la noche? Teniendo en cuenta que no estaba acostumbrada a perder el conocimiento y a despertarme en lugares desconocidos, lo estaba haciendo bastante bien. Veamos, Elisa llamó, cena en el Cipriani, taxi hasta Bungalow 8, todos en una mesa, bailé con... un inglés moreno. Mierda. Lo último que recuerdo es estar bailando con un desconocido en un club y ahora estoy en una cama —si bien es cierto que enorme, cómoda y con sábanas realmente suaves— que no reconozco.

—¿Cuántas veces te lo tengo que decir? ¡Las sábanas Pratesi no se lavan con agua caliente! —gritaba la voz masculina.

Me incorporé de un salto y busqué maneras de escapar de

allí, pero miré por la ventana y observé que estaba, por lo menos, en el piso veinte.

—Sí, señor. Lo siento, señor —respondió una voz femenina con acento mexicano.

—Te creo, Manuela, de verdad que sí. Soy un tipo razonable, pero esto no puede continuar. Lamentándolo mucho, voy a tener que despedirte.

—Pero señor, yo podría...

—Lo siento, Manuela, pero la decisión ya está tomada. Te pagaré el resto de esta semana y eso es todo.

Oí un llanto lejano y ahogado tras el cual se produjo un silencio total que se vio roto por un portazo unos minutos después.

Mi estómago me hizo saber que no estaba dispuesto a aguantar aquella resaca mucho más tiempo, de modo que intenté encontrar el baño desesperadamente. Comencé a buscar mi ropa, debatiéndome entre si sería mejor que me viera medio desnuda o vomitando, pues resultaba evidente que no tenía tiempo de solucionar ambos problemas antes de que él volviera. Aún no me había decidido, cuando entró en la habitación.

—Hola —dijo, sin apenas mirarme—. ¿Cómo te encuentras? Ayer estabas un poco borracha.

Su aspecto me dejó tan trastornada que me olvidé de que necesitaba ir al baño. Estaba todavía más moreno de lo que yo recordaba, quizá porque llevaba una camiseta blanca ajustada y unos pantalones anchos del mismo color y lucía los dientes más alineados y brillantes que yo hubiera visto jamás en la boca de un inglés. Su figura impoluta me recordó a Enrique, el protagonista de *La novia del magnate.*

—Esto... sí, supongo que lo estaba. Es la primera vez que me ocurre algo así, de hecho. Perdona, pero no recuerdo tu nombre.

Pareció darse cuenta de que estaba hablando con una persona y no con un adorno de la cama y se sentó junto a mí.

—Me llamo Philip. Philip Weston. Y no te preocupes... te traje aquí porque no conseguimos dos taxis y no me apetecía hacer toda la ruta hasta el East Side. No pasó nada, no soy ningún violador. En realidad, soy abogado —dijo, con no poco orgullo, y con aquel acento propio de la flor y nata británica.

—Bueno, pues muchísimas gracias. No creí que hubiera bebido tanto, la verdad, pero no recuerdo nada de lo que sucedió después de bailar contigo.

—Estas cosas pasan. Vaya una mañana estresante, ¿no crees? Me jode que estas cagadas rompan la calma que consigo con el yoga.

—Claro.

No era él el que se había despertado en la cama de una desconocida, cierto. Aun así, no me sentía demasiado cómoda teniendo que darle la razón.

—La asistenta iba a lavar mis sábanas Pratesi en agua hirviendo. Ya me dirás de qué te sirve el servicio si tienes que controlar todo lo que hacen. ¿Te puedes imaginar el desastre si no me llego a dar cuenta?

Gay. Aquel tipo era gay. No era Enrique, sino Emilio, su fantasioso amigo. Menudo alivio.

—¿Qué habría pasado exactamente?

Yo lavaba mis sábanas con agua caliente y las secaba a temperatura máxima porque me parecía que así quedaban suaves en poco tiempo, pero también era cierto que las compraba en Macy's y que no les dedicaba demasiada atención.

—¿Qué habría pasado? ¿Me lo preguntas en serio? —Empezó a dar zancadas por la habitación, mientras se pulverizaba el cuello con colonia Helmut Lang—. Pues que habría quemado el hilo, ¡eso habría pasado! Estas sábanas, para una cama de matrimonio, cuestan dos mil ochocientos dólares. ¡Y se las habría cargado!

Dejó la botella de colonia y comenzó a untarse la piel dorada con lo que yo creí que era aftershave pero que resultó ser crema hidratante. Hice un rápido cálculo mental: cuatro mil dólares.

—Claro, no lo sabía. Es decir, no sabía que las sábanas pudieran ser tan caras. Estoy segura de que si yo pagara ese dinero por ellas también me preocuparía.

—Sí, bueno, lamento que hayas tenido que presenciar esta situación.

Se quitó la camiseta y dejó al descubierto un torso escultural y depilado. Considerando su atractivo, era una lástima que fuera gay. Cerró la puerta del baño, abrió el grifo de la ducha y a los pocos minutos salió cubierto tan solo por una toalla. Entró en el vestidor, revestido de madera de roble, sacó una camisa y un traje, me alcanzó mi ropa —perfectamente doblada— y salió de la habitación para que me pudiera cambiar.

—¿Te importa que no te deje en tu casa? —preguntó Philip desde algún lugar que me pareció a millones de kilómetros—. Debería salir directo para el trabajo. Tengo una reunión a primera hora.

Trabajo. Dios mío. Me había olvidado por completo de que yo también trabajaba, pero me tranquilicé al comprobar en el despertador que eran apenas las siete. Philip ya había vuelto de su clase de yoga y, con toda seguridad, no habíamos regresado del club antes de las tres de la mañana. Entonces me vino a la cabeza un breve pero intenso recuerdo de la única vez que yo había asistido a una clase de yoga. Llevaba media hora intentando no parecer demasiado torpe, cuando la profesora anunció que debíamos mantener durante treinta segundos la postura que estábamos realizando —la de la media luna, para más señas—, la cual equivalía a ocho horas de sueño. Solté un gruñido y me preguntó si había algún problema. Por fortuna, me contuve y no hice las preguntas que tenía en mente: es decir, ¿por qué nadie hasta entonces nos había iluminado con el milagro de la postura de la media luna? ¿Por qué llevábamos siglos echando a perder un tercio de nuestras vidas durmiendo, si existía la posibilidad de doblar la cintura durante un minuto y medio? Me limité a murmurar que me parecía un «concepto muy interesante» y esperé a que no estuviera mirando para escabullirme.

El pasillo de Philip era más largo que todo mi apartamento, de modo que tuve que seguir el sonido de su voz para dar con la habitación correcta. De las paredes colgaban vistosos cuadros abstractos y el suelo, de madera oscura —madera de verdad, nada de parquet—, hacía resaltar los muebles: pocos, y de acabado metálico. Aquel lugar parecía sacado de un catálogo de Ligne Roset. Como si lo hubieran escogido del salón de exposición y montado directamente en el apartamento de aquel chico. Conté tres baños completos, dos habitaciones, una sala de estar y un estudio con las paredes cubiertas de estanterías empotradas que llegaban hasta el techo, dos ordenadores Mac G4 y un botellero para el vino. Finalmente, lo encontré en la cocina, apoyado sobre la encimera de mármol e introduciendo naranjas en un exprimidor de última generación. En mi casa no había ni un abrelatas.

—¿Haces yoga? No conozco a ningún hombre que haga yoga.

A ningún heterosexual, vaya, pensé.

—Por supuesto. Es genial para ganar fuerza, y me encanta lo bien que va para aclarar la mente. Algo muy de aquí, supongo, pero genial de todas formas. Deberías venir conmigo un día. —Y antes de que tuviera tiempo de responder, me sentó en la encimera, me separó las rodillas para introducirse entre mis piernas y empezó a besarme el cuello.

Instintivamente, di un salto para bajar y me encontré, si cabe, aún más cerca de su cuerpo.

—Yo creí que, bueno, que eras...

Clavó sus verdes ojos en los míos, a la espera de que continuara.

—Bueno, es que... entre lo de ayer por la noche, y todo lo demás, ya sabes, las Pratesi y las clases de yoga...

Siguió esperando en silencio, poco dispuesto a echarme una mano.

—¿No eres gay? —Contuve el aliento, temiéndome que no hubiera salido aún del armario, o, aún peor, que lo hubiera hecho pero no lo tuviera asumido.

—¿Gay?

—Sí. Que te gustan los hombres, vaya.

—¿Me lo preguntas en serio?

—Bueno, no sé, es que me pareció...

—¿Gay? ¿De verdad crees que soy homosexual?

Me sentí como si estuviera en el decorado de algún *reality show* donde todo el mundo estaba al corriente de lo que estaba sucediendo menos yo. Pistas y más pistas que no aportaban ninguna información concreta. Intenté juntar las piezas, pero nada acababa de cobrar sentido.

—Hombre, yo no te conozco de nada. Pero es que, bueno, vistes tan bien y tienes el apartamento tan bien decorado y, además, utilizas colonia Helmut Lang. Estoy segura de que mi amigo Michael ni siquiera me sabría decir quién es Helmut Lang.

Me regaló otra de sus perfectas sonrisas y me frotó el pelo como si fuera una niña pequeña.

—Quizá no pasas demasiado tiempo con los chicos indicados. Te aseguro que soy hetero al cien por cien. Es solo que he aprendido a apreciar las cosas de valor. Y ahora vamos, aún puedo dejarte en casa si nos damos prisa.

Se puso una chaqueta de cachemir y cogió las llaves.

Mientras bajábamos en el ascensor no cruzamos palabra, pero, de algún modo, el bueno de Philip se las arregló para acorralarme contra el espejo y mordisquearme los labios, lo cual me produjo la extraña combinación de asco profundo y placer de infarto, todo a la vez.

—Mmmm, eres deliciosa. Ven aquí, deja que te pruebe de nuevo.

Sin embargo, antes de que pudiera volver a hacer uso de

mi cara como si fuera un Chupa Chup, se abrieron las puertas y dos porteros uniformados se volvieron para presenciar nuestra llegada.

—¡Idos a la mierda! —les gritó Philip, caminando delante de mí con una mano en alto—. ¡Dejadme en paz!

Los hombres se rieron, acostumbrados como debían de estar a que saliera de su apartamento con mujeres desconocidas y, sin decir nada, le abrieron la puerta. Cuando salimos a la calle me di cuenta de dónde estábamos: Christopher esquina con Greenwich, en la parte oeste de la ciudad, a una manzana del río. El antiguo edificio de los Archivos Federales.

—¿Dónde vives? —me preguntó, mientras sacaba un casco plateado del asiento de una Vespa, cubierta hasta entonces por una lona impermeable y aparcada a escasos metros de la puerta.

—En Murray Hill. ¿Qué te parece?

Se rió con malicia.

—No sé, tú sabrás. Yo no anunciaría a gritos que vivo en Murray Hill, pero oye, si a ti te pone...

—Quería decir —respondí de mala gana, sin hacer ningún intento por seguirle la corriente a aquel lunático— que qué te parece llevarme hasta allí. También podría coger un taxi.

—Como quieras, cariño. A mí me da igual. Mi oficina está hacia el este, así que me viene de camino. —Hurgó en el bolsillo del pantalón en busca de las llaves y aseguró su bolsa Hermès a la parte trasera de la moto. O mejor dicho, del scooter—. Pero decídete ya. Hay gente que en estos momentos me necesita. —Se sentó sobre la moto y se dignó a mirarme por un instante—. ¿Y bien?

Me quedé sin palabras durante unos segundos; Philip se impacientó y, nervioso, chasqueó los dedos.

—Vamos, es para hoy. ¿Sí o no? Tampoco es tan difícil. Debo decir que ayer por la noche no me pareciste tan indecisa...

Siempre albergué la fantasía de tener una razón de peso que me permitiera cruzarle la cara a algún imbécil y aquel me acababa de servir la oportunidad en bandeja. Sin embargo, el chasquido de dedos y la insinuación de que entre nosotros había pasado algo la noche anterior me dejó del todo anonadada. Di media vuelta y comencé a caminar calle abajo.

—No seas tan sensible, cariño. Solo bromeaba. Ayer no pasó absolutamente nada. Ni tú ni yo... —gritó, con fingida preocupación.

Oí que se reía satisfecho por su ingeniosa ocurrencia, y continué andando.

—Está bien. Sigue así. No tengo tiempo para escenas ahora mismo, pero no te vas a librar de mí tan fácilmente. En serio, no es normal que una mujer se resista a mis encantos, me has dejado intrigado. Dale tu número a mi portero y te llamaré un día de estos.

El motor de la Vespa se puso en marcha y Philip desapareció a toda velocidad. A pesar de que me había insultado y dejado tirada, sentí que acababa de salir victoriosa; siempre y cuando lo que me había dicho fuera verdad y, aun sumida en un estado de absoluta embriaguez, no me hubiera acostado con él, claro.

La sensación de triunfo duró unos buenos cuarenta minutos; el tiempo que me llevó tomar un taxi, llegar a casa, asearme en el lavabo, aplicarme una buena capa de desodorante en las axilas, espuma en el pelo y crema hidratante perfumada en el resto del cuerpo. Recorrí el apartamento en busca de ropa limpia y me pregunté cómo podría llegar a ser una buena madre si ni siquiera era capaz de cuidar a mi perra. Millington estaba en un rincón, acurrucada bajo la mesa. Me miraba enfurruñada como si quisiera castigarme por haberla abandonado la noche anterior. Me fijé en que se había meado en mi almohada, pero no tenía tiempo para limpiarlo. Conseguí abrirme paso entre la multitud que viajaba en metro a aquellas horas de la mañana y llegué a la oficina a las nueve y un minuto. Estaba absorta en mi fantasía de hincarle el diente al único remedio para la resaca que funciona —es decir, café doble y sándwich de beicon, huevo y queso—, cuando Elisa me hizo un gesto para que me acercara. Me estaba reservando un sitio junto a la ventana más soleada y parecía tener ganas de hablar conmigo.

La oficina era un rectángulo enorme con elegantes sofás de piel y zonas de descanso por todas partes. No trabajábamos en mesas individuales, sino en dos gigantescas mesas en forma de media luna colocadas una frente a la otra formando un círculo. Los dos espacios laterales permitían el acceso a la parte central, donde se encontraban los faxes e impresoras que compartíamos. Cada uno teníamos nuestro propio portátil, que, al final del día, podíamos dejar en un armario de la oficina o llevarnos a casa. Ninguno de nosotros ocupaba un lugar determinado en la mesa; el primero en llegar era el primero en escoger, así que solíamos disputarnos los dos o tres espacios en los que colocar el ordenador de manera que Kelly no pudiera ver la pantalla desde su oficina. Aquella mañana, Elisa se había hecho con un sitio de excepción, de modo que me acerqué a ella y dejé sobre la mesa el portátil y el vaso de café con cuidado de no derramar ni una gota del milagroso elixir. Elisa parecía impaciente.

—Venga, Bette, siéntate de una maldita vez. Cuéntamelo todo, no aguanto más.

—¿Contarte qué? Me lo pasé muy bien ayer por la noche. Gracias por invitarme.

—¡No hablo de eso! —chilló, como si esa fuera la única forma de la que disponía para comunicarse—. ¿Qué tal con... —Silencio. Suspiro— Philippe?

—¿Philippe? Se llama Philip, ¿no? No me pareció francés, el chico.

—Y qué más da. Es fenomenal, ¿no crees?

—En realidad, a mí me pareció un cretino —respondí en

honor a la verdad. También me pareció muy interesante, por supuesto, pero no creí necesario admitirlo.

Elisa respiró profundamente y clavó en mí su mirada.

—¿Qué acabas de decir? —susurró.

—He dicho que...

—Ya te he oído —gruñó—. Pero no entiendo por qué dices eso. Parecías estar pasándotelo muy bien cuando te echaste sobre él en la discoteca. No está mal, ¿eh? ¿Quién dijo que la práctica no hace al maestro?

Se podría estar refiriendo a sus dotes de baile, pero había algo en su expresión, soñadora y lejana, que me hizo pensar que se refería a otra cosa.

—Elisa, ¿de qué estás hablando?

—¡Bette! ¡Venga ya! Estamos hablando de Philip Weston.

—Y eso ¿debería decirme algo?

—Ay, Dios mío, Bette. Deberías darte vergüenza. ¿De verdad no sabes quién es? —Entonces empezó a enumerar, sirviéndose de la ayuda de sus dedos—. Estudió en Eton y en Oxford, se licenció en Yale, el abogado más joven en convertirse en socio de Simpson Thatcher, su abuelo es duque, la mayor parte de las tierras entre Londres y Manchester son de su padre (por no mencionar los terrenos de Edimburgo), es el heredero de un capital que podría saldar la deuda del país, se rumorea que fue novio de Gwyneth Paltrow, amante de las modelos más impresionantes de Victoria's Secret, y elegido «Adonis de la Noche» por *Vanity Fair*, ¡ahí es nada! ¿Te suena algo de todo esto?

A aquellas alturas estaba jadeando.

—No mucho —dije, intentando digerir lo que acababa de decirme mientras sentía en las orejas un creciente ardor. ¿Un duque? ¿Gwyneth?

—Menuda ironía —murmuró para sí—. Todas las mujeres consideran la meta de su vida acostarse con Philip Weston y tú vas y ¿lo haces sin siquiera saber quién es? Es demasiado.

—¿Acostarme con él? ¿Cómo? Si por «acostarme con él» te refieres a oír cómo echa a la calle a su asistenta por un imperdonable descuido cometido con sus sábanas de cuatro mil dólares, entonces sí, pasamos una noche loca.

—¡Bette! Deja de hacerte la inocente. ¡Todos os vimos anoche!

En aquel preciso momento, me fue imposible ver más allá del hecho de que el mismo hombre que se había acostado con Gwyneth Paltrow, además de haberme visto desnuda, había sido testigo de la ropa interior que yo utilizaba cuando tenía el período y de mis piernas e ingles sin depilar.

—No pasó nada —susurré, sopesando con cuánta velocidad podía hacer las maletas, cambiarme el nombre e irme a Bután.

—Ya —espetó con una sonrisa lasciva.

—No, de verdad. De acuerdo que me desperté en su casa con su ropa puesta, pero no pasó nada de nada.

Elisa parecía estar anonadada y decepcionada.

—Pero ¿cómo va a ser eso posible? Ese hombre está buenísimo, no hay quien se le resista.

—¿Y tú? ¿Alguna vez te acostaste con él? —le pregunté, con ánimo de irritarla.

Me miró como si le hubiera propinado una bofetada.

—¡No!

—Lo siento, no pretendía insinuar... Estaba de broma. No creí que tú...

—Déjalo, no intentes arreglarlo. Es solo que yo lo deseo desde siempre, podría decir, y que él nunca me ha dirigido ni una mirada. Yo siempre lo veo por ahí y claro, él, bueno, sabe de sobra quién soy, así que a lo mejor es solo cuestión de tiempo... —Su voz volvió a denotar un matiz soñador.

Tosí y me devolvió su atención. Estaba por manifestar lo halagada que me sentía por que Philip me hubiera llevado a su casa la noche anterior pudiendo haber elegido a Elisa en mi lugar, pero no tuve oportunidad.

—Me refiero a que el tío se acuesta con toda mujer de aspecto decente que se le antoja, así que no acabo de entender por qué conmigo no —explicó con tono monocorde.

—¿Con cualquiera? —pregunté, reticente a abandonar la ilusión de que yo fuera la única.

—Pues sí, con cualquier chica de buen ver; por eso no entiendo por qué no se acerca a mí. Tal vez sea que no le gustan las mujeres delgadas.

Epa. Sin intención, pero doloroso, el comentario. Guardé silencio mientras ella continuaba con su inventario.

—Veamos. Skye quedó una vez con él, pero eso pasó hace años, mucho antes de que Philip fuera lo que ha llegado a ser. También una chica de la Lista (la más guapa), y la que el mes pasado salió en la portada de *Marie Claire*, y un montón de bellezas de *Condé Nast*.

Siguió enumerando nombres de mujeres populares y hermosas, que yo reconocía tras años de perezosa lectura de las columnas de sociedad y reportajes de celebraciones, pero apenas podía prestarle atención. Por fortuna, solo le dio tiempo a mencionar a una docena antes de que Kelly saliera de su oficina y me llamara para que entrase en su infernal zoológico particular; la estancia estaba forrada con una psicodélica mezcla de pieles de cebra, leopardo y tigre, y estaba repleta de enormes cojines forrados que descansaban sobre una inmensa alfombra de pelo largo y lunares.

—Hola, Bette. ¿Cómo va todo? —dijo con voz cantarina mientras cerraba la puerta y me hacía un gesto para que me sentara en una silla tapizada con lo que parecía ser piel y pelo.

—Pues muy bien. Ha sido una primera semana estupenda.

—¡Me alegro! Yo también lo creo —juzgó, aumentando las proporciones de la sonrisa.

—Sí, pero, en serio, estoy muy contenta de estar aquí, y te prometo que aprenderé a funcionar tan pronto como sea posible para contribuir al equipo en lugar de mirar —afirmé, en una actitud que, pretendí, tuviera un cierto nivel de sobriedad y coherencia.

—Ajá, eso está bien. Pero ¡cuéntame lo de anoche!

Juntó las manos y se inclinó hacia mí.

—Vale, vale, anoche. Fui a cenar con Elisa, Skye, Leo y dos personas más, y nos lo pasamos muy bien. El grupo de gente que tienes aquí es genial. Por supuesto, no siempre voy a dejarles que me tengan por ahí a horas tan tardías...

Me reí con pretensión de espontaneidad, consciente de que no estaba demasiado acostumbrada a comentar con mis jefes las aventuras nocturnas. Desde luego, Aaron no había ejercido como ese confidente al que se le cuentan las cosas la mañana posterior, pero Kelly daba la impresión de ansiarlo.

—Quieres decir que no dejarás que te tengan por ahí hasta el día siguiente... —se burló, y luego dejó que sus palabras surtieran efecto.

Ejem. Tuve la sospecha de que aquello implicaba transgredir la línea existente entre lo personal y lo profesional, y no tenía deseos de cruzarla.

—¡La cena fue divina! Mis compañeros son maravillosos, de verdad.

Mi comentario había sido repetitivo e incongruente, y no se me ocurría cómo remediarlo.

Ella se inclinó apartándose el pelo peinado a un lado todavía más hacia la izquierda y plantó los codos sobre la mesa, de madera basta.

—Bette, corazón, no puedes esperar que, bueno, si pasas la noche con Philip Weston, no lo sepa todo el mundo. Acércate, mira esto.

Me alcanzó un papel impreso. Me temblaron las manos al tomarlo.

Al instante, reconocí en él la edición de aquel día de la columna de la publicación sobre la que Abby y Elisa habían estado hablando la noche anterior, *Primicias de Nueva York*, procedente de la página web de la editorial. El titular decía: «Chica misteriosa pasa la noche en el nido de Weston». El texto entraba en detalles y relataba que, la noche anterior, Philip había sido «abordado» en Bungalow 8 por una «hermosa jovencita» que, según ciertas fuentes, era «el nuevo fichaje de Kelly & Company. No dejéis de consultar nuestra página para ver si vuelve a presentarse...». Estaba firmado por «Ellie Infiltrada». Es una gilipollez de nombre, pensé.

A pesar del cumplido más o menos confuso de «hermosa jovencita», añadido sin duda para llenar el espacio, el estómago me dio un vuelco y dirigí a Kelly una mirada de horror.

—Estoy empleándome a fondo con medio Manhattan para descubrir quién es esa Ellie Infiltrada. Joder, es un as. No te podrías imaginar lo poco que tardan en sacar las noticias en su página. Supongo que esa es la ventaja de publicar en línea, aunque, de todos modos, no puedo dejar de pensar que esos, esos blogs son espacios de comidilla para gente que no puede escribir en papel.

—Kelly, no fue como te imaginas. Puedo explicarlo. Es que después de la cena, nosotros...

—Bette, sé lo que ocurrió con pelos y señales. ¡Y estoy encantada!

—¿Lo estás? —insistí, convencida de que aquella era su enrevesada manera de reconfortarme.

—¡Pues claro! Mira, la situación es la ideal: Philip Weston, Bungalow 8 y una mención de la oficina. Lo único que pediría para la próxima vez es que lo presencien periodistas de verdad. Este es un reportaje sólido, pero la columna lleva aún poco tiempo y su número de lectores es reducido.

Abrí la boca para decir algo pero no fui capaz de articular palabra. De todas formas, ella no pareció advertirlo.

—Él es fantástico, ¿verdad? Entre nosotras te diré que siempre sentí algo por él.

—¿De verdad? ¿Por Philip?

—Ay Dios mío, mujer, ¿y quién no? Es maravilloso. No

solo es un descarado mujeriego sino que, por lo visto, el chico es impresionante cuando se quita la camisa.

La cara de Kelly había adoptado la misma expresión indefinible que la que yo había visto con anterioridad en la de Elisa.

—¿Alguna vez saliste con él? —le pregunté, rezando para que la respuesta fuera negativa.

—Estamos listos, ¡ya me gustaría! La ocasión en que menos me faltó para acostarme con él fue cuando lo vi quitarse la camiseta en una subasta de beneficencia en la que se sorteaba una cita con él. Trescientas mujeres y yo enloquecimos cuando lo hizo. Parecía el *Bar Coyote*: increíble y patético a la vez.

Bajé la guardia y olvidé durante un segundo que estaba hablando con mi jefa.

—Le vi el torso cuando esta mañana salió de la ducha, y sí, es tan espléndido como lo pintas —sentencié antes de que pudiera valorar lo que mis palabras conllevaban.

Kelly sacudió la cabeza y se me quedó mirando con una expresión a medio camino entre la envidia y el apremio.

—Debo asumir que cuando te llame saldrás con él, ¿no es cierto?

Aquello no me pareció una pregunta.

—Ah, no estoy segura de que vaya a llamarme —farfullé, ya convencida de que nadie estaría dispuesto a creer que no nos hubiéramos acostado.

Me inspeccionó con una mirada atenta y después se mofó.

—Bette, angelito, es posible que seas la última en enterarte pero, a tu modo, eres hermosa. Y todo el mundo sabe que no hay nadie que adore tanto a las chicas hermosas como Philip Weston. Por supuesto que va a llamarte. Y tú dirás que sí, ¿vale? Y, claro, por favor, invítalo a venir a nuestros actos y trasnocha lo que haga falta cuando estés con él.

Sentí un extraño júbilo —parecido a los enamoramientos de instituto— que iba asentándoseme en el pecho.

—Ah, bueno. Vale, haré como dices.

De repente, quise levantarme y darle un abrazo.

—Excelente. ¡Me alegro mucho por ti! Mantenme al corriente de todo. En fin, ¿empezamos?

—Sí, vamos allá —dije, aliviada por que aquella inaudita conversación tocara a su fin—. Ibas a hablarme de la Lista, ¿verdad?

—Sí, la Lista. Es la herramienta clave para que esta empresa tenga éxito. No somos nada sin la gente con la que proveemos a nuestros clientes, así que he dedicado muchos años a confeccionar la base de datos más amplia del sector. Ven a sentarte a mi lado para que puedas ver.

Empujé un taburete tapizado con felpa hasta dejarlo del lado de la mesa que ella ocupaba y me senté en el momento en que activaba un icono en la pantalla de su ordenador.

—Aquí la tienes —susurró—. Mi pequeña. La lista de personas a la vanguardia de las tendencias, la más detallada que jamás se haya visto en ningún sitio.

Lo que la pantalla mostraba se parecía a una página de búsqueda comparable a las que se encuentran en los sitios Web de las empresas de recursos humanos o de las inmobiliarias. Todo se reducía a elegir los criterios de búsqueda, marcar las casillas adyacentes y pulsar en «Buscar». Contaba con cuatro lugares a los que dirigir la exploración —Nueva York, Los Ángeles, Miami y los Hamptons—, aunque existían listas más pequeñas y menos completas para otra docena de ciudades de Estados Unidos y unas dos docenas en otros países. Las maneras de acotar la pesquisa parecían ser interminables. En el margen izquierdo y sin guardar un orden particular, aparecían una serie de entradas: arte, literatura, producción cinematográfica, periódicos, moda, discográficas, personalidades, personalidades jóvenes, élites de los medios de comunicación, finanzas, revistas, arquitectura, tiendas y varios.

—Si defines el tipo de persona que estás buscando, el programa te proporciona toda la información. Así, mira. —Pulsó «Literatura» y «Personalidades jóvenes», y me enseñó los miles de fichas—. Lo sabemos todo de todo el mundo. Nombre completo, domicilio, lugar de trabajo, teléfonos, faxes, buscas, correos electrónicos, casas en el campo, casas en la playa, direcciones internacionales, cumpleaños, y diversos datos sobre cónyuges, hijos y niñeras. Hay también la posibilidad de obtener resultados más precisos y saber si el individuo en particular es gay, hetero, soltero, monógamo o infiel, o si sale con asiduidad en las columnas de cotilleo. El programa nos facilita información sobre quién está haciendo qué, ya que, gracias a él, tenemos a la vista las vidas de todo el mundo, ¿entiendes?

Me limité a asentir, pues no me pareció que existiera la respuesta adecuada.

—Mira, tomemos, por ejemplo, a tu tío.

Tecleó su nombre en el campo de búsqueda y me mostró en una ventana los datos relevantes de su biografía: la dirección y el teléfono de Central Park West, los datos de la oficina, su cargo en el periódico y el nombre de la columna, su experiencia como periodista de opinión, la proporción de público que leía sus artículos, y su cumpleaños, además de una frase corta en la que se indicaba su costumbre de viajar con asiduidad a Key West y a Europa. Por otra parte, su ficha estaba asociada a una serie de vínculos ordenados bajo el título «Referencias cruzadas»; allí se leía «Gay», «Literatura», «Periódicos» y «Élite de los medios de comunicación». Advertí que no había una categoría para la Coalición Cristiana Reaccionaria, aunque opté por callarme.

—Nunca había visto nada como esto.

Era incapaz de apartar la vista de la pantalla.

—Es difícil de creer, ¿no es cierto? Y esto no es todo. No sé si te has dado cuenta de que la base de datos no incluye a los nombres que suelen salir en los medios de comunicación ni a los famosos. Para ellos tenemos listas por separado, pues son los dos grupos más importantes.

—¿Listas por separado?

—Bueno, sí. Mira. —Cerró el programa y pulsó un icono que decía «Prensa»—. Está la élite de los medios, gente como tu tío, Frank Rich, Dan Rather, Barbara Walters, Rupert Murdoch, Mort Zuckerman, Tom Brokaw, Arthur Sulzberger, Thomas Friedman, etcétera, etcétera, a quienes, claro está, queremos en los actos debido a la envergadura de sus perfiles pero de quienes no podemos esperar que se presenten en ningún sitio. Son, diríamos, famosos por derecho propio, razón por la cual tenemos que contar con una base de datos independiente que se dedica a quienes, en verdad, trabajan en los medios de comunicación: la gente de los periódicos, revistas, televisión y radio, que pueden ir a los sitios tal y como nosotros ofrecemos a nuestros clientes. Por supuesto, hay casos en los que se superponen las actividades. Puedes encontrarte con una personalidad que trabaje en una revista o un productor de cine que escriba en un periódico local, y por eso comparamos todas las fichas y las listas.

Tomé el ratón y curioseé por las distintas ventanas, y me di cuenta de que la base de datos de los medios de comunicación estaba desglosada en criterios de carácter sociológico, de modo que resultaba más sencillo localizar a periodistas con una dedicación específica, ya fuera música, diseño, viajes, tendencias, moda, entretenimiento, cotilleo, famosos, deportes o acontecimientos de sociedad.

—Esto es increíble. ¿Cuántos hay en total?

—Entre las tres bases de datos, treinta y cinco mil, más o menos. Y todavía no has visto la lista de los famosos; esa es la más importante.

Otro par de maniobras con el puntero y se abrió en pantalla la lista de las personas más ricas, famosas y atractivas del mundo.

—Esta es la lista de trabajo. En la ficha de cada uno de los famosos tenemos anotados sus publicistas actuales, agentes, representantes, asistentes, y diversos datos referentes a sus familias, cumpleaños, proyectos en curso o por venir y hasta sus preferencias: cualquier cosa, desde líneas aéreas a clases de flores, aguas, cafés, licores, hoteles, diseñadores o música. Las actualizaciones de esta lista son constantes.

Abrió el perfil de Charlize Theron y vi que la actriz tenía casas en Sudáfrica, Malibú y las colinas de Hoollywood, salía con Stuart Townsend, prefería volar en la primera clase de American Airlines o en avión privado, estaba rodando una película en Roma, iba a hacer otra película en un plazo de cinco meses, y tenía a su cargo cuatro asistentes, pues su agente ejercía también de publicista.

—¿Cómo se mantienen al día? Me refiero a que ¿cómo se llegan a saber todas estas cosas?

Kelly echó la cabeza hacia atrás, contenta por mi estupefacción.

—Elisa te habló algo de las chicas de la Lista, ¿sí?

Asentí.

—No es el trabajo más glamouroso del mundo, pero están bien relacionadas y les damos pagas extra por leer todas y cada una de las publicaciones conocidas (en papel y en línea) y servirse de lo que sea para solventar las lagunas. Son tres, disfrutan de vínculos con los apellidos más señalados y no dejan de conocer a todo tipo de gente. Precisamente, la revista de *The New York Times* ha salido esta mañana con uno de sus artículos, «Niños poderosos», que habla de los cincuenta neoyorquinos menores de treinta años que son punta de lanza en diversos campos. Podría ocurrir que alguno de ellos no estuviera en nuestros archivos, claro que ahora todos están registrados en nuestra base de datos.

—Es sorprendente. De verdad, Kelly, sorprendente.

—Y tanto que sí. ¿Por qué no elaboras una lista de prueba? Digamos que estamos organizando una fiesta para Asprey en la que celebrar la apertura de su segundo establecimiento en Estados Unidos. Tendrá lugar en el local, en la Quinta avenida, y la preocupación del cliente radica en que los estadounidenses no están tan familiarizados con la marca como los ingleses, así que busca fortalecer el reconocimiento de su imagen. Serán quinientos los asistentes: cuatrocientos corrientes y cien entre famosos y periodistas escogidos. Un acto como este, de celebrarse, no supondría más de cien o ciento cincuenta invitados, pero no importa, porque es solo un ejercicio.

Advertí de repente que todavía no me había repuesto de la resaca, la cual, a medida que cobraba fuerzas, requería una atención inmediata.

—Muy bien. ¿Qué te parece si te lo entrego el lunes? —pregunté con toda la alegría de que fui capaz mientras me levantaba con cuidado para no añadirle más razones al mareo.

—Perfecto —contestó Kelly—. Piensa también en posibles obsequios para la fiesta. Ah, ¿Bette?

—¿Mmm?

—¿Verás a Philip este fin de semana?

—¿Philip? ¿Quién es Philip?

Pensé que hablaba de la Lista pero, por el contrario, habíamos trasladado el objeto de la conversación de nuevo a mi vida íntima.

—¡Bette! —exclamó tras soltar una carcajada—. ¿Te acuerdas de cierto supermacho glorioso cuya cama ocupaste la noche de ayer? Irás a verlo, ¿no?

—Ah, vale, Philip. Pero no te hagas una idea equivocada, Kelly. Lo que pasó...

—Vamos, Bette, déjalo ya. No tienes por qué darme explicaciones de ninguna clase. Es tu vida, después de todo —sentenció sin ironía—. Solo espero que te decidas a salir con él el fin de semana, eso es todo. ¿Tal vez para ir a cenar al Matsuri o para pasar un rato en Cain o Marquee?

—Ya, bueno, no estoy segura de que vaya a llamarme, pero si lo hiciera, entonces, supongo que...

—Sí que va a llamarte, Bette. Me alegra oír que compartes la idea, porque, en serio, ¡estarías loca si pretendieras lo contrario! Hoy me marcho temprano, así que pasa un buen fin de semana, ¿vale?

—Claro, y tú también, Kelly —me despedí al tiempo que me iba acercando poco a poco a la puerta, atónita por haberle prometido a mi jefa que me seguiría acostando con un tipo con el que todavía no lo había hecho—. Nos vemos el lunes.

Levantó el auricular del teléfono, sonrió y me enseñó un pulgar levantado. Me fui derecha a mi sitio, junto a Elisa, pero tuve que detenerme varias veces para responder a quienes me mostraban su satisfacción o me decían: «Bien hecho» y «Buen trabajo con Philip». Elisa se había ido a comer (léase: un litro de agua Fiji, un paquete de zanahorias enanas y media docena de pitillos Marlboro Light), tal y como rezaba una nota que me había dejado adherida en la pantalla del ordenador. Visto el percal, llamé a Penelope.

—Hola, ¿cómo te va? —me preguntó.

—Bien. ¿Y a ti? —respondí con una voz que pretendí reveladora, tan débil y tensa que daba la impresión de que algo iba a estallar en cualquier momento.

—También. Gracias por invitarme ayer a cenar. Fue, sí, interesante de verdad.

—¿Así que te horrorizó?

—¡No! Bette, no es eso lo que he dicho. No me horrorizó. Fue algo, en fin, diferente de lo que solemos hacer. Espero que no te importara que me marchase tan temprano, pero es que estaba derrotada. ¿Qué tal el resto de la noche?

—¿Me lo preguntas por cortesía o porque aún no has leído las noticias de hoy?

Deseé con todas mis fuerzas que no se hubiera enterado.

—Sí, quería ser educada. Fue lo primero que Avery me dijo esta mañana. Me ha costado lo mío no llamarte. Quiero la historia de principio a fin. Empieza con: «Cuando lo conocí en Bungalow llevaba una camisa a rayas y unos pantalones negros que le marcaban el paquete, y me invitó a un Stoli Vanilla con Sprite». Procede a comenzar tu relato, y con todo detalle, por favor.

—Pe, ahora no puedo contártelo —repuse con tono lacónico, tras levantar los ojos y haber visto que todos mis compañeros, concentrados en sus pantallas, estaban con la oreja al quite.

—¡Bette! ¡No me vengas con esas! Vas y te acuestas con uno de los tíos más guapos del orbe (Avery siempre está diciendo que tiene a sus pies a toda mujer que viva en Nueva York), ¿y piensas no contármelo?

—¡No me acosté con él! —grité, a falta de otro recurso.

Skye y Leo, junto a unos cuantos ayudantes, levantaron la cabeza y me miraron con gesto socarrón.

—Ya, y qué más —susurró alguien.

Los ojos de Leo bizquearon como diciendo: «Por todos los santos, no somos tan estúpidos».

Y por espacio de un minuto, me sentí halagada. ¿Y qué si era un poco ligera de cascos por acostarme con alguien a quien había conocido aquella misma noche? Mejor que creyesen posible que Philip Weston se había dignado a acostarse conmigo, pensé, que la asunción de que me había llevado hasta su casa por pena y por obligación y que había pasado el mínimo tiempo posible en la cama que yo ocupaba.

—¡Guau! —decía Penelope—. Estamos susceptibles. En fin, no te has acostado con él, te creo. La duda que me pone de los nervios es la siguiente: ¿por qué coño no lo hiciste? Estoy segura de que no hace falta que te recuerde lo dilatado de tu celibato. ¿A qué estás esperando? Por lo que se dice, ¡ese tío es un monumento!

Me hizo reír, y advertí que era la primera vez en toda la mañana. Pero, en serio, ¿cuál era el problema? Si nadie me iba a echar del trabajo por haber dado la nota —y, en realidad, tal cosa no iba ocurrir—, entonces, ¿por qué no relajarme y disfrutarlo?

—No recuerdo con exactitud qué paso anoche —murmuré, rodeando con la mano el micrófono del auricular—, pero, cuando llegue a casa, te contaré todo lo que pueda rescatar del olvido.

—No va a poder ser. Avery y yo vamos a cenar a casa de sus padres, y él no admitiría no ir. ¿Qué tal si aplazamos esa conversación para mañana por la noche? Podríamos quedar para tomar algo en el Black Door.

—Me encantaría, pero tengo una cena con el club de lectura. Vamos a Little Italy, creo.

—Está bien. —Suspiró—. Entonces tendremos que dejarlo para el fin de semana posterior al que viene, porque los próximos quince días voy a estar en St. Louis por trabajo. ¿Estarás libre en esas fechas?

Tener planes con gente que no fuera la del club de lectura, Will o Penelope, me hacía sentir extraña, pero el trabajo había empezado a conquistar para sí los fines de semana. Le eché un vistazo rápido a mi calendario, que iba llenándose por momentos.

—Sí, bueno, es que le prometí a Kelly que ese fin de semana iría con el equipo de aquí a buscar un nuevo lugar en que montar la fiesta de *Playboy*. Faltan cuatro meses para que se celebre, pero todo el mundo está histérico. ¿Te vienes?

Penelope titubeó. Supe que no le hacía demasiada gracia la idea, claro que no podía negarse dado que ya había admitido que iba a estar disponible.

—Ah, vale. Suena bien. Ya hablaremos esta semana para quedar. Y, por cierto, también acepto que me cuentes cualquier detalle de la noche de ayer del que, de repente, te acuerdes.

—Zorra —la reconvine. Ella se limitó a reírse—. Pues tú pásatelo bien con tus futuros suegros, ¿me oyes? Asegúrate de prestar atención cuando te digan cuántos nietos quieren, de qué sexo y de qué color de ojos. Como sabes, has adquirido ciertas obligaciones...

Me encantaba oírla reír de nuevo.

—Bettina Robinson, no creo que estés en posición de

ofrecer consejos de ese estilo en estos momentos si tenemos en cuenta lo escabroso de tus logros de las últimas horas... Nos llamamos.

—Adiós.

Colgué el auricular y decidí que, tras semejante noche y lo que iba de mañana, me merecía un segundo sándwich con beicon, huevo y queso. Aún tenía que elaborar una lista de invitados para quinientos y escoger el detalle sorpresa a regalar en la fiesta, pero decidí que eso podía esperar. Mi resaca, no.

9

Tres semanas después —tres semanas dedicadas a hacer listas, ampliar el vestuario, acudir a fiestas y profundizar en el acervo cultural de Kelly & Company—, me encontraba esperando a Penelope. La cola a la puerta de Sanctuary tenía aspecto de ser intolerable. Hordas de chicas se atusaban el cabello arreglado a la japonesa con las manos recién salidas de la manicura mientras los chicos —con las fuerzas renovadas tras cenar varios filetes— las sujetaban del brazo para que no tropezaran con los tacones. La noche de principios de noviembre era fresca, pero nadie parecía haberse dado cuenta de que julio había pasado hacía tiempo. La piel desnuda —refregada, exfoliada, depilada, hidratada, morena y reluciente— estaba por doquier, ya en escotes interminables y dorados, en tiras de estómago descubiertas y levemente centelleantes, o en esos pocos milímetros de pantorrilla que en raras ocasiones pueden verse a no ser en la playa o en la consulta del ginecólogo. Algunos se abaneaban al son de la música *lounge* que provenía de más allá de la imponente puerta de acero, y la mayoría parloteaban ensalzando lo que la noche iba a depararles: la sensación del primer martini penetrando en el riego sanguíneo, el pulso de la música extendiéndose por las caderas, la deliciosa picazón en la garganta del humo del tabaco, la oportunidad de rozar esa piel perfecta con la de otra persona. No había nada tan embriagador como pasar la noche del sábado neoyorquina en el exterior del sitio más novedoso y sofisticado de la ciudad, entre gente guapa y reluciente, un ámbito en el que toda fantasía estaba a la espera de su inmediata realización... siempre que se consiguiera entrar.

Para mi sorpresa, a Will no le había hecho demasiada gracia mi fugaz intromisión mediática de hacía tres semanas. Cuando lo llamé para saludarlo, convencida de que no habría leído *Primicias de Nueva York* y de que no sabría nada, tuve oportunidad de advertir que había estado muy pero que muy equivocada. Al parecer todo el mundo había empezado a leer *Primicias de Nueva York*, y —aún peor— a la gente solo le interesaba la columna de Ellie Infiltrada.

—Bette, tu tío ha estado esperando tu llamada con impaciencia. Espera un segundo, voy a buscarlo —dijo Simon, con cierta formalidad y sin preguntarme cómo estaba o cuándo volvería a cenar con ellos, como hacía siempre.

—¿Bette? ¿Eres tú? ¿De verdad? Por fin la estrella se digna a llamar a su viejo tío, ¿no?

—¿Estrella? ¿De qué diablos estás hablando?

—No sé, quizá de los comentarios sobre mi «misteriosa sobrinita». Parece ser que tu nuevo novio está de moda, así que sus... conquistas también pasan a la posteridad, al menos en las páginas de ese magnífico periódico que se llama *Primicias de Nueva York*. ¿Acaso no te has enterado?

—¿Mi novio? Te refieres al ilustre Philip Weston, presumo.

—En efecto, querida, en efecto. No era exactamente lo que tenía en mente cuando te animaba a salir y conocer a alguien, pero ¿qué sabré yo? Soy solo un viejo que vive a través de su joven y hermosa sobrina. Si a ti te van los británicos alternativos de alta cuna, pues bien, ¿qué tengo yo que decir?

—¡Will! Creí que tú más que nadie sabrías que no hay

que creerse todo lo que sale en los periódicos. No fue así, exactamente...

—Bueno, cariño, como parece que llegas tarde, te diré que últimamente todo el mundo lee la columna de Ellie Infiltrada. Parece una muchachita algo retorcida, sí, pero siempre consigue la primicia. ¿Me quieres decir que no fuiste a su casa? ¿O que hacía referencia a otro de los nuevos fichajes de Kelly? Porque si es así, te recomiendo que exijas que corrijan el error ahora mismo. No creo que esa sea la reputación que te convenga construirte.

—Es algo complicado —fue lo único que se me ocurrió decir.

—Ya veo —respondió en voz baja—. Bueno mira, no es asunto mío. Si te lo estás pasando bien, eso es lo único que importa. Te espero para comer el domingo. Estamos en plena temporada prenupcial, así que supongo que el domingo aparecerán anunciados un buen número de afortunados. Ponte tus irritantes zapatos, cielo.

Accedí, pero no sin cierta desazón. Algo había cambiado —o se había movido de lugar—, y yo no era capaz de precisarlo con exactitud.

—Bette, ¡aquí! —gritó demasiado alto Penelope mientras le pagaba al taxista y me saludaba desde el asiento trasero.

Le devolví el saludo.

—Justo a tiempo. Elisa y el resto ya están dentro, pero no quería que entraras sola.

—Caramba, estás estupenda —dijo, agarrándome por la cintura y examinando mi indumentaria de arriba abajo—. ¿De dónde has sacado esta ropa?

Sonreí, satisfecha de que se hubiera dado cuenta. Llevaba trabajando en Kelly & Company solo un mes, pero pronto me harté de ir siempre vestida como si fuera a un funeral. Así que relegué mis aburridos trajes al fondo del armario, arranqué un par de páginas de las revistas *Lucky* y *Glamour* y me fui derecha a Barney's. Cuando llegó el momento de pasar por caja, hice el cálculo mental de los años que tardaría en pagar todo aquello y, en un alarde de valentía, le entregué a la chica la tarjeta de crédito. Cuando me la devolvió, me pareció que estaba caliente. En una sola tarde le dije adiós para siempre a mi estilo vulgar y a la buena salud del estado de mis cuentas.

Aunque no era precisamente alta costura, mi nuevo look me parecía estupendo: vaqueros Paige que costaban más que la suma de todas mis facturas mensuales, top de lencería verde esmeralda con encajes, chaqueta de tweed que no combinaba con el conjunto, pero que el vendedor, Jean-Luc, había catalogado de «arrebatadora», y el bolso Chanel que Will me había regalado el día que cumplí veintiún años porque, según sus palabras, «no debería estar permitido llegar a mujer sin un complemento de diseñador que te ayude en la transición. Bienvenida a lo que espero sea una larga vida de consumismo desatado y culto a las marcas».

Había trabajado cinco años en CWK esclavizada durante ochenta horas a la semana, y como nunca tenía tiempo para gastar dinero, llegué a reunir unos ahorros sin siquiera proponérmelo. Tras ocho semanas en el paro y una tarde en Barney's los ahorros comenzaban a peligrar, pero hasta entonces mi culo no había tenido jamás un aspecto tan estupendo embutido en unos vaqueros. Allí de pie, entre la gente guapa y delgada, me sentía una más de ellos. Había valido la pena.

—Hola, Pe —la saludé, mientras me abrazaba a su pequeña figura—. ¿Te gusta? Se trata de mi *look* «en la vida he sido guay pero me estoy esforzando mucho por serlo». ¿Qué te parece?

—Creo que estás muy sexy —respondió, porque era una buena amiga—. ¿Puede que alguien haya quedado con cierta deidad inglesa esta noche?

—Pues no. No creo que Philip Weston llame a las chicas que no se abren de piernas nada más verlo. De hecho, tampoco creo que llame a las que lo hacen. Da igual. Es atractivo, pero también un arrogante y un creído.

—Y eso no nos gusta, claro —apostilló Penelope con fingida seriedad.

—Por supuesto que no —respondí—. Venga, ya están todos dentro y aquí hace un frío que pela. Entremos.

—¿Tú te has fijado en la cola? ¿Qué pasa hoy aquí dentro? Parece que den las copas gratis.

—No sé demasiado, solo que la inauguración fue ayer por la noche y se supone que es el sitio más exclusivo del momento, una especie de sala para vips enganchados a los esteroides. Kelly quiere que le echemos un vistazo, por si en realidad está a la altura del bombo que le han dado. Si se convierte en el lugar de moda, lo reservaremos para la fiesta de *Playboy*.

Hacía más de un año que *Playboy* le había encargado a Kelly & Company la organización de la fiesta en Manhattan de su interminable cincuenta aniversario, que debía comenzar en enero en Chicago y acabar en un fiestón colosal en la mansión de Los Ángeles, con paradas en Las Vegas, Miami y Nueva York. Aquello iba a suponer un trabajo monumental; era el proyecto más importante que habíamos recibido y, en consecuencia, dominaba nuestras jornadas en la oficina. El día antes, Kelly nos había reunido para reducir la lista de asistentes a ciento sesenta y cuatro y pedirnos las actualizaciones. Las chicas de la Lista se apresuraban en localizar a celebridades de primera y de segunda categoría, preparándose para elaborar la lista final de afortunados invitados. Mientras, el resto pasábamos la mitad de la jornada atendiendo llamadas de todo tipo de personas de muy diversos sectores que pedían o exigían invitaciones para ellos, para sus clientes, o para ambos. Las grandes expectativas, unidas a la insistencia paranoica de Hugh Hefner de que todos los detalles permanecieran en estricto secreto (fecha, hora, lugar, asistentes y demás) daban como resultado un caos absoluto.

—Lo busqué en la guía de locales y decía que, según el dueño, esperaban una clientela «creativa de alto nivel», una idea que yo tenía más asociada a los menús que a la gente, pero ¿qué sabré yo? —suspiró Penelope.

Yo había comenzado a entender que el concepto de exclusividad era un principio organizativo de la vida en Manhattan. Sin duda, esto se debía en parte a que en una isla tan pequeña viviera tal aglomeración de gente. Los neoyorquinos compiten instintivamente por casi todo, desde un taxi en hora punta a asientos en el metro, bolsos Birkin de Hermès o entradas para ver a los Knicks. El proceso al que hay que someterse para adquirir un piso en la ciudad puede alargarse durante años. Las modelos más impresionantes tienen que reservar en los restaurantes de moda con seis meses de antelación. La gente dice: «Al sitio al que te dejan entrar sin problemas, probablemente, no vale la pena asistir». Desde la época de Studio 54, y puede que antes incluso (si es que había clubes nocturnos antes de aquel), los asiduos a salir por la noche han convertido el entrar en locales de moda en un deporte de competición. Y los sitios más chic, como en el caso de Sanctuary, tienen distintos niveles de acceso. Llegar a la puerta es tan solo el principio; cualquier universitaria que lleve una camiseta lo bastante ajustada puede lograrlo. «¿La barra principal? —oí a alguien preguntar en referencia a Sanctuary—. Acceder a ella es del todo imposible; antes que hacer esa cola prefiero pasar la noche en uno de esos antros de carretera que hay en las afueras». Elisa nos había dado instrucciones para que fuéramos directamente a la sala vip, al parecer, el único lugar en el que encontrar algo de «acción de la buena». Jagger y Bowie hacían sus fiestas en las legendarias salas privadas de Studio 54 y hoy en día, Leo Di Caprio, Colin Firth y Lindsay Lohan se divierten en las de Sanctuary, bajo la atenta mirada de ojos curiosos mientras el resto de gente se desgañita para que los dejen entrar.

Yo me había acostumbrado a no formar parte del grupo

vip hacía ya algún tiempo; en realidad, jamás se me había pasado por la cabeza que aquello de la gente vip fuera conmigo. Fue la inauguración de una de estas salas en un ambiente que poco tenía que ver con el mundo de la noche lo que desató en mí una fuerte indignación al respecto. En lo que interpreté como la primera señal del Apocalipsis, mi dentista, el doctor Quinn, abrió una sala de espera vip en su consulta.

—De este modo los pacientes más importantes y de clase más alta tendrán un lugar en el que sentirse cómodos —me explicó la enfermera—. Tú puedes esperar donde lo haces siempre.

Me senté en la sala, muy pública y poco distinguida, a hojear un ejemplar de *Redbook* que tenía más de dos años, mientras rogaba en silencio que el caballero obeso sentado junto a mí dejara de chasquear la lengua. Dirigí la vista con anhelo a la sala señalada con el cartel de «vip» e imaginé el onírico universo dental que seguro existía más allá. Y me resigné a creer que siempre sería una de las personas que permanecían fuera mirando hacia dentro. Pero no. Unos meses más tarde, ahí estaba yo, vestida con ropa nueva y a la última y a punto de entrar en Sanctuary, donde me esperaba un grupo de amigos, todos ellos divinos.

Con el rabillo del ojo, vi que una chica que se parecía mucho a Abby besaba al portero y hacía su entrada en la sala, aunque desde donde me encontraba no pude distinguirla con claridad.

—Oye, ¿a que no adivinas a quién me encontré la otra noche? ¡No me puedo creer que se me olvidara decírtelo! La noche que te fuiste después de cenar, vi a Abby en Bungalow.

Penelope volvió la cabeza bruscamente para mirarme. Odiaba a Abby aún más que yo, que ya era mucho odiar. Se había propuesto actuar como si Abby hubiera dejado de existir el día que esta la había acorralado en una clase vacía en segundo de carrera para decirle que no se tomara como algo personal el hecho de que su padre se estuviera acostando con su secretaria, pues no por ello quería menos a su hija. Penelope se quedó tan atónita que solo fue capaz de preguntar: «¿Cómo lo sabes?». Abby le dedicó una sonrisa y repuso: «¿Hablas en serio? Lo sabe todo el mundo».

—¿Viste a esa enana y no me lo dijiste? ¿Y qué cuenta?

—Lo de siempre. Te alegrará saber que está en el vórtice de los medios de comunicación. Ahora se hace llamar Abigail y no Abby, así que, claro está, la llamé Abby tantas veces como me fue posible. Se ha operado las tetas y se ha cambiado media cara, pero está igual que siempre.

—Esa chica se pasearía con tacones de aguja sobre su madre si con ello lograra abrirse camino —farfulló Penelope.

—Desde luego —confirmé con entusiasmo—. Y puede que tengas el placer de encontrarte con ella esta noche. Creo que acabo de verla entrar.

—Bien. Pero que muy bien. Qué suerte, la nuestra.

Agarré a Penelope del brazo y caminamos juntas hasta la puerta, intentando irradiar algo de seguridad. Un negro esmirriado ataviado con una peluca a lo afro, camiseta de malla de manga larga y leotardos de *lycra* de color rosa nos examinó a través de unas pestañas postizas cubiertas de purpurina.

—¿Estáis en la lista? —preguntó, con una voz sorprendentemente áspera en alguien tan ducho en el arte del travestismo.

—Sí, estamos —dije con naturalidad. Se produjo un silencio—. Esto, sí, estamos en la lista. Venimos con Kelly & Company.

No hubo respuesta. Sujetaba la carpeta pero no la miraba, de modo que creí que no me había oído.

—Hablé con el encargado esta mañana para concertar una visita. De hecho estamos aquí para examinar el local con el fin de...

—¡Nombre! —bramó, poco interesado en mis explicaciones.

Mientras yo deletreaba mi apellido, se acercaron cuatro

chicos que lucían modelos de los setenta y una chica que llevaba un vestido al estilo de los años veinte, y se colocaron frente a mí.

—Romero, cielo, aparta ese cordón para que podamos librarnos de este frío, ¿quieres? —pidió la chica, acariciando con suavidad la mejilla del portero.

—Por supuesto, Sofia, adelante —respondió con deferencia y entonces observé que se trataba de Sofia Coppola.

El séquito le agradeció el favor con un leve movimiento de cabeza y entró tras ella. El portero estaba radiante de orgullo y felicidad. Pasaron tres minutos antes de que volviera en sí y otros dos antes de que recordara que nosotras aún estábamos allí.

—Robinson —dije, algo irritada—. R-O-B-I...

—Sé cómo se escribe —me interrumpió, con un notorio cabreo—. Pues sí, tienes suerte de estar en la lista. Hoy no entra nadie que no lo esté.

—Mmm —fue lo único que conseguí articular como respuesta a su fascinante observación.

Llevó la mano al cordón de terciopelo pero no lo levantó. Se inclinó sobre Penelope y, dirigiéndose a ella dijo:

—Solo para que lo tengáis presente para la próxima vez, chicas: vuestra ropa es un poquito más informal de lo que nos gusta ver por aquí.

Penelope se rió, sin enterarse de que nuestro amigo el travesti no hablaba en broma.

—Oye, os lo estoy avisando —continuó, en tono cada vez más elevado. La multitud, hasta entonces inquieta y alborotada, guardó silencio y noté cincuenta pares de ojos clavados en nuestras espaldas—. Preferimos ver algo más de estilo, un poco más de esfuerzo.

Mi cabeza empezó a maquinar algún tipo de réplica cortante, pero, por supuesto, no fui capaz de articular palabra. Antes de que pudiéramos comprender qué estaba sucediendo, se nos acercó una chica tan joven, tan alta y con unas tetas tan descomunales que solo podían haber sido adquiridas en Los Ángeles, y nos dio una charla informativa sobre las últimas tendencias en cuanto a indumentaria.

—En estos momentos se lleva el rollo años cuarenta —dijo, con una amable sonrisa.

—¿Qué? —preguntó Penelope, verbalizando exactamente lo que yo estaba pensando.

—Bueno, es solo una opción, claro, pero funciona. Blanco y negro y pintalabios rojo intenso, ¿sabes? Quizá también unos zapatos Prada de tacón, estilo retro, o algo aún más llamativo. Se trata de distinguirte del resto.

Desde atrás llegaron unas cuantas risas de aprobación.

En aquel momento la miré y me di cuenta de que aquella chica parecía salida de uno de esos programas en los que el participante se somete a múltiples operaciones de cirugía estética para lograr su sueño de parecerse a un famoso. Tenía un aspecto espeluznante.

¿Y qué dije yo? ¿Qué hice? Nada en absoluto. En lugar de intentar mantener un ápice, una miguita de amor propio, brindé mi mano izquierda para que estamparan en ella el sello de rigor y crucé tras Penelope el cordón de terciopelo, por fin levantado. La vergüenza final llegó cuando, antes de que la puerta se cerrara a nuestras espaldas, oímos a la jirafa neumática dirigirse al fenómeno de circo con las siguientes palabras: «Si por lo menos vistieran de marca...».

—Esto acaba de suceder ¿no? —preguntó Penelope, casi tan aturdida como yo.

—Diría que sí. Ha sido muy patético ¿verdad? No, no respondas.

—No hay palabras que definan ese grado de patetismo. Ha sido como estar viendo *¿Quién quiere ser millonario?* Sabía las respuestas, pero siempre demasiado tarde.

Iba a sugerirle una recuperación a base de vodka a palo seco, cuando se nos acercó Elisa.

—Este sitio es tan guay —me gritó al oído mientras saludaba con la mano a Penelope—. Echa un vistazo. Derecha, al fondo, Kristin Davis. Más a la derecha, justo delante, Suzanne Somers. Nada del otro mundo, pero famosas, al fin y al cabo. Izquierda, sin llegar a la esquina, Sting y Trudy Styler, enrollándose. En el sofá de piel del centro, Heidi Klum y Seal, y Davide les ha oído decir que Zac Posen viene de camino.

—¡Vaya! —exclamó Penelope, en un admirable intento por parecer impresionada. ¡Cuánta gente hay aquí esta noche! Bette, ¿te apetece tomar una copa?

—No he terminado —protestó Elisa, mientras me agarraba por el brazo y seguía repasando la habitación—. Junto a la puerta lateral, y flirteando con la camarera, Ethan Hawke, muy interesante porque en el primer taburete de la derecha está el nuevo novio de Uma, Andre Balazs, con unos socios. ¡Y mira! ¿Ves allí al fondo a aquella lesbiana fea y enana? Es una *blogger* que espía y luego escribe lo bien que se lo pasa en sus salidas. Mañana aparecerá todo en su *blog*, como si hubiera pasado la noche de fiesta con todo el mundo. ¡Ah, y fíjate! Justo detrás de ella, un empleado de Rush & Molloy. Los cambian constantemente para que nadie los reconozca, pero nosotros tenemos una fuente que nos manda fotos y referencias de los nuevos al momento... Mmm, me parece que Philip no está por aquí. Qué pena. Seguro que esperabas encontrarlo, ¿no?

—¿A Philip? Pues no, la verdad —mascullé con sinceridad.

—¿De verdad? ¿Significa eso que todavía no te ha llamado? Una lástima. Sé lo que se siente, Bette, pero no te lo tomes como algo personal... Es evidente que tiene gustos muy extraños.

Llevaba tres semanas eludiendo las preguntas de Elisa, intentando aparentar indiferencia hacia Philip Weston. Estuve a punto de repetirle que no me importaba en absoluto que no me hubiera llamado, que ni siquiera le había dado mi número como me había pedido, pero resolví que no valía la pena. No cabía duda de que era un asunto algo espinoso y mejor sería no tocarlo. Además, tampoco me entusiasmaba la idea de que no se hubiera puesto en contacto conmigo, independientemente de que yo no le hubiera dado mi teléfono a su portero.

Penelope y yo seguimos a Elisa hasta un círculo formado por sillones de ante blanco —una idea harto estúpida para un lugar en el que la gente come, bebe y se enrolla— y saludamos a Leo, Skye, Davide y alguien que Elisa nos presentó como «el cerebro de toda esta trama».

—Hola, soy Bette, y esta es mi amiga Penelope —dije, extendiendo la mano hacia aquel chico con pinta de semita rubicundo al que Elisa acababa de referirse.

—¿Qué pasa? Danny.

—Si no fuera por Danny no estaríamos aquí esta noche —aclaró Elisa, mientras los demás asentían a sus palabras—. Él es el artífice del concepto de Sanctuary y quien puso en marcha la idea... ¿no es así, Danny?

—Palabra.

Me pregunté por qué razón aquel chico judío bajito que debió de haberse criado en Great Neck o Dix Hills se empeñaba en hablar como si hubiera crecido entre raperos, en una cancha de baloncesto de las afueras.

—Así que tú eres quien ha contratado a ese encantador portero, ¿no? —inquirí.

Elisa me dedicó una mirada de advertencia pero a Danny no pareció molestarle mi pregunta.

—Es un mariconazo, pero eso a mí me la suda. Hace bien su trabajo. No deja entrar a comemierdas, y eso es lo único que me importa.

Mmm. Penelope se apresuró en asentir para mostrar su acuerdo con él a la vez que me daba un discreto codazo. Tuve que morderme el labio para no soltar una risotada. En comparación al laconismo al que había recurrido hasta entonces, aquella verborrea nos había dejado algo aturdidas.

—Cuéntame, Danny, ¿de dónde sacaste la idea para Sanctuary? —preguntó Penelope, con ojos de total fascinación.

Dio un sorbo a su botella de Stella Artois y miró a Penelope como intentando desentrañar el idioma en el que le acababa de hablar. Entrecerró los ojos, se llevó la mano a la frente, fruncida por la confusión, meneó la cabeza con lentitud y respondió:

—Colega, el resto de antros son tan estresantes. La puta cola en Bungalow es una pesadilla y me jode el rollo mediático de SoHo House. Así que pensé que hacía falta un... ya sabes... ¿cuál es la palabra? Un sitio guay, de ambiente *chill out*.

—¿Un santuario? —le ayudé.

—Justo. —Asintió aliviado.

Aquel chico llevaba gomina en cantidades industriales. Por desgracia, en el momento en que esta fascinante conversación llegaba al punto crucial en que Danny recordaba el nombre de su propio club, divisé un bronceado que me era extremadamente familiar.

—Dios mío, ahí está —susurré ante aquel grupo variopinto de gente, mientras escondía entre ellos la cabeza en un intento de pasar inadvertida.

Todos se volvieron.

—Philip. Es Philip Weston. Acaba de entrar con esa, esa... modelo —espeté, ajena a la imagen de celosa enfermiza que estaba dando.

—Bette, ¿estás celosa? —me susurró al oído Elisa—. Y yo que creía que eras inmune al encanto Weston. Me alegra saber que por esas venas corre algo de sangre, la verdad. Pero claro, que tú estés interesada en él no significa que él...

—¡Colega! ¡Philip, aquí! —gritó Danny. Y antes de que pudiera darme cuenta allí estaba él, saludándome con un beso en los labios.

—Hola, cariño. Esperaba encontrarte aquí. Ya ves, puedes correr pero no esconderte...

—¿Disculpa? —fue cuanto conseguí responder, convencida de que tanto el beso como el comentario iban dirigidos a otra persona. Por ejemplo, al bellezón que lo esperaba a pocos metros de nosotros, indiferente a todo cuanto estaba teniendo lugar.

—No le dejaste tu número a mi portero. ¿Cómo llamarías a eso? Hacerse la difícil, ¿no? Bueno, a mí me van los retos, así que me propuse seguirte el juego y encontrarte.

Elisa se desplomó en el sillón que había junto a él, con la boca abierta y una expresión de sorpresa que no la favorecía demasiado.

—¿Seguirme el juego? —inquirí.

—No es habitual que una chica me rehúya, corazón, no sé si me entiendes. Oye, tío, ¿podría tomar un gin-tonic de Tanqueray? —le pidió a Danny como si fuera nuestro camarero.

—Marchando, colega —respondió. Y se levantó con la misma rapidez con que lo haría si le hubieran ofrecido drogas o mujeres.

Se encaminaba hacia la barra cuando Philip le gritó:

—Y oye, trae algo también para Sonja. —Se volvió hacia la chica de piernas infinitas y le preguntó—: Sonja, muñeca, ¿qué te apetece? ¿Un ginger-ale? ¿Un zumo de tomate? Responde, bonita.

Ella se lo quedó mirando con expresión de perplejidad y a mí casi me hizo gracia —casi— pensar que estaba con una chica e intentaba ligar con otra. Porque estaba ligando conmigo, ¿no?

Elisa se había sentado en el regazo de Davide, al parecer ya repuesta de la inesperada aparición de Philip. Vi cómo hurgaba en su bolso verde alga de Balenciaga, sacaba con discreción un pequeño paquete lleno de polvo blanco y se lo pasaba a Skye, que se levantó y salió disparada hacia el baño. Mujer de recursos inagotables, Elisa llevó la mano al bolsillo exterior del bolso y sacó unas cuantas pastillas que ofreció a los que estaban sentados a la mesa. Una a una, se fueron acercando manos que se abrieron camino hasta las respectivas bocas, y los misteriosos comprimidos fueron engullidos con tragos de champán, vodka y lo que Skye —nuestra crítica particular en cuestión de bebidas— había calificado de «los únicos Cosmopolitan decentes que sirven en esta puta ciudad».

—Oh, Phiiili, estaría bien un zumo de tomate, *oui?* —dijo Sonja, y se mordió el labio inferior de manera seductora.

—Eh, vosotros, ¿es que no queréis? ¡Hay material de sobra para todos! —tuvo que bramar Elisa para hacerse oír por encima del CD de Hotel Costes que podría haber pasado por música relajante si no fuera porque sonaba a un volumen capaz de derribar a un Boeing 747.

Danny se alejó para pedir las bebidas de Philip y Sonja mientras Penelope intentaba darle conversación a una Elisa cada vez más colocada. Y yo seguía allí de pie, consciente de lo absurdo y violento de la situación, pero incapaz de moverme.

—Bueno, Philip, ¿no me vas a presentar a tu... amiga? —pregunté, sin tener muy claro cuál era el protocolo a seguir cuando el tipo con el que habías compartido cama unos días antes hacía el esfuerzo por encontrarte con su novia a remolque.

—Claro, cariño. Sonja, esta es la fascinante criatura de la que te hablé, la que me rechazó hace unas semanas, ¿te lo puedes creer? Estaba como una cuba, claro está, esa es la única explicación posible.

Sonja asintió, sin que ello significara que entendía algo de lo que le estaban diciendo. Entonces Philip le habló en francés, y la única palabra que fui capaz de identificar fue «nombre», por lo que deduje que la estaba informando de que no recordaba el mío.

—Bette —dije, a la vez que tendía mi mano hacia Sonja, como si Philip no estuviera.

—Sonjaaa —respondió con una sonrisa que dejaba ver una hilera de dientes brillantes sin manchas de nicotina.

—Los padres de Sonja me han confiado su cuidado durante la semana que va a estar acudiendo a entrevistas con las agencias —explicó con aquel irritante pero adorable acento británico—. Nuestros padres tienen villas vecinas en St. Tropez, así que siempre ha sido como una hermana pequeña para mí. Tiene solo quince años. ¿Te lo puedes creer?

En honor a la verdad, la actitud de Philip no era lasciva ni libidinosa, pero daba la sensación de que podría haberlo sido.

De nuevo, me encontré en la situación un tanto incómoda de no saber qué decir o cómo responder de manera coherente, de modo que cuando Penelope anunció que se marchaba sentí un gran alivio.

—Ya sé que acabamos de llegar —me susurró al oído—, pero este ambiente no me va. ¿Estarás bien aquí sola? Están todos tus compañeros de trabajo estarás bien, ¿no?

—Pe, ¡no seas tonta! Yo me voy contigo —respondí, encantada por tener una excusa para salir de allí, aunque también deseosa por quedarme y charlar con Philip.

Danny regresó seguido por una camarera que nos traía las copas. Philip y Sonja recibieron lo que habían pedido y a mí me dieron una mini botella de Piper con una pajita roja. Para Penelope no había nada.

—Toma, la última antes de irnos —le dije, acercándole la botella.

—Bette, yo me quiero marchar, ¿vale? De verdad, tú quédate y...

—¡Avery! —chilló Elisa de repente, propulsando su escualidez para levantarse del sofá y aterrizar en los brazos de un chico alto y rubio, vestido con una camisa rosa de niño bien. Penelope y yo nos volvimos al mismo tiempo y vimos a su novio abrazarse a mi compañera de trabajo como si se conocieran desde hacía años—. Ven aquí. Que todo el mundo venga a conocer a mi tarambana favorito, Avery Wainwright. Avery, esta es...

Al parecer, le bastó tomar nota de la expresión de nuestras caras para callarse en mitad de la frase, un hito que hasta entonces habría creído imposible.

—Eh, cariño, no sabía que fueras a venir por aquí esta noche —dijo Avery mientras se deshacía del abrazo de Elisa y estrechaba a Penelope con una extraña torpeza.

—Yo tampoco que fueses a venir tú —repuso mi amiga con calma y sin mirarle a los ojos—. Dijiste que ibas a cenar con tus amigos.

Deseé tomar a Penelope y llevármela volando al Black Door, donde nos dedicaríamos a ahogar sus penas en alcohol; en teoría, Avery no había cometido ninguna falta y, sin embargo, yo sabía que a ella le había sentado fatal. Por desgracia, había poco que hacer excepto no prestar atención al espectáculo a dos que iba a tener lugar.

—Y fui a cenar con ellos. Fuimos a Sparks, y luego casi todos querían marcharse, pero decidí que me apetecía venir a conocer este sitio y vine con Rick y Thomas. Mira, están allá —explicó a borbotones, con el miedo de quien sabe que ha sido sorprendido in fraganti.

En efecto, Rick y Thomas se encontraban donde él había indicado. Treinta segundos después de llegar, un grupo de chicas muy jóvenes había aceptado su invitación de ir con ellos a sentarse en una mesa vip, y todos estaban empezando a moverse y bailar sobre los sillones. Penelope tenía aspecto de estar a punto de devolver. Supe que le llegaba en oleadas el convencimiento de que, de no haber estado ella allí, Avery estaría con toda probabilidad apretujándose contra alguna de aquellas chicas.

—Sí —murmuró mientras observaba a Rick y Thomas sobando a una de las chicas y haciéndola girar sobre sí—. Ya veo.

—Pe, ven aquí, cariño, no es lo que parece. Las conocen del trabajo, están de broma.

—¿Del trabajo?

Penelope hablaba con un tono glacial y en su mirada se

leía una determinación férrea. Todos estábamos esperando a que se produjera una pelea descomunal, así que empecé a charlar con Elisa, Philip, Danny y Sonja, a la vez, y le hice una seña a Penelope para que nos ahorrara la escena.

—Así que, Sonja, ¿qué agencias te han entrevistado? —pregunté, pensando en que, tal vez, Philip había querido decir «guarderías». Era muy, muy joven.

—Ah, pues, ya sabes, las típicas. Elite, Ford, Wilhelmina. Phily dice que seré una modelo maravillosa.

—Seguro que sí, princesa. Desde que la vi pululando en pañales alrededor del chalet, supe que era espléndida. Impúber, pero espléndida.

—¿Impúber? ¿Qué es impúber? —nos preguntó a ambos con unas adorables arrugas en el entrecejo.

—Nada, princesa. Qué te parece si te sientas y los subyugas a todos con tu belleza y me dejas hablar un ratito con Betty, ¿eh?

—Mira, Betty me parece encantador, pero prefiero Bette a secas —lo previne con la máxima suavidad de que fui capaz.

—Caray, ¿eres dura, verdad?

Me puso las manos en las caderas y se me acercó, pero no intentó besarme. Era difícil concentrarse en sus inmaculados rasgos oyendo a Avery por detrás armando su alegato.

—Cariño, no sé por qué me llamó «tarambana». Tú ya sabes que me gusta salir por la noche. Mierda, me encantaría que me hubieras acompañado más veces. Elisa es solo una cocainómana de tres al cuarto que resulta que sabe dónde están las buenas fiestas, eso es todo.

El cabrón. Tenía el rostro para estar allí y llamar cocainómana a Elisa con un tembleque en la mandíbula tal que cualquiera diría que por allí pasaba corriente. Penelope sabía un buen número de cosas que el resto ignorábamos —cómo empaquetar un regalo, cuándo escribir una nota de agradecimiento, de qué manera poner una mesa para cenar— pero, por desgracia, tenía muy poca idea de todo lo que tuviera que ver con Avery, con drogas, o con Avery y las drogas. Skye regresó al fin del baño y, según observé, manifestaba en la mandíbula los mismos síntomas que Avery. El pinchadiscos cambió el *chill out* que estaba sonando por una pieza de OutKast, la cual, por lo visto, inspiró a Elisa para arrastrar a Davide y Skye a bailar sobre los sillones. Rara vez apartaba la mirada de Philip, que se había marchado al otro lado de la sala y no parecía darse cuenta. Los tacones de aguja que llevaba comenzaron a perforar el ante blanco y yo me iba sintiendo mejor a medida que se sucedían los rasgones.

No tanto como hubiera querido, pues al poco tiempo oí a mis espaldas una voz inconfundible que me provocó un súbito vuelco de estómago.

—¡Bette! ¡Qué alegría encontrarte aquí! —saludó Abby tironeándome del brazo y ocasionando con ello que se me cayera la copa de champán.

—Qué hay, Abby —contesté sin la menor inflexión en la voz y con la intención de encontrar una vía de escape antes siquiera de mirarla a los ojos.

—Así que, aquí estáis, Philip y tú, paseando vuestro affaire, ¿no?

Me guiñó el ojo y yo sentí el impulso de arrancarle la sonrisa de la cara.

—Ya, ya. ¿Qué haces por aquí?

Se rió y se ajustó uno de sus zapatos de tacón alto, que poco valían para remediar su corta estatura.

—Vaya, ¿ahora hace falta tener una razón para pasar un ratito divertido? Por favor, no me digas que ese es Avery Wainwright. Hace tiempo que no tenemos oportunidad de ponernos al día, él y yo. Se ha convertido en un hombre superatractivo, ¿no te parece?

—Va a casarse —le espeté—. Con Penelope. Te acuerdas de Penelope, ¿verdad?

—Ah. Bueno, ya sabes lo que dicen... —repuso, fingiendo para reconducir la situación.

—No. ¿Qué dicen?

—Nada es definitivo hasta que se intercambien los votos —cacareó, juntando ambas manos como si aquello fuera el anticipo de algo delicioso o excitante.

Mi reacción, contundente, la hizo cambiar de tercio.

—Vamos, Bette, cálmate. ¡Era solo una broma! —Un simulacro de desagrado afloró en su mirada—. Deberías mejorar ese sentido del humor y, hablando de eso...

—Abby, es estupendo haberte encontrado pero tengo que volver junto a mis amigos. Esta noche trabajamos, ¿sabes?

Le di la espalda y empecé a alejarme de ella.

—Claro, claro, pero veámonos para comer un día de estos, ¿vale? Me encantaría que me contaras todo lo de Philip, tu nuevo trabajo y todo eso. La gente sigue hablando de ese artículo en *Primicias de Nueva York* —agregó detrás de mí.

Quise ver qué tal le iba a Penelope. Avery la había arrinconado y ambos tenían cara de pocos amigos, así que volví a la mesa, donde Davide me ofreció una copa.

Penelope no tardó en venir.

—Bette, nosotros nos vamos —me anunció con hastío, como si prefiriera suicidarse en lugar de marcharse o quedarse.

—¿Estás bien? En serio, ¿por qué no se queda Avery aquí esperando y tú y yo vamos a buscar algo de comer? No me importaría marcharme y evitar con ello hacer algo de lo que pueda arrepentirme como, por ejemplo, irme con Philip y hacerle el amor con locura y pasión aun pareciéndome el tío más repelente que haya conocido.

Ella suspiró.

—No, gracias. De verdad que tenemos que marcharnos a casa. Mañana te llamo.

Me pregunté si pegarían ojo aquella noche. Avery se había metido tanta coca que haría falta una buena ración de somníferos para que se durmiera. O, tal vez, se acordase de todo el ácido que había consumido en la universidad y le entraran ganas de comerse un periquito o tirarse por la ventana. Pobre, pobre Penelope.

—Bette, corazón, ¿lista para salir de aquí? —me preguntó Philip tras apoyárseme en los hombros como si fuera mi novio de toda la vida en vez del tipo con el que yo no quería acostarme—. Vayamos a mi piso. Quizá, esta noche no estás tan borracha para no...

—¿Eh?, sí, y ¿por qué no nos montamos, Sonja, tú y yo... —inquirí con más arrogancia de la que pretendía—... una fiestecita casera con película y palomitas? ¡Lo pasaríamos genial!

Su mano ascendió por la espalda de mi top de lencería.

—Pero ¿a qué viene esa actitud? Oye, de verdad, corazón, tienes que relajarte. Venga, pondré a Sonja en una suite del piso de arriba y tú y yo podremos disponer de un ratito de tranquilidad, ¿vale?

Antes de que pudiera responderle, Philip llamó la atención de Sonja con una frase en francés. Ella se limitó a asentir con entusiasmo, alzar las cejas y sonreír.

—*Oui*, *oui*, está muy bien que estéis solos para pasar la noche juntos —afirmó, dándonos su beneplácito para que nos lanzáramos a un sexo azaroso y aquejado por la leve borrachera.

—¿Sabes qué, Philip? —dije, sin saber cómo explicar que no me apetecía el plan, aunque insegura de que no me apeteciera—. No está bien que esté sola en un hotel habiendo venido una semana para verte. Es decir, solo tiene quince años. ¿No crees que deberías cuidar de ella? No creo que pueda dar dos pasos sin que los tíos le den la paliza.

Se quedó pensativo, como si, en realidad, estuviera tomándose en serio mi discursito sobre la responsabilidad que para él implicaba la presencia de Sonja, y asintió.

—Es verdad, corazón. La llevaré a casa para que se ponga cómoda, y luego tú y yo nos vamos a un hotel en algún lado.

Hasta la vista. Salud —agregó dirigiéndose a los demás, que se limitaron a mirarnos y asentir.

En un momento de lucidez, Elisa me enseñó dos pulgares levantados y no demasiado discretos.

Supuse que sería más sencillo dejarlos en su casa y después seguir con el taxi hasta Murray Hill sin dar más explicaciones, así que me despedí de Elisa con un gesto y seguí a Sonja y a Philip hasta la puerta de salida sintiéndome como la hija gordinflona y torpe de dos atletas olímpicos.

—Oye, tú, pídenos un taxi, hazme ese favor —le dijo Philip al portero chasqueando los dedos.

No podía negarse que fuera un repelente, aunque, teniendo en cuenta lo gilipollas que se había puesto con nosotras el tipo de la puerta, no lo sentí por él. Así fue hasta que una mirada más detenida me reveló que aquel no era Romero, desnutrido y con peluquín, sino el atractivo (y maleducado) gorila de Bungalow 8, Sammy. Se volvió para mirar a Philip con una expresión cortante y descubrió mi intento de pasar inadvertida. Nuestras miradas se reconocieron durante un momento y luego devolvió su atención a la calle y, sin decir nada, paró a uno de los taxis que pasaban.

Sonja se metió en primer lugar y Philip tras ella, de modo que me dejaron a dos centímetros de Sammy, que mantenía abierta la puerta del taxi. No supe por qué iba con ellos y, aun así, también me introduje en el coche. Me dio la impresión de que mi voluntad estaba guiada por alguna clase de guión invisible.

—Gracias —conseguí decir en un susurro.

Al mismo tiempo, Philip decía:

—Colega, voy a casa con dos chicas muy guapas, ¿entiendes a qué me refiero? Así que ¿te importaría darte un poco de prisa?

Sonja reaccionó con una risita y apoyó la delicada cabeza en el hombro de Philip; Sammy me dirigió una última e inexpresiva mirada y cerró la puerta. Al arrancar el taxi, observé la tumultuosa cola que esperaba para entrar en el club, los paparazzi aguardando con las cámaras preparadas a que saliera algún famoso, el ansia de todos por estar dentro, semejante a una adicción. Y, pese a todo ello y sin conocer la razón, comprobé que tenía ganas de echarme a llorar.

10

—¿Cómo es posible que comas tanto y mantengas esa línea? —le pregunté a Penelope por enésima vez desde que nos habíamos conocido.

Acabábamos de sentarnos a una mesa del EJ, tras una hora de espera. Yo estaba tan hambrienta que habría pedido todo lo que el menú ofrecía, aunque concedí más importancia a la delgadez que aún conservaba, demasiado valiosa para ponerla en peligro. Había logrado acabar con las excursiones al Dylan's y con casi todos mis bocadillos matutinos de beicon, huevo y queso —solo me permitía algún que otro tentempié, de vez en cuando—, y la vigilancia a la que me sometía a mí misma en el comer había empezado a parecerme normal. Todo lo cual provocó que me resultara más extraño que Penelope eligiera lo que siempre habíamos pedido: una tortilla francesa de tres huevos con queso, beicon y patatas fritas, acompañada por unos cuantos bizcochos de chocolate y una exuberante porción de mantequilla en proceso de derretirse. Me miró con las cejas alzadas cuando me vio pedir una tortilla de clara de huevo con espinacas y tomates, y dos rebanadas de pan integral, y, a pesar de ello, tuvo la delicadeza de no hacer ningún comentario a no ser por un único murmullo: «¿Es para tanto la influencia de Elisa?». Hice caso omiso a su leve sonrisa y cambié de tema.

—¿Va todo bien entre Avery y tú? —pregunté tratando de mostrarme todo lo comprensiva que pude en mi intención de hacerla hablar sin criticarla.

En vano los había visto marcharse del Sanctuary; había sido consciente del disgusto de Penelope pero nada habría podido hacer para ayudarla. Cuando me había llamado, temprano aquella mañana, deseché de inmediato mis planes de desayuno dominical con Will y Simon y me subí a un taxi en dirección al centro de la ciudad.

Ella me evitó la mirada y, a cambio, se concentró en partir sus bizcochos en pedazos delgados y minúsculos. Cortar, pinchar, comer, y repetición de la maniobra, que tuvo lugar en tres ocasiones antes de que me contestara.

—Va bien, sí —afirmó con una voz sin inflexiones—. En cuanto me lo explicó todo, me di cuenta de que lo de anoche fue un desafortunado malentendido.

—Ya. Tiene que haber sido chocante verlo allí sin esperártelo —indiqué con idea de suscitar en ella algún tipo de confirmación de lo que yo había visto.

Se rió sin ganas.

—Bueno, ya conoces a Avery. Puede estar en cualquier sitio, a cualquier hora de la noche. Supongo que está bien que uno de nosotros sea tan dado a socializar; de otro modo nos volveríamos locos los dos metidos en casa.

No supe qué responder a eso, así que asentí.

—¿Y qué me dices de ti? —me preguntó—. Al marcharme, me dio la impresión de que te lo pasabas muy bien hablando con Elisa y Philip. ¿Acabó bien la noche?

La miré pensando en lo descolocada que me había sentido con Elisa y Philip, como si yo hubiera sido una infiltrada en un mundo reservado para socios; una sensación que se me había vuelto familiar desde mi entrada en Kelly & Company. Recordé cómo me había subido al taxi y anunciado mi intención de marcharme sola a mi casa sin que, para mi sorpresa, Philip pusiera ningún pero. Reviví lo solitario que me había parecido mi apartamento al llegar y lo poco que había valido para calmarme el que Millington durmiera ovillada a mi lado, en la cama. Miré a Penelope y quise saber cuándo, en qué instante, nos habíamos separado hasta aquel punto.

—Estuvo bien, creo. Esperaba estar más rato contigo...

Dejé la frase al darme cuenta de que iba a sonar a acusación.

Ella levantó los ojos y me dedicó una mirada fría.

—Lo siento, no podía imaginarme lo que pasó con Avery. Además, a mí también me hubiera encantado que saliéramos las dos solas, como solíamos hacer, pero tú fuiste la que quiso que quedáramos con todos tus amigos del trabajo. Esa gente, últimamente, está por todas partes.

—Pe, perdóname, no me refería a eso. Quería decir que me apetece estar contigo, hoy o cualquier día. Después de que te marcharas, la cosa empeoró. Philip estaba al cargo de una jovencita y yo me fui en taxi con ellos para evitar que se produjera una discusión en el club, pero entonces, todo el mundo me vio marcharme con ellos y yo me sentí como una mierda. Ay, y después lo de Abby. Me vi en un lío horrible y quise haberme marchado contigo.

—Pero ¿te fuiste con él? ¿Dónde durmió la niña?

—No, solo fui en su taxi porque preferí eso a que le sentara mal que yo no quisiera ir con él. Me dejaron en mi casa y luego siguieron, pero, por desgracia, eso la gente no lo pudo ver.

—¿Por qué no fuiste a su casa? ¿Y a quién te refieres con «la gente»?

Entendí que pretendía salvaguardar las buenas intenciones de todo el mundo, entre otras cosas, porque no conocía los detalles en profundidad.

—Bueno, no sé si me apetece demasiado introducirme en la esfera de Philip —mentí—. Es un ambiente, el suyo, que está demasiado vinculado a mi trabajo, y eso lo vuelve aún más incómodo.

—No lo sabía. Tampoco me lo presentaste —respondió.

Noté que me estaba reconviniendo y supe que tenía razón, pero no tenía ganas de discutir.

—¿No? Fue una noche muy agitada. Confía en mí, no te estás perdiendo nada. Es guapísimo, como tuviste ocasión de comprobar, aunque el clásico crápula noctámbulo, si bien con acento de clase alta. Es una pena que sea tan atractivo... —repuse y suspiré.

—Bueno, lo que acabas de decirme me parece muy bonito, cariño, pero tenías que haberte visto la cara cuando entró con aquella modelo. Pensé que ibas a desmayarte. Te gusta, ¿verdad? Admítelo.

No sabía cómo confesar que sí, que había algo en él que me atraía pero que, al mismo tiempo, otras cosas suyas me repelían. No quería decir en voz alta lo halagada que me sentía por que alguien como Philip quisiera estar con alguien como yo, aun en el caso de que no fuese el buen chico que se suponía. No quería explicar las vicisitudes de mi situación en el trabajo, mis sospechas de que Elisa estaba celosa del interés que me demostraba Philip o de que Kelly no tenía problemas para tratarme como a una prostituta y venderme a Philip en aras del negocio. Así las cosas, opté por encogerme de hombros y sazonar mi tortilla, sin olvidar llevarme la taza a los labios para posponer mi respuesta.

Penelope comprendió que no iba a hablarle de ello en aquel momento. En los nueve años que nos habíamos tratado, aquella era la primera ocasión que yo recordara en la que estuviéramos las dos sentadas a una misma mesa dedicadas a ocultarnos información la una a la otra. Ella se había negado a revelarme sus verdaderos sentimientos con respecto a su relación con Avery, y yo había evitado hacer comentario alguno sobre Philip. Mantuvimos un silencio bastante cómodo que se rompió cuando ella dijo:

—Sé que desconozco las implicaciones de la situación y que tú eres bien capaz de arreglártelas sola en cualquier circunstancia pero, por favor, ten cuidado; hazlo por mí. Estoy segura de que Philip es un tipo estupendo, pero las escenas que he visto con los amigos de Avery y tus compañeros de trabajo me han hecho pensar que es todo un poco extraño. Nada en concreto, pero es que me preocupo por ti, me entiendes, ¿no?

Colocó su mano sobre la mía y supe que algún día volveríamos a tener la relación de antes. Mientras tanto, deberíamos conformarnos con observarnos la una a la otra desde lejos.

11

—A ver, chicos, un poco de silencio —anunció Kelly, mientras hacía su entrada en la oficina subida a los altísimos tacones que llevaba a diario—. ¿Os habéis leído todos el informe Trapos Sucios del día?

—Por supuesto —soltó Leo desde el otro extremo de la mesa de cristal, más apropiada para un hotel de cinco estrellas que para una oficina—. Al parecer nuestro último fichaje ha vuelto a ganarse una mención especial.

Sentí un vuelco familiar en el estómago. Aquella mañana había llegado diez minutos tarde y todavía no había tenido tiempo de leer Trapos Sucios, un fallo garrafal por mi parte. Una de las ayudantes llegaba cada día a las seis de la mañana, preparaba el Trapos Sucios del día —una especie de estudio de todas las columnas, periódicos y artículos que pudieran estar relacionados de algún modo con nuestros clientes o nuestro sector— y los dejaba sobre la mesa antes de las nueve para que lo leyéramos al llegar, aunque, por lo general, lo primero que hacía todo el mundo al levantarse era echar un vistazo a los sitios web de Rush & Molloy, el *New York Post*, el *USA Today*, *Variety*, *Primicias de Nueva York*, la sección de Matt Drudge, la de Liz Smith y otros *blogs*, columnas y titulares relevantes. Si había sucedido algo y el teléfono iba a estando echando humo todo el día era mejor saberlo cuanto antes, de modo que el Trapos Sucios constituía más un formalismo que una fuente de noticias. Los únicos datos realmente importantes que nos daban cada mañana se encontraban en la Agenda de Famosos, que incluía información acerca de quiénes estaban en la ciudad, por qué razón, dónde se alojaban —y con qué nombre—, y cómo establecer contacto con ellos para sobornarlos o rogarles que asistieran a un evento. Llevaba cuatro semanas conectando el ordenador a los cinco segundos de levantarme para estudiar a fondo las noticias que más tarde obtendría detalladas en la oficina, y el único día que no estaba al tanto de los cotilleos resultó ser el más importante de todos.

—Bueno, yo no he tenido oportunidad de leerlo. Además, no me imagino qué puede decir, ya que este fin de semana estuve en Sanctuary, con todos vosotros, por cierto, y después volví a casa. Sola —me apresuré en añadir, como si les debiera a mis colegas una explicación.

—Está bien, veamos —prosiguió Kelly, mientras escogía una página impresa con información de internet—. «El nuevo fichaje de Kelly & Company parece decidida a encajar con sus marchosos colegas. Según nuestras fuentes, la organizadora de fiestas anónima (al parecer en misión de reconocimiento en Sanctuary el sábado por la noche para decidir si se celebrará allí la fiesta supersecreta de *Playboy*) mezcló trabajo y placer cuando se marchó con Philip Weston y una modelo que no conocemos. ¿Adónde fueron? Nos lo podemos imaginar....» —Kelly arrastró las últimas palabras y me dedicó una sonrisa.

Sentí que me estaba poniendo de todos los colores.

—¿Y qué quiere dar a entender con eso? Porque, hasta ahora, no he oído ni una sola cosa que sea verdad. Además, ¿quién diablos ha escrito eso?

—Ellie Infiltrada, ¿quién si no? También aparece una foto en la que estás subiendo al taxi con Philip y esa preciosa chica, de modo que no es difícil imaginar qué quiere dar a entender... —Kelly seguía sonriendo, como si ya no pudiera ser más feliz.

¿Eran cosas mías o resultaba realmente extraño estar hablando de aquello en una reunión convocada para discutir asuntos de trabajo?

—Kelly, siento mucho las consecuencias de todo esto para ti o la compañía. De verdad, ya sé que cuesta creerlo, pero te lo digo en serio, las cosas no son como...

—«La chica de moda, el nuevo fichaje de Kelly & Company.» ¿Tú te das cuenta del impacto de esto? A ver si la próxima vez te llaman por tu nombre. Como no estás metida del todo en este mundo es probable que no pudieran confirmarlo a tiempo.

Elisa soltó una risita.

—Y no solo eso, sino que a nosotros nos llama marchosos —terció Leo con orgullo.

—¡Y le da publicidad a la fiesta de *Playboy*! —añadió Skye.

—No sé quién ha dado esa información —murmuré—. Ni siquiera es cierta.

—Bette, cariño, a mí me da igual que no sea cierta. Lo que importa es que se hable de nosotros. En el poco tiempo que llevas aquí has hecho ya mucho. Además, a Danny le encantará que se hable de su club. Sigue así.

Y con aquellas palabras dio el tema por zanjado y comenzamos una de las sesiones de lluvia de ideas que tanto le gustaban a Kelly.

—Está bien, empezad a hablar. Tenemos el estreno de *Shrek 3* el mes que viene. Las invitaciones tienen que estar listas en dos semanas. Skye se encarga de todo. ¿Cuál va a ser el cebo?

—Yo aún no entiendo por qué hemos aceptado el estreno de una película infantil —objetó Skye, como era habitual en ella—. ¿Por qué no se encarga de organizarlo el estudio?

—Supongo que es una pregunta retórica, ¿no? Aceptamos estrenos porque es trabajo fácil y bien pagado. Como sabes, DreamWorks tiene su equipo de relaciones públicas, pero como también sabes, están muy ocupados con los premios y la publicidad de las películas. Además, los medios más importantes se encuentran en Nueva York. Y nosotros tenemos contactos con gente que ellos no conocen.

—Sí, ya sé —suspiró Skye, con muy poco espíritu de equipo. Elisa le lanzó una mirada desafiante y se irguió en su silla—. Es solo que las pelis para niños son tan aburridas...

—Bueno, Skye, si no te interesa hacerte cargo del proyecto, estoy segura de que Elisa, Leo, Bette o incluso Brandon estarán encantados de tomar las riendas. No hace falta que te enumere la cantidad de famosas que están teniendo hijos... Ahí tienes a Liv Tyler, Courtney Cox, Gwyneth Paltrow, Sarah Jessica Parker, por mencionar solo a algunas. Supongo que no querrás decir que sus hijos son aburridos.

—No, claro que no. Puedes contar conmigo, lo acepto. Lo hemos hecho antes, está bien. ¿Alguien tiene el informe sobre el estreno de *Harry Potter* que organizamos en verano?

—Sí, aquí está —respondió Leo, sacando el archivo de una carpeta—. Fue en agosto, un domingo a primera hora de la tarde en la finca que Christie Brinkley tiene en Bridgehampton. La fiesta comenzó a las once de la mañana y el pase fue de doce a una y media para que la gente tuviera tiempo de regresar a la ciudad. Las actividades infantiles consistieron en piscinas inflables llenas de hielo y zumos de fruta, paseos a caballo, un zoo de animales domésticos, una máquina de algodón de azúcar, otra de helados y unos cuantos payasos. Los adultos fueron atendidos por camareras muy atractivas que les prepararon bebidas aceptables para esa hora del día, sobre todo Mimosas, Bloody Marys, cócteles destornillador, champán, Margaritas, sangría y, si lo pedían, también algún que otro Daiquiri o Piña Colada. Asistieron los hijos de Matt Lauer, Susan Sarandon, Katie Couric, Aerin Lauder, Kate Hudson, Russell Simmons, Courtney Cox y de otros cientos no tan conocidos pero igual de fotogénicos. Las fotos aparecieron en *People*, *US Weekly*, *Star*, *Sunday Styles*, *Gotham* y *W* además de en algunas páginas de sociedad en línea, como la de *New York Social Diary* o la de Patrick McMullen, entre otras. Los de Warner Brothers quedaron encantados.

—Está bien, chicos, ahí está el esquema, ya sabemos cómo funciona. No tendrá lugar en los Hamptons, pero creo que deberíamos seguir el mismo formato. Creo que el cine Clearview, de Chelsea, estaría bien, porque no ponen inconvenientes a que se forme jaleo en el vestíbulo —dijo Kelly, mientras seguía los puntos de una lista—. ¿Qué más?

—Bueno, para comer, las cosas que les gustan a los niños: perritos calientes, hamburguesas, golosinas... —respondió Elisa.

—Alguna máquina en la que puedan servirse ellos mismos los helados —se apresuró en añadir Leo.

—Un tipo disfrazado de Shrek.

—Un puesto donde pinten la cara de verde a los niños.

—Los padres detestan que les pinten la cara a sus hijos. Hay muchas otras cosas que se pueden hacer. Camas elásticas, ¿quizá?

—¿Estás de broma? Demasiada responsabilidad. No, si no queremos que nos lluevan las demandas. ¿Qué me decís de la palabra Shrek en un enorme panel de bombillas verdes?

Todos asintieron y yo empecé a sentirme algo insegura por no haber sido capaz de contribuir aún con una sola idea. Pero jamás había asistido al estreno de una película y lo único que sabía al respecto es que los famosos caminaban sobre una alfombra roja.

—¿Qué os parecería que la alfombra fuese verde en lugar de roja? —pregunté, sin pararme a considerar lo estúpido de mi propuesta. Me preparé para lo peor, pero, para mi sorpresa, todos se mostraron bastante satisfechos.

—¡Una idea fantástica, Bette! Colocaremos una alfombra verde y una zona al fondo en la que les hagan las fotos. La alfombra verde seguro que llama la atención. Parece que vamos por el buen camino, así que pasemos al tema que realmente importa. ¿Qué tal llevamos la fiesta de *Playboy*?

Elisa había recobrado el color y parecía más serena. Se levantó, adoptó la pose con la que lucir a la perfección su ajustado vestido de Diane von Furstenberg y señaló el calendario con un rotulador.

—Como podéis observar, faltan tan solo unos meses. Tras muchos dimes y diretes hemos escogido Sanctuary como localización. Leo, ¿podrías ponernos al día sobre los aspectos prácticos?

Leo miró a Elisa con expresión de «¿Desde cuándo tengo yo que rendirte cuentas a ti?» pero se aclaró la garganta y nos hizo saber que estaba entrevistando a los diseñadores (que se encargaban de todo, desde el mobiliario hasta la iluminación) y que tendría la lista de los mejores a finales de aquella semana.

—Seguro que acabamos confiando en Bureau Betak, como siempre —concluyó.

La reunión se prolongó una hora y media más, durante la que discutimos los obsequios, los posibles patrocinadores y las invitaciones. Cuando por fin quedamos libres para salir a comer, Kelly nos recomendó que encontráramos algún lugar en el que «observar o ser observados». Convencí a mis colegas para que fueran al bistro francés de la esquina sin mí y deambulé unas cuantas calles hacia el este hasta un antro de pizzas en el que, estaba segura, no me encontraría a nadie de la oficina. Me senté a la minúscula mesa que quedaba libre junto al baño y llamé a Will al trabajo. Me sorprendió encontrarlo en su puesto.

—¡Vaya, estás ahí! Pero si hoy no es día de entrega...

Will solo acudía a su oficina en la redacción del periódico una o dos veces por semana. O menos, si podía evitarlo.

—Hola, querida. Estoy teniendo algún problema con la columna de esta semana. —Guardó silencio unos segundos y añadió—: Parece que últimamente tengo problemas con todas mis columnas.

Su voz tenía un tono de frustración y resignación al mismo tiempo, dos sensaciones que no estaba acostumbrada a asociar con él.

—¿Estás bien, Will? ¿Pasa algo? —pregunté, forzándome a olvidar mis propias preocupaciones durante algunos momentos.

Soltó un profundo suspiro.

—Nada interesante, cariño, eso seguro. Los lectores de mi columna están a la baja este año y algunos periódicos han decidido retirarla. Mi nuevo director, un niñato de treinta y un años, no tiene ningún sentido del humor... no para de decirme que «los lectores de hoy en día están más sensibilizados con los temas sociales» y que, por tanto, debería esforzarme en conseguir un lenguaje más «políticamente correcto». Por supuesto, yo lo mando a la mierda constantemente, pero no me deja en paz. Pero claro, ¿quién va a leer mi columna pudiendo leer las aventuras de jóvenes organizadoras de fiestas que viven rodeadas de los chicos más ricos y famosos?

Sentí como si me hubieran dado un puñetazo en el estómago.

—Así que ya lo has leído.

—Por supuesto. ¿Debo asumir que algo de lo escabroso que ahí se relata es cierto? —preguntó.

—¡Claro que no! —grité con tanta intensidad que todos los allí presentes se volvieron para mirarme—. Me encontré a Philip en Sanctuary el pasado fin de semana, en una salida de trabajo. Compartimos el taxi de vuelta porque así resultaba más fácil. La chica era una amiga de la familia, se conocen de toda la vida. Ya ves tú qué escandaloso...

—Bueno, parece que esa Ellie Infiltrada está haciendo su trabajo de maravilla. Debería consolarte que no mencionara tu nombre, querida. Pero puedes estar segura, pronto lo hará.

—¿Sabes quién es, Will? Es decir, en algún momento la habrás conocido, ¿no?

Will se rió y entonces me imaginé lo peor.

—Bueno, se me ocurren unos cuantos nombres, pero no puedo estar seguro. Hay quien cree que se trata de alguien conocido que se dedica a hundir a sus amigos. Otros opinan que es alguien anónimo pero con fuentes bien informadas. Vete tú a saber, podría ser esa ex directora de revistas de moda... ¿Cómo se llama? La que ahora se dedica a redactar esas espantosas críticas literarias. No me cuesta imaginármela escribiendo tal cantidad de basura.

—Es un poco desagradable. Espero que, sea quien sea, empiece a fijarse en otra persona, ¿sabes? Alguien más interesante, no sé, alguien que, en realidad, lleve una vida escandalosa. Yo, desde luego, no entro en esa categoría —repuse, y me llevé a la boca posiblemente el pedazo de pizza más perfecto del mundo.

—Te entiendo, cariño, de verdad que sí. Pero te recuerdo que Philip sí entra en esa categoría. Siento tener que dejarlo aquí, pero mi columna no parece querer escribirse sola esta semana. Te llamo un día de estos ¿de acuerdo? ¿Vendrás a cenar el jueves?

—Claro —respondí de forma automática, antes de recordar que debía asistir al lanzamiento de la nueva fragancia de Gucci. Supe que tendría que llamar y cancelar la cita, pero en aquel momento no me vi con fuerzas para decírselo—. No me lo perdería por nada del mundo. Adiós.

Me terminé el delicioso pedazo de pizza y pedí otro, que devoré también en cuestión de segundos. Estaba hojeando un periódico arrugado que alguien se había dejado en la mesa de al lado cuando sonó mi teléfono. En la pantalla se leía «casa».

—¿Sí? —respondí, preguntándome si sería mi madre o mi padre, o ambos, ya que a veces me llamaba primero el uno, después el otro, y a menudo acabábamos hablando los tres a la vez.

—Bette, ¿eres tú? —gritó mi madre—. ¿Me oyes? —Su tono era, como de costumbre, más elevado de lo necesario. Parecía convencida de que los teléfonos móviles requerían una intensidad de voz por encima de la media, de forma que siempre chillaba.

—Te oigo perfectamente, mamá. ¿Cómo estás?

—La verdad es que no puedo hablar mucho rato porque voy de camino a una reunión, pero una de las chicas de la clínica me dijo que te había visto en una fotografía, en internet. Y que estabas con un chico famoso y con otra chica. Algo así, ¿puede ser?

No me lo podía creer. Mi madre, que hasta hacía bien poco no tenía cuenta de correo electrónico, estaba al día del contenido de las páginas de cotilleos. Reaccioné con rapidez.

—No fue nada, mamá, solo una foto que me sacaron en una salida de trabajo.

—Bette, ¡eso es maravilloso! ¡Felicidades! Me muero de ganas de verla. Le pedí a tu padre que la buscara y la imprimiera, pero creo que no encontró la página, o que no logró abrirla, no sé. ¿Nos harás una copia?

—Claro, claro —respondí con resignación—. Pero en serio, no es nada importante, mamá, solo trabajo. Tengo que volver a la oficina, ¿hablamos más tarde?

—Perfecto, cariño. Felicidades de nuevo. ¡Tan poco tiempo trabajando y ya eres noticia!

Si tú supieras, pensé nada más colgar. Por fortuna, era del todo imposible que mi padre consiguiera registrarse y abrir la cuenta gratuita que *Primicias de Nueva York* ofrecía a sus lectores. Siempre y cuando nadie imprimiera la página y se la enseñara, yo estaría a salvo. Al menos por el momento.

12

—Me gustaría abrir la sesión de hoy con un brindis por Bette —dijo Courtney, levantando un mojito por encima de su cabeza.

Yo estaba leyendo un mensaje de Kelly en el que me pedía por favor (es decir, me ordenaba) que «hiciera aparición» en el estreno de *El señor y la señora Smith*, del que se habían encargado Leo y Skye. La película terminaría a las once en punto, lo cual significaba que podía pasar por la fiesta posterior que se celebraba en Duvet, regresar a mi casa hacia las doce y media y estar dormida a la una, es decir, la noche más tranquila de las últimas semanas. Había terminado de hacer esos cálculos cuando oí mi nombre y volví a la realidad.

—¿Por mí? ¿Qué he hecho para merecer el honor? —pregunté distraída.

Las chicas me miraron como si no pudieran dar crédito a mi estupidez. Janie fue la primera en responder.

—Perdona, pero ¿acaso crees que vivimos en la inopia, que nuestras vidas no van más allá de este club de lectura?

La miré fijamente. Tenía una idea bastante clara de a qué se refería, pero seguí intentando que aquella conversación no tuviera lugar.

Jill machacó algunas limas en un bol con azúcar y me sirvió otro vaso de la deliciosa mezcla.

—Bette, todas nosotras leemos *Primicias de Nueva York*, ¿sabes? Joder, lo lee todo el mundo. Y por lo que se ve, tú eres la estrella del momento. ¿A qué coño esperabas para decirnos que tu novio es el mismísimo Philip Weston? —Pronunció su nombre con una lentitud deliberada y todas se echaron a reír.

—A ver, a ver, chicas, no nos precipitemos. No es mi novio.

—Bueno, Ellie Infiltrada parece no opinar lo mismo... —terció Alex, que en aquella ocasión lucía un color de pelo verde vómito algo desagradable. La idea de que incluso la comunidad punk del East Village leyera aquella espantosa columna me dejó estupefacta.

—Muy cierto —agregó Vika—. Parece que sales con él a menudo. ¿Y por qué no? Es desaforada, innegable e increíblemente guapo.

Me paré a pensar durante un momento. En efecto, Philip estaba como un queso y, al parecer, toda mujer en edad de merecer estaba loca por él, por lo tanto, ¿qué había de malo en admitir que salíamos juntos? A no ser que yo lo dijera, ninguna llegaría a saber que no había vuelto al apartamento de Philip desde aquel primer encuentro más bien casual. De hecho, ni siquiera estarían dispuestas a creerse que nos veíamos (y que, por tanto, nos veían juntos) por la razón de que yo estaba obligada a asistir a todos los actos de Kelly & Company, trabajara en ellos o no. Seguiría encontrándome con Philip «por casualidad» casi todas las noches de las semanas por venir; al fin y al cabo, mi trabajo consistía en organizar fiestas, y en asistir a ellas, la obligación que Philip se había impuesto a sí mismo.

¿Por qué explicar que incluso a pesar de que nos limitábamos a charlar un poco en aquellos eventos, él mostraba una más que notable tendencia a pasarme un brazo por los hombros (o a tocarme el culo, o a sobarme con la excusa de ofrecerme una copa, o a besarme en el cuello) cada vez que aparecía un fotógrafo en los alrededores? Para cualquiera que estuviera mirando teníamos aspecto de ser inseparables, pero lo que había dado en llamarse «toqueteos para dar y tomar» era tan sexual como mis noches en la cama con Millington. ¿Por qué —quise saber— la gente le daba alguna importancia a todo aquello?

Conocía la respuesta. Porque él era «el hombre del momento» y yo me relacionaba con él.

—Es guapo, ¿verdad? —pregunté.

A pesar de que Philip Weston pudiera ser el tipo más arrogante que hubiera conocido, era ridículo negar que me sentía atraída hacia él de una manera más bien absurda.

—Mmm, sí. Y no pasemos por alto el hecho de que es el más perfecto galán de novela rosa en carne y hueso —opinó Courtney, tras suspirar—. Me parece que me basaré en él para perfilar el héroe de mi siguiente novela.

—¿Que te basarás en Philip?

Era difícil vislumbrar a un protagonista de un romance en alguien que chillaba y maldecía por causa de unas sábanas de hilo, aunque, según me pareció, tal vez no viniera mal alguna clase de reforma del género para el nuevo milenio.

—¡Bette! Es alto, atractivo y fornido. Pero si hasta es extranjero, ¡por favor! —exclamó mientras nos mostraba el macho colosal vestido de troglodita que ilustraba la portada de un ejemplar de *Amor dulce y salvaje*—. Y más apuesto que Dominick, y eso es mucho decir teniendo en cuenta que Dominick, según aparece descrito, es la personificación de la belleza masculina.

Courtney había dado en el blanco. Philip se ajustaba al ideal de héroe romántico en mayor medida que cualquier chico que hubiera conocido antes... excepto por el insidioso problemilla de su carácter.

Estuve distraída el resto de la tertulia, fantaseando con encontrarme a Philip después de la fiesta y con lo que ocurriría más tarde.

Me marché de allí antes de tiempo y me cambié para ir a Duvet. Una vez allí, la primera persona a la que vi entrar fue, como era de esperar, el señor Weston en persona.

—Bette, cariño, ven a saludar a unos amigos que vienen de Inglaterra —me dijo antes de plantarme un leve aunque bastante delicioso beso en los labios.

No pude evitarlo y, por consiguiente, miré alrededor, pues me había prometido estar más atenta a la presencia de fotógrafos. No vi, entre la masiva, extasiada y elegante afluencia, nada que se saliera de lo normal.

—Hola —dije advirtiendo que (a) se parecía más que nunca al personaje de Jefford y que (b) Courtney tenía razón al afirmar que Philip era más apuesto—. ¿Qué te parece si voy dentro de un minuto? Antes tengo que encontrar a Kelly y cerciorarme de que todo marcha bien.

—Claro, cariño. ¿Te importaría traerme una copa cuando vengas? Sería un gran detalle.

Dicho eso, se marchó brincando a jugar con sus amiguitos, tan feliz como un niño en un patio de colegio.

Fui a hablar con Kelly, le pregunté a Leo y Skye si necesitaban algo, saludé a Elisa, que se estaba dando el lote con Davide, me presenté a dos posibles clientes (el muy venerado diseñador Alvin Valley y cierto individuo que Kelly describió como «el estilista más buscado de Hollywood»), y le llevé a Philip un gin-tonic, todo ello en menos de una hora. Aquello fue todo lo que ocurrió con mi héroe de novela rosa. De pronto, el sordo dolor de cabeza que había logrado pasar por alto desde la mañana se intensificó, y me di cuenta de que aquella noche no iba a acabar demasiado tarde. Me escurrí por la salida al poco rato, llegué a casa a las doce y cuarto (unos buenos quince minutos antes de la hora establecida) y me dormí a las doce y media después de haber descubierto que los estúpidos rituales nocturnos tales como lavarse los dientes o la cara no eran tan importantes como para estar en la obligación de cumplirlos. Cuando, seis horas y media después, sonó la alarma del despertador, estaba lejos de sentirme como nunca.

Me hice con el Trapos Sucios antes de salir y lo leí mientras daba cuenta de un café grande y una rosquilla de pasas y canela en el metro. Como no podía ser de otro modo, *Primicias de Nueva York* constituía el primer extracto del día y, de nuevo, venía con una enorme fotografía —un primer plano, de hecho— en la que podía verse a Philip besándome la noche anterior. Solo se le veía la nuca, pero, de algún modo, el objetivo de la cámara se había acercado a mi cara y retratado una expresión diríase que ausente y soñadora, en la que yo entornaba los ojos y lo miraba con franca adoración. O con una franca borrachera, según se interpretara el gesto. Aquello era de esperar, pero como no había descubierto la presencia de ninguna cámara, la foto a toda página me hizo dar un respingo. En conjunto, las primicias de aquel día eran un bombazo. Según lo predicho, dejé de ser «la amiga de Philip», «la nueva chica», «la asidua de las fiestas» o «la experta practicante en relaciones públicas» para tener una identidad propia. Justo allí, bajo el retrato —por si acaso existía alguien en Nueva York que no conociera mis movimientos—, estaba mi nombre escrito con letras de gran tamaño y un pie que decía: «Por lo visto, nuestra amiga está para quedarse... Bettina Robinson sabe cómo pasárselo bien». Reaccioné ante aquello con una inédita mezcla de sensaciones: me avergoncé, pues todo el mundo iba a verme en aquel estado, me indigné, pues aquello era una tergiversación de lo que en realidad había ocurrido, y me amargué, pues me di cuenta de que, a partir de aquel momento, no dispondría de nada parecido a la intimidad.

Me pareció que el trecho desde la estación de metro hasta la oficina se prolongaba por espacio de diez kilómetros a pesar de no superar las tres manzanas, y la pesadumbre de mis pasos se hizo particularmente intensa cuando oí a dos perfectos desconocidos hablando de «el nuevo ligue de Philip, ¿cómo se llamaba?».

Cuando dejé la bolsa de mi portátil sobre la mesa, el equipo al completo me rodeó.

—Supongo que todos estáis enterados —dije sin dirigirme a nadie en particular y dejándome caer en una butaca.

—No nos queda nada por saber —afirmó Kelly con un matiz de decepción en la voz—. El artículo dice que un tal señor Philip Weston ha sido visto en repetidas ocasiones en compañía de una tal señorita Bettina Robinson, y que ello es constitutivo de una noticia de actualidad.

—¿Una noticia? —pregunté, incrédula.

Tal había sido el susto al ver la fotografía y su correspondiente pie que me había olvidado de leer el texto al que iba adjuntada.

—Pues sí, dice aquí que una fuente desconocida afirma que vosotros dos dormís juntos todas las noches después de pasearos por todos los locales de moda, como Bungalow o Marquee.

—No tenemos ninguna clase de relación —insistí.

—Las fotos están a la vista, Bette. Y, por suerte, dejan claro que sí la tenéis.

Kelly giró la pantalla plana de veinte pulgadas de su Mac para que todos pudiéramos disfrutar de las fotos que nos retrataban a Philip y a mí.

No solo se habían mezclado las vertientes profesional y personal de mi vida, sino que se habían hecho dependientes la una de la otra. Cualquier estúpido podría entender que mi vínculo con Philip me había proporcionado una posición en Kelly & Company con una rapidez que me daba dolor de cabeza.

—Bueno, pero es que «relación» es una palabra demasiado seria —afirmé sin saber bien lo que decía.

¿Por qué nadie lo comprendía?

—Lo que quieras, Bette, pero sea lo que sea lo que estés haciendo, sigue en ello. ¿Sabías que nos han contratado para representar a 2-Mobile por la sola razón de que tienes una relación con el señor Weston?

¿Por la sola razón?, pensé.

—¡Sorpresa, Bette! —continuó diciendo—. Esta mañana nos ha llamado su relaciones públicas internacional. Quieren que presentemos su nuevo PDA, el Bumblebee, entre la población joven de Nueva York, y nos han escogido porque salta a la vista que tenemos acceso a ese ámbito. El Bumblebee tiene ya una amplia aceptación, desde luego; es un éxito en Wall Street y, en Hollywood, quien es alguien (y mucha gente que no lo es) ya tiene uno, pero no han conseguido abrirse paso entre la juventud. Haremos lo posible para que eso cambie, está claro. Y me alegra informarte de que serás la encargada de la logística y que solo tendrás que dirigirte a mí para que te dé la aprobación final.

—¿Cómo? —balbuceé.

—Su agente nos dijo lo mucho que le gustaría que tú te dedicaras a la planificación y que Philip ejerciera de anfitrión del acto, ¡así que nos viene de perlas! —exclamó, inconsciente de que lo más probable era que Philip desconociese incluso mi nombre completo—. Skye te ayudará en lo que necesites. —Una rápida mirada a Skye me constató que no se sentía muy emocionada con el encargo—. Y todos te prestaremos nuestro apoyo. La fiesta está proyectada para el veintidós de noviembre, que es el último martes antes del día de Acción de Gracias, así que debes empezar de inmediato.

Tras un rápido cálculo mental, advertí que para aquella fecha faltaban menos de tres semanas, cosa que manifesté.

—Vamos, Bette, no seas agorera —me reconvino Elisa con gesto exasperado—. Si no es nada. Encontrar un sitio, conseguir patrocinadores, mandar invitaciones, hacer la Lista, y mantener tus apariciones en prensa hasta esa fecha. Los medios cubrirán automáticamente cualquier acto que Philip ofrezca, así que no vas a tener que esforzarte demasiado.

Cuando la reunión llegó a su fin, salí de la oficina con mi portátil y me dirigí al Starbucks presa del pánico en un intento por descubrir qué iba a hacer falta para montar el acto del

Bumblebee. Casi tuve la esperanza de que Philip propusiera una suerte de *quid pro quo* por el que me aseguraría su asistencia a cambio de que yo me acostara con él... y me pareció rastrero de mi parte. Todos asumían que ya habíamos consumado nuestra relación y la realidad era que ambos parecíamos evitar la situación a toda costa. Ello no era difícil teniendo en cuenta que, por lo visto, él solo pretendía lucirse ante las cámaras. Se le daban bien las sugerencias pero no llevaba a término ninguna de ellas, y daba la impresión de sentirse aliviado cuando, cada noche, me marchaba y lo dejaba solo. A pesar de no haber tenido demasiado tiempo para pensar en el tema, me figuraba que Philip debía de verse a escondidas con una especie de novia secreta (o con cinco) y que le venía bien que los cotilleos apuntaran a que estábamos saliendo juntos. Semejante tesitura se me antojaba un insulto, al menos en cierto grado —pues conservaba mi deseo de que él deseara acostarse conmigo—, y, sin embargo, guardaba silencio, como manteniéndome fiel a un acuerdo implícito al que ambos hubiéramos llegado para perpetuar la situación.

Dejé un mensaje en la oficina de Amy Sacco en el que preguntaba si sería posible reservar Bungalow para el acto del BumbleBee y, en esas, llamó Penelope por la otra línea.

—Eh, ¿cómo van las cosas? ¿Qué me depara la llamada del mediodía? ¿Qué tal Aaron? ¿Lo has visto hace poco?

—¿Te puedes imaginar lo mucho que han mejorado mis condiciones laborales desde que tú te marchaste? —preguntó Penelope—. Sin ánimo de ofender te diré que casi vale la pena que no estés por aquí, porque no ha vuelto a pronunciar la palabra «conciliábulo». ¿Cómo le va a tu chico?

—¿A mi novio, te refieres? De fábula —dije.

—Cuenta —solicitó Penelope tratando de mostrarse entusiasta.

Yo sabía que, a pesar de no soportar a Philip, tenía la gentileza de no decir que era un perfecto... O, por lo menos, la había tenido hasta el momento.

—Pues, en fin, de risa. Vamos a esas fiestas maravillosas y él dedica al menos diez minutos a hablar conmigo para después coquetear con todo lo que se mueva. De vez en cuando, recibo permiso para llevarle la copa que le apetezca, que suele ser gin-tonic, por cierto. Permito que me dé un beso delante de los fotógrafos y, después, cada uno se va por su lado. De sexo, nada, por otra parte. No hemos pasado una sola noche juntos desde que lo conocí.

—¿Y no será que está tan superado por la actividad sexual que mantiene con toda modelo, actriz y famosa de Londres, Los Ángeles y Nueva York, que su cuerpo no puede más? Es una posibilidad a contemplar.

—¿Hace mucho que no te digo lo buena amiga que eres, Pe? En serio, siempre sabes qué es lo que hay que decir.

Se rió.

—Sí, bueno, no creo que haga falta que te descubra que no te estás haciendo ningún favor. Pero, en fin, cambiemos de tema y hablemos un poco de mí. Tengo algo que decirte.

—¿Estás embarazada y tu decisión de abortar te hace sentir culpable porque estás comprometida y eres lo bastante mayorcita como para hacerte responsable de tus acciones? —pregunté de un tirón mientras gesticulaba como si ella pudiera verme.

Suspiró y supe que estaba alzando las cejas.

—¿Estás embarazada pero Avery no es el papá?

Aquel comentario tampoco obtuvo nada excepto un bufido irritado, así que opté por volver a atacar.

—¿Estás embarazada y...?

—Bette —me interrumpió.

El tono de su voz me dio a entender que no se lo estaba pasando tan bien como yo.

—Perdona. Dime.

—Lo dejo.

—¿Cómo?

—Lo dejo. Fuera. Punto y final.

—Dios, no.

—Sí —insistió.

—¿Es definitivo?

—Sí.

—¿Hablas en serio? ¿De buenas a primeras? ¿Fin? ¿Y cómo te encuentras?

Estaba haciendo todo lo posible por ocultar el júbilo que me provocaba que no fuera a casarse; debía de haber sido difícil para ella, sobre todo, porque tendría que haber soportado encontrarse a Avery con otra mujer, haberlo visto con sus propios ojos, pues de otro modo no habría podido creérselo. Sin embargo, no me pareció que estuviera afectada. Quizá se daba cuenta de que aquello era lo mejor que podía haber hecho.

—Para serte sincera; no me lo esperaba pero estoy muy feliz. Hace tiempo que quería hacerlo y, bueno, me ilusiona pensar en lo que pueda pasarme a partir de ahora.

Tomé un largo sorbo de café y me detuve a sopesar la novedad.

—No estarías tan contenta si no hubieras conocido a otra persona. ¿Quién es? No tenía ni idea de que las cosas fueran tan mal entre Avery y tú... ¿Cómo es posible que no me dijeras nada? —barboté—. ¿Y qué pasa con el anillo? Ya sabes, la tradición estipula que quien rompe el compromiso tiene que devolverlo. Dios mío, no te habrá engañado con otra, ¿verdad? —Simulé horrorizarme ante la desgraciada posibilidad, como si me fuera imposible imaginármela—. Ese cabronazo...

—Bette, ¡cállate! No hablo de Avery. ¡Voy a dejar el trabajo! —susurró tratando de no importunar a sus compañeros de cubículo.

Una cagada muy grave. Y también una desilusión de aúpa.

—¿Te vas del CWK? ¿De verdad? ¿Qué ha pasado?

—Bueno, no tengo alternativa. Avery ha conseguido que lo acepten en la facultad de derecho de UCLA, así que nos mudamos. No empieza hasta enero, pero creemos que lo mejor es que nos vayamos ahora para buscar una casa y aprender a movernos por allí.

—¿Te vas a Los Ángeles?

—Sí, sí.

—Así que no dejas a Avery; ¿me dejas a mí? —gemí en un murmullo.

Mi avidez ante la posibilidad de que mi mejor amiga estuviera engañando a su prometido se había evaporado: mi mejor amiga se cambiaba de costa.

—No voy a dejarte —dijo, y suspiró—. Dejo este trabajo y esta ciudad y me voy a California. Puede que solo esté allá tres años y que vuelva después. Además, nos haremos visitas. Te encantará ir allí en febrero cuando hace días que no sales de tu apartamento por el frío de Nueva York.

—¿Y no hay facultades de derecho en la costa Este? ¿De verdad es Avery tan egoísta como para arrastrarte hasta ese, hasta ese sitio?

—Vamos, Bette, déjalo y alégrate por mí. UCLA es una buena universidad y, además, no me viene mal un cambio. Excepto los años de universidad, he estado siempre aquí. Voy a volver, de eso no hay duda. Pero, por ahora, me apetece hacer algo diferente.

En ese justo momento se me ocurrió que, como amiga suya que era, debía expresar alguna frase de apoyo, por muy pobre que fuera.

—Cariño, lo siento. Es algo inesperado... Ni siquiera me dijiste que había solicitado una plaza en el oeste. En fin, si eso es lo que quieres hacer, entonces yo me alegro por ti. Y te prometo que voy a intentar con todas mis fuerzas pensar en algo más que en mí y en cómo va a afectarme que te vayas, ¿vale?

—Ya, es que envió la solicitud para entrar en UCLA en el último momento y yo nunca pensé que de verdad quisiera ir. Por otra parte, no estoy demasiado preocupada por ti, en serio. Ahora tienes a un nuevo grupo de gente a tu alrededor y tengo la impresión de que vas a estar bien sin mí...

Dejó que las palabras murieran por sí mismas en un intento por que parecieran banales, pero ambas sabíamos que a ella jamás le había faltado tan poco para decir algo más importante.

—Está bien. Tendremos que organizar una gran cena de despedida para los que se marchan —dije con una alegría forzada y pasando de largo la oportunidad de decirle que no estaba de acuerdo con lo que ella sobreentendía.

—Como podrás imaginarte, nuestras madres ya se han puesto manos a la obra. Nos vamos pronto, así que han decidido ofrecer una cena el sábado en el Four Seasons. Vendrás, ¿no? Va a ser espantoso, claro, pero, aun así, tienes que asistir. —Carraspeó—. Y, por supuesto, Philip también está invitado.

—¡Pe! Claro que iré. Y no sufras, os ahorraré a todos la compañía de Philip.

En aquel momento recibí otra llamada de un número que empezaba por 917 que no reconocí. Decidí que debía responder ya que podía tener que ver con la fiesta del Bumblebee.

—Lo siento, Pe. Tengo que atender otra llamada. ¿Hablamos más tarde?

—Claro, ningún problema.

—Está bien, hasta luego. ¡Y felicidades! Si tú eres feliz, yo también. A regañadientes, pero feliz.

Colgamos y apreté el botón antes de que saltara el contestador.

—¿Podría hablar con Bette? —me preguntó una voz masculina y grave.

—Soy yo.

—Bette, soy Sammy. Te llamo de parte de la oficina de Amy Sacco. Llamaste para reservar el club, ¿no es así?

¿Sammy? ¿No se llamaba también Sammy el portero de Bungalow 8? ¿Era posible que hubiera más de un Sammy trabajando allí? No sabía que los porteros también hicieran trabajo de oficina.

—Hola, ¿qué tal? —dije intentando parecer muy profesional, a pesar de que seguro que él no sabía mi nombre ni me relacionaba con la chica cabreada a la que dejó el paraguas.

—Bien, gracias. Recibimos tu mensaje y Amy me pidió que te llamara, ella estará ocupada toda la tarde.

Dijo algo más que un ruido de sirenas me impidió oír.

—Lo siento pero me he perdido lo último que has dicho. Acaba de sonar la sirena más estridente que he oído jamás, como la de ocho camiones de bomberos, o algo así —grité, tratando de que mi voz se impusiera a semejante barullo.

—Sí, yo también la oigo, pero no por el teléfono. Oye, ¿dónde estás?

—Estoy en el Starbucks que está cerca de la Octava con Broadway. ¿Por?

—Qué casualidad, estoy justo enfrente. Cuando salía de clase recibí el mensaje de Amy de que te llamara. Espera, enseguida voy.

Colgó y me quedé mirando el teléfono durante un segundo antes de sacar precipitadamente un lápiz de labios y un cepillo y salir disparada hacia el baño. Ocupado, por supuesto. Miré por la ventana y observé que Sammy ya estaba en la puerta, así que corrí de vuelta a la mesa y me dejé caer en el asiento justo antes de que me viera.

No tenía demasiado sentido tratar de acicalarme allí mismo, pues tenía que concentrar mi energía en hacer el papel de mujer ocupada y parecer indiferente al mismo tiempo, lo cual me resultó imposible. Sabía que, de intentar beber, me atragantaría y que, si simulaba estar hablando con alguien, se me caería el teléfono, así que me quedé inmóvil, mirando fijamente mi agenda con un interés tan desmesurado que me creí capaz de moverla. Un repaso rápido a mi estado físico reveló una serie de reacciones clásicas —manos temblorosas, corazón desbocado, boca seca— que solo podían indicar que Sammy me gustaba o, por decirlo con mayor precisión, me subyugaba. Lo cual, puestos a establecer paralelismos, era lo mismo que le sucedía a Lucinda en su primera cita con Marcello, de *The Magnate's Tender Touch*. Nunca antes había experimentado el cosquilleo típico de las primeras citas, el mismo que sentían las mujeres de mis libros.

Noté su presencia frente a mí y, sin levantar la vista, distinguí una especie de figura amorfa vestida de negro. ¡Olía de maravilla! A pan caliente, a galletas recién salidas del horno o, en definitiva, a algo muy apetecible. Permaneció allí de pie unos treinta segundos, observándome mientras yo examinaba mi agenda, hasta que reuní las fuerzas para alzar la vista, justo cuando él ya empezaba a carraspear.

—Hola —dije.

—Hola —respondió. Se estaba frotando lo que parecía una mancha de harina en el pantalón, pero dejó de hacerlo cuando se dio cuenta de que lo miraba.

—Esto... ¿te quieres sentar? —tartamudeé, mientras me preguntaba por qué me costaba tanto hacer algún comentario inteligible o coherente.

—Claro. Yo... creí que sería más fácil hablarlo en persona, y como estaba justo al lado, no sé...

Me consoló que él también pareciera nervioso.

—Sí, por supuesto. Tiene más sentido. Dijiste que acababas de salir de clase. ¿Haces algún curso para ser barman? A mí me gustaría aprender. —Estaba embalada y no podía frenar—. Siempre he pensado que tiene que ser muy útil, trabajes o no en un bar. No sé. Estaría bien ser capaz de mezclar bien las bebidas, no sé. ¿Sabes?

Entonces me dedicó una deslumbrante sonrisa de oreja a oreja y yo pensé que se me pararía el pulso en el mismo instante en que dejara de hacerlo.

—No, no para ser barman. Es un curso de pastelería —explicó.

No le encontré mucho sentido a que a un portero de discoteca le interesara la pastelería, pero me pareció atractivo que tuviera otras inquietudes. Después de todo, supuse que aparte de henchirle el ego, el hecho de pasarse horas impidiendo la entrada de gente basándose únicamente en su aspecto debía de resultarle un tanto aburrido.

—¿Ah, sí? Muy interesante. ¿Te gusta cocinar en tu tiempo libre? —pregunté por educación, con un tono algo elevado—. Es decir, ¿es algo así como una de tus pasiones?

—¿Una de mis pasiones? —Volvió a sonreír—. No sé, yo no diría tanto, no sé si llega a «pasión», pero sí, me gusta cocinar. Y además, en mi trabajo, tengo que hacerlo.

Vaya por Dios. No me podía creer que le hubiera hecho gracia el uso de aquella ridícula palabra: pasión.

—¿Tienes que? —inquirí con altanería—. Lo siento, es que no me lo esperaba. ¿Dónde cocinas?

—En realidad estoy estudiando para convertirme en chef —respondió, apartando la mirada.

Aquello era nuevo y muy interesante.

—¿Para ser chef? ¿De veras? ¿Dónde?

—Bueno, aún en ningún sitio. Obtuve la titulación en la escuela de hostelería y ahora voy haciendo cursos por la noche. Como el de pastelería —dijo entre risas.

—¿Y cómo te metiste en este mundo?

—No es que esté muy metido, pero está bien tener conocimientos. Aparte de alguna que otra cena a base de tortillas cuando me tocaba, jamás había cocinado. Pasé un verano en Ithaca con un colega mientras estaba en el instituto y trabajé como camarero en el hotel Statler, en el campus de la Universidad Cornell. Un día, el encargado me vio rellenarle la taza de café a un huésped como si estuviera escanciándolo, así, desde lo alto, y no se lo podía creer. Le encantó. Así que me convenció para que me inscribiera en la escuela de hostelería del hotel. Me consiguió un par de becas e hice de todo (ayudante de camarero, camarero, encargado de noche, barman, lo que fuera) y cuando me gradué me colocó de aprendiz en un restaurante de Francia que tenía no sé cuántas estrellas Michelin. Fue todo gracias a él.

Yo era del todo consciente de que no me favorecía demasiado tener la mandíbula colgando de aquel modo, pero la sorpresa fue tan grande que no pude evitarlo. Afortunadamente, Sammy me rescató de aquella situación.

—Te debes de estar preguntando por qué trabajo de portero en Bungalow, ¿verdad?

—No, no, en absoluto. Si te gusta... es decir, es otra rama de la hostelería, ¿no?

—Es un pequeño sacrificio. Creo que he trabajado en todos y cada uno de los restaurantes de esta ciudad. —Se rió—. Pero habrá valido la pena cuando, tarde o temprano, consiga abrir mi propio negocio. Y espero que sea más temprano que tarde.

Es probable que mi gesto fuera aún de confusión, porque se volvió a reír.

—La razón principal es el dinero. Se puede vivir bastante bien trabajando en distintos locales como guarda de seguridad o como camarero en las noches de concierto. Y yo estoy en bastantes sitios ahora mismo. Además, así no salgo y tampoco gasto. Todo el mundo comenta que abrir un restaurante en esta ciudad es lo máximo; me han dicho que es muy importante estar al día de la escena social, quién se acuesta con quién, quién es realmente importante y quién se lo hace... y a mí eso no es que me interese demasiado, así que no me muevo en esos círculos. Pero no hay mejor forma de aprender que observando a toda esa fauna en su medio natural.

Entonces se cubrió la boca con la mano y se quedó mirándome.

—Oye, quizá no debería haber dicho eso. No pretendía ofenderte, ni a ti ni a tus amigos, es solo que...

Amor. Amor aplastante y devastador. Parecía tan abrumado que tuve que hacer un esfuerzo por reprimir la necesidad imperiosa de agarrarlo por la cabeza y besarlo apasionadamente en la boca.

—No te preocupes, de verdad —dije.

Acerqué mi mano a la suya para darle un apretón que lo tranquilizara, pero me puse nerviosa y, en el último momento, la dejé suspendida en un ademán extraño. La Lucinda de *Las suaves caricias del magnate* habría sido capaz de tocarlo, lo sé, pero yo no lo fui.

—Me parece genial lo que haces. Y no me puedo ni llegar a imaginar la cantidad de cosas raras que debes de ver cada noche.

Eso fue cuanto le hizo falta oír para lanzarse.

—Joder, es increíble. Toda esa gente tiene tanto dinero y tanto tiempo... y se pasan las noches rogándome que les deje entrar en esos locales —respondió, mirándome a los ojos.

—Pero tiene que resultar divertido, ¿no? Ya sabes, ver a todo el mundo esforzándose por caerte bien —dije, demasiado distraída por su mirada como para articular algo coherente.

—Venga ya, Bette. Tú y yo sabemos que no es así. Me lamen el culo porque me necesitan; no me conocen de nada. El tiempo durante el que les caigo bien es muy limitado, va desde que hacen cola hasta que entran en el sitio. Nadie me reconocería si no estuviera junto a ese cordón de terciopelo.

Pareció disgustarse y me fijé en que se le formaron unas pequeñas arrugas en la frente que lo hacían aún más irresistible. Suspiró y sentí un extraño deseo de abrazarlo.

—Soy un bocazas. Olvídate de todo lo que acabo de decir. En realidad no me tomo mi trabajo tan en serio, así que no debería darle más importancia de la que tiene. Es solo el medio para conseguir lo que quiero, y puedo soportar lo que sea si ello me permite abrir mi restaurante algún día.

Deseé con todas mis fuerzas que siguiera hablando, de quien fuera o de lo que fuese, con tal de poder seguir observando su perfecto rostro y la forma en que movía la boca y gesticulaba con las manos. Pero había terminado. Cuando me disponía a decirle que entendía perfectamente a qué se refería y que nunca me lo había planteado desde ese punto de vista, se adelantó:

—Tengo la sensación de que es fácil hablar contigo. —Sonrió, y a punto estuve de desmayarme—. Te agradecería que no le mencionaras nada de todo esto a la gente con la que trabajas. Yo voy a seguir haciendo lo que debo con cada uno, bueno, ya me entiendes.

Claro que lo entendía. Estaba bien que nadie conociera tu pasado ni tus proyectos y evitar así que te incluyeran de inmediato en la categoría de persona «guay» o «non grata». Que nadie fuera capaz de aprovecharse de tus circunstancias en beneficio propio o de minar, lenta pero gradualmente, tu confianza solo porque así se sentían mejor con ellos mismos. Tío Will siempre decía en broma «si no logras el prestigio, desprestigia», pero la mayoría de la gente se lo tomaba al pie de la letra. Sí, lo entendía a la perfección.

—Por supuesto, totalmente. Te entiendo muy bien. Yo, esto... me parece muy bien lo que haces.

De nuevo, una deslumbrante sonrisa. ¡Dios! Intenté pensar en algo, lo que fuese, capaz de provocar otra de aquellas sonrisas, pero al fin recordó que estábamos allí para hablar de trabajo.

Pareció dejar atrás cualquier atisbo de vulnerabilidad y añadió:

—Voy a pedir un café y nos ponemos con los detalles. ¿Quieres algo?

Meneé la cabeza y señalé mi vaso.

—¿Seguro que no te apetece un *espresso* con espuma de leche desnatada muy caliente y sirope de vainilla sin azúcar?

Me reí y volví a negar con la cabeza.

—¿Qué pasa? ¿Acaso crees que estoy bromeando? Es lo que yo pido siempre que vengo a este maldito lugar.

—Me tomas el pelo.

—Claro que no. Hasta los veintitantos me conformaba con una taza de café normal. De cuando en cuando lo tomaba más dulce, o descafeinado por la noche, pero café, sin más. Entonces un amigo me habló de los siropes de distintos sabores, empecé a probar y ya no hubo marcha atrás. A veces me gustaría que alguien se negara a prepararlo y me dijera «Sammy, contrólate. Sé un hombre y pide tan solo una taza de café». Pero nadie lo hace, así que... —Y sin terminar la frase, se marchó.

Lo seguí con la mirada y observé que la camarera le dedicaba una sonrisa del tipo «haz conmigo lo que quieras». Durante nuestra breve separación ni siquiera pestañeé y cuando por fin volvió a mi lado solté un sonoro suspiro.

—Está bien, basta ya de confesiones. ¿Solucionamos lo de la fiesta? —Se llevó la mano a la nuca y tuve la sensación de haberle visto hacer aquel gesto millones de veces.

—De acuerdo. ¿Por dónde empezamos? —Tomé un sorbo de café y me esforcé por parecer tranquila y eficiente.

—¿A cuánta gente esperáis?

—No estoy segura, todavía no he elaborado la lista definitiva —de hecho no había ninguna lista, pero él no tenía por qué saberlo—, pero calculo que a unas doscientas personas.

—¿Y Kelly & Company se encarga del personal o vais a contratar al nuestro?

De nuevo, aquello era algo que no me había planteado, pero traté de recordar lo comentado en reuniones de trabajo y fui capaz de dar una respuesta no del todo descabellada.

—Bueno, tendré que buscar a patrocinadores, así que supongo que el alcohol correrá de nuestra cuenta pero con vuestros camareros. Me imagino que utilizaremos vuestros, esto, vuestros...

—¿Guardas de seguridad? —me ayudó, supongo que porque se dio cuenta de que me refería a sus «gorilas».

—Sí, exacto, aunque tendré que confirmarlo.

—Me parece bien. Ahora mismo, solo Lot 61 estará libre

esa noche, pero puede que Amy quiera reorganizar su agenda. ¿Quién será el anfitrión de la fiesta?

—Esto... un tal Philip Weston. Es un... es...

—Ya sé quién es. Tu novio, ¿no? Os he visto juntos últimamente. Seguro que Amy está encantada, así que no habrá problemas con que se celebre en Bungalow.

—No, no, no es mi novio —repuse tan rápido como pude—. No es como crees. Se trata de un tipo extraño que conocí...

—No es asunto mío, me da igual. Siempre me pareció un cretino, pero ¿qué voy a saber yo?, ¿no?

¿Estaba resentido o es que yo quería creer que lo estaba?

—Pues no, supongo que no es asunto tuyo ¿verdad? —bufé con tanto rencor que Sammy se apartó de mí.

Nos quedamos con la vista clavada el uno en el otro durante unos segundos hasta que él desvió la mirada.

Tomó otro sorbo de café y comenzó a recoger sus cosas.

—Bueno, ha sido divertido. Hablaré con Amy y ya te diré algo. Pero doy por hecho que no habrá ningún problema. Es decir, ¿quién podría negarle el local a Su Alteza Real británica en persona? Aunque debería empezar a broncearse ya si espera estar lo suficientemente moreno para la ocasión.

—Gracias por el interés, ya se lo comentaré. Mientras, que te lo pases bien haciendo pastitas. Ya concretaré yo misma los detalles de la fiesta con Amy, porque, aunque en realidad me encanta que te metas conmigo, estoy muy ocupada. —Me levanté haciendo gala de toda la elegancia que me fue posible y comencé a caminar hacia la salida, preguntándome cómo se había llegado a torcer todo tanto en tan poco tiempo.

—¡Bette! —gritó, justo antes de que abriera la puerta.

Pobre, está arrepentido. Es solo que ha tenido un mal día y lleva tiempo sometido a una fuerte tensión, y no duerme lo suficiente. Pero seguro que no pretendía tomarla conmigo. Eso o los celos que siente porque cree que salgo con Philip son tan salvajes y enfermizos que no ha podido evitar decir algo desagradable. O quizá ambas cosas a la vez, pensé. Fuera como fuese, estaba dispuesta a perdonarlo en el mismo instante en que me rogara que lo entendiera y se deshiciera en disculpas.

Me di la vuelta con la esperanza de que corriera hacia mí implorando mi perdón, pero observé que sostenía algo en una mano mientras me hacía señas con la otra. Mi móvil, que, por supuesto, comenzó a sonar antes de que llegara hasta él.

Lo miró, y tras un fugaz gesto de contrariedad, forzó una sonrisa.

—Vaya, hablando del rey de Roma... ¿Quieres que responda yo? No te preocupes, prometo decirle que estamos en un avión privado que nos trae de Cannes y no en un Starbucks del centro.

—Dame eso —gruñí, mientras maldecía el momento en que se me había ocurrido grabar el número de Philip.

Se lo arranqué de la mano y enseguida me di cuenta de que me había encantado sentir el tacto de su piel. Silencié el teléfono y lo metí en el bolso.

—No dejes de contestar por mí.

—No haría nada por ti —espeté.

Me dirigí hacia la puerta a paso ligero y la única vez que me volví lo vi mirándome con expresión de incredulidad. En *Las suaves caricias del magnate* las cosas no habrían salido así, me dije, sintiéndome un poco culpable. Pero me animó pensar que todas las relaciones que comienzan —incluso las ficticias— deben superar obstáculos antes de triunfar. No me daría por vencida. Aún no.

13

Después del encuentro en el Starbucks, mi obsesión con la rara pugna librada con Sammy y, por otro lado, con la noticia de la partida de Penelope, desdibujó el resto del día. Ambos descalabros, en conjunto con la conciencia de ser enteramente responsable de organizar un acto que iba a tener lugar en dos semanas y media, me instaban a enroscarme junto a Millington y ver una y otra vez *Cuando Harry encontró a Sally* en el canal TNT. Cuando llegué a casa, mi capacidad para mantener conversaciones insustanciales había mermado hasta aproximarse a cero, pero aún tenía que atravesar la entrada para llegar al ascensor, donde, estaba convencida, Seamus vendría a abordarme. Pude pulsar el botón y, con ello, congratularme por la victoria conseguida, pero entonces Seamus apareció de la nada, como siempre.

—¿Un buen día? —preguntó con una enorme sonrisa.

—Ah, sí, estuvo bien, supongo. ¿Y el tuyo?

—¡Bien es muy diferente a bueno, Bette! —sentenció con voz cantarina.

¿Qué veía en mí que le hiciera pensar que quería hablar con él?

—Me imagino que no es lo mismo, pero decir «bueno» sería exagerar. Ha estado bien y nada más —expliqué, cuestionándome si no sería preferible subir trece tramos de escalera a esperar al ascensor y aguantar la desgraciada conversación.

—Ya, pero digamos que tengo el presentimiento de que tu día va a mejorar —repuso, guiñando un ojo con aparato.

—Mmm, ¿tú crees? —contesté, ansiosa por la tardanza del ascensor—. Sería estupendo.

—Pero acuérdate de que te lo he dicho yo. Predigo que tu día va a experimentar una significativa mejora en los próximos minutos.

Hablaba con tal certidumbre, con aquel retintín que parecía implicar que él sabía algo que yo ignoraba, que tuve que mirarlo a los ojos.

—¿Hay algo que deba saber? ¿Ha venido alguien a verme? —pregunté, con una mezcla de desagrado y curiosidad ante la tesitura de que alguien estuviera a la puerta de mi apartamento, esperando a que yo llegara a casa.

—Bueno, vale, ya he dicho lo suficiente —cacareó—. No es asunto mío, de ningún modo. Ya es hora de que me vuelva a la puerta.

Se tocó el sombrero y se dio media vuelta, y yo me quedé pensando en hallar una manera educada para decirle que no volviera a hablar conmigo.

Pude tomar conciencia de lo que me había dicho tras salir del ascensor y doblar la esquina, de camino al afortunado número 1313. Apoyadas en mi puerta, estaban las flores más hermosas de que tuviera noticia. La primera idea que se me ocurrió fue que las habían dejado allí por error y que pertenecían a otra persona, pero, al acercarme, vislumbré mi nombre escrito con rotulador negro en un sobre colocado tras el envoltorio de plástico que protegía el ramo. Después de aceptar que aquello no se debía a un problema técnico en el servicio de envío, me vino a la cabeza una segunda hipótesis: las había mandado Sammy, quien, tras pensar lo que había pasado en la cafetería, quería disculparse por su comportamiento. ¡Sí! Ya sabía yo que no era tan mal chico, y las flores eran una manera dulce y gentil de decirme que lo lamentaba. Yo también lo siento —le dije en silencio a las flores—. No sé por qué fui tan mala y desagradable y, desde ese momento, no pasa ni un segundo sin que piense en ti. Sí, me encantaría ir a cenar contigo y que juntos olvidáramos el torpe comienzo. Y, por cierto, que sepas que ya veo en ti al padre de mis hijos, así que nos vendría bien conocernos. ¡Cuánto les gustará a los niños recordar que nuestro eterno amor empezó con una riña y un ramo de flores! Es tan romántico que me cuesta creerlo. Sí, mi amor, sí, te perdono y te pido mil disculpas; sé que esto nos hará más fuertes.

Cogí el ramo y abrí la puerta, tan sumida en la felicidad por aquella sorpresa que apenas advertí que Millington se me había adherido a la pierna. Las flores solían abundar en las novelas rosa, y ello hacía que recibir aquel fantástico ramo fuera todavía más maravilloso. Tenía tres docenas de rosas dispuestas en haces de color lila claro, rosa fuerte y blanco, que se encajaban para formar una pequeña cúpula redonda, la cual deslumbraba como si la integraran cristales tintados. No había ningún adorno fuera de lugar: ni cintas, ni lazos, ni verde de relleno; era sencillo y elegante, y daba la impresión de que había sido muy caro. La tarjeta, con aquel grueso papel de vitela color crema, tampoco era corriente, y me costó lo mío sacarla del sobre. Sin embargo, me llevó solo un instante encontrar la firma y, cuando la descifré, estuve cerca de desmayarme.

> CORAZÓN, ¡POR SUPUESTÍSIMO QUE EJERCERÉ COMO ANFITRIÓN EN LA PRESENTACIÓN DEL BUMBLEBEE! JUNTOS HAREMOS QUE SEA LA FIESTA MÁS ESNOB DEL AÑO. ERES GENIAL.
>
> ¡UN BESAZO!
>
> PHILIP

¿Qué? La leí varias decenas de veces para asegurarme de estar entendiendo bien las palabras, y después volví a leerla una vez más porque seguía sin ser capaz de creérmelo. ¿Cómo sabía él mi domicilio? ¿Cómo era posible que ya se hubiera enterado del acto si todavía no se lo había dicho? Y lo más importante: ¿dónde estaba Sammy y su declaración de amor imperecedero? Lancé la tarjeta para alejarla de mí, dejé las flores en la encimera de la cocina y me desplomé con teatralidad en el sofá. A los pocos segundos, el teléfono móvil y el fijo comenzaron a sonar a un tiempo, y un rápido examen de las llamadas entrantes dio como resultado una decepción de proporciones aún mayores: Elisa en el móvil y tío Will en el fijo. Sammy no llamaba.

Contesté al móvil y, sin darle tiempo a hablar, le dije a Elisa que esperara, y luego me fui al fijo y saludé a Will.

—Cariño, ¿va todo bien? Llegas tarde, y Simon y yo estábamos preocupados pensando que estarías digiriendo en soledad el dolor que te provocan tus escándalos públicos. ¡Ambos opinamos que sales muy bien en la foto de *Primicias de Nueva York*! ¡Emborrachémonos juntos! ¿Vienes de camino?

¡Joder! Me había olvidado de la cena. A pesar de que los jueves por la noche hubieran sido una fecha sagrada desde mi graduación universitaria, me había perdido los de las semanas anteriores por causa de los eventos de Kelly y, desde luego, aquella noche estaba a punto de ponerle la guinda.

—¡Will! Lo siento, me he retrasado, pero es que acabo de salir de la oficina y quise venir a casa un momento para darle de comer a Millington. Ahora iba a salir, de verdad.

—Claro, cariño, me lo creo porque no parece que tengas una excusa mejor. Nos vemos enseguida, ¿vale?

—Sí, claro, cuestión de minutos...

Colgué sin despedirme y volví al móvil.

—Eh, perdóname. Es que tenía una llamada de mi tío y...

—¡Bette! No te imaginas lo que voy a contarte. Tengo unas noticias inmejorables. ¿Estás sentada? Dios mío, ¡no me lo puedo creer!

En aquel momento no me creí capaz de aguantar un nuevo anuncio de compromiso, así que me recosté sobre los cojines y me armé de paciencia, consciente de que Elisa no tardaría en decir lo que tuviera que decir.

—Bien, ¡no te imaginas con quién acabo de hablar!

El silencio que siguió debía de ser para que yo le respondiera, pero estaba sin fuerzas para hacerlo.

—Pues con ningún otro que no fuera el hasta hace poco muy solo señor Philip Weston. Llamó para invitar a todo el equipo a una fiesta y, por casualidad, contesté yo y... Ah, Bette, no te enfades, es que no pude evitarlo... Le pregunté si sería el anfitrión de lo del BumbleBee y dijo que sí, que estaría encantado —anunció, casi gritando las últimas palabras.

—¿En serio? —pregunté fingiendo sorpresa—. Genial. Claro que no me enfado; así me libro de preguntárselo yo. ¿Qué le pareció? ¿Lo aceptó con gusto o solo porque sí?

No me importaba en lo más mínimo, pero no se me ocurría otra cosa que decir.

—Bueno, técnicamente no puedo decir que haya hablado con él, pero estoy segura de que le apetece muchísimo.

—¿Qué quieres decir con «técnicamente»? Acabas de decirme que llamó y...

—¿Eso dije? ¡Vaya! —Se rió—. Me refería a que llamó su asistente y que lo hablé con ella, y que me dijo que Philip lo aceptaría con mucho gusto. Da igual, Bette, lo que cuenta es que ya no tienes que preocuparte por eso. En fin, ¿qué te parece?

—Pues que tienes razón, supongo, porque acaban de llegarme unas flores con una tarjeta de Philip en la que me comunica que acepta la propuesta, así que parece que todo ha ido bien.

—¡Qué me diceees! ¿O sea que Philip Weston te ha mandado flores? Bette, eso es que está enamorado. Ese hombre es maravilloso —juzgó, y apostilló sus palabras con un largo suspiro.

—Sí, sí. Oye, tengo que dejarte, Elisa. Gracias por haberlo arreglado con él, en serio, te lo agradezco mucho.

—¿Adónde vas? ¿Has quedado con él?

—¿Eh?, no. Voy a cenar a casa de mi tío y luego me iré directa a la cama. Desde que empecé a trabajar con vosotros duermo muy poco y...

—¡Ya sé! ¿Y no te parece fantástico? Quiero decir, ¿en qué otro trabajo se requiere que salgas y estés toda la noche de fiesta? Tenemos mucha suerte.

Volvió a suspirar, como para que ambas reflexionáramos sobre aquella gran verdad.

—Es cierto, sí. Gracias otra vez, Elisa. Pásatelo bien esta noche, ¿vale?

—Como siempre —contestó—. Y, oye, Bette, en mi opinión, puede ser que hayas entrado en el equipo gracias a tu tío, pero lo cierto es que lo estás haciendo muy bien.

¡Ay! Un clásico de Elisa: una puñalada trapera disfrazada de cumplido sincero y positivo. No quería discutir, así que dije:

—¿Sí? Gracias, Elisa, significa mucho para mí.

—Sí, claro, es que estás saliendo con Philip Weston y, bueno, organizando todo un acto tú sola. A mí me llevó un año llegar a eso.

—¿A qué? —pregunté.

—A ambas cosas —repuso.

Las dos nos reímos y nos dijimos adiós, y, acto seguido, colgué antes de que me insistiera para que fuese a otra fiesta. Por un momento, sentí que era una amiga.

Después de recibir un arañazo de Millington y de ponerme unos vaqueros y una chaqueta, todo ello en pocos instantes, le eché a las flores un último vistazo y me lancé escalera abajo en busca de un taxi. Simon y Will estaban discutiendo cuando llegué a su apartamento, así que esperé en silencio en el modernísimo vestíbulo, sentada en un banco que estaba frente a un luminoso Warhol. Sabía que me habían explicado aquel cuadro en la asignatura de historia del arte y, pese a ello, no pude recordar de él ni un solo detalle.

—Mira, no puedo entender cómo es posible que lo invites a nuestra casa —decía Simon en el estudio.

—Y a mí no me queda claro qué ves en ello de raro. Es mi amigo, está en la ciudad y sería desconsiderado no verlo —replicó Will, un tanto perplejo.

—Will, odia a los gays. Se gana la vida odiando a los gays. Le pagan por odiar a los gays. Y nosotros somos gays. ¿Por qué te cuesta tanto entenderlo?

—Menudencias, querido, menudencias. Todos decimos cosas de cara a la galería que en realidad no pensamos con la intención de generar un poco de polémica: es bueno para la profesión. Y eso no quiere decir que pensemos de esa manera. Por Dios, si en la última columna que he escrito tuve un momento de debilidad o, tal vez, fui objeto de una alucinación, y pasé por el aro: escribí que el rap es arte o alguna insensatez por el estilo. Todo el mundo sabe que esa no es mi opinión. Con Rush ocurre algo muy parecido. Sus extremismos tienen que ver única y exclusivamente con los índices de popularidad. En ningún caso se corresponden con sus opiniones íntimas.

—Eres un ingenuo, Will, un ingenuo. Yo ya no puedo seguir con esta conversación.

Oí un portazo, un hondo suspiro y el tintineo de los hielos chocando con el cristal de un vaso. Ya podía pasar.

—¡Bette, cariño! No te he oído entrar. ¿Has tenido la suerte de prestar oídos a nuestra última trifulca?

Le di un beso en la afeitadísima mejilla y me aposenté en mi sitio habitual, la butaca verde lima.

—Pues sí. ¿De verdad vas a invitar a Rush Limbaugh a venir aquí? —inquirí con cierta incredulidad aunque sin que la posibilidad acabara de extrañarme.

—Sí. Yo he estado en su casa varias veces y es una persona muy agradable. Por supuesto, yo nunca fui del todo consciente de lo medicado que estaba durante aquellas veladas, pero, de algún modo, eso lo hace aún más simpático. —Tomó una profunda bocanada de aire—. Suficiente. Cuéntame, ¿qué hay de nuevo en tu fabulosa vida?

Siempre me sorprendía lo calmado y espontáneo de su carácter, que no se amilanaba bajo ninguna circunstancia. Me recuerdo de niña, oyendo a mi madre explicarme que tío Will era gay y que Simon era su novio, y que, mientras que dos personas fuesen felices estando juntas, cosas como el género, la raza o la religión, dejaban de importar (si bien se entendía, sin que hiciera falta decirlo, que aquello no era aplicable en el caso de que yo me casara con alguien que no fuese judío. Mis padres eran tan liberales y tolerantes como los que más siempre que no se tratara de su hijita). A las dos semanas, Will y Simon habían venido a Poughkeepsie de visita y, mientras nos encontrábamos a la mesa para cenar, intentando dar cuenta de cantidades ingentes de coles de Bruselas y de lo que parecía ser un *dahl* vegetariano, le pregunté a mi tío con mi tierna voz de niña:

—Tío Will, ¿cómo es ser gay?

Él alzó las cejas en dirección a mis padres, miró a Simon y luego centró los ojos en mí.

—Pues, cariño, está muy bien, y lo digo por experiencia. He estado con mujeres, claro, pero enseguida me di cuenta de que, digamos, que aquello no me iba, ¿entiendes?

No entendía, pero estaba disfrutando de lo lindo al ver la aflicción que se había instalado en la expresión de mis padres.

—¿Y Simon y tú dormís en la misma cama como hacen papi y mami? —dije, incrementando la dulzura y la inocencia de mi actitud.

—Sí, cariño. Igual que tus papás, pero un poco diferente. —Tomó un sorbo del whisky que mis padres guardaban para las visitas y sonrió mirando a Simon—. Como cualquier matrimonio, reñimos y nos reconciliamos, y queremos conservar nuestro amor hasta la vejez. Es lo mismo.

—Pues vaya, ha sido una conversación muy ilustrativa —terció mi padre tras carraspear—. Lo importante, Bette, es que trates a toda la gente por igual, sin importar lo poco que se parezcan a ti.

Qué lata. No tenía interés en oír otra lección sobre el amor universal, así que lancé una última pregunta.

—¿Cuándo descubriste que eras gay, tío Will?

Él volvió a beber un poco de whisky y dijo:

—Supongo que cuando estaba en el ejército. Un día me levanté y me di cuenta de que llevaba tiempo ya durmiendo con el oficial al mando —contestó como si tal cosa—. Sí, pensándolo bien, aquello supuso para mí una revelación.

No me importó no entender las palabras «durmiendo con» y «oficial al mando»; me bastó con el atragantamiento de mi padre y con la mirada que mi madre le dirigió a Will. Cuando, años después, le pregunté una vez si aquella había sido la verdadera ocasión en que había efectuado su hallazgo, él se rió y me respondió:

—Bueno, no estoy seguro de que descubriera nada, cariño, pero ten por cierto que aquella fue la única experiencia apropiada para contar en la mesa.

Y en aquel momento lo tenía frente a mí, sentado y tranquilo, bebiéndose un martini y esperando para que le contara los detalles de mi nueva y mejorada vida. Sin embargo, antes de que pudiera decirle nada, afirmó:

—Supongo que ya has recibido la invitación de tus padres para ir al festival de la cosecha, ¿no?

—Sí.

Todos los años, mis padres ofrecían una fiesta por el festival de la cosecha en el patio trasero de su casa para celebrar Acción de Gracias con todos sus amigos. Siempre tenía lugar en jueves y jamás servían pavo. Mi madre había llamado hacía unos días y, tras prestar una cortés atención a mi relato en referencia al nuevo trabajo —que, para mis padres, era solo un poco mejor que participar en el enriquecimiento de un gigantesco banco de negocios—, me había recordado, una vez más, que se acercaba la fecha de la fiesta y que contaban con mi presencia. Will y Simon siempre aceptaban la invitación y después, en el último momento, la cancelaban.

—Me imagino que cogeré el coche y partiremos para allá el miércoles, cuando tú salgas del trabajo —decía Will, para mi desgracia—. Pero, dime, ¿qué tal te va? A juzgar por lo que leo, parece que te has, digamos, abrazado al trabajo.

Su expresión revelaba una hilaridad contenida que atajé dándole un manotazo en el hombro.

—Mmm, sí, porque te debes de estar refiriendo al cuento de *Primicias de Nueva York*. —Suspiré—. ¿Por qué la han tomado conmigo?

—La toman con todo el mundo, cariño. Cuando tu objetivo como columnista (ya sea en la red o de otro modo) consiste en satisfacer los gustos que se estilan en la cafetería de *Condé Nast*, pues todo puede ocurrir. ¿Has leído lo último?

—Pero ¿han escrito más?

El malestar, un viejo conocido, comenzó a fraguarse en mi interior.

—Ay, sí, cariño, siento decirte que sí. Mi ayudante me lo mandó por fax hará una hora.

—¿Es horrible? —pregunté sin querer conocer la respuesta.

—Digamos que no llega a elogioso. Para ninguno de los dos.

Sentí un vuelco en el estómago.

—No, por el amor de Dios. Entiendo que hablen de Philip y que hayan decidido incluirme a mí en el paquete, pero ¿ahora también a ti?

—Yo no tengo problemas para aguantar lo que me toque, cariño. No me hace gracia, claro, pero puedo con ello. No te preocupes por mí. No hay mucho que puedas hacer, pero sí te aconsejo que no hagas nada excesivamente desafortunado en público o, al menos, mientras te halles en compañía de cierto caballero. Tampoco te estoy diciendo nada nuevo.

Asentí.

—Es que no creo que mi vida revista tanto interés como para ser objeto de las crónicas, ¿sabes? Quiero decir, yo no soy nadie. Voy a trabajar, salgo porque tengo que salir y, de repente, mis actividades se han convertido en materia prima para el chismorreo.

—No las tuyas; las suyas —me corrigió Will mientras palpaba con aire ausente el anillo de platino que Simon consideraba nupcial y que él denominaba «el seguro de vida de Simon».

—Tienes razón. Y parece que yo no puedo librarme. Philip es omnipresente. Qué lío.

—¿Por qué lío?

Ambos sonreímos al ver a Simon que, vestido de lino blanco, pasó como una exhalación sin ocultar su notorio malhumor, y Will articuló en silencio la palabra «cabreado».

—Pues... Philip no me cae bien, pero...

—¡Cariño! No dejes que eso te impida hacer nada con quien quieras. Si nos tuvieran que caer bien las personas con las que nos acostamos, entonces todos la llevaríamos clara.

—Bueno, es que por ahí van los tiros. Yo no me estoy acostando con él o, más bien, él no se está acostando conmigo.

Will alzó una ceja.

—Tengo que admitir que me falla esa parte de la historia.

—Ya. En principio, era porque yo no quería, o eso me pareció. Le consideré un cretino y, aunque mi opinión no haya cambiado, sigue habiendo algo en él que me atrae. No tiene que ver con darme el lujo de la conquista, desde luego, sino con él, con algo de él que no encuentro en los demás. Pero él no está demasiado interesado.

Will estuvo a punto de decir algo, pero abrió la boca y la volvió a cerrar sin pronunciar palabra. Cerró los ojos durante un instante, como si estuviera concentrado en algo, y entonces añadió:

—Ya veo. Bueno, lo cierto es que no me sorprende.

—¡Will! ¡¿Tan fea crees que soy?!

—Cariño, en este momento no tengo tiempo ni ganas de agasajarte con halagos. Sabes muy bien que no me refiero a eso. Solo digo que no me sorprende, porque son los hombres los que hablan más de sexo, los que lo convierten en un elemento crucial de sus vidas, los que se definen a través de él y también, por lo común, los que no están nunca a la altura de las circunstancias. La mayoría de gente satisfecha en ese aspecto no habla del tema. Y todo esto para decirte que, tal y como están las cosas, creo que te encuentras en una situación inmejorable.

—¿Ah, sí? ¿Por qué?

—Porque por lo que has mencionado, a tus jefes y a tus colegas les interesa que el inglesito siga teniendo un papel en todo esto, ¿no?

—Así es. Tu sobrina se ha convertido en una prostituta con pretensiones, y todo por tu culpa.

Will obvió mi comentario y continuó:

—Bueno, parece que la solución es sencilla. Puedes seguir pasando tanto tiempo con él como tú (o tu jefa) creáis oportuno, pero sin tener que, cómo decirlo... embarrarte demasiado. Te están adjudicando méritos a cambio de un mínimo esfuerzo, querida.

Aquella era una forma interesante de enfocar el asunto. Me planteé hablarle de Sammy, quizá incluso pedirle consejo, pero consideré que sería ridículo mencionar mi enamoramiento no correspondido. Entonces sonó mi móvil.

—Es Philip —anuncié, debatiéndome, como siempre, entre responder o no hacerlo—. Tiene un don para llamar en los momentos más inoportunos.

—Responde, cariño. Yo voy a buscar a Simon y a tratar de calmarlo. El hombre está fatal, y me temo que yo tengo buena parte de culpa en ello. —Dicho lo cual, salió de la habitación.

—¿Sí? —pregunté, como hace todo el mundo, con tono de no saber con quién estaba hablando.

—Por favor, espere. Le atiende Philip Weston —respondió una grabación. Tras unos segundos, habló Philip—: ¡Bette! ¿Dónde estás? El chófer dice que no estás en casa y no logro imaginar dónde si no puedes estar.

Aquella observación daba para mucho, pero lo que más me molestó fue que me acusara abiertamente de no tener vida social más allá de salir con él.

—Disculpe, ¿con quién hablo? —respondí con seriedad.

—Vamos, Bette, corta el rollo. Soy Philip. He mandado un coche a tu casa, pero no estás allí. Bungalow está que arde y quiero verte. Ven ahora mismo —ordenó.

—Agradezco la sentida invitación, pero esta noche tengo planes, Philip. No puedo ir —recalqué.

Desde el fondo llegaba música de Eminem y otra voz masculina que parecía dirigirse a él.

—Oye, aquí hay un tío que te manda saludos. El puto portero del local. Bette, debes de venir por aquí con más frecuencia de la que yo creía. Tío, ¿cómo te llamas?

Si me hubieran dado a elegir, creo que habría preferido morir en aquel mismo instante antes que mantener una conversación con Sammy siendo Philip el intermediario. Sin embargo, antes de que pudiera cambiar de tema o pedirle que se moviera para oírle mejor, Philip gritó:

—¿Es que estás escuchando mi conversación? ¡No me jodas, hombre!

Me encogí de hombros.

—Philip, muchísimas gracias por las flores. Preciosas, de verdad —espeté, en un intento desesperado por distraer su atención—. Son las más bonitas que he visto en mi vida, y me alegro mucho de que hayas aceptado participar en la fiesta del Bumblebee.

—¿Qué? —Volví a oír la otra voz—. El portero se llama Sammy y dice que trabaja contigo en no sé qué fiesta. ¿De qué va esto, Bette?

—Sí, es lo que te estaba diciendo. La presentación del

Bumblebee —chillé, para hacerme oír por encima de aquel jaleo—. A la que has aceptado asistir... las flores... la tarjeta... ¿te acuerdas?

—¿Qué flores? —preguntó confundido.

—Las que me mandaste ayer. ¿Recuerdas?

—Ah, sí, cariño. Supongo que te las mandaría Marta. No se le escapa ni un detalle, siempre envía regalos a quien debe. Es un primor.

Entonces llegó mi turno de sentirme confundida.

—¿Marta?

—Mi asistente. Me organiza la vida, me hace quedar bien con los demás. Y hace un buen trabajo, ¿no crees? —Me pareció oír una risita.

—¿Te ha dicho que ha accedido de tu parte a que seas el anfitrión de la fiesta? —pregunté con la mayor serenidad de la que fui capaz.

—No, no tenía ni idea, cariño, pero está bien. Si a ella le parece una buena idea, a mí también. Ya me dirá adónde tengo que ir y cuándo. ¿Qué dices? —preguntó, molesto.

—¿Qué? —respondí.

—Espera un segundo, el portero quiere hablar contigo. Dice que es un asunto de trabajo.

Aquello era algo inaceptable. Casi se me había olvidado —casi— que Sammy había escuchado nuestra conversación de principio a fin. Sabía lo de las flores, y seguro que se había dado cuenta del tono condescendiente que Philip había utilizado para decirme que él quería hablar conmigo.

—¡No, espera Philip no...!

—Hola, ¿Bette? —Era Sammy.

Empecé a sentir la fuerte sacudida que describían con tanto detalle las novelas que leía.

—Oye, mira, solo quería...

Lo interrumpí, y sin apenas pensar, solté:

—Lamento que ahora mismo se esté comportando como un imbécil, pero es que no puede evitarlo, siempre es así.

Se produjo un breve silencio que Sammy rompió con una sonora carcajada.

—Bueno, lo has dicho tú, no yo. Pero sí, estoy de acuerdo contigo. —Tras un nuevo intercambio de palabras, oí que Sammy gritaba—: Lo dejaré aquí, no hay problema.

—¿Qué pasa? —pregunté.

—Tu nov... bueno, tu amigo... ha visto a... alguien que conoce y ha entrado en el local. Me ha dejado su teléfono, así que espero que no se moleste demasiado si, por accidente, se me cae y le pasa un taxi por encima. Oye, quiero disculparme por lo de esta tarde. No sé qué me ha pasado, pero en cualquier caso, no tenía ningún derecho a decir lo que te dije. Ni siquiera nos conocemos, así que me he pasado.

¡Ahí la tenía! La disculpa que quería oír. Además, Sammy no habría conseguido parecer más arrepentido si hubiera hecho acto de presencia en mi edificio para darme una serenata en calzoncillos (Calvin Klein, por supuesto). Sentí ganas de reptar por el teléfono y llegar hasta él para acurrucarme en su regazo, pero conseguí mantener las formas.

—No, hombre, no. Soy yo la que siento haberte hablado de aquel modo. Fue culpa de los dos, así que no le des más vueltas.

—Genial. Esto no interferirá en nuestra relación profesional, ¿vale? Amy me ha dicho que voy a ser vuestro intermediario en la organización de la fiesta, y no quería que lo que pasó afectara a nuestro trabajo.

—Ya, claro. —Nuestro trabajo. Estupendo—. Sí, sí, ningún problema.

Intenté que no se me notara que estaba decepcionada, pero al parecer no lo conseguí ya que entonces Sammy se precipitó en añadir:

—Bueno, sí, esto... nuestro trabajo y también, nuestra, es decir, nuestra amistad, ¿no?

Era fácil imaginar que se había sonrojado al decir aquello y deseé, más que nada en este mundo, acariciarle la mejilla y fundirme con él en un intenso abrazo.

—Ya. Nuestra amistad. —Aquello iba de mal en peor, así que decidí que por muy agradable que fuera escuchar su voz, la conversación ya no daba para más.

—Ah, Bette, casi se me olvida decirte que hablé con Amy y no hay ningún problema para que se celebre la fiesta en Bungalow. Ya os lo ha reservado. Dice que le gustaría incluir a algunos invitados, pero que, aparte de eso, vosotros controláis la lista. Casi nunca cede en ese tema, así que genial, ¿no?

—¡Guau! —dije con forzado entusiasmo— ¡Es una gran noticia, muchas gracias!

Oí las risitas de algunas chicas junto a él, una de ellas incluso lo llamaba por el nombre.

—Bueno, debo volver al trabajo. Me ha gustado hablar contigo. Y gracias por ser tan comprensiva. ¿Puedo llamarte mañana para... para comentar el resto de detalles?

—Claro, claro, genial —respondí con rapidez, impaciente por colgar puesto que Will ya había regresado. Estaba sentado frente a mí y tenía una hoja de papel sobre las rodillas—. Hablamos mañana. Adiós.

—¿Era tu novio? —preguntó Will, mientras se inclinaba para acercarme una copa.

—No —suspiré, y di un sorbo al martini—. Te puedo asegurar que no era mi novio.

—Bueno, no es que quiera hurgar en la herida, pero tarde o temprano tendrás que leerlo. —Will se aclaró la garganta y agarró la hoja de papel—. Por Ellie Infiltrada. Bueno, primero escribe un párrafo en el que nos da cuenta del viaje que hizo a Los Ángeles la semana pasada y menciona a todos los famosos con los que salió de fiesta. A esto le sigue una cantinela repetitiva sobre diseñadores; al parecer todos la conocen y se pelean por que vista sus modelos. Y después vamos nosotros. Breve, pero intenso. Dice así: «Como las amigas de Philip Weston son nuestras amigas, hemos tenido que averiguar algo más sobre su nueva novia, Bette Robinson. Sabemos que se licenció en la Universidad Emory, que trabajó en CWK

Hoffman y que es la nueva niña mona de Kelly & Company, empresa de relaciones públicas. Lo que no sabíamos hasta ahora es que es sobrina del columnista Will Davis. El que fuera uno de los más reputados observadores de todo cuanto sucedía en Manhattan está estos días de capa caída, pero lo que nos interesa es saber qué opina él sobre los números que monta su sobrina en público. Nos atrevemos a aventurar que no está demasiado satisfecho». Eso es todo —dijo Will en voz baja, mientras dejaba la hoja sobre la mesa.

Entonces tuve la misma sensación que se tiene al despertar de un sueño en que todo el mundo te observa porque eres la única que se pasea desnuda por los pasillos del instituto.

—¡Dios, Will, lo siento mucho! Lo último que quería era meterte a ti en todo esto. Y lo que dice de tu columna es del todo falso —mentí.

—Vamos, Bette, cariño, cállate, hazme el favor. Los dos sabemos que es verdad, pero no hay forma de controlar lo que escribe, de modo que no nos preocupemos por ello. Venga, vayamos a cenar.

Sus palabras expresaban calma, pero la tensión de su rostro transmitía algo muy distinto, y yo sentí una extraña mezcla de tristeza y nostalgia por cómo era todo antes de que mi vida mejorara.

14

—Cuéntame otra vez por qué razón tu madre está organizando una cena de despedida si, en realidad, no quiere que te vayas —le pedí a Penelope.

Tras un día ocupado en repasar la lista de invitados y llamar a los patrocinadores para la fiesta del Bumblebee —a tan solo cuatro días vista— todo parecía estar saliendo bastante bien, así que fui a casa de Penelope con la esperanza de hablar de algo, de lo que fuera, que no tuviera relación con el mundo de la publicidad. Estaba sentada en el suelo de la habitación que Avery y Penelope compartían, aunque no parecía que hubieran llegado a un acuerdo para compartir nada más: una imponente plataforma negra servía de base para la enorme cama de agua, y el poco espacio que quedaba lo ocupaba un sofá de piel negro que, a buen seguro, había escogido él. La única pieza que podría considerarse de «decoración» era una lámpara de lava de tamaño descomunal y algo descolorida. Sin embargo, el plato fuerte de aquel apartamento lo constituía una pantalla de plasma de cincuenta y cinco pulgadas que colgaba de la pared de la sala. Según Penelope, Avery no era capaz de lavar un vaso ni de poner una lavadora, pero, cada fin de semana, frotaba cuidadosamente aquella pantalla con productos de limpieza no abrasivos. La última vez que estuve allí, oí que Avery le decía a Penelope: «Asegúrate de que la asistenta no acerca sus productos a mi plasma. Te lo digo en serio, si la veo cerca de la tele con alguno de sus sprays, puede ir buscándose otro trabajo». Penelope le devolvió una sonrisa indulgente en la que yo leí: «¡Hombres!».

En aquel momento mi amiga estaba metiendo la ropa de Avery en las maletas Louis Vuitton que los padres de él les habían regalado para su viaje a París, donde se había celebrado la fiesta del compromiso, y refunfuñando y maldiciendo la cena en su honor de aquella misma noche. No quise empeorar las cosas y no pregunté por qué razón Avery no se hacía él mismo su maleta.

—Y yo qué sé. Mencionó alguna tontería sobre el «qué dirán» o algo por el estilo. Yo creo que no tenía planes para esta noche y no le apetecía nada quedarse en casa.

—Ese es un enfoque muy positivo.

La bolsa vacía que tenía entre las manos me recordó que me acababa de pulir cuatrocientos cincuenta gramos de gominolas en doce minutos. Tenía la boca adormecida y la lengua pegada al paladar.

—Va a ser un horror y tú lo sabes. Me conformaría con que fuera tolerable. Pero ¿qué diablos es esto? —farfulló, mientras sostenía una camiseta azul con un mensaje en letras amarillas que decía: «PORNO STAR»—. ¡Por el amor de Dios! ¿Tú crees que se la habrá puesto alguna vez?

—Es probable. Deshazte de ella.

La tiró a la basura.

—¿Seguro que no me odias por hacerte venir esta noche?

—¡Pe! Te odio porque te vas, no porque me hayas invitado a tu fiesta de despedida. Es decir, no me quejo de que tus padres me paguen una cena en el Grill Room. ¿A qué hora tengo que llegar?

—A la que quieras. Empieza sobre las ocho y media. Ven un poco antes, si puedes, y nos encerramos en el baño a beber. —Sonrió con malicia—. En serio, me estoy planteando llevar una petaca, ¿qué te parece? ¡Puaj! Y esto, ¿qué opinas?

—En aquella ocasión sujetaba unos calzoncillos usados y algo desteñidos con una flecha poco discreta en rosa fluorescente que señalaba directamente a la entrepierna.

—Sí, trae la petaca. ¿Qué va a ser de mí sin ti? —gemí.

Todavía no me había hecho a la idea de que Penelope, mi mejor y única amiga de los últimos diez años, se mudaba a la otra punta del país.

—Estarás bien —respondió, con más seguridad de la que yo esperaba—. Tienes a Michael y Megu y a toda la gente del trabajo. Además, ahora tienes novio.

Me extrañó que mencionara a Michael, sobre todo porque apenas lo veíamos.

—¡Por favor! Michael tiene a Megu. La «gente» del trabajo es precisamente eso, gente que tiene un misterioso acceso a grandes cantidades de dinero y una inclinación natural a gastarlo en alcohol y más alcohol. Y en cuanto a lo de mi novio, no me voy a molestar en responder a eso.

—¿Dónde está mi chica favorita? —gritó Avery justo después de cerrar la puerta—. Llevo todo el día esperando llegar a casa y llevarme ese precioso culito a la cama.

—¡Avery, cállate! —ordenó Penelope, ligeramente avergonzada— ¡Estoy con Bette!

Demasiado tarde. Avery ya estaba frente a nosotras, sin camiseta y con los calzoncillos verdes de algodón asomando a través de los vaqueros desabrochados.

—Hola, Bette —me saludó, sin el menor indicio de vergüenza por que yo hubiera presenciado su ritual de cortejo.

—Hola, Avery —respondí, apartando la vista y preguntándome por enésima vez qué podría haber visto Penelope en aquel chico (aparte de unos abdominales perfectos)—. Yo ya me iba. Tengo que volver a casa y prepararme para la gran cena de esta noche. Por cierto, ¿qué se pone una para entrar en el Four Seasons?

—Lo mismo que te pondrías si salieras a cenar con tus padres —respondió Penelope, mientras Avery, en un ataque flagrante de su déficit de atención e hiperactividad, pateaba un par de calcetines enrollados.

—Quizá deberías pensar antes de hablar, Pe, a no ser que quieras que aparezca con pantalones de tai-chi y una camiseta que rece: «DADLE UNA OPORTUNIDAD A LA PAZ». Hasta luego, chicos.

—Está bien —dijo Avery, a la vez que me dedicaba un extraño gesto de pandillero con los dedos—; nos vemos, Bette.

Abracé a Penelope y me marché intentando no imaginar la escena que iba a tener lugar en cuanto saliera por la puerta. Si me daba prisa tendría tiempo de sacar a Millington e incluso de tomar un baño. Me subí a un taxi y al poco tiempo estaba persiguiendo a la perra por el apartamento mientras ella se esforzaba por escabullirse. Sabía que tenía intención de sacarla, y a diferencia de cualquier otro perro, lo odiaba. El polen y el polvo hacían mella en su particular metabolismo, pero a mí me parecía importante que saliera a dar un largo paseo de vez en cuando ya que, con frecuencia, nuestras salidas se reducían a una rápida vuelta a la manzana. Cuando llegamos a Madison Square Park, y tras haber eludido al chalado que solía perseguir a Millington con su carrito de supermercado, oí mi nombre.

—¡Bette, eh! ¡Bette, aquí!

Me volví y vi a Sammy sentado en un banco, bebiendo café y envuelto en el vaho que su aliento dejaba en el gélido aire. Ah, y acompañado por una mujer despampanante. Mierda. No había escapatoria. Obviamente, él me había visto y sabía que yo le había visto a él, de manera que no era concebible pretender que el avistamiento no había tenido lugar. Para más inri, por primera vez en su corta vida Millington decidió ser sociable y, tras salir disparada en su dirección, estiró la correa extensible al máximo y se sentó en las rodillas de Sammy.

—Hola. ¿Y tú, bicho, cómo estás? ¿Bette, quién es esta monada?

—Es encantadora —juzgó la morena, con un ojo puesto

en Millington—. Desde luego, me quedo con los Cavalier King Charles Spaniel, pero los Yorkshire Terrier también tienen su gracia.

Qué simpática, ella.

—Hola, soy Bette —conseguí decir, adelantando una mano.

Intenté dedicarle a Sammy una cálida sonrisa que debió de parecerse más a una mueca.

—Ah, vaya, qué formal —opinó ella con una risita.

Me dio la mano tras hacerme esperar el tiempo suficiente para que me sintiera incómoda.

—Isabelle —se presentó.

Isabelle no era menos atractiva vista de cerca, aunque sí mayor de lo que yo había estimado en un principio. Era alta y su delgadez era de las que solo pueden provenir del hambre, y, sin embargo, carecía de la frescura de la juventud, de esa satisfacción ingenua de las mujeres que perseveran en encontrar a un buen chico en Manhattan. A la vista estaba que Isabelle hacía tiempo que había dejado ese sueño, si bien imaginé que sus ceñidos pantalones Joseph, su preciso bolso Chloe de color chocolate y sus pechos descocados le supondrían un cierto nivel de confort.

—Bueno, ¿y qué te trae por aquí? —preguntó Sammy, que carraspeó con tanto dramatismo que me pareció evidente que aquellos dos no eran amigos, hermanos ni compañeros de trabajo.

Además, tampoco parecía que fuera a darme ninguna explicación.

—Pasear al perro. Respirar aire fresco. Lo normal —repuse, advirtiendo que me había puesto un poco a la defensiva.

Por alguna razón, mis dotes para guardar la cortesía en las conversaciones se habían evaporado.

—Sí, como nosotros —replicó él, algo avergonzado.

Cuando se hizo evidente que ninguno de nosotros tenía nada más que decir, retiré a Millington de las piernas de Sammy, lugar en el que se había entregado a disfrutar de sus caricias —¡pues claro que la entendía!—, farfullé un adiós y me alejé hacia mi apartamento a una velocidad rayana en lo humillante. Oí a Isabelle reírse y preguntarle a Sammy por la identidad de aquella amiguita, y me costó Dios y ayuda no darme la vuelta para sugerirle que le dijera a su doctor que, la próxima vez, calibrara mejor la inyección de Botox por el bien de la expresividad de su cara.

Así que era oficial, pensé, mientras me escaldaba bajo la ducha: Sammy tenía novia. O, mejor dicho, a una dueña, pues, a todas luces, aquella Isabelle pasaba de los cuarenta. De todos modos, estaba claro que, en el Starbucks, no se había metido con Philip por celos.

Sintiéndome más y más ridícula a medida que pasaban los minutos, me puse rápidamente unos pantalones azul marino, de aquellos que habían sido relegados al fondo del armario, y dediqué un tiempo mínimo a secarme el pelo y a darme un poco de maquillaje.

Una vez en el Four Seasons, conseguí convencerme de que no me importaba lo de Sammy. Después de todo, si quería salir con alguien que vistiera mejor y fuera más rica que yo, y que tuviera unos pechos tres veces más grandes que los míos, estaba en su derecho. ¿A quién le iba a venir bien estar con un frívolo? Me encontraba preparándome para enumerar un listado de sus muchísimos defectos (ninguno de ellos evidente, pero que tenían que existir por fuerza) cuando el móvil empezó a sonar. Era Elisa, quien, como siempre, querría hacerme sus obsesivas y meticulosas preguntas acerca de cuándo, dónde, por qué y con quién había visto a Philip por última vez, así que rechacé la llamada y me aproximé al *maître*. Volvió a llamar a los pocos segundos y, a pesar de que intenté liberarme de ella pasando el móvil al modo vibrador, me mandó un mensaje que decía: «Emergencia. Llama inmediatamente».

—¿Bette? ¿Ya los has visto? —me preguntó Michael, acercándose hacia mí con aspecto demacrado y un tanto depresivo.

Penelope me había dicho que le habían encargado una nueva y monstruosa campaña de marketing, lo que implicaba trasnochar mucho y correr aún más.

—No, ¿será que somos los primeros? —Le di un beso en la mejilla y me di cuenta del mucho tiempo que había pasado desde la última vez que nos habíamos visto; semanas y semanas, tantas que no podía acordarme—. ¿Y Megu?

—Está en el hospital. Pe me dijo que habían reservado una mesa para todos al fondo, así que vayamos a ver.

—Perfecto. —Me agarré al brazo que me ofrecía y experimenté una añorada sensación de hogar—. Hace siglos que no nos vemos. ¿Qué haces después? ¿Por qué no convencemos a Pe para irnos los tres al Black Door cuando esto se acabe?

Sonrió trabajosamente y asintió.

—Magnífica idea. Vivimos los tres en la misma ciudad y no hay manera de que nos veamos. Salgamos esta noche.

La mesa estaba puesta para dieciocho o veinte comensales y, mientras saludaba al padre de Penelope, mi teléfono volvió a vibrar.

—Lo siento mucho, discúlpame —le dije y me fui hacia la puerta para apagar el dichoso aparato.

Era otra vez Elisa. Joder, ¿qué era tan importante para que no me dejara en paz? Esperé a que el teléfono dejara de menearse y abrí la tapa para apagarlo, pero, en ese momento, ella debió de marcar mi número de nuevo porque oí su voz surgiendo del micrófono.

—¿Bette? ¿Estás ahí? Bette, es vital que...

—Oye, escucha, ahora no es un buen momento. Estoy en la cena de...

—Tienes que venir aquí de inmediato. Kelly está como un basilisco porque...

—Elisa, no me has dejado acabar lo que te estaba diciendo. Es sábado y son las ocho y media de la tarde, y yo estoy a punto de empezar a cenar en el Four Seasons con una amiga y toda su familia. Es algo muy importante para mí, así que estoy segura de que podrás apañártelas con lo que sea que haya sacado a Kelly de sus casillas.

Me sentí muy bien conmigo misma por mostrarme firme y marcar los límites, algo que mi madre había intentado inculcarme desde que tenía seis años.

Ella estaba bastante alterada y me llegó un tintineo de vasos con el sonido de su respiración.

—Lo siento, bonita, pero esta vez Kelly no admite un no. Está cenando con la gente del Bumblebee en el Vento justo en este instante y quiere que estemos en Soho House a las nueve y media como muy tarde.

—Imposible. Sabes que iría si pudiera. Estoy obligada a estar aquí al menos durante las próximas dos horas —dije con algún que otro titubeo—. Quiero decir; las nueve y media es demasiado temprano, y tampoco entiendo por qué, si Kelly pretendía que quedáramos con ella, tiene que ser el sábado por la noche; además, pudo haberlo dicho antes.

—Mira, te entiendo, pero no hay nada que hacer. ¡Eres la responsable del acto, Bette! Llegaron temprano a la ciudad y Kelly creyó que bastaría con que ella cenara con ellos y mantuvieran la reunión mientras tanto, pero, por lo que parece, quieren conocerte... y también a Philip. Esta noche. Falta muy poco para el acto y, como ves, esa gente está muy nerviosa.

—¿Philip? ¿Es una broma?

—Sales con él, Bette. Y él estuvo de acuerdo en ser el anfitrión de la fiesta —afirmó con tono de hermana marimandona.

Con el rabillo del ojo, vi a Penelope acercándoseme y supe que mi actitud estaba siendo muy desconsiderada.

—Elisa, de verdad...

—Bette, cariño, no quiero sacar las cosas de quicio, pero te estás jugando el puesto. Te ayudaré en lo que haga falta, pero tú tienes que estar allí. Te mando un coche al Four Seasons en treinta minutos. Súbete a él.

La llamada acabó y Penelope me dio un abrazo.

—¡Has tenido una idea maravillosa! —anunció, tomándome de la mano y llevándome hacia la mesa.

Oí al señor Wainwright hablarle en voz alta de leyes a una señora adormilada y de aspecto ilustre, y sopesé la idea de sugerirle a Penelope que salvara a su abuela de las garras de su futuro suegro.

—¿Qué idea?

—Michael me contó lo de ir al Black Door esta noche. ¡Fantástico! Hace la tira que no vamos los tres juntos y... —Miró alrededor—. Voy a necesitar beber a mansalva después de esto. No tienes ni idea de lo que hizo la madre de Avery. Nos llevó a un aparte a mi madre y a mí y, con mucho orgullo, me presentó un ejemplar de un manual de protocolo para fiestas y toda la colección de libros de cocina Barefoot Contessa. Y aún fue peor. No solo me aclaró sus sugerencias en relación a cenas, mesas e invitados, sino que me informó de los platos preferidos de Avery para que yo instruyese como es debido a la cocinera. A modo de favor especial, me hizo saber que, como norma general, no le gusta la comida que deba comerse con palillos; textual.

—¿Palillos?

—Sí, palillos orientales. Dijo que le confundían.

—Pues vaya con la señora, qué atenta.

—Sí. Mi madre se limitó a asentir e, incluso, acertó a reconfortar a la madre de Avery explicándole lo fácil que nos va a ser encontrar asistenta en California, pues allí hay montones de inmigrantes mexicanas. «Es el paraíso de la mano de obra barata»; esas fueron sus palabras.

—Acordémonos de que no conviene que tus padres y los míos compartan una misma habitación —dije—. Con semejantes opiniones iba a armarse una buena. Te acordarás del desastre de la última vez, ¿verdad?

—Cómo no iba a acordarme.

Durante los primeros cuatro años de universidad, ambas

habíamos conseguido mantener separados a nuestros respectivos padres, pero, al licenciarnos, no pudimos continuar con nuestras excusas. Los unos sentían curiosidad por conocer a los otros y, después de la denodada insistencia de nuestras madres, accedimos de mala gana a organizar una cena un sábado por la noche. La tensión comenzó desde el momento en que hubo que elegir restaurante: mis padres se morían por probar un sitio de comida biológica que habían publicado diversos libros de cocina, y los de Penelope se obstinaron en ir al restaurante que frecuentaban cuando estaban de visita; un asador llamado Ruth's Chris. Optamos por una sofisticada casa de comidas asiática que desagradó a ambas partes y, a partir de ahí, las cosas solo fueron a peor. El restaurante no servía la clase de té a que estaba acostumbrada mi madre ni tampoco el Cabernet Sauvignon favorito del padre de Penelope. A medida que se fueron sucediendo los temas de conversación, ya fuera política, carreras o planes de futuro para nosotras, las hijas, se hizo patente que la divergencia de opiniones era total. Mi padre terminó hablando con Avery durante el resto de la cena para, más tarde, burlarse de él. Yo hablé con mi madre, Penelope hizo lo propio con la suya, y su padre y su hermano intercambiaron alguna que otra frase mientras bebían de las tres botellas de vino tinto que se cepillaron entre los dos. Terminó tan mal como había empezado, con todos sospechando los unos de los otros y preguntándose cómo era posible que sus hijas se llevaran tan bien. Penelope y yo los dejamos a cada uno en su hotel, fuimos al primer bar que encontramos a darnos a la bebida, y, con mucho alcohol en el cuerpo, nos dedicamos a imitar a cada uno de ellos y a jurar que aquella velada no volvería a repetirse.

—Acércate, habla un poco con mi padre. Hace décadas que no sale de la oficina para hacer vida social y se ve que no sabe qué hacer.

Pensé que estaba de bastante buen humor y no supe cómo decirle que solo me quedaría a los aperitivos porque tenía que ir a una fiesta con el buena pieza con el que se suponía que estaba saliendo.

—Pe, siento muchísimo lo que voy a decirte y tengo en cuenta que es lo más asqueroso y egoísta del mundo, pero acaban de llamarme del trabajo y resulta que, muy a mi pesar, en serio, tengo que irme ya que soy la encargada de este proyecto y han venido una serie de individuos de fuera que en estos momentos están cenando con mi jefa, que insiste para que me reúna con ellos, y a pesar de que yo le haya dicho por activa y por pasiva que estoy ocupada en algo importantísimo, ella se ha limitado a amenazar con echarme (por medio de una tercera persona, por supuesto) si no me presentaba en el centro en menos de una hora, y yo me he opuesto y hemos discutido pero ella dale que dale, así que lo que voy a hacer es ir para allá y volver tan aprisa como me sea posible porque, desde luego, sigo con la idea de ir con vosotros al Black Door, si es que no os importa tener que esperarme.

Paré. Tomé aire. Procuré no reparar en la desastrosa expresión de la cara de Penelope.

—¡Lo siento! —agregué, gritando con tanta fuerza que unos cuantos camareros miraron en nuestra dirección.

De algún modo, conseguí sobreponerme al malestar que se me había concentrado en el estómago, a la expresión de sorpresa en la cara de Michael, situado a unos metros, y a la mirada de reproche que me dirigió la madre de Penelope por ser yo la responsable del alboroto.

—¿Cuándo tienes que marcharte? —me preguntó Penelope con tono inexpresivo.

—Dentro de media hora. Viene un coche a buscarme.

En un gesto inconsciente, hizo girar el pequeño diamante que llevaba en la oreja derecha y me miró.

—Haz lo que tengas que hacer. No pasa nada.

—¿De verdad? —inquirí, sin creerme lo que acababa de decir pero sin percibir enojo en su voz.

—Claro. Sé que querrías quedarte aquí y, desde luego, me

desilusiona que te marches, aunque, por otra parte, jamás te irías si no fuera por razones de fuerza mayor.

—Lo siento muchísimo, Pe. Te prometo que te compensaré.

—No te preocupes. Vamos, ocupa ese asiento, al lado del guapo y soltero amigo de Avery y, por lo menos, disfruta del tiempo que tengas.

Sus palabras fueron generosas, pero la tirantez con que las pronunció las volvió forzadas.

El amigo soltero de Avery, feo como él solo, tardó poco en comenzar a revivir para mí sus salvajes y despendolados días universitarios en Michigan y, mientras, yo me dediqué a consumir las copas número dos y número tres. Una de las amigas que Penelope tenía en el banco, a quien yo no había conocido pero que, sin embargo, se comportaba como si fueran amigas del alma, ofreció un brindis improvisado que hube de juzgar de adorable y encantador. Traté de anular mi amargura cuando Penelope se echó en brazos de aquella chica y no cejé en mi intención de convencerme de que la impresión de que todos me miraban pensando lo pésima amiga que era se debía tan solo a mi paranoia. La media hora pasó sin que me diera cuenta. Creí que mejor sería partir con discreción que despedirme a lo grande y dar explicaciones a todas aquellas personas, así que traté de llamar la atención de Penelope y acabé por marcharme cuando advertí que me evitaba la mirada a propósito.

Ya en la acera, le propuse a un hombre bien vestido darle un dólar a cambio de un cigarrillo, pero él se negó, me brindó uno sin cobrármelo y, como propina, sacudió la cabeza con compasión. No había coche a la vista y pensé en volver al restaurante por unos minutos pero, en aquel mismo instante, se aproximó al bordillo de la acera una Vespa color verde lima que me resultó familiar.

—Eh, corazón, vamos a ello —saludó Philip, que se levantó la pantalla del casco y me arrebató el pitillo de entre los dedos para darle una calada.

Me dio un torpe beso en los labios, medio abiertos por la inesperada aparición, y se bajó para extraer un segundo casco de debajo del asiento.

—¿Qué haces aquí? —inquirí, recuperando el cigarrillo para fumar a mi vez.

—¿Y a ti qué te parece? Estamos obligados a asistir, así que démonos prisa, ¿vale? Bonito traje.

Me miró de arriba abajo y se rió.

Su teléfono empezó a emitir «Like a Virgin», la canción de Madonna y, mientras me burlaba tomándome la revancha, le oí decir a su interlocutor que estaríamos allí en diez minutos.

—Estoy esperando el coche que Elisa iba a mandarme —aclaré.

—Siento decirte que no, corazón. Lo que te ha mandado Elisa soy yo. Vamos a hacerle una visita a mi querido amigo Caleb, en su apartamento, y Elisa aparecerá allí con los tipos esos.

Aquello se parecía poco al plan preexistente, aunque saltaba a la vista que Philip seguía órdenes directas de Elisa.

—¿Por qué vamos a ir al apartamento de tu amigo? —pregunté.

—Hay una pequeña reunión en su casa para celebrar su cumpleaños; una fiesta de disfraces, en realidad. Vamos.

Solo entonces me di cuenta de que su indumentaria respondía por entero al estilo disco de los años setenta, desde los pantalones acampanados de poliéster hasta la ceñidísima camisa blanca y el indefinible pañuelo que llevaba anudado en la nuca.

—Philip, lo primero que me dijiste fue que íbamos a encontrarnos con Kelly y con la gente del BumbleBee. Yo no voy a ir ahora a una fiesta de disfraces. ¡No entiendo nada!

—Súbete, corazón, y deja de incordiar. Yo me ocupo de todo.

Aceleró la Vespa, si semejante cosa era posible, y le dio

unas palmaditas al asiento trasero. Me monté con tanta agilidad como me lo permitió mi traje pantalón y me abracé a la cintura del conductor. Sus abultados abdominales se tensaron.

Aún no entiendo por qué me dejé llevar. No recuerdo pensar nada extraordinario —excepto por el hecho de ser la rehén de un metrosexual famoso y su Vespa— y sí haber mirado por encima del hombro y visto a Penelope en la acera. Adelantaba la mano, de la que colgaba mi pañuelo, y me miraba con la boca abierta. Nuestras miradas se encontraron por un momento, antes de que Philip aumentara la velocidad de la moto y ambos saliéramos disparados hacia delante, alejándonos de Penelope y sin tiempo de que yo pudiera explicarle nada.

15

—¿Por qué no te relajas, corazón? Ya te dije que me ocupaba de todo.

Philip aparcó la moto en la acera, frente a un hermoso edificio de apartamentos de West Village, y deslizó algo de propina en la mano del portero, al que había saludado con una discreta inclinación de cabeza. Por mi parte, tomé conciencia de que, desde la mañana en que me había levantado en su apartamento, aquella era la primera vez que Philip y yo estábamos solos, y no me hizo ninguna gracia.

—¿Que me relaje? ¿Me estás diciendo que me relaje? —chillé—. Perdone, señor, ¿me haría el favor de llamar a un taxi? —añadí dirigiéndome al portero, que, de inmediato, miró a Philip en busca de su aprobación.

—Bette, tranquilízate de una puta vez. ¿Para qué quieres un taxi? La fiesta es aquí. Venga, vamos adentro, a ver si conseguimos que te pongas piripi.

¿Piripi? ¿Lo ha dicho? Este tío se ha tirado a toda cuanta mujer hay en Nueva York entre los dieciséis y los cuarenta y cinco, y dice «piripi»? No podía entretenerme con aquella perturbadora revelación, pues en diez minutos debía presentarme en Soho House.

Philip continuó hablando.

—Elisa llamó antes y le dije que no podría ir, que estaba

invitado a la fiesta de Caleb. Ella me preguntó si sería posible que vinieran hasta aquí los del Bumblebee, pues, según ella, les apetecía conocer una «fiesta neoyorquina de verdad» o alguna chorrada por el estilo. Es decir; vendrán de un momento a otro y nosotros estamos donde tenemos que estar, ¿vale?

Lo miré dubitativamente, sin entender cómo se habían desarrollado los acontecimientos hasta llegar a aquel punto. ¿Acaso estaría Elisa jugándome una mala pasada? Lo consideré durante un instante pero luego comprendí que no había manera de que ella me saboteara el acto sin que Kelly lo supiese y, además, ¿por qué iba a querer fastidiarme? Estaba claro que, en cierto momento, ella había deseado a Philip y, desde entonces, tal vez se hubiera mostrado menos agradable conmigo, aunque, de todos modos, supuse que se debía a que estaba muy ocupada con el trabajo, organizando la fiesta de *Playboy* y todos los demás actos. Yo solo quería llamar a Penelope y explicarle que no le había mentido para escaparme de su fiesta y pasar la noche con mi novio de pacotilla.

Philip ya se había cruzado con el portero y esperaba impaciente a que yo también entrara. En el mismo instante en que subimos al ascensor se me echó encima.

—Bette, es que no puedo esperar a que sea más tarde para llevarte a casa y echar un polvo que dure toda la noche —me susurró, mientras me recorría el cuerpo con las manos y las introducía por debajo de mi camisa—. Incluso con esta facha estás irresistible.

Aparté sus afanosas manos y resoplé.

—Acabemos con esto de una vez, ¿de acuerdo?

—¿Por qué te gusta tanto hacerte la estrecha, mi amor? En el fondo, creo que te va la caña. Deja que coloque esto...

Y con aquel preámbulo empujó su mitad inferior contra la mía con muy poca delicadeza y dio rienda suelta a sus característicos lametazos. ¿Habría tratado igual a Gwyneth? ¿Se habría acostado con tantas mujeres una sola vez que ni una de ellas se había molestado en decirle que no tenía ni idea de lo que estaba haciendo? Era asqueroso, como también lo era el hecho de que Philip se entregara a aquellos arrebatos de pasión solo cuando sabía que no llegarían a nada más. Esa noche era un buen ejemplo; había pocas posibilidades de que yo me arrancara la ropa y le rogara que me poseyera dado que las puertas del ascensor se abrirían en cualquier momento. Y así fue. Tras unos segundos nos encontramos en el interior del ático de Caleb. Me froté la cara y el cuello para eliminar cualquier rastro de baba y me mentalicé para afrontar lo que fuera que me deparase la noche.

—Philip, colega, ¡ven aquí! —gritó desde el sofá un tipo larguirucho de pelo largo.

Estaba encorvado sobre un espejo y sostenía entre los dedos un billete enrollado. Lo que me pareció una chica desnuda yacía sobre su regazo y lo contemplaba con expresión no ya de admiración, sino de devoción absoluta. El tipo esnifó con rapidez, le pasó el billete a la chica y se colocó una máscara que le cubría toda la cara.

—Cali, Cal, tío, esta es Bette. Bette, este es Caleb, el anfitrión de esta fantástica fiesta y, a partir de hoy, un caballero treintañero.

—Hola, Caleb, encantada de conocerte —le dije a la máscara—. Gracias por invitarme.

Los tres se miraron, después me miraron a mí y se echaron a reír.

—Bette, ¿por qué no vienes aquí y pruebas esto? Después podemos subir, todo el mundo está en la azotea.

—No, estoy bien así, gracias —respondí, con la vista clavada en la chica, que se terminó las dos rayas que Caleb le había dejado y se tumbó de espaldas.

En realidad, no estaba totalmente desnuda; de las caderas le colgaba un minúsculo pedazo de seda fucsia que le cubría solo el pubis y dejaba al descubierto toda su anatomía dorsal. El tanga que creí que llevaba resultó ser la marca del biquini y su pecho se había liberado del artefacto, también de seda, que debía de funcionar de sujetador pero que no tenía cierres, corchetes ni forma de sujetador. Se acurrucó con cara de felicidad, dio un sorbo a su copa de champán y nos comunicó su intención de salir de fiesta un rato antes de seguir con la que allí estaba teniendo lugar.

—Haz lo que quieras, nena —dijo Caleb, mientras nos hacía señales para que lo siguiéramos.

Nos metimos en el ascensor y tras insertar una llave especial, apretó el botón de «Azotea». Cuando las puertas volvieron a abrirse estuve a punto de desmayarme. No sé qué esperaba encontrar, pero aquello seguro que no. Supongo que me había imaginado algo similar a la fiesta de Halloween que dio Michael en su piso, un quinto sin ascensor, en el que nos juntamos un grupo del CWK y algunos amigos del instituto. En la mesa de la cocina había botellas de alcohol y refrescos baratos y cuencos con palomitas, galletas saladas y patatas fritas. Un tipo vestido de mujer anunció que la pizza estaba al llegar mientras los demás, también disfrazados, recordaban anécdotas del instituto, comentaban quién se había comprometido, hablaban de ascensos o criticaban lo mucho que la estaba cagando Bush en Irak.

Aquella escena era muy, pero que muy diferente. La azotea era una réplica exacta del Skybar de Los Ángeles, igual de elegante y aerodinámica, con divanes de diseño por todas partes y estufas de exterior y candelabros geométricos que proyectaban una luz tenue sobre la decoración. La barra del bar, de vidrio esmerilado, asomaba entre lo que parecían matas de vegetación salvaje, y la cabina del pinchadiscos había sido colocada en una de las esquinas para que no tapara las espectaculares vistas de la ciudad que se extendía frente a nosotros. Sin embargo, nadie parecía muy interesado en el Hudson, probablemente porque la cantidad de carne a la vista resultaba mucho más atractiva que un río.

Están las fiestas normales, las fiestas de disfraces y lo que se había montado en la azotea de Caleb, algo que, en sentido estricto podría llamarse fiesta de disfraces pero que, en realidad, parecía más un reestreno de *Hair* patrocinado por lencería La Perla, aunque sin los horribles cardados de los sesenta. Sentí el febril deseo de quitarme los zapatos y el traje y pasearme por allí en bragas y sujetador. Lo habría hecho de no ser porque también deseaba pasar tan inadvertida como me fuera posible. Aun en ropa interior iría más vestida que cualquiera de aquellas mujeres, pero seguro que también llamaría más la atención.

Caleb desapareció durante unos minutos y regresó con un vaso de algo de tono ambarino para Philip y una copa de champán para mí. Me la bebí de un solo trago y me fijé en la chica que había venido con él. La presentación llegó precedida por un largo beso muy gráfico durante el cual Caleb y la chica abrieron tanto la boca e intercambiaron lengüetazos con tal entusiasmo que consiguieron hacerme sentir partícipe de la escena.

—Mmmm —murmuró Caleb, mientras le mordisqueaba el cuello tras haber rescatado su lengua, perdida hasta entonces en las profundidades de la boca de su *partenaire*—. Chicos, esta es... la criatura más sexy de toda la fiesta. ¿Es o no es una belleza? En serio, ¿conocéis a alguien tan despampanante?

—Preciosa —concedí, como si ella no estuviera presente—. Tienes toda la razón.

Al parecer, a la chica no le importaba demasiado que Caleb no recordara —o nunca hubiera sabido— su nombre. Seguramente no era tan extraño; daba la impresión de que mucha gente salía junta pero no se conocía de nada. La música estaba siempre demasiado alta y todos ellos demasiado colocados, pero la razón principal era que nadie le daba ninguna importancia. «Ya recordaré su nombre cuando lo lea en "Page Six"», había oído a Elisa comentar con frecuencia. A aquella chica le daba igual, quizá porque no entendía ni una palabra de lo que decíamos. Se limitaba a reír, a colocarse bien el vestido y a manosear a Caleb de manera sugerente. Entonces se nos acercó otro tipo que lucía un disfraz de mujer con pechos incorporados, maquillaje de fantasía y un tocado a cuadros blancos y negros al estilo Yaser Arafat, para comunicarnos que estaban a punto de llegar los coches que nos llevarían a Bungalow 8, donde tendría lugar la fiesta «de verdad».

—Espero que salga mejor que mi fiesta de cumpleaños del año pasado. Fue una auténtica mierda —comentó Philip.

—¿Por qué fue una mierda? —pregunté, no porque me interesara sino para justificar el hecho de estar mirándolo fijamente.

—Los gilipollas de la puerta dejaron entrar a todo el mundo y el lumpen nos jodió la fiesta. Fue un momento duro...

—Sí —coincidió el travesti Arafat—. Muy duro, pero esta noche será mejor. En la puerta está el grandullón, ¿cómo se llama? Sammy creo. No es ninguna lumbrera pero tampoco un imbécil rematado.

¡Sammy! Solo de pensar en verlo sentí ganas de cantar su nombre, de abrazar al espécimen que lo acababa de pronunciar y de echarme a bailar de puntillas.

—¿Y tú de qué vas? —me preguntó el tipo del turbante.

—Va de frígida, esto de... rígida mujer de negocios. —Tuvo la amabilidad de responder por mí Philip.

Miré alrededor y me pregunté por qué razón en las fiestas de disfraces los chicos se visten de chica y las chicas de puta. Daba igual la categoría de la fiesta o el precio de las bebidas, sucedía siempre, sin excepción. Eché un vistazo en busca de las típicas gatitas, enfermeras, princesas, cabareteras, criadas francesas, animadoras, colegialas, ángeles, diablesas o bailarinas, pero no las encontré. Aquellas chicas llevaban vestidos que no podían calificarse de disfraces, sino de amalgama de telas brillantes y accesorios relucientes diseñados para decorar algunos de los cuerpos más extraordinarios sobre la faz de la tierra.

Me fijé en una morena reclinada sobre uno de los divanes

que lucía un cinturón bajo sobre unos pantalones de cíngara en tejido transparente color magenta anudados a los tobillos que dejaban ver un tanga tachonado de diamantes encajado a la perfección entre sus firmes nalgas. En la parte de arriba llevaba un sujetador también decorado con diamantes que le dibujaba un magnífico canalillo que gritaba «mírame» sin llegar a la vulgaridad de hacerla parecer una aspirante a Pamela Anderson. Su amiga, una muchacha de piernas interminables tumbada junto a ella que jugueteaba con su pelo y que debía de tener unos dieciséis años, lucía unas medias de red en color plata y unos shorts rojos de piel tan bajos de cintura y tan cortos de tiro que supuse que tenía el pubis como el culo de un bebé. El único adorno de su «disfraz» eran los flecos plateados que le colgaban de los pezones y una enorme diadema adornada con pieles y plumas de todos los colores que le caía por la espalda. Aunque en mis veintisiete años de vida jamás me había sentido atraída por una mujer, en aquel momento tuve la sensación de que podría acostarme con cualquiera de ellas.

—Pero si parecen modelos de lencería, joder —farfullé en voz baja, a nadie en particular.

—Lo son —respondió Philip, mirándolas con ojos concupiscentes—. ¿Es que no reconoces a Raquel y a Maria Thereza? Son las estrellas de este año de Victoria's Secret. La tanda de brasileñas más jóvenes de todos los tiempos.

Me decepcionó comprobar que no utilizaban las cantidades de maquillaje que yo siempre había imaginado.

Dimos una vuelta por la azotea acristalada —solo el techo estaba al descubierto— mientras Philip intercambiaba palmaditas a modo de saludo con Jimmy Fallon y Derek Meter y besos en la comisura de los labios con toda directora de revista de moda, actriz de teleserie o joven aspirante a estrella de Hollywood que se cruzara en nuestro camino. Estaba revisando mi móvil por si Elisa o Kelly me habían llamado cuando levanté los ojos y vi que Philip le estaba dando un masaje a la chica de los flecos en los pezones. Me fijé de nuevo en ella y me di cuenta de que era la modelo que aparecía en el catálogo de Victoria's Secret luciendo las bragas de algodón que yo había encargado; la misma a la que había insultado una vez me llegó el pedido y me miré en el espejo. El CD de Hotel Costes retumbaba a través de una especie de aparato de plasma plano colgado en una de las paredes, mientras los invitados bailaban, fumaban, esnifaban, tragaban sushi o se devoraban con la mirada los unos a los otros. Me dirigí a la puerta del apartamento por si Elisa llegaba y no sabía que estábamos en la azotea y al final le mandé un mensaje con las instrucciones para utilizar el ascensor. En algún momento acepté la copa que me ofreció un camarero muy atractivo vestido solo con un taparrabos y subido a unos altísimos tacones, pero no me separé de la puerta con intención de controlar a todo aquel que entrara o saliera. La diversión se vio interrumpida momentáneamente cuando Caleb anunció que los coches que nos llevarían al club estaban esperándonos en la puerta, pero la fiesta se reanudó en los ascensores y en las casi treinta limusinas que ocupaban toda la manzana.

—¡Philip, no nos podemos ir de aquí! —exclamé mientras él tiraba de mí para meterme en el ascensor—. Tenemos que esperar a la gente del Bumblebee.

—Tranquila, corazón. Elisa me ha llamado para decirme que tu jefa le ha dicho que han cancelado el encuentro de esta noche.

No podía creer lo que acababa de oír. Era del todo imposible.

—¿Qué? ¡No puedes hablar en serio!

No estaba dispuesta a considerar ni por un instante que me hubieran sacado de la fiesta de Penelope para atender a unos clientes que no iban a aparecer.

Philip se encogió de hombros.

—Eso me ha dicho. Vamos, nena, puedes llamarla desde el coche.

Me encajé entre Philip y Caleb, procurando no tocar ninguna de las partes que quedaban al descubierto de la muchacha tendida sobre nuestros regazos.

Llamé a Elisa y a punto estuve de gritar de impotencia cuando oí el mensaje del contestador. Kelly respondió al tercer tono y algo sorprendida por mi llamada.

—¿Bette? Casi no te oigo. Bueno, la reunión se ha cancelado. Cenamos muy bien en Soho House y después nos tomamos unas copas junto a la piscina. Esta gente no está demasiado acostumbrada a la noche neoyorquina, así que se fueron temprano al hotel. Quedas libre. Eso sí, ¡están entusiasmados con lo de esta semana! —Chillaba para hacerse oír por encima de la música, sin darse cuenta de que, aunque ella no se oyera, yo lo hacía perfectamente.

—Bueno, está bien. Esto... de acuerdo. Siempre y cuando estés segura de...

—¿Estás con Philip? —gritó.

Cuando oyó su nombre a través del teléfono me puso la mano en la rodilla y comenzó a acariciarme el muslo.

—Sí, lo tengo a mi lado. ¿Quieres hablar con él?

—No, no. Quiero que tú hables con él. Espero que vayáis a Bungalow. Va a ser una gran noche... Acudirá todo el mundo por lo de la fiesta de Caleb.

—¿Cómo?

—Mucha foto, mucha oportunidad... ya sabes.

Pese a las extrañas tácticas de proxeneta que utilizaba conmigo, en aquel momento Kelly me caía bien y mi trabajo me gustaba. No estaba dispuesta a volver al mundo de las finanzas y quería que la fiesta del Bumblebee fuera todo un éxito, así que supuse que no tenía nada de malo dejar que me hicieran unas cuantas fotos con Philip y después escabullirme para encontrarme con Michael y Penelope en el Black Door. Además, ya íbamos de camino y no había marcha atrás. Aunque estaba realmente cabreada por haber sido forzada a marcharme de la fiesta de mi mejor amiga, intenté convencerme de que no estaba tan mal...

—Sí, ya sé —respondí con fingida animación, a la vez que apartaba la mano de Philip de mi entrepierna y le daba unas palmaditas de consuelo—. Gracias, Kelly. Nos vemos el lunes.

Los coches comenzaron a detenerse unos detrás de otros en la Veintisiete y observé que en la cola habría más de cien personas que se quedaron boquiabiertas ante la llegada de una flota de limusinas llenas de fantoches. Un individuo de la fiesta ataviado con una peluca rubia y zapatos de plataforma comenzó a llamar a Sammy, algo apartado de la entrada. Nos dirigimos a la cabeza de la fila y traté de llamar su atención, pero en ese momento se nos acercó otro portero.

—¿Cuántos sois? —le preguntó a Philip, sin dar muestras de saber con quién estaba hablando.

—Y yo qué sé, tío. ¿Cuarenta? ¿Sesenta? ¿Cómo coño quieres que lo sepa?

—Lo siento, amigo, pero esta noche no va a poder ser —repuso el portero, dándose la vuelta—. Es una fiesta privada.

—Colega, creo que no lo has entendido... —Philip le dio una palmadita en la espalda y el portero lo miró como si estuviera a punto de tumbarlo de un puñetazo, pero entonces se fijó en la tarjeta de crédito que Philip blandía —la única e inconfundible Tarjeta Negra—, y ahí comenzaron las negociaciones.

—Ahora mismo solo dispongo de tres mesas. Puedo dejar pasar a seis por mesa y a diez más; es cuanto te puedo ofrecer. Cualquier otra noche, sin problemas, pero hoy no está en mis manos.

Estaba claro que aquel tipo era nuevo y no sabía con quién estaba tratando, pero Philip parecía dispuesto a aclarárselo todo. Se acercó a pocos centímetros de la cara del portero y, con tono frío y controlado, espetó:

—Mira, tío, me importa una mierda todo lo que me dices. Caleb es uno de mis mejores colegas y esta es su fiesta. Tres mesas son una puta mierda. Quiero seis, con dos botellas listas en cada una y que entren todos, ya.

Me percaté de que Sammy ya había terminado de hablar con aquel tipo, y tan pocas ganas tenía de que me viera con Philip que traté de apartarme de la entrada y confundirme con la multitud. A mi alrededor, los chicos llamaban a quien fuera que pudiera hacer que los porteros los dejaran pasar y las chicas se acercaban a ellos con ojos de cordero degollado mientras se atusaban la melena e imploraban entrar. Sammy se acercó a Philip y me vio justo en el momento en el que volvía a avanzar mi posición para saber qué estaba sucediendo. Deseé con todas mis fuerzas que los mandara a todos al carajo y les ordenara que se fueran con su fiesta y su dinero a otra parte, pero, tras dedicarme una fugaz mirada, se dirigió al otro portero y le dijo:

—Anthony, déjalos pasar.

Anthony, que a pesar de todo había mantenido la educación y la calma, pareció consternado por la orden y replicó:

—Tío, son como ochenta personas. Me da igual que tengan mucha pasta, soy yo el que se juega el culo si...

—He dicho que los dejes pasar. Entra y consigue las mesas que necesiten y sírveles lo que pidan. Ahora. —Dicho lo cual, volvió a mirarme y entró en el club, dejando que Anthony se ocupara de nosotros.

—¿Lo ves, tío? —se regodeó Philip, convencido de que entrábamos allí gracias a él—. Haz lo que te han dicho, toma esta tarjeta y consíguenos las mesas. Serás capaz, ¿no?

Anthony cogió la Tarjeta Negra, con las manos temblorosas por la ira, y sujetó la puerta para que pasáramos los cerca de cuarenta que ya habíamos llegado. Mientras entrábamos, los que esperaban guardaron silencio, concentrados en identificar a los famosos que pudiera haber entre nosotros.

—¡Ahí está Johnny Depp! —oí que una chica le susurraba a su amiga.

—¡Cielo Santo! ¿Es aquel Philip Weston? —exclamó otra.

—Dicen que salió con Gwyneth Paltrow, ¿no? —preguntó uno de los chicos.

Philip se hinchó de orgullo y me tomó del brazo para guiarme hasta la mesa que el *maître* acababa de preparar para nosotros. Los que se habían tenido que levantar para cedernos el sitio se quedaron de pie a unos metros de distancia, con las bebidas en la mano y expresión avergonzada mientras nosotros nos acomodábamos en los taburetes.

Philip me sentó sobre sus rodillas y comenzó a frotarme el muslo en una extraña caricia que me provocó un cosquilleo desagradable y dolor al mismo tiempo. Me sirvió un vodka con tónica de la botella de cuatrocientos dólares de Grey Goose que nos acababan de traer y saludó a todo el que se nos acercaba por su nombre, solo de vez en cuando escondiendo la cara entre mi pelo.

Durante uno de estos episodios de camuflaje, apoyó la barbilla sobre mi hombro y se quedó mirando a la modelo que estaba sentada junto a mí con las piernas cruzadas de manera seductora, la cabeza entre las manos, los codos apoyados en las rodillas y los flecos que le colgaban de los pezones algo descolocados.

—Mírala —me susurró con voz ronca y los ojos clavados en la chica más joven de toda la *troup*—. Fíjate en cómo imita a las modelos mayores, cómo observa sus movimientos de cadera, sus caídas de ojos, sus bocas, y cómo hace lo mismo porque sabe que es sexy. Es solo una niña, pero está creciendo. Aún no se ha dado cuenta de lo que tiene, pero pronto lo aprenderá. Es como un polluelo recién salido del caparazón. ¿No te parece un espectáculo maravilloso?

Déjame ver... sí, maravilloso. Conmovedor, incluso, pensé, pero me limité a levantarme y a comunicarle que volvería enseguida. Cuando me incorporé estuvo a punto de caerse sobre ella, y mientras me dirigía a la puerta del club oí cómo se deshacía en disculpas ante aquella niña.

Vi a Elisa tumbada en un banco cercano a la entrada, con la cabeza recostada sobre el pecho de un atractivo hombre y los pies descalzos (con la marca de las tiras de las sandalias aún visibles) apoyados en el regazo de Davide. No daba la impresión de estar demasiado preocupada en lo concerniente a lo del BumbleBee, ni siquiera al tanto de lo que había ocurrido. No estuve segura de que se encontrara consciente o viva hasta que me acerqué lo suficiente para ver que su estómago subía y bajaba de un modo apenas perceptible.

—¡Bette, bonita, aquí estás!

Tenía fuerzas para hacerse oír por encima de la música a pesar de que aquel día, con toda probabilidad, no había consumido las calorías que hacen falta para mantener la verticalidad. Decidí tratar con ella lo ocurrido a propósito del BumbleBee en otro momento.

—¡Hola! —murmuré, con escaso entusiasmo.

—Ven. Quiero que conozcas al mejor profesional del cuidado de la piel de Manhattan. Marco, esta es Bette. Bette, Marco.

—Esteticista —corrigió él no bien dispuso de la oportunidad.

Yo me dirigía a darle las gracias a Sammy, aunque no importaba si me quedaba un rato con ellos. Me senté a su mesa y me serví un vodka con tónica.

—Hola, Marco, encantada. ¿De qué conoces a Elisa?

—¿Que de qué conozco a Elisa? ¡Pues vaya, me gusta pensar que soy el responsable de esa piel perfecta y brillante que tiene! —Tomó la cabeza de Elisa entre las cuidadas manos y me la acercó como si se tratara de un objeto inanimado—. Mira. ¿Ves esta homogeneidad? ¿Ves la completa y total ausencia de imperfecciones o de manchas? ¡Es todo un logro!

En su acento, por lo demás afectado, se notaba un leve deje latinoamericano.

—Mmm. Es estupendo. Tal vez podrías hacer lo mismo conmigo un día de estos —afirmé por no tener otra cosa que decir.

—Mmm —replicó él, examinándome la cara con detenimiento—. No sabría qué decir.

Decidí utilizar aquel comentario como excusa para marcharme, pero Elisa se enderezó y dijo:

—Queridos, entreteneos el uno al otro un ratito, mientras saludo a unos amigos.

Levanté la mirada y vi a Davide inclinarse hacia delante de tal modo que la mesa le ocultara las manos. Con una hábil maniobra, abrió el bolso Dior de Elisa, que estaba en el suelo, extrajo un llavero, vertió un polvo blanco procedente de una cajita en la ranura más ancha de una de las llaves y se la llevó a la nariz. Su mano tapaba la operación, de manera que si alguien estuviera mirándolo de cerca, no habría visto allí nada más que alguien rascándose la nariz o, a lo sumo, con un poco de alergia. Repitió la operación con la misma rapidez y se lo pasó con mucha discreción a Elisa, quien hizo lo propio con tal pericia que apenas me dio tiempo a percibir qué le ocurría en la nariz. Unos segundos después, el llavero volvió a su bolso y los dos se levantaron de sus asientos, listos para dar una vuelta por la sala.

—Podrían habernos ofrecido algo también a nosotros, ¿no crees? —sugirió Marco.

—Sí, supongo —contesté, sin muchas ganas de confesar que jamás lo había probado y que, aunque me provocara gran curiosidad, me daba cada vez más miedo.

Marco suspiró con aire de entenderlo todo y bebió un largo sorbo de su copa.

—¿Un mal día? —pregunté, de nuevo sin saber cómo comportarme o escaparme.

—Un día horrible. Elisa ha vuelto a joderme los planes, y eso que sabe lo mucho que odio que se desmaye en mi centro de estética.

Volvió a suspirar.

—¿Se desmayó? ¿Le ocurre algo?

Miró hacia arriba con una expresión de ostensible desamparo.

—Mírala bien; ¿te parece que se encuentra en perfectas

condiciones? Oye, sé lo que es dejar de comer (yo mismo lo he hecho varias veces), ¡pero hay que comportarse con cierto nivel de responsabilidad! ¡Uno sabe cuándo está a punto de desmayarse! Empiezas a ver estrellitas y te mareas de lo lindo. El cuerpo te envía señales para que te enteres de que es el momento de darle un mordisco a esa barrita energética que sacas de paseo para ocasiones así. Hay que hacer caso de las advertencias y, desde luego, salir por piernas de mi local para no fastidiarme el programa de horarios.

No acababa de ver cómo responder a aquello, así que me limité a callar y a escuchar.

—Estas chicas piensan que pueden venir después de toda una semana de darle a la nariz y de no comer, que pueden desvanecerse en mi butaca porque yo voy a cuidarlas. Bueno, antes no había problema, pero ahora tengo cosas más importantes que hacer. En mi opinión, no se diferencian mucho de los yonquis: me importa un carajo que se droguen con tal de que no les dé una sobredosis en mi centro de estética, porque, en ese caso, el problema pasa a ser mío, ¿entiendes?

Asentí. La humanidad tiene suerte de que exista un tipo tan sensible como Marco, pensé.

—Pero hay gente que lo pasa peor que yo —continuó explicando con ansiedad—. Tengo un amigo que es un artista del maquillaje. Además del estuche de cosméticos, siempre lleva consigo una maleta con barritas energéticas y zumos, porque las chicas no hacen más que caérsele de bruces. Yo tengo suerte, porque cuando me pasa a mí no tengo que volver a hacer el trabajo de nuevo. Además, por lo general, va a maquillarlas justo antes de las fiestas importantes, es decir, cuando están más débiles por haberse sometido a un régimen de hambre que les permita meterse en sus vestiditos. Es duro, tía. Y nos tienen a nosotros para arreglarles el desaguisado.

—Sí, ya me parecía. Oye, me alegra haberte conocido pero tengo que ir un momento a saludar a un amigo. ¿Te importa quedarte solo un rato? —le pregunté, convencida de que, si no lo hacía en aquel instante, jamás podría librarme de aquel tipo.

—Claro, como quieras. Encantado de conocerte. Después hablamos.

Dicho lo cual, inclinó la cabeza para despedirse y se sirvió otra copa.

Yo quería encontrar a Sammy y darle las gracias por lo que había hecho; tal vez explicarle que no estaba allí por estar saliendo con Philip, ni por ser su novia, ni siquiera por casualidad. Por desgracia, cuando logré atravesar el gentío que se concentraba en la puerta —que se había incrementado exponencialmente en solo una hora—, Sammy no estaba a la vista.

—Oye, ¿has visto a Sammy? —le pregunté a Anthony con fingida naturalidad.

Parecía haberse calmado después de nuestro anterior encuentro y me hizo un gesto negativo mientras examinaba su portapapeles.

—Sí, ha ido a ver a su chica y me ha dejado solo en una de las fiestas más grandes del año. No suele hacerlo, así que debe de tratarse de algo importante. ¿Qué pasa? ¿Tienes algún problema? Yo te lo soluciono si esperas a que acabe con este personal.

—No, ningún problema. Solo quería decirle hola.

—Ah, bueno, pues mañana estará por aquí.

Conseguí un cigarrillo de un elemento vestido con un uniforme verde esmeralda y me dispuse a volver al interior. Sin embargo, enseguida descubrí que no haría falta. La fiesta había venido a mí.

—¡Bette! ¡Esperaba verte! —gritó Abby, cuya cara apenas asomaba sobre los pechos ciclópeos—. ¿No crees que harías mejor si no perdieras de vista a ese chico tuyo?

—Ah, Abby, qué tal. Ya me marchaba.

—Ahora prefiero que me llamen Abigail, en realidad. Ven adentro y fúmate un cigarrillo conmigo, ¿vale? Por los viejos tiempos.

Quise decirle que no teníamos viejos tiempos por los que hacer nada, pero me vi incapaz, hundida como estaba por la idea de que Sammy estuviera liándose con Isabelle, la belleza de silicona.

—Claro —respondí, con no poca apatía—. Lo que quieras.

—Entonces dime: ¿Cómo van las cosas con Philip? ¡Es increíble que estéis juntos! —exclamó, acercándoseme en actitud conspirativa.

—¿Increíble? Pues no mucho.

Intenté pensar en algo, cualquier cosa, que sirviera para atajar la conversación.

—Pero ¡cómo que no, Bette! En fin, espero que no te importe que te haga una pregunta personal, pero es que me muero por saberlo: ¿qué tal es en la cama? Porque estoy segura de que has tenido ocasión de comprobarlo, ¿no? Dicen los corrillos que...

—Abby, no quiero ser desconsiderada, de verdad, pero tengo que marcharme. Ahora no puedo hablar contigo.

No se inmutó.

—Desde luego, no hay problema. Me imagino lo cansada que estarás con tu nuevo trabajo. En cualquier caso, quedamos en otro momento, ¿vale? Y, por cierto, me encanta cómo luces ese traje; ¡solo tú podrías conseguir que te sentara tan bien algo tan corriente!

Me di la vuelta como si huyera de la peste y, tras encaminarme hacia la mesa de Elisa, cambié de idea. Me dirigí a la barra y bebí de un trago un martini preparado a la manera de Will. No estaba mal, la verdad, aquello de sentarse en un taburete y beber en soledad, pero cuando una avalancha de chicas hermosas y casi desnudas se adueñaron del espacio del que hasta entonces había dispuesto, la tentación de marcharme se tornó irresistible. Me desentendí de los tejemanejes fotográficos que Kelly pretendía; no podía soportar por más tiempo las fascinadas disertaciones de Philip acerca del ciclo de crecimiento de las modelos sudamericanas ni las sugerencias de Marco en lo tocante a las técnicas más efectivas para morirse de hambre, conque mensaje telefónico de por medio, pretexté ante Elisa y Philip un repentino malestar y me derrumbé en el asiento trasero de un taxi. Miré el reloj: la una y media de la madrugada. ¿Seguirían en el Black Door? Hallé la respuesta cuando Michael me contestó después de que su teléfono sonara por quinta vez.

—Perdón —saludé.

—Acabo de llegar a casa —contestó él—. Te has perdido una noche estupenda. Claro que el Black Door con Pe y Avery no se parece en nada al Black Door con Pe y Bette.

Llamé a Penelope una y otra vez tan pronto como acabé de hablar con Michael, y seguí llamándola hasta que, al fin, me quedé dormida, pasadas las tres. Siempre respondía el contestador.

16

Continué con las llamadas siete horas después, desesperada por explicarle a Penelope que las cosas no eran como aparentaban, pero no hallé respuesta. Al mediodía, por fin, contestó Avery, cuya voz denotaba somnolencia y algo de resaca.

—Hola, Bette, ¿qué pasa?

—¿Qué tal, Avery? ¿Me puedes pasar a Penelope, por favor?

No tenía ningún interés en hablar con él más allá de lo necesario.

Se produjo un crujido en la línea y un ruido sospechoso, parecido a un silbido, tras lo cual Avery volvió a hablar.

—Ha ido a casa de sus padres a desayunar. ¿Quieres que le diga algo de tu parte?

—Avery, por favor, pásamela. Sé que está ahí y que está disgustada conmigo, y quiero explicárselo todo. Se trata de un malentendido.

Estaba rogándole.

—Oye, ¿Bette? —Su tono de voz era más débil y había adquirido un matiz confabulador; estaba claro que no quería que Penelope le oyese—. No te preocupes. Yo también habría ido a la fiesta de Caleb. Confía en mí; si hubiera encontrado la manera de ausentarme de esa cena espantosa, habría ido directo a donde fuiste tú. Pe es una exagerada.

Como era de esperar, Avery también estaba informado de la fiesta. Me sentí enfermar.

—No fue así, Avery. Yo habría preferido... —Me di cuenta de que estaba justificando mis actos ante la persona equivocada—. ¿Te importa decirle que se ponga?

Volví a oír crujidos y una voz ahogada, y después, habló Penelope fingiendo no haber sabido que era yo quien llamaba.

—Eh, Pe, soy yo. ¿Qué tal?

—Ah, Bette. Bien, ¿y tú?

De inmediato reparé en que aquella conversación no iba a ser muy distinta de las muchas que había tenido con mi tatarabuela, abundantes en cortesía y algo aquejadas por la demencia senil. Era evidente que Penelope estaba tan furiosa como yo me había temido.

—Pe, sé que no te apetece hablar conmigo en este momento. Siento que Avery te haya engañado para conseguir que te pusieras al teléfono, pero, en serio, quiero pedirte disculpas. Anoche no me marché por las razones que piensas.

Silencio.

—Me llamaron del trabajo diciendo que ciertas personas, los responsables del BumbleBee, se habían presentado en la ciudad inesperadamente, y que yo tenía que ir a reunirme con ellos. Hacen un acto esta semana y yo soy la responsable de la organización; no podía dejar de ir.

—Sí, eso fue lo que dijiste —indicó con frialdad.

—Bueno, es que eso fue justo lo que sucedió. Yo esperaba ir para allá y dejarlo listo en una hora, para, con suerte, estar de vuelta cuando sirvieran los postres. Estuve esperando el coche que Elisa dijo que mandaría y el que apareció fue Philip. Al parecer, Elisa le había pedido que viniera a buscarme en lugar del coche porque la gente de BumbleBee también quería conocerlo a él. No podía esperarme algo así, Pe, de verdad.

Se produjo una pausa tras la que Penelope dijo, con una voz muy débil:

—Avery me contó que todo el mundo te vio en la fiesta de no se quién, en el centro. No creo que eso se debiera al trabajo.

Me sentí ultrajada por el comentario «todo el mundo te vio» y, sin embargo, me apresuré a explicarle lo que en realidad había ocurrido.

—Ya sé, Pe, ya sé. Philip me dijo que Elisa le había dicho que fuéramos allí para encontrarnos con Kelly.

—Claro. ¿Y la reunión marchó bien?

Me dio la impresión de que su susceptibilidad iba a menos, pero lo que estaba por decirle no iba a contribuir a que siguiera en esa línea.

—No, ni siquiera llegué a verlos. Al parecer, estaban cansados y volvieron a su hotel tras tomar una copa con Kelly. Pero ¡eso ocurrió a la una! Ya no podía volver contigo. Lo siento muchísimo, Pe. Me marché de tu cena de despedida porque creí que no me quedaba otra alternativa y, al final, resultó ser para nada.

Daba asco y, aun así, era la verdad.

—¿Y por qué no viniste al Black Door? —inquirió, y luego continuó con un tono de voz más suave—. Supe que no te ibas por acudir a una fiesta —afirmó—. Avery no dejó de insistir en que te habías inventado lo del trabajo para ir a no se qué maravillosa fiesta de cumpleaños, pero yo no me lo creí. Sin embargo, lo que sí me lo puso difícil fue ver que te marchabas con Philip.

Quise estrangular a Avery con el cable del teléfono, pero, al fin, estaba haciendo progresos con Penelope y tenía que emplearme a fondo.

—Sabes que jamás haría algo así, Pe. Yo quería estar en la cena contigo y en ningún otro lado. Además, por si te sirve de consuelo, la noche fue horrorosa, espantosa, un desastre, un asco.

—Ya, estoy segura de que tendré ocasión de leer los detalles en internet —bromeó, todavía con un punto de disgusto—. Hablando de lo cual, ¿has leído algo esta mañana?

—¿Esta mañana? —Mi corazón se aceleró—. Pero ¡si es domingo! ¿A qué te refieres?

—Bueno, no es tan malo como los otros artículos. No te preocupes —se adelantó a aclararme.

Sabía que pretendía hacerme sentir mejor, pero su comentario tuvo el efecto contrario.

—Avery me lo enseñó hará unos minutos —siguió diciendo—. Es solo una opinión irónica sobre tu decisión de llevar un traje pantalón a una fiesta de disfraces.

¡Aquello era increíble! Podría decirse que aquel particular cotilleo era del todo inocuo y, no obstante, por alguna razón, resultaba por ello más indignante que todas las mentiras y tergiversaciones relativas a mis actividades nocturnas: si mis opciones en el vestir se habían vuelto algo de lo que hablar en público, entonces no me restaba ni un ápice de intimidad.

—Excelente. Me parece excelente —dije, sobrepasada—. De todos modos, como prueba el hecho de que, en efecto, anoche haya llevado un traje pantalón, te darás cuenta de que no pensaba marcharme en medio de tu cena.

—Lo sé, Bette. Dejémoslo, ¿vale?

Cuando estábamos a punto de colgar, recordé que todavía no había invitado a Penelope al acto del BumbleBee.

—Oye, Pe, ¿por qué no vienes el martes? Tráete a Avery, si te apetece, o ven tú sola. Supongo que estará bien.

—¿En serio? —preguntó, casi agradeciéndomelo—. Pues vale, porque suena apetecible. Tal vez, por fin, podamos sentarnos tú y yo para ponernos al día. Ya hace tiempo desde la última vez, ¿a que sí?

—Sí, y a mí me apetece muchísimo, Pe. Todo lo que quiero es que nos escabullamos a cualquier esquina y nos burlemos de la gente, pero tengo que decirte que no creo que vaya a tener ni un segundo libre. Soy la responsable de todo y sé que voy a estar corriendo de un lado para otro, encargándome de cientos de cosas. Me gustaría que vinieras, pero no va a ser un buen momento para que hablemos.

—Ah, bueno. Claro. Ya me imaginaba —repuso.

—¿Y qué te parece si quedáramos después de Acción de Gracias? —le propuse—. Podríamos irnos a cenar las dos solas, antes de que te marches.

—Vale, pero ya quedaremos sobre la marcha.

Había vuelto a perderla; Penelope no sabía qué hacer para colgar.

—Como quieras. Eh, en fin, perdóname otra vez por lo de anoche. La semana que viene...

—Mmm. Que tengas un buen día, Bette.

—Adiós, Pe, hasta pronto.

17

Cuando tienes veintisiete años y suena el teléfono a altas horas de la noche tiendes a pensar que se trata de algún tipo entonado que te llama para invitarte a tomar una última copa y no de un problema laboral que te cambiará la vida para siempre. O no al menos la noche previa a la fiesta del Bumblebee. Cuando el sonido de mi móvil me despertó a las tres y media de la mañana, estaba segura de que me tocaría lidiar con algún borracho.

—¿Estoy hablando con Betty? —preguntó una mujer mayor en el mismo momento en que abrí la tapa del teléfono.

—Sí, soy Bette. ¿Con quién hablo? —respondí, aún adormilada, pero incorporada y con un bolígrafo a punto para anotar lo que fuera necesario.

—Betty, soy la señora Carter —me aclaró la mujer.

—Disculpe, ¿me podría repetir su nombre?

—La señora Carter. —Silencio—. La madre de Jay-Z.

—¡Ajá! ¡Hola, señora Carter! —Pensé en las invitaciones que habíamos mandado para la fiesta y recordé el nombre de la señora Carter, de la lista de «Madres de famosos»—. No sabe la ilusión que nos hace recibir a su hijo y a todos los... sus amigos mañana. ¡Estamos entusiasmados! —añadí, satisfecha por el tono de franqueza que había sido capaz de fingir.

—Sí, verás, por eso te llamo. ¿Es muy tarde? Supuse que

una organizadora de fiestas tan importante como tú todavía estaría despierta a medianoche. ¿O te he despertado?

—No, no, claro que no. Aunque yo vivo en Nueva York y aquí son las tres y media, pero no se preocupe, no hay problema. Puede llamarme a cualquier hora. ¿Ocurre algo? —No, por favor, no por favor, repetí en silencio, preguntándome qué más podría ofrecerle a aquel hombre aparte del cheque por ciento cincuenta mil dólares, las suites en el ático del hotel Gansevoort y los billetes en clase *business* que habíamos reservado para él, su madre, su famosa novia y sus nueve mejores amigos. Cuando le había preguntado para qué necesitaban las habitaciones de hotel (hasta yo sabía que Jay-Z tenía en Nueva York una casa del tamaño de un palacio) ella se había reído y me había respondido: «Tú haz la reserva, por favor».

—Verás, querida, mi hijo me acaba de llamar para decirme que no puede tomar ese vuelo tan temprano. Me ha pedido que te pregunte si puedes conseguirnos otro más tarde.

—¿Más tarde?

—Sí, ya sabes, un vuelo que salga a una hora...

—La entiendo perfectamente —la interrumpí con tono algo cortante—. Es solo que la presentación comienza a las siete y todo está preparado para que ustedes estén aquí a las dos. Si les reservo otro vuelo es muy probable que no lleguen a tiempo.

—Bueno, estoy segura de que tú serás capaz de solucionar eso. Y ahora debería descansar un poco antes del largo viaje de mañana. El trayecto de Los Ángeles a Nueva York siempre me deja agotada. Mándame un fax para confirmar que está todo bien. Chao chao.

¿Chao chao? ¿Cómo que chao chao? ¿Qué coño era aquello? Lancé el móvil contra la pared y el hecho de que la batería saliera disparada y la pantalla se fundiera en negro no me hizo sentir mejor. Millington escondió la cabeza debajo de mi almohada con la esperanza de evitar mi arrebato de ira y yo me pregunté si aún estaba a tiempo de convertirme en una adicta a los tranquilizantes. O a los analgésicos. O a ambos. Por fortuna, el servicio de atención de American Airlines estaba abierto toda la noche, así que llamé antes de destrozar otra de mis pertenencias.

La operadora que me atendió parecía tan cansada y fastidiada como yo, así que me preparé para lo que estaba segura sería una conversación desagradable.

—Hola, tengo una pregunta algo incómoda. Hice una reserva para doce personas de Los Ángeles a Nueva York en el vuelo de las ocho de la mañana y querría saber si puedo cambiarlo por otro que salga más tarde.

—¡Nombre! —gruñó con tono no solo de indiferencia, que era de esperar, sino de total hostilidad. Me temí que, debido a sus pocas ganas, la comunicación pudiera interrumpirse «accidentalmente».

—La reserva está hecha a nombre de Gloria Carter. Los doce vuelan en clase *business*.

Se produjo un silencio y entonces preguntó:

—¿Gloria Carter? ¿Estamos hablando de Gloria Carter? ¿La madre de Jay-Z?

No lograba entender cómo la gente estaba al tanto de esas cosas, pero aquella mujer sonaba entusiasmada y decidí sacar provecho de la situación.

—El mismo. Viene a Nueva York a actuar, y lo acompañan su madre y algunos amigos. Y por supuesto, si trabajas en la ciudad, estás invitada a pasarte y verlo cantar.

Soltó un profundo suspiro y añadió:

—¿Qué me dices? ¿De verdad? En realidad estoy trabajando en Florida, pero tengo un hermano que vive en Queens y sé que le encantaría ir.

—Bueno, a ver qué puedes hacer por el cambio de vuelo. No quiero que lleguen demasiado tarde... tan solo una o dos horas después del otro. ¿Suele aterrizar a la hora prevista?

—Pues no, el vuelo de Los Ángeles a Nueva York nunca

llega a la hora. —Cerré los ojos—. Pero no suele retrasarse mucho. Veamos, hay un vuelo que sale de Los Ángeles a las diez de la mañana y llega a Nueva York a las cuatro. ¿Te va bien?

—Sí, sí, magnífico. ¿Y quedan doce asientos disponibles? —pregunté esperanzada mientras pensaba que aquella mujer podría salvarme la vida.

Se rió con socarronería.

—Claro, sí, quedan doce asientos, pero no todos en *business*. Lo único que puedo hacer es reservarte cuatro en *business*, seis en primera clase y dos en turista. Tendrías que pagar la diferencia por los de primera, que sube a, veamos... mil setecientos dólares. ¿Cómo lo ves?

Entonces me reí yo. No es que fuera gracioso, pero era reír o llorar.

—¿Es que tengo otra opción? —pregunté con tristeza.

—No, no la tienes —repuso, con tono de estar disfrutando de la situación—. Y tendrías que decidirte rápido porque acaba de desaparecer un asiento en *business*.

—¡Haz la reserva! —grité—. Reserva ya.

Le di el número de la tarjeta de crédito de la empresa mientras intentaba convencerme de que aquello era mejor que decirle a la señora Carter que no había ningún otro vuelo y que Jay-Z cancelara su aparición.

Me metí de nuevo en cama, y cuando a las dos horas sonó el despertador, me sentí como si hubiera pasado la noche acurrucada sobre un montón de piedras. Por fortuna, el día antes había preparado la bolsa con el vestido que llevaría a la fiesta, así que lo único que me quedaba por hacer era intentar mantener la verticalidad mientras me duchaba.

Consideré la situación y decidí que aquel era un buen momento para derrochar mi dinero en un taxi, así que bajé a la calle y me metí de cabeza en el primero que encontré. Aproveché que, a diferencia de en el metro, allí sí tenía cobertura para ojear algunos sitios web en mi nuevo BumbleBee, un regalo de la empresa para que «me familiarizara con el producto». Eché un vistazo a los vídeos del estreno de *Shrek 3*, a la campaña de relanzamiento de vodka Grey Goose y, cómo no, a la columna de *Primicias de Nueva York* en la que aparecíamos Philip, yo y mi traje pantalón.

Como cabía esperar, el taxi se encontró metido en un atasco a tan solo tres calles de mi apartamento, y, haciendo caso omiso del consejo del taxista, decidí quedarme en el coche y no preocuparme por la velocidad a la que corría el taxímetro ni por el tiempo que habíamos tardado en avanzar veinte metros. Tenía que comprobar en la lista que todo estaba a punto para la fiesta. Desayuné una bolsa de gominolas y un cigarro (con la venia del taxista), y comprobé mi móvil para asegurarme de que la señora Carter no hubiera dejado un mensaje. No, por suerte no me había llamado, pero tampoco lo había hecho Penelope, lo cual me desconcertó. El empeño que había puesto en hacerle creer que las cosas no habían sucedido como ella creía, que Philip había aparecido por sorpresa y que no le había mentido para escaparme de la cena, me sonó torpe y patético incluso a mí, así que supuse que Penelope no me habría creído. Lo peor de todo era que Avery y ella habían cambiado los billetes y se marchaban aquella misma noche. No entendí a qué venían tantas prisas, sobre todo teniendo en cuenta que aún faltaba un mes para que Avery comenzara su curso en la universidad, pero supuse que tendría que ver con las ganas de este por descubrir una nueva ruta en la costa Oeste por la que salir de fiesta. Eso y el hecho de que Penelope haría lo que fuese por no pasar el día de Acción de Gracias con sus padres o sus futuros suegros. La madre de Penelope ya había organizado el transporte de las cajas y maletas para que Pe y Avery llegaran al JFK ligeros de equipaje. Michael tenía previsto ir a despedirlos, y, aunque a mí me habría encantado ir con él, no podía siquiera planteármelo.

La única llamada que tenía era de Kelly. Me había dejado un breve mensaje en el que me recordaba que rellenara la lista y se la dejara sobre la mesa a primera hora para que tuviéramos ocasión de repasarla juntas. Saqué las hojas de una carpeta y retiré la capucha del bolígrafo con los dientes. Me las quedé mirando fijamente pero no fui capaz de centrar en ellas mi atención. Tenía tiempo de hacerlo antes de que ella llegara y además, era mucho más importante asegurarme de que Jay-Z y su séquito estaban al tanto del cambio de vuelo y subían al avión a la hora indicada.

Eché una ojeada al Trapos Sucios del día y, para variar, me encontré con una buena noticia. La página de sociedad del *New York Pos*t había mantenido su parte del trato y publicaba un artículo sobre el evento que lo hacía parecer selecto, excitante y muy, pero que muy atractivo:

> Hemos sabido que Jay-Z hará una aparición sorpresa en la fiesta que se celebra esta noche en Bungalow 8 con motivo de la presentación del BumbleBee, un nuevo modelo de PDA. Aunque Bette Robinson, de Kelly & Company, no lo ha querido corroborar, nuestros observadores nos confirman que la amistad que une a su novio, Philip Weston, con el rapero, garantiza la participación del músico como estrella invitada. Y hablando del señor Weston, no podemos obviar que el sábado por la noche lo vieron con unos amigos pasándoselo de lo lindo con un grupo de modelos brasileñas, la más joven de las cuales tiene solo catorce años.

Aquella mención era tan excelente que solo podría haberla mejorado el hecho de que hubieran incluido la página web a través de la cual adquirir el nuevo BumbleBee. Todo aparecía tal y como yo les había pedido, y sabía que Kelly estaría encantada cuando lo leyera. Me di una palmadita en la espalda, satisfecha por mi trabajo, y me acordé de una de las breves lecciones que Elisa me impartía de vez en cuando.

—Que no se te olvide: Hay una gran diferencia entre primicia y favor —me había dicho, mientras colocaba las columnas de cotilleo sobre las mesas de la oficina.

Recuerdo que yo me las quedé mirando.

—¿Cómo? ¿Qué quieres decir?

—Bueno, mira esto. —Señaló un par de frases de una estilista de rodaje, al parecer la primera en darse cuenta de que el vestuario de Julia Roberts debía ser ensanchado porque, según dedujo, Julia estaba embarazada. «Page Six» fue la primera publicación en ponerse en contacto con la estilista que había percibido el cambio—. ¿Qué dirías de esto? ¿Primicia o favor?

—Y yo qué sé.

—Bette, tienes que saber estas cosas. ¿Cómo si no vas a ofrecerle a nuestros clientes la cobertura por la que nos pagan?

—No sé... ¿Primicia? —respondí, por decir algo.

—Exacto. ¿Por qué?

—Elisa, me doy cuenta de que en todo esto hay algo importante, pero no sé bien qué es. Si me lo dices en lugar de preguntármelo nos ahorraremos mucho tiempo...

Elisa entornó los ojos con gesto teatral y añadió:

—Si prestas atención, te darás cuenta de que hay una diferencia entre «primicia» y «favor». Si sacamos a la luz algo secreto o jugoso se trata de una primicia. Si informamos de que un famoso ha ido a tal y tal sitio, es un favor. No puedes estar pidiendo siempre favores si no ofreces alguna primicia a cambio. La gente quiere información, y cuanta más des más favores obtendrás.

—¿Me estás diciendo que ahí fuera hay un relaciones públicas que quería que el nombre de su cliente apareciera mencionado en la columna y ofreció a cambio de ello esta información sobre Julia Roberts? —Me pareció sórdido, pero tenía sentido.

—Eso es. El relaciones públicas puso en contacto a la estilista con el periódico y después exigió lo que quería para favorecer a su cliente.

Lo cierto era que aquello no sonaba demasiado difícil. Quizá a la sección de cotilleos del *New York Post* le interesaría saber que unos cuantos de los solteros más codiciados de la ciudad habían pasado la noche en compañía de varias chicas brasileñas, que, no solo eran menores de edad, sino que aún les faltaban algunos años para poder ver en películas lo que experimentaban en carne propia. En realidad, se habían interesado, así que cuando, en plena elaboración del resumen que entregábamos a la prensa con todos los detalles sobre la fiesta por si alguien decidía escribir al respecto, un periodista me mostró su interés por mencionar la presentación del BumbleBee, no lo dudé. No, no fue difícil. Moralmente reprobable y desprovisto de toda integridad, sí, pero en absoluto difícil.

Cuando, a las nueve en punto, Kelly llegó a la oficina, yo ya había repasado la lista y comprobado tres veces que el fax en el que informaba del cambio de vuelo había llegado a Jay-Z, su madre, su relaciones públicas, agente, manager y media docena más de personas que trabajaban para él. Entré en su oficina a las nueve y diez con una carpeta bajo el brazo llena de informes, horarios, información de contacto y números de reserva y me acomodé en la butaca estampada de cebra que había junto a la ventana.

—¿Todo listo para esta noche, Bette? —preguntó, mientras echaba una ojeada a la bandeja de entrada de su correo electrónico y engullía de un trago un litro de Coca-Cola Light—. Dime que todo va bien.

—Todo va bien —respondí con entusiasmo, justo antes de colocarle el *New York Post* ante los ojos—. Y tiene visos de que solo puede ir a mejor. Mira esto.

Comenzó a leer el artículo con avidez y su rostro dibujó una sonrisa que iba creciendo a medida que avanzaba.

—¡Oh, Dios mío! ¡Dios mío, Dios mío, Dios mío! ¿Eres tú la artífice de todo esto?

Reprimí las ganas de levantarme y ponerme a bailar allí mismo y me limité a responder con un «sí» calmado pero rotundo que no dejó traslucir la excitación que sentía en aquel momento.

—¿Cómo lo has hecho? Si nunca hablan de un evento antes de que suceda...

—Digamos que escuché con atención los valiosos consejos de Elisa acerca de los conceptos «primicia» y «favor». Creo que la gente del BumbleBee quedará satisfecha, ¿no?

—¡De puta madre, Bette! ¡Esto es alucinante! —Lo comenzó a leer por tercera vez y descolgó el teléfono—. Envía esto por fax ahora mismo al señor Kroner. Dile que lo llamaré dentro de un rato. —Colgó el auricular y me miró—. Está bien, empezamos con buen pie. Ponme al día del resto.

—Veamos, hace diez días mandamos los resúmenes con la información a todas las publicaciones diarias y semanales. —Le entregué una hoja y continué hablando mientras ella la repasaba—. Han confirmado asistencia los editores o directores de *Gotham*, *New York Magazine*, *E!*, *Entertainment Weekly*, *Observer*, *New York Post*, *Variety* y la sección *Styles*. Di el visto bueno a que vinieran representantes de algunas revistas mensuales, pero no creo que se presenten.

—¿Y qué hay del *Daily News*? —inquirió. Ese era uno de los periódicos que había dejado de publicar la columna de Will y, cuando tuve que ponerme en contacto con ellos, me sentí como una auténtica traidora.

—De momento no han respondido, pero me sorprendería que no enviaran a nadie; los porteros ya saben que deben dejar pasar a cualquiera que les muestre una acreditación de prensa de algún medio importante.

Asintió.

—Hablando de la puerta, supongo que la tendremos bien controlada, ¿no es así? No me encontraré a nadie de Grey Goose intentando colar a gente, ¿no?

Aquel era un punto delicado. Grey Goose nos había ofrecido patrocinar el evento e invertir varios miles de dólares en alcohol a cambio de que su logotipo figurara en las invitaciones y que asistieran todos los medios que les habíamos prometido. Según nos dijeron, entendían que no podían invitar a nadie sin que nosotros diéramos la aprobación, pero los patrocinadores son conocidos por arrastrar hasta los eventos a colaboradores y amigos porque creen que la fiesta es también suya. Yo lo había hablado con Sammy —aunque no hacía falta puesto que tenía experiencia de sobra y sabía cómo proceder— y me había asegurado que no habría problema.

—Haremos lo posible por que eso no suceda. Sammy es el mejor portero de Bungalow y se encargará de todo. Ya he hablado con él.

Y he soñado varias veces con arrancarle a su novia el colágeno de los labios, pensé, pero aquello era otra historia.

A diferencia de Elisa, Kelly era capaz de relacionar los nombres con las caras de inmediato.

—Excelente. Siempre he pensado que, para ser portero, es bastante espabilado. ¿Qué vips han confirmado su asistencia?

—Bueno, en primer lugar Jay-Z y su tropa. Nos pidió que invitáramos a todo el contingente de su discográfica, pero la mayoría no han respondido, así que dudo que aparezcan. También vienen Chloe Sevigny, Betsey Johnson, Drew Barrymore, Carson Daly, Andy Roddick, Mary Kate y Ashley Olsen y Jon Stewart, además de otros famosos de alto rango. Quizá bastantes. Con un artista tan conocido actuando en un sitio tan pequeño... me sorprendería que Gwen Stefani o Nelly Furtado no aparecieran por sorpresa, y quien dice Gwen o Nelly dice cualquiera que se encuentre en la ciudad. El portero ya está al corriente.

—¿Quién ha supervisado la lista definitiva?

—La repasé con Philip y con Elisa, y el señor Kroner de BumbleBee dio la aprobación final. Parecía muy satisfecho con los asistentes.

Kelly se terminó la Coca-Cola Light y sacó otra de la nevera que tenía bajo la mesa.

—¿Qué más? Hazme un recordatorio rápido de la decoración, los obsequios, entrevistas y quién se encarga de qué.

Me di cuenta de que estábamos llegando al final y me sentí muy emocionada, no solo porque necesitaba con urgencia otro café y quizá un segundo sándwich de huevo y queso, sino porque sabía que la fiesta estaba quedando perfecta y Kelly estaba impresionada. Llevaba trabajando en ella veinticuatro horas al día desde el momento en que me cayó en las manos y, aunque no se me escapaba que todo era bastante ridículo, me sentía satisfecha. Ya casi se me había olvidado lo bien que sentaba trabajar duro y obtener resultados.

—Samantha Ronson es una buena pinchadiscos; seguro que mantendrá a la gente animada. Bungalow se encarga de la decoración pero siguiendo nuestras indicaciones de que sea chic y muy sencilla. Me acercaré esta tarde para echar un vistazo, pero supongo que consistirá en grupos de velas colocados en lugares estratégicos, y cómo no, las palmeras bien iluminadas. Creo que las modelos que traemos constituirán la atracción principal.

Al oír la palabra «modelo», Kelly se animó aún más.

—¿Cuántas y quiénes son? —demandó, con el tono preciso de un sargento de instrucción.

—Bueno, las supermodelos vienen en calidad de invitadas, como siempre, y luego están las de esa agencia... ¿Cómo se llamaba? Ah, Beautiful Bartenders. Se dedican a proporcionar actores y modelos para que atiendan la barra y sirvan las bebidas. Vi a unas cuantas en un acto de Calvin Klein, la semana pasada, y pedí un grupo numeroso a condición de que todas tuvieran melena y vinieran vestidas de largo y de blanco. Son magníficas y, en mi opinión, constituyen toda una declaración de intenciones.

¿Acabo de decir lo que acabo de decir?, pensé.

—En lo que respecta a otros aspectos —continué relatando—, tengo a los de prácticas dedicados a elaborar las bolsas obsequio, que llevan botellas pequeñas de Grey Goose, pintalabios y sombra de ojos MAC, el último número de *US Weekly*, un vale descuento del treinta por ciento para Barney's Co-op y unas gafas de sol Kate Spade.

—No sabía que Kate Spade hiciera gafas de sol —interrumpió Kelly, que estaba acabando el segundo litro de Coca-Cola Light.

—Ni yo. Supongo que por eso Kate quiere que las incluyamos como obsequio. —Como no dejaba de beber, creí que lo mejor sería acabar mi relato cuanto antes—. Y eso es todo. He hablado con el señor Kroner y dice entender a la perfección qué enfatizar y qué omitir cuando tenga que hablar con la prensa; además, yo estaré allí toda la noche para hacerme cargo de cualquier eventualidad. Tal y como están las cosas, confío en que todo vaya como la seda. Ah, y también he tenido una conversación con Philip y yo diría que ha comprendido que, como anfitrión del acto, no debe dedicarse a beber botellas de vodka una detrás de la otra, acosar a las preadolescentes, o consumir drogas a destajo. No estoy en condiciones de garantizar que vaya a cumplir las normas, pero lo que sí te aseguro es que las conoce.

—En fin, todos querremos pasárnoslo bien, ¿no es cierto? De modo que, en caso de que Philip también busque un poco de diversión, no nos vamos a poner demasiado rigurosos en ese sentido. Limítate a mantenerlo alejado de la prensa. ¿Entendido?

—Desde luego —acepté, asintiendo con solemnidad pese a no saber de qué manera iba yo a separar a los periodistas y fotógrafos de la persona por cuya presencia se les había invitado; decidí preocuparme por ello más tarde—. Kelly, por cierto, te vuelvo a pedir disculpas por lo ocurrido con *Primicias de Nueva York*. Me siento como si llevara una diana a la espalda por el simple hecho de que se supone que estoy saliendo con Philip Weston. Si fuera una paranoica, diría que Ellie va a por mí.

Me miró con una expresión de extrañeza, casi de pena, y valoré la posibilidad de que mis apariciones en prensa la molestaran más de lo que estaba dispuesta a admitir. Kelly se había desembarazado de todas y cada una de mis disculpas relativas a la columna de internet jurándome que me venía bien cualquier vinculación con Philip que se me atribuyera, y que ello contribuía a elevar el estatus de la empresa. Sin embargo, tal vez estuviera cansándose de los cotilleos. En caso afirmativo, seríamos dos.

—Bette, tengo algo que decirte —anunció con parsimonia, entretenida en abrir la nevera situada bajo su mesa y coger una nueva botella de Coca-Cola Light.

Por su tono de voz, habría apostado a que lo que venía no era bueno. Aquí viene, pensé, aquí viene. Me va a echar por algo que escapa a mi control. Tiene aspecto de que le pese verse en la obligación de hacerlo; después de todo, le debe respeto a Will, pero supongo que no le dejo alternativa. En un sector en el que participa la prensa, puede decirse que he fracasado miserablemente. Despedirme es su deber, su obligación: ella fundó esta oficina y yo vengo y la echo a perder. ¿Cómo haré para decírselo a mis padres? ¿Y a Will? Estaba ya calculando cuánto me llevaría rehacer mi currículo y empezar a mandarlo cuando Kelly bebió un trago y carraspeó.

—Bette, prométeme que lo que voy a decirte nunca saldrá de esta habitación.

Suspiré, de tan aliviada. Aquello no empezaba como un discurso de despido al uso.

—Claro —balbuceé, nerviosa—. Si quieres que lo mantenga en secreto, ten por seguro que lo haré.

—El otro día, fui a comer con una mujer que trabaja para Ralph Lauren. Me parece que van a contratarnos y, si lo hicieran, pasarían a ser el cliente nuestro de mayor entidad hasta la fecha.

Asentí mientras ella continuaba.

—Y por eso es vital que manejemos esto con la máxima discreción. Si la información llegara a conocerse (si tú se lo dices a alguien), ella sabrá que he sido yo y perderemos la oportunidad con Ralph Lauren.

—Entiendo —dije con mucha seriedad.

—Tiene que ver con *Primicias de Nueva York*...

—¿Con Ellie Infiltrada, quizá?

Kelly me miró.

—Sí. Como sabes, ese es solo su seudónimo. Ha hecho grandes esfuerzos por esconder su identidad para, así, moverse con libertad y hablar con la gente sin que nada se sepa. No sé si su nombre real te dice algo; la chica que escribe esa columna se llama Abigail Abrams.

No sé muy bien cómo, pero, justo antes de que pronunciara su nombre, supe que sería el de Abby. Nunca se me había ocurrido pensar que se tratara de alguien que yo conociera desde antes —ni tampoco de alguien que hubiera conocido desde que trabajaba para Kelly—, y, aun así, tuve la repentina revelación de que era ella. Mi predicción, de inmediato corroborada, no me ayudó a encajar la noticia y permanecí mirando a mi jefa, con las manos cruzadas y un sentimiento acrecentándose en mi interior, una asfixia semejante a la que había experimentado cuando, en la clase de gimnasia del colegio, una pelota de caucho roja me golpeó el estómago y me dejó sin aliento. ¿Cómo podía haber estado tan equivocada? ¿Cómo no me había dado cuenta? Pugné por tomar aire y por entender lo que Kelly estaba diciendo. Toda aquella sarta de barbaridades que se habían escrito —las exageraciones, los añadidos, las hipótesis, las medias verdades y las mentiras— habían salido de Abby, la autoproclamada ocupante del «vórtice de los medios». ¿Y por qué razón inaudita me odia tanto? pensé, repitiéndome la pregunta hasta la demencia. ¿Por qué? ¿Por qué? ¿Por qué? Era evidente que nunca nos habíamos caído bien la una a la otra; eso estaba fuera de toda duda. Pero ¿qué la había instado a arruinarme la vida? ¿Qué había hecho yo?

Kelly había interpretado que mi estupefacción se debía al desconocimiento, pues dijo:

—Sí, a mí tampoco me suena el nombre. Alguna del montón, me imagino, y desde luego con bastante perspicacia: nadie puede sospechar de quien no conoce. La mujer que trabaja para Ralph Lauren está casada con el hermano de Abigail, y me hizo prometer que mantendría la boca cerrada. Me dio la impresión de que necesitaba contárselo a alguien. O, quién sabe, tal vez someter a prueba mi discreción. Sea como sea, no importa. No digas nada a nadie aunque, si por casualidad te toparas con esa chica, hazme el favor de que obtenga la información y las fotografías correctas.

En principio, había pensado que Kelly me revelaba la identidad de la periodista a objeto de que la evitara a toda costa, pero, al parecer, su intención verdadera era otra.

—Ahora —siguió diciendo—, puedes darle lo que te parezca conveniente (actúa con tranquilidad y naturalidad y haz que suene a cotilleo) y, de esa manera, obtendremos una mejor publicidad para nuestros clientes.

—Estupendo —opiné con voz ronca.

Quería salir como fuera de aquella oficina y releer todas y cada una de las líneas que Abby había escrito. ¿Cómo era posible que hubiera llegado hasta donde estaba? Imaginé con amargura lo que debió de sentir cuando descubrió a la gallina de los huevos de oro, la noche que yo había conocido a Philip. Las piezas comenzaban a encajar: ella había aparecido en todas partes como por arte de magia, siempre con una impertinencia que decir y con la sorna en la mirada.

—Vale, tema finiquitado. No te preocupes demasiado por eso y concéntrate en que todo funcione bien para esta noche. Va a ser fantástico, ¿no crees?

Murmuré «Sí, genial» varias veces y abandoné la oficina. Ya había empezado a imaginarme enfrentándome a Abby. Había millones de posibilidades, y cada una de ellas me resultaba exquisita. No bien estuve de vuelta en la mesa, delante de mi portátil, me di cuenta de que, a pesar de mis intenciones, estaba atada de pies y manos. No podía decírselo a nadie y, mucho menos, a Abby.

Intenté centrarme. Tras recortar el extracto de «Page Six» y pegarlo en un lugar visible, me conecté a internet para comprobar que el avión en que vendrían Jay-Z y compañía desde Los Ángeles había salido a tiempo de Nueva York, pues ello reduciría el riesgo de que llegase a Los Ángeles —y reemprendiera la vuelta— con retraso. Por lo pronto, el vuelo circulaba a su hora. Asigné a dos de los ayudantes la tarea de ir en coche hasta Newark y estar atentos a las llegadas. En realidad, no era necesario, dado que el hotel Gansevoort iba a mandar para ellos dos limusinas, pero quería que alguien confirmara que habían llegado y subido a los coches, y así solventar cualquier posible imprevisto. Una fugaz llamada a Sammy —quieto, corazón— me confirmó que todo estaría listo en el local. Había acabado mis deberes e intenté no pensar en la malicia de Abby. La tarde comenzaba, y lo único que me quedaba por hacer era, bueno, nada en absoluto.

18

El avión de Jay-Z no solo llegó a tiempo, sino que aterrizó con unos minutos de adelanto, y el rapero se mostró cortés y atento. Se presentaron al acto casi la totalidad de los que habían confirmado su asistencia y, milagrosamente, la gente que apareció en la puerta sin invitación era de la que queríamos que viniera. El señor Kroner pasó la velada en un lugar esquinado, junto a sus asociados, y nos aseguramos de que tuviera muy a la vista el pequeño cartel de Reservado correspondiente a la mesa que ocupaba, y que un diligente grupito de chicas guapas se le acercara para decirle hola.

La sorpresa la dio Philip. Yo había estado aterrorizada por la posibilidad de que, bajo los efectos del alcohol, hiciera cualquier cosa que pudiera avergonzarme a mí o a la empresa, pero mantuvo la nariz limpia a todos los efectos e, incluso, fue capaz de no empotrarla en el escote de nadie; al menos, no delante de los fotógrafos, que era lo que, en realidad, importaba. Le había advertido de todas las maneras posibles que, como anfitrión, tenía que ser agradable con todos los asistentes, pero, al fin, resultó que mis miedos eran infundados. Desde el momento en que pisó la entrada del local, estuvo brillante. Se paseó por entre los distintos corros de personas, prodigó saludos y sabios gestos de afirmación a los ejecutivos, pidió rondas de licor para los banqueros y botellas de champán pequeñas para las modelos, y con los famosos sacó a relucir una actitud campechana que el mismo Clinton le habría envidiado. Paseó, sonrió y mantuvo conversaciones con soltura, y yo veía cómo mujeres y hombres quedaban por igual prendados de él. Quedó claro por qué la prensa rosa lo perseguía y por qué las mujeres de todas partes se desvanecían a su paso. Su habilidad para charlar, bromear y escuchar se impuso con tanta naturalidad que, cuando se acercaba, la gente se centraba en él como si fuera el único ser animado a la vista. Se entregaban a su tacto, a su presencia, y yo misma me descubrí revoloteando a su alrededor como los demás. No podía negar la singular atracción que ejercía sobre mí.

El único conato de desastre se produjo con la cancelación del vuelo de Samantha Jonson, que nos dejó sin pinchadiscos. Justo al mismo tiempo, recibí una llamada del agente de Jake Gyllenhaal en la que me pedía incluirle en la lista vip de aquella noche. Acordándome de un artículo que acababa de leer sobre cómo ser uno su propio pinchadiscos, le solicité a Jake y a otros famosos que trajeran consigo sus iPod y que, con ellos, se hicieran cargo de la música una vez que terminaran los veinte minutos ocupados por el directo de Jay-Z. Fue un éxito; cada uno de ellos se presentó con su iPod repleto de sus canciones favoritas, y pronto la asistencia tuvo oportunidad de conocer el tema lento predilecto de Jerry Seinfeld.

Por lo demás, los acontecimientos se sucedieron sin contratiempos. No hubo mujeres peleándose por las bolsas obsequio, no se produjeron reyertas en la puerta ni hubo ningún tipo de drama indeseado que distrajese a la afluencia de la idea que se quería dar: todo aquel joven, moderno, urbano y guay, en el grado que fuese, estaba de celebración con motivo del BumbleBee, de manera que el BumbleBee en sí mismo tenía que ser joven, moderno, urbano y guay. Y, por cierto, por razones análogas, apuesto a que tú —seas quien seas y dondequiera que estés leyendo sobre aquel fabuloso acto— eres el dueño de uno, por lo que serás también joven, moderno, urbano y guay.

En resumen, el acto resultó un éxito absoluto. Kelly estaba contenta, el cliente estaba encantado (aunque también algo escandalizado y con una resaca impresionante, pues, al parecer, el señor Kroner no estaba acostumbrado a beber con el entusiasmo y tesón con que se bebió a lo largo de toda la velada) y los fotógrafos habían disparado, disparado y disparado sus cámaras para retratar a cuanto famoso les colocó delante nuestro personal de prácticas. Por último, aquella noche también supuso cierta consecuencia para mi vida amorosa.

Con la intención de tomarme un descanso, salí a hurtadillas con la habitual excusa de fumar un cigarrillo. Encontré a Sammy, que estaba leyendo otra novelita deslomada: *Empire falls*, de Richard Russo.

—¿Va bien la cosa? —me preguntó, mientras me encendía el cigarrillo.

Cubrí el mechero con las manos para proteger la llama del viento y sentí un pálpito en el pecho cuando nuestras pieles se tocaron. ¿Era deseo, amor o solo el comienzo de un cáncer de pulmón? En aquel momento, no me importaba.

—Va de maravilla, sí —le contesté con alegría, de repente consciente de que todo iba bien—. Si hace unos meses me hubieras dicho que iba a estar organizando una fiesta en Bungalow 8 con Jay-Z como animador, habría pensado que estabas loco. Odiaba el banco. Me había olvidado de lo que se sentía al tener la intención de hacer algo bien hecho.

Él me correspondió con una sonrisa.

—Es evidente que esto se te da bien. Todos hablan de ti.

—¿Hablan de mí? No sé qué pensar de eso.

Se volvió para cerciorarse de que los nombres de unas chicas estaban en la lista y las dejó pasar.

—No pienses mal; son cosas buenas: que has conseguido traer a esa gente, que has sabido montarlo todo. No recuerdo una fiesta aquí que se haya desarrollado con tanta tranquilidad.

—¿En serio?

Una parte de mí me decía que la conversación que estábamos teniendo era del todo ridícula —a fin de cuentas, versaba sobre la organización de eventos—, pero aun así estaba disfrutando.

—De verdad. La pregunta es: ¿a ti te gusta esto?

—Bueno, «gustar» es un verbo que pocas veces puede aplicarse con propiedad, ¿no crees? —Su carcajada provocó que tuviera que meterme las manos en los bolsillos del abrigo para no abalanzarme sobre él—. Desde luego, es algo que queda muy lejos de la labor de una ONG, pero supongo que es aceptable, al menos, de momento.

Una expresión abatida se le instaló en la cara.

—Sí —se limitó a decir.

—¿Y qué vas a hacer el día de Acción de Gracias? —espeté, ignorando que aquello podía interpretarse como una invitación para una cita cuando en realidad solo quería cambiar de tema—. ¿Te vas con tu novia a algún lado? —agregué sin despeinarme, para hacerle saber que conocía su situación.

Me dirigió una mirada irritada, a la que siguió un gesto de pudor cuya interpretación saltaba a la vista: me había pasado.

—Yo, esto, no quería...

—No te preocupes —me interrumpió, apoyándose en el marco de la puerta como si lo acometiera un mareo repentino—. Pero contarlo sería complicado; es una larga historia. De todas maneras, este fin de semana voy a ver a mi familia. Al viejo no le está yendo demasiado bien, y ya hace dos meses que no le hago una visita.

—¿Dónde vive?

Me miró con curiosidad, como si estuviera tratando de leerme el pensamiento, y después, bajando el tono de voz, dijo:

—Poughkeepsie.

Si hubiera dicho que era natural de Laos, no habría llegado a sorprenderme hasta tal punto. ¿O estaba jugando conmigo? ¿Estaría bromeando? ¿Sabría que yo había nacido en Poughkeepsie y que iba a pasar allí el fin de semana, y le encontraría algún tipo de chiste al asunto? Un rápido examen de su cara —que me sonreía con dulzura mientras yo me entretenía cavilando en estas cosas— me indicó que no.

—¿Poughkeepsie, Nueva York? —balbuceé.

—El único e inimitable.

—Qué casualidad. Soy de allí...

—Lo sé. Pero no estaba seguro de que fueras a acordarte... Yo sí me acuerdo de ti —afirmó a media voz con la vista fija en un punto indeterminado, más allá de la calle Veintisiete.

Y, como suele suceder, entonces recordé. No había tenido ni mucho menos la certeza, pero siempre había sentido con él una suerte de familiaridad. Como en la ocasión en que habíamos estado los dos justo en aquel lugar y él se había burlado de unas chicas que acababan de entrar, de las que, dijo, necesitaban unas clasecitas de moda hippy con los veteranos del norte del estado, dado que el vaporoso caftán que llevaban estaba fuera de lugar. O aquel día en el Starbucks, cuando se había pasado la mano por el cabello y yo habría jurado conocer aquel gesto. O la primera noche, en la fiesta de compromiso de Penelope, en la que, al verlo poco dispuesto a dejarme entrar, tuve la insoslayable impresión de que me miraba con fijeza, casi como si quisiera decirme algo. Los indicios se volvieron obvios de golpe: aquel era Samuel Stevens, el chico del instituto peleado con su propia magnificencia. De él los demás asumían que era gay porque era grande y hermoso y no practicaba ningún deporte, porque era reservado y trabajaba en algunos restaurantes conocidos de la zona. Era él a quien había creído presuntuoso y arrogante, siendo como era aquel un ámbito de adolescentes demasiado jóvenes para comprender que lo suyo era un pudor intenso, un gusto por la soledad motivado por el malestar que le provocaba verse rodeado por un grupo de chavales. Él era quien se sentaba a una mesa adyacente a la mía en la clase de manualidades, siempre concentrado en las bandejas de madera y las máquinas expendedoras de chicles que aprendíamos a elaborar, el que nunca coqueteaba, se distraía, se dormía ni susurraba a sus compañeros. El chico que toda chica debería haber querido pero que en realidad odiaba porque estaba muy por encima de ellas, de las estupideces propias de aquellos años y de las jerarquías sociales. El chico que parecía no darse cuenta de que los demás existían.

Hice un rápido cálculo y me di cuenta de que hacía doce años que no nos veíamos. Yo estaba en primero y él en el último curso cuando coincidimos en aquel taller de manualidades justo antes de que se graduara y desapareciera.

—Taller del señor Mertz, curso del 91, ¿no?

Asintió.

—Joder, ¿por qué no me lo dijiste antes? —pregunté, mientras sacaba otro cigarrillo. Le ofrecí uno, lo aceptó y encendió el mío primero.

—No lo sé, probablemente debería haberlo mencionado. Pero supuse que no te acordarías. Me pareció raro no decírtelo en un primer momento y después ya pasó el tiempo y... Pero me acuerdo de que mientras los demás nos pasábamos la clase lijando y tallando tú la pasabas escribiendo lo que parecían cartas, línea a línea ibas llenando páginas, y siempre me pregunté cómo era posible que tuvieras tantas cosas que decir. ¿Quién era el afortunado?

Ya casi me había olvidado de aquellas cartas; desde entonces no había vuelto a escribirlas, pues ya no tenía que informar a mis padres sobre qué había hecho aquel día para hacer del mundo un lugar mejor. Me enseñaron a escribir cartas en el mismo instante en que fui capaz de sostener un bolígrafo y desde el primer momento me encantó. Escribía a congresistas, senadores, jefes ejecutivos, grupos de presión, organizaciones medioambientales y, solo de vez en cuando, al presidente. Cada noche, durante la cena, comentábamos alguna gran injusticia sobre la que al día siguiente escribía mi carta para informar a quien competiera de mi indignación por la pena de muerte, la deforestación, la dependencia del petróleo extranjero, los anticonceptivos para adolescentes o las estrictas leyes de inmigración. No eran más que las típicas cartas llenas de comentarios arrogantes propios de adolescente, repelente y engreída, pero mis padres no escatimaban elogios y yo no paraba de escribirlas. Al terminar el instituto ya casi no las escribía, pero dejé de hacerlo definitivamente cuando un tipo que conocí en primero de carrera descubrió una e hizo algún comentario poco afortunado sobre lo enternecedor que le parecía que intentara salvar el mundo. No fue tanto lo que dijo como el momento en que lo hizo. Por aquel entonces, el estilo de vida de mis padres no me resultaba demasiado atractivo así que pasé del modelo alternativo de paz para todos al estilo dominante en la universidad con una rapidez bastante pasmosa. A veces me preguntaba si mi cambio no habría sido demasiado radical. Era probable que existiera un punto medio en el que sentirme a gusto, pero el mundo de las finanzas y —las cosas como son— el de la organización de fiestas, no me devolverían precisamente al camino del altruismo.

Me di cuenta de que Sammy me estaba mirando con intensidad y recordé que me había hecho una pregunta.

—¿El afortunado? Oh, no, no eran cartas dirigidas a ningún novio ni nada por el estilo. A los chicos no les entusiasmaba la combinación de rastas y alpargatas que yo lucía en aquellos tiempos. Eran cartas de... no sé, de otra cosa. Nada importante.

—Bueno, a mí siempre me pareciste bastante guapa.

Me ruboricé al instante.

Por alguna razón, aquella frase me hizo más feliz que si me hubiera declarado su amor eterno, pero mi placer se vio interrumpido por el pitido que indicaba que acababa de recibir un mensaje de texto: «nena, dnde stas? ncsito 1 cristal ya».

No entendí por qué Philip no podía pedirle la cerveza a cualquiera de los muchos modelos/camareros que estaban allí justamente para eso, pero, de todas formas, tenía que seguir controlando la fiesta.

—Escucha, tengo que volver ahí adentro y asegurarme de que todo el mundo está borracho y se lo pasa bien pero no tanto como para empezar a cometer estupideces. Me preguntaba si querrías que te llevara a casa mañana.

—¿A casa? ¿Te refieres a Poughkeepsie? ¿Es que tú también vas?

—No podía perderme el festival de la cosecha.

—¿Qué festival de la cosecha? —preguntó, y levantó el cordón de terciopelo para que pasara una pareja a la que le costaba mantenerse en pie, pero que aún conservaba la coordinación necesaria para meterse mano.

—Nada, un festival que mis padres celebran cada año el día de Acción de Gracias, y al que yo tengo que asistir. Estoy casi segura de que mi tío Will se echará atrás, siempre sale con una excusa de última hora, pero aun así me dejará su coche. Así que, si quieres, te llevo —ofrecí, rezando con fervor para que aceptara y no invitara a su envejecida media naranja.

—Bueno, claro, es decir, si no te importa, sería estupendo. Tenía previsto salir en autobús el jueves a primera hora.

—Yo me voy mañana, cuando salga de trabajar, de modo que si puedes ir el miércoles en lugar del jueves, me encantaría llevarte. Además, siempre me ha apetecido meterme por Peekskill.

Me sentí orgullosa de mí misma por ser capaz al fin de mantener una conversación normal con aquel chico.

—Sí, es verdad —respondió con expresión de felicidad.

Por supuesto, yo también me alegraría si pudiera librarme de un viaje de cuatro horas que en coche se hace en dos, pero me convencí de que si parecía tan feliz era no solo por evitar el agobio del autobús sino por la oportunidad de disfrutar de mi compañía.

—Genial. ¿Por qué no quedamos en el apartamento de mi tío a las... sobre las seis? Está en Central Park West, en la esquina noroeste de la Sesenta y ocho. ¿Te parece bien?

Tuvo el tiempo justo de asentir y darme las gracias antes de que Philip apareciera junto a nosotros y me arrastrara del brazo hacia el interior del local. No me importó demasiado, teniendo en cuenta lo que me esperaba al día siguiente. Me paseé entre los invitados irradiando simpatía, aceptando halagos y poniendo atención a los comentarios sobre la «fantástica organización» del evento. Cuando, hacia las dos de la mañana, la fiesta empezó a decaer, le dije a Philip que me dolía la cabeza y a él pareció no molestarle quedarse allí con Leo y una botella de Cristal. Al llegar a casa, me metí en cama con una bolsa de golosinas y una novela rosa que hasta entonces no había tenido tiempo de abrir. Fue la noche más perfecta de toda mi vida.

19

Apenas era capaz de contener los nervios mientras esperaba a Sammy en la entrada del edificio de Will. El día se había hecho interminable. Kelly nos trajo el desayuno para celebrar el éxito de la noche anterior y me hizo pasar a su guarida para comunicarme que, tan impresionada estaba por cómo había salido todo, que me nombraba la número dos en la organización de la fiesta de *Playboy*, lo cual significaba que solo ella quedaba por encima de mí. Ante el anuncio, Elisa puso cara de pocos amigos; llevaba allí año y medio más que yo y era normal que esperara supervisar el proyecto más importante de la compañía. Sin embargo, tras un breve comentario acerca de lo contenta que estaba por «darme la oportunidad» de lidiar con el caos más absoluto, fingió una sonrisa y propuso un brindis. Incluso los periódicos y las revistas que no habían asistido a la presentación aludían al «montón de estrellas y famosos» que habían acudido para celebrar «el accesorio urbano del momento». De la oficina del señor Kroner llegó una caja con tantos BumbleBees como para abastecer una tienda y una nota tan efusiva que me hizo sonrojar. Apenas puse atención a la información publicada en *Primicias de Nueva York*, que aseguraba que me habían visto llorar en una esquina mientras Philip se enrollaba con una joven actriz nacida en Nigeria, y no pude por menos de sonreír cuando Elisa me confesó que «por casualidad» Philip la había llevado a casa en Vespa porque se había peleado con Davide y estaba muy borracha pero «nada, te lo juro por lo que quieras, no pasó nada». No estuvo mal, pero yo solo deseaba que pasaran las horas y que llegara el momento de encontrarme con Sammy y marcharnos juntos. Cuando hizo su aparición en la puerta con una bolsa de deporte al hombro y vestido con unos vaqueros rotos y una camiseta desgastada creí que no sería capaz de mantener los ojos en la carretera el tiempo suficiente para salir de la ciudad.

—Oye —me dijo cuando me vio sentada en el banco, fingiendo leer el periódico—. No sabes cuánto te lo agradezco.

—No seas tonto —respondí, mientras me ponía de puntillas para darle un beso en la mejilla—. Eres tú el que me está haciendo un favor. Espera un segundo, llamaré a mi tío para que baje las llaves.

Will había accedido a prestarme su Lexus a cambio de que respetara la historia que se había inventado para justificar su ausencia. Y aunque Sammy solo estaba allí porque yo me había ofrecido a llevarlo hasta casa de sus padres, Will insistió en que él también estuviera al tanto de la historia.

—¿Seguro que recuerdas todos los detalles, cariño? —preguntó nervioso, mientras me hacía entrega de las llaves en el aparcamiento de su edificio.

—Will, cálmate. Prometo no delatarte. Aguantaré el sufrimiento yo sola. Como siempre.

—A ver, una última vez. Cuando tu madre te pregunte dónde estoy, ¿tú qué respondes?

—Le digo que ni Simon ni tú podíais soportar la idea de pasar un fin de semana en una casa en la que todo funciona con energía solar, en la que nunca hay suficiente agua caliente, en la que las sábanas pican, por muy naturales que sean, y en la que nunca queda nada del todo limpio porque solo utilizan productos a base de plantas. Así pues, has decidido quedarte a admirar la cosecha desde tu suite con vistas al mar en Key

West. Ah, sí, y que te aburren terriblemente las sobremesas en las que solo se habla de política ecológica. ¿Lo he hecho bien? —Sonreí con dulzura.

Will miró a Sammy con gesto de impotencia y carraspeó varias veces.

—No se preocupe, señor, Bette se sabe la historia —le aseguró, mientras subía al asiento del copiloto—. Simon recibió una llamada de última hora para sustituir a uno de los músicos y a usted, aunque le apetecía mucho verlos a todos, le pareció que no estaría bien dejarlo solo en Acción de Gracias. Le habría gustado llamarlos para explicárselo usted mismo pero el cabrón de su jefe lo está presionando para que entregue un artículo y no tiene tiempo para nada, así que los llamará sin falta la próxima semana. No se preocupe, se lo iré repitiendo durante el viaje.

Will soltó las llaves en la palma de mi mano.

—Sammy, gracias. Bette, hazme el favor de poner atención a las charlas que te den sobre los derechos de la mujer y procura no sentir demasiada pena por el pobre de tu tío, que se pasará el fin de semana tumbado junto a la piscina con un Daiquiri en una mano y un libro en la otra.

Quise odiarlo, pero parecía tan feliz con su coartada y sus planes que, sin decir nada, lo abracé y me volví hacia el coche.

—Me debes una. Bueno, otra.

Coloqué la cama de Millington en el asiento trasero y le dejé unas cuantas galletas para que no ladrara ni aullara durante el viaje.

—Ya lo sé, cariño. Te traeré una de esas camisolas horteras con flecos o quizá uno o dos cuencos de coco para poner velas. ¿De acuerdo? Conduce con cuidado, o no lo hagas pero no me llames si te pasa algo, al menos no durante los próximos tres días. ¡Pásatelo bien! —gritó, a la vez que lanzaba besos a través del retrovisor.

—Es fantástico —comentó Sammy, mientras nos abríamos paso entre el tráfico de la carretera de West Side—. Como un niño pequeño que finge estar enfermo para no ir a clase.

Metí el CD de *Las mejores baladas de todos los tiempos* (comprado por teléfono una noche de insomnio a las tres de la mañana) y fui pasando canciones hasta dar con «To be with you», de Mr. Big.

—Sí, lo es. La verdad es que no sé qué haría sin él. Gracias a Will soy una persona normal.

—¿Qué me dices de tus padres?

—Siguen viviendo en los sesenta y se lo toman muy en serio. La primera vez que me depilé las piernas, tenía yo trece años, mi madre lloró porque no quería que me sometiera a los dictados masculinos de belleza femenina.

Sammy se rió y comenzó a ponerse cómodo; estiró las piernas y se llevó las manos a la nuca.

—Por favor, dime que no consiguió convencerte para que dejaras de hacerlo.

—No lo consiguió... aunque no me volví a depilar hasta llegar a la universidad. Una vez me compré un llavero de piel de serpiente y me acusaron de poner en riesgo el ecosistema. Ah, y otra vez me prohibieron quedarme a dormir en casa de una amiga cuando estaba en cuarto porque se enteraron de que los padres de la niña no reciclaban los periódicos. Creyeron que aquel era un medio demasiado hostil para que pasara en él doce horas.

—Estás de broma.

—No. Eso no quiere decir que no sean buena gente, porque lo son. Pero están muy comprometidos con todo. A veces me gustaría parecerme a ellos.

—Bueno, yo no te conocía demasiado en el instituto, pero habría dicho que te iba más aquello que el... el rollo este de chica de ciudad.

No supe qué responder.

—No, verás, no quería ofenderte —se apresuró en añadir—. Es que siempre pareciste estar entregada a multitud de causas. Recuerdo el artículo que escribiste sobre el derecho de elección de la mujer para el periódico del instituto. Un día oí a unos profesores comentar en la sala de reuniones que no se podían creer que aquello lo hubiera escrito una estudiante de primero. Después lo leí y la verdad es que yo tampoco me lo podía creer.

Al descubrir que había leído mi artículo y que aún lo recordaba sentí un intenso escalofrío; me pareció que, de repente, compartíamos algo íntimo y especial.

—Sí, bueno, pero es difícil continuar haciendo algo que tú no has elegido, sino que los demás han decidido que debes hacer.

—Te entiendo. —Lo miré con el rabillo del ojo y vi que asentía—. Aun así, me parece que son gente interesante.

—Claro, porque no tienes ni idea. Por fortuna, aunque eran hippies, eran hippies judíos, y no estaban por la labor de pasar penalidades viviendo con lo mínimo. Como mi padre repite constantemente, «no por ser pobre resultas más convincente. Lo importante son los argumentos, no los bienes materiales o escasez de los mismos».

Había dejado de sorber su café y se había vuelto para mirarme. Noté sus ojos clavados en mi rostro y me di cuenta de que me estaba escuchando con gran atención.

—Y sí, claro, eso es cierto. Yo nací en una comuna de Nuevo México, un sitio que no tenía claro que fuera un estado hasta que vi el mapa electoral del año 2000 en la CNN. A mi madre le encanta rememorar que me tuvo en su «cama matrimonial» ante la atenta mirada de los demás niños de la comuna, que habían entrado a presenciar el milagro de la vida con sus propios ojos. Sin médicos, sin calmantes, sin sábanas esterilizadas... solo con la ayuda de un marido experto en botánica, una comadrona sensiblera que asistió con técnicas de respiración propias del yoga, los cánticos del gurú de la comuna y un grupo de niñas de doce años que es muy probable que, tras presenciar el milagro, optaran por mantener la virginidad hasta bien entrados los treinta.

No podía dejar de hablar y no sabía por qué. Hacía años y años que no le contaba aquella historia a nadie; quizá la última vez hubiera sido cuando conocí a Penelope a principio de curso en nuestro primer año en Emory, fuimos a fumarnos un porro entre los arbustos que rodeaban la cancha de tenis y ella confesó que su padre conocía mejor a sus empleados que a su familia y que, hasta los cinco años, creyó que su niñera negra era en realidad su madre. Entonces creí que la mejor forma de animarla sería demostrarle que, comparados con los míos, sus padres eran del todo normales. Aquella noche pasamos horas riéndonos tumbadas sobre el césped, colocadas y felices. Aunque todos mis novios habían conocido a mis padres, a ninguno les había hablado de ellos de aquel modo. Había algo en Sammy que hacía que quisiera contárselo todo.

—¡Es increíble! ¿Y cuánto tiempo viviste allí? ¿Lo recuerdas?

—Nos mudamos a Poughkeepsie cuando tenía dos años porque empezaron a trabajar en el instituto Vassar. Y entonces dieron con mi nombre. Primero se les ocurrió llamarme Soledad, por la cárcel de California en la que encerraron a los manifestantes de Berkeley, pero no sé si fue su chamán quien propuso Bettina, en honor de Bettina Aptheker, la única mujer del comité directivo del Movimiento Libertad de Expresión de Berkeley. A los doce años la canción «The wind beneath my Wings» se convirtió en un éxito y como Bette Midler me gustaba decidí que solo respondería si me llamaban Bette. Cuando me quise dar cuenta de que había adoptado el nombre de una pelirroja que cantaba baladas ñoñas, ya era demasiado tarde. Todo el mundo me llama así, excepto mis padres, claro.

—¡Caray! Parecen muy interesantes. Me encantaría conocerlos algún día.

Como no supe qué responder y quizá fuera un poco pronto para comunicarle que algún día serían sus suegros, le pregunté sobre los suyos. Intenté recordar algo de la época del instituto, pero me di cuenta de que no sabía nada sobre su vida familiar.

—¿Y qué me dices de tus padres? ¿Algo jugoso que quieras compartir, o son gente normal?

—Bueno, llamarlos normales sería exagerar un poco. Mi madre murió de cáncer de pecho cuando yo tenía seis años.

Abrí la boca para decirle que lo sentía, para murmurar algún comentario manido, pero él me interrumpió.

—Suena tremendo, pero lo cierto es que yo era demasiado pequeño para acordarme. Fue un poco extraño crecer sin una madre, pero mi hermana mayor lo pasó mucho peor, y, además, mi padre lo hizo bastante bien.

—¿Cómo está? Me comentaste que le pasaba algo...

—No, no le pasa nada. Se encuentra un poco solo, eso es todo. Llevaba años saliendo con una mujer y, no sé muy bien por qué, pero hace un par de meses ella se mudó a Carolina del Sur y mi padre todavía no lo ha encajado. Creí que una visita le haría bien.

—¿Y tu hermana? ¿Cómo le va?

—Mi hermana tiene treinta y tres años, está casada y tiene cinco hijos. Nada menos que cinco (cuatro niños y una niña). ¿Te lo puedes creer? Se puso a ello al terminar el instituto. Vive en Fishkill, así que podría ir a ver a mi padre a menudo, y ahora que ha decidido estudiar enfermería está muy ocupada... pero su marido es un poco gilipollas.

—¿Os lleváis bien?

Se me hacía extraño estar descubriendo todo un mundo que no sabía que existía y que jamás habría podido imaginar viéndolo tratar con los famosos y aspirantes a famoso que iban a Bungalow 8.

Pareció considerar la pregunta unos instantes, el tiempo que le llevó sacar una lata de Coca-Cola de su bolsa y ofrecerme un trago.

—¿Bien? Bueno, no sé si diría tanto. Creo que sigue resentida porque me marchara a la universidad cuando ella ya tenía un hijo y otro en camino. Suele repetirme que, como soy la única razón que papá tiene para vivir, al menos uno de los dos tiene la oportunidad de hacerle sentir orgulloso... Ya te puedes imaginar; esa clase de cosas. Pero es una buena persona. Joder, perdona, me estoy haciendo un poco pesado.

Antes de que pudiera decirle nada, convencerle de que estaba bien, de que me encantaba oírle hablar de cualquier cosa, comenzó a sonar una canción de Whitesnake y Sammy volvió a reírse.

—¿Cómo pones esta música? ¿No te pitan los oídos?

La conversación continuó con levedad tras aquel punto, a modo de charla sobre música, películas y el hatajo de personajillos con los que tratábamos en el día a día. Tuvo cuidado de no mencionar a Philip y, a cambio, yo no dije ni una palabra de Isabelle. Aparte de eso, hablamos como si nos conociéramos desde siempre. Cuando me di cuenta de que faltaba tan solo una media hora para llegar, llamé a mis padres para decirles que daría una vuelta para dejar a alguien a quien traía y que no tardaría en estar en casa.

—Bettina, no seas tonta. ¡Lo vas a traer a cenar! —me gritó mi madre a través del teléfono.

—Mamá; yo diría que quiere irse a su casa. Ha venido para ver a su familia, no a la mía.

—Bueno, tú hazme el favor de invitarlo. Nunca nos presentas a ninguno de tus amigos y a tu padre le haría ilusión. Y, si quiere, que sepa que mañana también lo invitamos a la fiesta. Todo está preparado.

Le prometí hacerme eco del ofrecimiento y colgué.

—¿Qué ha pasado? —preguntó él.

—Mi madre quiere que vengas a cenar, pero le dije que preferirías ir a casa de tu padre. Además, lo que ellos llaman comida es alpiste.

Se quedó callado un instante y después dijo:

—Pues te diré que, si no te importa, acepto al plan encantado. El viejo no me espera hasta mañana, así que no creo que le importe. Además, con suerte podré ayudar en la cocina y hacer que el tofu resulte un poco más comible.

Había hablado fingiendo indiferencia, pero yo presentí (recé por ello, me esperancé, lo deseé) que detrás de su cautela había algo más.

—Ah, bueno, pues vale —tartamudeé tratando de mantener su tono, pero a mi pesar, mis palabras sonaron a que la idea no me hacía ninguna gracia—. Vamos, que si te apetece, estaría muy bien.

—¿Estás segura?

—Claro. Después te llevo hasta la casa de tu padre y, por otra parte, te prometo que no te retendrán más tiempo del que sea necesario. Con todo, bastará para que mis padres pretendan hacer de ti un vegetariano, aunque supongo que podremos soportarlo.

Ya me encontraba mejor. Más bien, extasiada. Y un poco aterrorizada, también.

—Vale, estupendo. Tengo que verlos para ver cómo son, después de todo lo que me has contado.

Cuando nos metimos en el camino que daba a la casa y cruzamos las más de tres hectáreas en las que mis padres habían vivido durante un cuarto de siglo, vimos a mi madre sentada en la mecedora del porche, casi oculta por las numerosas chaquetas de lana que tenía puestas. El Toyota Prius, que habían comprado para casos de necesidad (a menudo me preguntaba qué pensarían si se enterasen de que la mayoría de los famosos de primera línea radicados en Hollywood tenían el mismo coche), estaba aparcado en su lugar y cubierto por una lona, pues utilizaban la bicicleta el noventa y nueve por ciento del tiempo. Al vernos, mi madre dejó el libro que acunaba en las manos enguantadas (sobre el estampado batik) y corrió a nuestro encuentro antes incluso de que yo pudiera aparcar el coche.

—¡Bettina! —exclamó, tras abrir la puerta del conductor y aplaudir de excitación.

Tiró de mí hasta sacarme del coche y me dio un abrazo, y yo valoré la posibilidad de que no hubiera nadie que se alegrara tanto de verme como mi madre o mi perra. El achuchón se prolongó más de la cuenta y, con ello, me olvidé del pavor que hasta entonces me había dado aquella visita.

—Hola mamá. Estás fantástica.

Y era cierto. Las dos teníamos el mismo pelo largo, grueso e indomable, pero el suyo había cobrado un precioso matiz plateado y resplandeciente, peinado como estaba con la misma raya al medio que había llevado desde la adolescencia. Era alta y de delicada delgadez; la clase de persona con una determinación en el gesto que desmentía la fragilidad de su físico. Como era habitual en ella, no llevaba maquillaje y sí, como único adorno, un colgante turquesa en forma de sol sujeto a una fina cadenilla de plata.

—Este es un amigo mío, Sammy —anuncié—. Sammy, mi madre.

—Hola, señora Robinson. —Se quedó callado un momento—. Vaya, me recuerda a...

—Sí; a la canción que Simon y Garfunkel tuvieron a bien dedicarme: «Mrs. Robinson». En cualquier caso, llámame Anne y, por favor, trátame de tú.

—Te agradezco muchísimo que me hayas invitado, Anne. Espero no estar de más.

—Tonterías, Sammy. Nos encanta que hayáis venido. Y ahora pasad, antes de que os congeléis.

La seguimos a través de la cancilla, sencilla y de pino, tras sacar de su bolsa a una Millington acometida por la tos, y nos encaminamos al pequeño invernáculo que habían construido unos años antes para «contemplar la naturaleza cuando el clima no acompaña». Constituía el único elemento moderno en sus dominios, por lo demás rústicos, y mí me encantaba. Excepcional en aquel ambiente estilo Heidi, el invernáculo poseía un aire minimalista y zen más propio de la sala de baños del último hotel creado por Ian Schrager. Estaba hecho a base de listones de cristal inclinados que permitían ver los frondosos arces de Canadá de las proximidades, y contenía una variedad pasmosa de plantas, arbustos, flores y matas. En el interior había un estanque, no mayor que un búnker de un campo de golf, con unos cuantos nenúfares de cuya presencia podía disfrutarse desde la tranquilidad que ofrecían unas butacas de teca dispuestas alrededor y orientadas hacia la poblada arboleda que se abría por la parte de detrás. Mi padre se encontraba ocupado con unos papeles, en una mesa baja de madera iluminada por un farolillo de papel, y su buen aspecto se leía en los vaqueros que vestía y el par de sandalias Naot, que calzaba con gordos calcetines («¿Qué necesidad tengo de utilizar esas alpargatas alemanas cuando las que los israelíes producen son igual de buenas?», solía decir). Las canas de su cabello habían ido en aumento, pero se levantó con la energía de siempre y me dio un efusivo abrazo.

—Bettina, Bettina, por fin se te ve en el nido —bromeó, mientras me arrastraba a una pequeña danza.

Me aparté, un poco avergonzada, y le di un beso en la mejilla.

—Hola, papá. Quiero presentarte a un amigo, Sammy. Sammy, este es mi padre.

Recé para que mi padre se comportara con cierta normalidad. Jamás se sabía qué iba a decir o hacer, en especial cuando le daba por burlarse de su hija. La primera ocasión en que mis padres se presentaron en Nueva York, una vez hube terminado la universidad, invité a Penelope a que viniera a cenar con nosotros. Ella les había visto en la ceremonia de graduación y también en otra ocasión anterior —de la que probablemente no se acordara—, y mi padre no se había olvidado de ella. Después de presentarlos, él le besó la mano con galantería y, con expresión imperturbable aunque un tanto sarcástica, dijo: «Penelope; pero claro que me acuerdo de ti, criatura. Una vez fuimos a cenar y tú trajiste a ese chico tan tierno. ¿Cómo se llamaba? ¿Adam? ¿Andrew? Recuerdo que era muy perspicaz, muy dado a la oratoria».

Aquella era la manera sutil que mi padre tenía de gastarme bromas encubiertas. En la cena, Avery había estado tan colocado que a duras penas había podido responder a preguntas sencillas sobre sus estudios o su vida. Aunque hiciera mucho tiempo que no veía a Avery ni a Penelope, mi padre me llamaba de vez en cuando fingiendo ser el supuesto camello de Avery y, con voz de barítono, me recomendaba la compra de un «material de puta madre». No podía resistirse a hacerlo y ambos nos mondábamos de risa. Por su parte, Penelope, acostumbrada a la indiferencia y al desinterés de sus padres, no se había dado cuenta de nada durante la cena y había mantenido una sonrisa cortés.

Mi padre, en todo caso, no conocía a Sammy, de modo que me figuré que estábamos a salvo del escarnio.

—Un placer, Sammy. Ven a sentarte en compañía de un hombre ya mayor. ¿Eres de por aquí?

Todos nos sentamos. Mi padre sirvió el té de regaliz que mi madre había preparado y, mientras, Sammy intentó acomodar con cuidado su voluminoso cuerpo sobre los enormes cojines de flores que estaban esparcidos en torno a la mesa. Yo me situé entre él y mi madre, que, para sentarse, flexionó las piernas a la manera india con tanta gracilidad que aparentó tener veinte años menos.

—¿Y cuál es el plan para el fin de semana? —pregunté, animada.

—Bueno, pues nadie va a venir hasta bien entrado el mediodía, así que, hasta entonces, sois libres. ¿Por qué no os acercáis a la universidad, a ver qué se ofrece por allí? Me parece que se celebran un par de actos interesantes —dijo mi madre.

—La compañía de ballet universitaria actúa mañana por la mañana, temprano. Si os interesa, puedo conseguiros entrada —se brindó mi padre.

Hacía tanto que daba clases de ecología y era un profesor tan querido que podía conseguir lo que se propusiera. Mi madre trabajaba para el servicio universitario de asistencia psicológica y administraba su tiempo para, por una parte, atender a los estudiantes por teléfono (violadas, suicidas, depresivos) y, por la otra, recorrer la universidad pregonando un nuevo enfoque aplicado a los problemas juveniles (acupuntura, hierbas, yoga). Como pareja, eran la mascota de la zona, al igual que lo habían sido en Berkeley, en los años sesenta, según me constaba.

—Ya veremos, aunque os olvidáis de que Sammy está aquí para visitar a su familia —afirmé, dedicándoles a ambos una mirada que pretendí intimidatoria.

Eché en mi taza una cucharada de azúcar moreno natural y le pasé el azucarero a Sammy.

—Hablando de eso, ¿qué nueva excusa tiene Will para no haber venido? —inquirió mi madre con toda tranquilidad.

Sammy se adelantó antes de que yo pudiera reaccionar, inconsciente de que hacía tanto que mis padres se habían acostumbrado a las lamentables historietas y mentiras de Will que enumerarlas y relatarlas se había convertido en un pasatiempo familiar. Mi tío se llevaba bien con mi madre, y eso a pesar de que ella fuera una insoportable hippy liberada que se negaba a afiliarse a ningún partido, y él un insoportable conservador adscrito al partido republicano. Por alguna razón, se hablaban todas las semanas y conseguían ser cariñosos el uno con el otro, si bien los dos tenían la censurable costumbre de llamarme a mí después para criticarse entre sí.

—A Simon le había surgido algo de trabajo, ¿no? —dijo Sammy, dirigiéndose a mí—. Creo que la Filarmónica le avisó en el último momento de que tenía que ir a sustituir la baja por enfermedad de uno de los músicos. No tuvo otra alternativa, no podía decir que no —agregó, sin que yo le cerrara la boca.

Era leal; eso no podía negársele.

Mi madre sonrió, mirándonos alternativamente a mi padre y a mí.

—¿Ah, sí? Pues yo creía que tenía que ir a una reunión de emergencia con no sé qué abogado de New Jersey.

Sammy enrojeció, de pronto convencido de que se había confundido al contar la excusa. Era momento de intervenir.

—Saben que Simon no tiene nada que hacer, Sammy, y, además, saben que tú lo sabes. No te preocupes, no les has descubierto nada.

—Es muy considerado de tu parte, Sammy, pero es que conozco demasiado bien a mi queridísimo hermano para creerme sus cuentos. ¿Adónde han ido? ¿A Miami? ¿A las Bahamas?

—A Key West —contesté.

—Tú ganas —admitió mi padre—. Tu madre apostó conmigo a que lo cancelarían en el último momento y que la excusa sería Simon. Francamente, aprecio que nos haya ahorrado el viejo cuento de los plazos de entrega.

Los dos soltaron una carcajada.

—En fin, voy a ver cómo anda la cena —anunció mi madre—. He ido al mercado de la cooperativa de agricultores y he comprado los productos del invierno.

—¿Te ayudo? —le preguntó Sammy—. Es lo menos, después de haberte mentido. Además, hace tiempo que no veo una cocina doméstica, por desgracia.

Mis padres lo miraron con curiosidad.

—Sammy es cocinero —expliqué—, y con estudios de hostelería. Algún día montará su propio restaurante.

—¡Vaya, qué interesante! ¿Y estás cocinando para algún restaurante de Nueva York en este momento?

Sammy sonrió con pudor y bajó la vista.

—Bueno —repuso—, hace unos meses que empecé a preparar los desayunos de domingo en el Gramercy Tavern. La clientela es muy exigente. Está siendo una buena experiencia.

Me sobresalté. ¿El Gramercy Tavern, de verdad? Pero ¿quién era aquel tío?

—En ese caso, me temo que vas a venir conmigo. ¿Qué maravillas puedes hacer con calabacín? —le preguntó mi madre, tomándolo del brazo y ayudándolo a levantarse.

A los pocos minutos, Sammy pasó a ocuparse de los fogones mientras mi madre, sentada a la mesa, lo miraba sin salir de su asombro e incapaz de esconder el deleite que le producía.

—¿Qué estás cocinando? —le pregunté al verlo asperjar con aceite de oliva unos fideos.

Se secó las manos en el paño que mi madre le había dado (y que decía: EN LA ACEPTACIÓN ESTÁ LA PAZ) y contempló su obra.

—Pues pensé que podríamos comenzar por una ensalada de pasta con zanahorias horneadas, pepino y piñones, y quizá, un poco de calabacín a modo de *antipasto*. Tu madre dijo que quería un plato sencillo, así que supongo que intentaré hace unos bocaditos estilo *focaccia* con garbanzos al curry y, para acompañar, pimientos rellenos de arroz y escarola. Como postre, ¿qué os parecen unas manzanas asadas con crema pastelera y este sorbete de aquí? Tengo que admitir, Anne, que has traído una fantástica materia prima.

—Oye, mamá, ¿y qué pensabas hacer tú? —pregunté, sin quitar ojo a las expresiones de ambos.

—Un guiso —admitió, concentrada en Sammy—. Supongo que me habría limitado a echarlo todo a la olla y a cocerlo un rato.

—También es buena idea —valoró Sammy de inmediato—. Si prefieres, cambio de plan.

—¡De ninguna manera! —exclamó mi padre, muy en consonancia con lo que yo estaba pensando—. Continúa con lo tuyo, Sammy, por favor. Estoy seguro de que estará delicioso —agregó mientras le propinaba unos golpecitos en la espalda y probaba con el dedo la pasta de garbanzos.

La cena, como era de esperar, fue espléndida, tanto que no hice ni un solo comentario sobre la total ausencia de carne y la sobreabundancia de productos biológicos; entre otras cosas, porque apenas si lo noté. Todas mis preocupaciones sobre lo extraño que iba a ser compartir una misma mesa con Sammy y con mis padres se evaporaron no bien dimos cuenta de la ensalada de pasta. Sammy estaba radiante por las constantes alabanzas que no dejábamos de prodigarle, y me costó reconocer su buen humor y sus ganas de hablar. Antes de que pudiera entender lo que estaba sucediendo, me vi recogiendo la mesa mientras mis padres, que habían secuestrado a Sammy en el invernáculo, le enseñaban las muy temidas fotos de mi infancia, tendente a la desnudez y a las piscinas de plástico, y le hacían un recuento de mis logros que a nadie habría podido interesar a excepción de los familiares inmediatos. Hube de esperar hasta pasada la medianoche para que mis padres dijesen que se retiraban a su habitación.

—Venid los dos siempre que queráis, de visita o a pasar unos días, pero disculpad que este hombre y yo estemos muertos de sueño —dijo mi madre, apurando las últimas caladas de un cigarrillo de clavo, un lujo que solo se permitían cuando estaban de buen humor—. Mañana tendremos un día duro. —Tomó a mi padre de la mano, que le correspondió con una sonrisa—. Encantada de haberte conocido, Sammy. Nos gusta verlos, a los amigos de Bette.

Sammy se puso en pie.

—Yo también estoy encantado de haberos conocido a ambos. Gracias por haberme invitado y buena suerte en la fiesta de mañana.

—Sí, bueno, es una costumbre, y esperamos verte por allí. Buenas noches —se despidió mi padre, que se marchó detrás de mi madre no sin antes volverse y susurrar un agradecimiento para Sammy por haberle deparado una cena comestible.

—Son geniales —murmuró Sammy, una vez que la puerta estuvo cerrada—. Después de la descripción que me hiciste de ellos, la verdad es que me esperaba a dos fenómenos de circo. Pero si son muy normales.

—Ya, claro, dependiendo de lo que entiendas tú por «normal». ¿Vamos?

—Ah, sí, como quieras —titubeó.

—Supongo que querrás irte a casa, aunque, si te apetece, podemos ir a dar una vuelta —dije, casi cruzando los dedos.

Se quedó pensativo durante unos momentos.

—¿Qué tal si vamos al Starlight?

Podía declararlo oficialmente: aquel hombre era perfecto. Volví a respirar.

—Buena idea. Es el mejor bar del mundo. ¿Te gusta tanto como a mí?

—Diría que más. Solía ir solo en mi época del instituto, a pesar de la vergüenza que me daba. Me llevaba un libro o una revista, y pedía café. Me rompió el corazón que se marchara la camarera de las verrugas que había trabajado allí desde siempre.

Durante los años de instituto, el Starlight había sido el epicentro de nuestra vida social, el sitio en el que me había pasado parte de la adolescencia junto a mis amigas, que, como yo, no eran tan guapas ni modernas como para formar parte de los privilegiados, pero que, aun así, no dudaban en hacer valer su superioridad ante los parias y paletos (en general, gafotas especialistas en matemáticas o computadoras) que ocupaban el peldaño inferior del escalafón. La jerarquía social se mantenía inviolable: los chicos populares monopolizaban la zona de fumadores, los marginales se dedicaban a jugar a las máquinas en el reservado de la parte de atrás, y los de mi grupo (una mezcla de hippies, punks alternativos y trepas que aún no habían visto realizarse sus deseos de ascenso) se habían adueñado de la barra y de las seis mesas restantes. Los chicos se sentaban en uno de los reservados, para fumar cigarrillos y debatir —con elegancia y empirismo— si renunciarían a las mamadas o al sexo de verse en la obligación de decidir, mientras nosotras, sus novias leales (hacíamos poco más que besuquearlos o dejar que nos besuquearan), bebíamos café con parsimonia y analizábamos con gran detalle qué chicas del instituto tenían la mejor ropa, las mejores tetas y el mejor novio. El Starlight era la versión de aquel Central Perk de Friends que podía encontrarse en Poughkeepsie, aunque un poco más sucio y distinto por las luces fluorescentes, los asientos de skay marrón y el personal, todo él aquejado por verrugas purulentas o amputaciones en los dedos, por increíble que pueda parecer.

Me encantaba que la gente mantuviera vigente su devoción por la habitación de la infancia o los lugares en que pasaban las vacaciones, y yo misma volvía como el hijo pródigo cada vez que me escapaba de la ciudad. La idea de que Sammy hubiera ido a aquel lugar en soledad me provocó nostalgia y tristeza.

Nos sentamos a la mesa más limpia que encontramos y fingimos examinar los menús plastificados, que no habían cambiado desde hacía décadas. A pesar de no tener hambre, me debatí entre pedir un pastel de canela o unas patatas fritas para, al fin, decidir que podía permitirme un empacho de carbohidratos por hallarme fuera de Manhattan y optar por ambas cosas. Sammy se contentó con un café. Mi camarera preferida, notable por la longitud de los pelos que coronaban una de las verrugas de que era dueña, se había carcajeado al oír a Sammy pedirle leche desnatada, y ambos se habían enzarzado en una especie de combate gestual que tenía lugar desde la distancia.

Bebimos café, parloteamos y comimos.

—No sabía que trabajaras en el Gramercy Tavern. Me gustaría ir por allí.

—Ya; yo tampoco sabía que hubieras sido la segunda mejor estudiante de tu clase, o que hubieras ganado el premio Martin Luther King por tu actividad intercultural prestada a la comunidad.

Me reí.

—Vaya hombre; no se olvidaron de nada, ¿no? Me consideraba afortunada por que tú te hubieras graduado tres años antes que yo y no supieras nada de todo eso, pero ya veo que te han puesto al corriente, para mi desgracia.

La camarera vertió más café en la taza de Sammy y derramó a posta unas cuantas gotas.

—Están orgullosos de ti. Tienes suerte.

—Estaban; estaban orgullosos de mí. Ahora es diferente. No creo que mi recién descubierta habilidad para atraer a los famosos a Bungalow 8 o para salir en las columnas de cotilleo se corresponda con lo que ellos esperaban de mí.

Sonrió con tristeza.

—La gente se adapta, pero eso no significa que deje de ser lo que es.

Por la manera en que lo dijo, tuve ganas de creerle.

—¿Por qué no nos vamos de aquí? —pregunté, levantándome para pedir la cuenta, la cual, con independencia de qué o cuántas cosas se pidiesen, ascendía siempre a tres dólares por persona—. Creo que debería reservar mis energías para la celebración de mañana, a la que espero asistas...

Sammy dejó un billete de veinte dólares sobre la mesa («para compensar todas las noches que pasé horas aquí sentado y dejé una mierda de propina») y me colocó la mano sobre el hombro para guiarme hasta la salida. Allí se detuvo ante una caja de vidrio llena de peluches y, haciendo gala de un extraordinario dominio de la garra, consiguió un cerdito que me regaló. Me abracé al muñeco y Sammy comentó que habían sido los dos dólares mejor gastados de su vida. El trayecto de diez kilómetros hasta su casa fue agradable, y me sirvió para darme cuenta de que, en todos los años que había vivido en Poughkeepsie, jamás había pasado por allí. Nuestra actitud era contemplativa, sin la cháchara, bromas o confidencias que habíamos compartido a lo largo de las nueve horas que habíamos pasado juntos —nueve horas que me parecieron cinco minutos—. Me metí por el corto camino de tierra que llevaba hasta su casa, pequeña y de estilo colonial, y detuve allí el coche.

—Me lo he pasado muy bien esta noche. Bueno, hoy, esta noche, todo junto. Gracias por traerme y por la cena, por todo, vaya.

No parecía que tuviera ninguna prisa por bajar del coche, así que me permití alimentar la idea de que iba a besarme. Cualquier novela de Harlequin habría recalcado la química que se respiraba entre nosotros.

—Pero ¡qué dices! ¡Soy yo la que debería darte las gracias! Nos has salvado de una intoxicación alimentaria severa, ¿te das cuenta? —exclamé, y metí las manos debajo de las rodillas para que dejaran de temblar.

Entonces salió del coche. Sin más. Abrió la puerta, agarró su bolsa del asiento de atrás, hizo un gesto de despedida con la mano y murmuró algo sobre llamarme al día siguiente. La decepción fue tan grande que sentí como si me hubieran abofeteado, así que metí la marcha atrás a toda velocidad y me dispuse a salir de allí antes de echarme a llorar. ¿Por qué diablos te planteas siquiera que pueda estar interesado en ti?, pensé, mientras me venían a la cabeza imágenes de la noche. Tenía que venir hasta aquí, tú te ofreciste, y ya está. Lo único que ha hecho es comportarse con amabilidad. Es una de tus ideas delirantes, así que olvídate de ella antes de hacer el ridículo más espantoso. En ese momento empecé a girar para tomar la carretera y vi una silueta que se acercaba. Sammy.

Me dijo algo que no entendí porque la ventana estaba cerrada, de modo que la bajé y detuve el coche.

—¿Te has olvidado de algo? —pregunté, intentando que no se me notara el temblor en la voz.

—Sí.

—Espera un segundo. Ya está, tienes el maletero abierto para...

No me dejó terminar la frase. Metió medio cuerpo por la

ventana del conductor, se inclinó sobre mis piernas y echó el freno de mano. Me desabrochó el cinturón, abrió la puerta y me sacó del coche.

—¿Qué pasa? No...

Entonces tampoco pude seguir hablando. Me agarró la cara entre las manos como toda mujer desea que lo hagan y ningún hombre hace. Igual que en la cubierta de *Lustfully Yours*, si no recordaba mal, en la que aparecía una ilustración que representaba el no va más en besos románticos. Las manos, frías, me asían con fuerza, y yo estaba segura de que notaba que mi cara estaba ardiendo, pero no era el momento de preocuparse por aquello. Se inclinó y me besó con tanta delicadeza que apenas fui capaz de reaccionar, me quedé quieta y dejé que ocurriera, demasiado sorprendida para devolverle el beso.

—Te prometo que la próxima vez no se me olvidará —dijo con un tono grave que yo solo había oído en las películas.

Entonces sujetó la puerta y me indicó que volviera a sentarme. Feliz por la ocasión de darles un respiro a mis temblorosas piernas me desplomé con torpeza sobre el asiento. Sammy cerró la puerta y me quedé observándolo con una sonrisa en los labios mientras se encaminaba hacia su casa.

20

Había terminado de colgar el último de los farolillos de papel cuando mi madre por fin se decidió a atacarme con preguntas sobre Sammy.

—Bettina, cielo, Sammy parece un chico encantador. A tu padre y a mí nos hizo mucha ilusión conocerlo ayer por la noche.

—Sí, es verdad. Parece agradable.

Estaba decidida a hacerla sudar para obtener información y a disfrutar cada segundo del proceso.

—¿Vendrá a la fiesta?

Colocó un platillo de humus junto a una bandeja de aceitunas variadas y se apartó para admirar su obra. Después se volvió hacia mí.

—No creo. Sé que le haría ilusión, pero solo hemos venido por unos días y querrá pasar tiempo con su padre. Me dijo que quizá salieran a comer unos filetes.

—Ah, vaya, vaya —respondió con tono de reprobación, haciendo un evidente esfuerzo por no decir nada sobre la orgía carnívora que, seguro, se estaba imaginando. Sammy solo me había dicho que saldrían a cenar, pero sacar a mi madre de quicio era fácil y muy divertido—. Bueno, podría pasarse después para probar algunos de nuestros deliciosos bocados.

—Sí, bueno, ya le haré la tentadora oferta.

Sammy había llamado para avisar de que no podría asistir a la fiesta, pero lo que más me disgustó fue que me dijera que tampoco volvería conmigo a la ciudad. Después de darme las gracias de nuevo por todo, me explicó que tenía que trabajar el sábado por la noche, de modo que regresaría en autobús. Entonces pensé en marcharme también el sábado, pero sabía que a mis padres no les haría ninguna gracia, así que le di las buenas noches y colgué.

—Oye, Bettina, ven a echarme una mano con esto, ¿quieres? —gritó mi padre, que estaba formando una extraña pila de troncos y palos. El plato fuerte del festival de la cosecha era la hoguera ceremonial, alrededor de la cual la gente bailaba, bebía vino y «ofrecía una serenata a la cosecha», fuera cual fuese el significado de aquello.

Me acerqué a él mientras repasaba de arriba abajo mi indumentaria: pantalones de pana de la época del instituto, sudadera con cremallera y chaleco de lana de borreguito. Era una sensación extraña pero maravillosa, pues por fin podía darles un respiro a las camisetas ajustadas y a los vaqueros segunda piel que vestía a diario, ideales para levantar los glúteos y disimular cadera. En los pies llevaba calcetines peludos de angora que apenas cabían en los blandos mocasines con suela de goma y flecos que, pese a ser el culmen del mal gusto, se habían puesto de moda en el instituto. Y, aunque me parecía inmoral que, pasados los años, volvieran a aparecer en las páginas de las mejores revistas de moda, eran demasiado cómodos para desecharlos por principios. Tomé una bocanada del frío aire de finales de noviembre y sentí algo muy cercano a la felicidad.

—Dime, papá, ¿qué hago?

—Coge esa pila que está junto al invernáculo y déjala allí, si puedes —gruñó, mientras se llevaba al hombro un enorme leño.

Me lanzó un par de guantes que me quedaban grandes, de tan sucios casi negros, y me indicó el lugar adonde debía llevar los troncos. Me puse los guantes, y de uno en uno, procedí al traslado tal y como me había pedido.

Mi madre anunció que se iba a duchar y que nos dejaba una botella de té de regaliz en la cocina, así que, cuando hubimos terminado, nos sentamos a descansar y nos servimos unas tazas.

—Dime, Bettina, ¿qué relación tienes con ese estupendo joven que conocimos ayer por la noche? —preguntó mi padre con naturalidad.

—¿Estupendo joven? —repetí, más por ganar tiempo que por meterme con él.

Estaba segura de que quería oír que Sammy y yo estábamos saliendo y, aunque nadie en este mundo deseaba más que yo que así fuera, no me vi capaz de explicarle toda la historia.

—Bueno, tú ya sabes que tu madre y yo soñamos con que te acabes casando con alguien como el chico de Penelope. ¿Cómo se llama?

—Avery.

—Eso es, Avery. Es decir, sería magnífico disponer de un suministro inagotable de marihuana, pero ya que las joyas como él tampoco abundan, ese tal Sammy no está del todo mal. —Se rió con ganas por su ocurrencia.

—Ya, bueno, no hay nada interesante que contar. Solo lo traje en coche, nada más.

No quería profundizar en el tema, pues me parecía ridículo hablar con mis padres de algo que se podría catalogar de enamoramiento de adolescente.

Tomó un sorbo de té y me miró con atención por encima del mensaje «VETERANOS A FAVOR DE LA PAZ» que se leía en su taza. Ni él ni mi madre eran veteranos de nada, que yo supiera, pero opté por no hacer ningún comentario al respecto.

—Está bien. ¿Y qué me dices del trabajo? ¿Cómo te va?

Tras haber pasado veinticuatro horas sin pensar en ello,

sentí un impulso desesperado por comprobar si tenía mensajes, pero en casa de mis padres no había cobertura y no me molesté en llamar a mi móvil desde su fijo.

—Pues no está nada mal —respondí con rapidez—. Es mucho mejor de lo que me esperaba. Me llevo muy bien con mis compañeros y las fiestas son divertidas, aunque no sé si me lo seguirán pareciendo dentro de un tiempo. Estoy conociendo a un montón de gente, así que, de momento, me parece una buena opción.

Asintió, como si estuviera procesando la información, y me dio la impresión de que se estaba callando algo.

—Di —le pedí.

—No, nada. Es muy interesante.

—¿Qué te parece interesante? Se trata de organizar eventos, no se puede decir que sea fascinante.

—Por supuesto, a eso mismo me refiero. No te lo tomes a mal, Bettina, pero tanto tu madre como yo estamos un poco sorprendidos por el camino que has elegido.

—¡Oye, no está tan mal como el CWK! A mamá estuvo a punto de darle un infarto cuando se enteró de que uno de los clientes del banco era la compañía Dow Chemical. Desde aquel mismo momento me estuvo mandando cartas a diario durante tres semanas en las que me acusaba de la deforestación, del cáncer de pulmón en los niños, y, aún no entiendo la relación, de la guerra de Irak. ¿Es que no te acuerdas? Estaba tan histérica que tuve que decir que no podía hacerme cargo de aquel cliente. ¿Cómo os puede molestar que haya cambiado de trabajo?

—No nos molesta, Bettina, es solo que creíamos que tú harías algo, no sé, algo... importante. Como dedicarte a escribir, por ejemplo. Siempre has escrito de maravilla. ¿No mencionaste algo de la Asociación de Paternidad Responsable? ¿Qué pasó con aquello?

—Papá, mencioné muchas cosas, pero surgió esto y me gusta. ¿Tan grave te parece?

Estaba a la defensiva, pero es que odiaba aquellas conversaciones.

Me sonrió y apoyó su mano sobre la mía.

—Claro que no. Sabemos que un día encontrarás tu camino.

—¿Que encontraré mi camino? Un comentario algo condescendiente, ¿no te parece? No hay nada de malo en lo que hago...

—¿Bettina? ¿Robert? ¿Dónde estáis? Acaban de llamar las chicas de la cooperativa de alimentos para decir que ya están de camino. ¿Está lista la hoguera? —La voz de mi madre retronó desde el interior de la casa. Mi padre y yo nos quedamos mirándonos unos segundos antes de levantarnos.

—Ya voy, cariño —respondió.

Dejé nuestras tazas en la cocina y me crucé con mi padre de camino a mi habitación para ponerme otros pantalones todavía más cómodos. Acababa de peinarme y colocarme algo de brillo en los labios —los mismos que Sammy había besado no hacía ni veinticuatro horas— cuando oí que ya habían llegado los primeros invitados.

Pasada una hora, la casa estaba llena de individuos que no había visto jamás. Aparte de algún vecino que conocía de toda la vida y gente de la universidad, había una multitud de extraños que se paseaban bebiendo sidra caliente y comiendo bocados de puré de berenjena con sésamo.

—Oye mamá, ¿quién es toda esta gente? —le pregunté, mientras ella preparaba más limonada.

El sol se acababa de poner, o más bien, el cielo había oscurecido, puesto que aquel día no habíamos visto el sol. Una banda de música *klezmer* comenzó a tocar y un caballero que llevaba unas sandalias parecidas a las de mi padre empezó a soltar alaridos y a dar saltos con tal efusión que era difícil saber si se le había estrangulado una hernia o simplemente intentaba bailar. Poco que ver con una cena de Acción de Gracias al uso.

—Bueno, veamos. Este año ha venido mucha gente nueva. Este trimestre tu padre solo da una clase, así que hemos tenido más tiempo para salir. Los que están sentados a la mesa son de la cooperativa de alimentos. ¿Sabías que hace un par de meses nos pasamos a otra? ¡La nuestra se estaba volviendo tan fascista! Y mira, a aquellas dos encantadoras parejas las conocimos en el mercado de verduras que ponen los sábados en la calle Euclid. Veamos... también hay gente que el mes pasado hizo con nosotros la semana de silencio para abolir la pena de muerte y algún que otro del comité para la construcción de viviendas sostenibles...

Siguió hablando mientras llenaba las cubiteras y las metía en el congelador. Yo la observaba, apoyada en la encimera, preguntándome en qué momento exacto había perdido el contacto con la vida de mis padres.

—Ven, quiero presentarte a Eileen. Trabaja en el teléfono de asistencia conmigo y este año ha salvado muchas vidas. Le he hablado mucho de ti y tengo ganas de que os conozcáis.

—¡Bueno... esta debe de ser Bettina! —exclamó, corriendo hacia mí con los brazos abiertos mientras la carne que le colgaba oscilaba al ritmo de su trote. Era una gordita agradable; su redondez generalizada y su amplia sonrisa le daban aspecto de persona en la que se podía confiar. Antes de que pudiera eludirla, ya me estaba abrazando con fuerza.

—¡Estoy tan contenta de que por fin nos conozcamos! ¡Tu madre me ha hablado tanto de ti...! ¡Incluso me ha dejado leer las maravillosas cartas que escribías cuando estabas en el instituto!

Dirigí una mirada asesina a mi madre y ella se encogió de hombros.

—¿En serio? Bueno, de eso hace ya mucho tiempo. Yo también he oído hablar mucho de ti —mentí. Acababa de oír su nombre por primera vez hacía treinta segundos, pero mi madre pareció complacida.

—Sí, ya. Bueno, ven aquí, ¡siéntate con tía Eileen y cuéntale qué vida lleva una famosa!

Teniendo en cuenta que aquella mujer debía de tener solo unos años más que yo, lo de «tía Eileen» me pareció un pelín exagerado, pero le seguí la corriente y me senté junto a ella a la mesa de la cocina.

—¿Famosa? Me parece que te equivocas. Podría decirse que trabajo con gente famosa, me dedico a las relaciones públicas, pero no creo que yo lo sea —repuse con lentitud, convencida de que Eileen me había tomado por la hija de otra persona.

—Querida, no salgo de Poughkeepsie pero estoy bien informada, así que no disimules conmigo. ¿Qué se siente al salir con un dios como Philip Weston? —Soltó un profundo suspiro y fingió estar a punto de desmayarse—. Vamos, no escatimes ni un solo detalle. ¡Es el hombre más irresistible de todo el planeta!

Dejé escapar una risita incómoda mientras buscaba un modo de eludir la pregunta, pero no fue hasta que vi la expresión en el rostro de mi madre que me sentí realmente molesta.

—¿Quién? —preguntó—. Philip ¿qué?

Eileen le dirigió una mirada de incredulidad y añadió:

—Anne, no te atreverás a decirme que no sabes que tu pequeña sale con el hombre más deseado del mundo. ¡No te atreverás! —chilló—. Si no te lo pregunté a ti es porque sabía que hoy conocería a Bettina, y quería que fuera ella misma la que me contara todos los detalles jugosos.

Si la hubieran abofeteado, el gesto de sorpresa de mi madre no habría sido mayor. Entonces recordé que, por suerte, mis padres no habían leído ninguna de las mentiras por entregas que Abby se dedicaba a escribir.

—Yo... bueno... no sabía que tenías novio —tartamudeó, con toda probabilidad sintiéndose traicionada por partida doble. No solo su hija le había ocultado información fundamental, sino que además, su compañera de trabajo estaba siendo testigo de nuestra malograda relación maternofilial. Quise abrazarla, llevarla a otro lugar y explicárselo todo, pero Eileen seguía con la batería de preguntas.

—¿Te ha contado por qué cortó con Gwyneth? Eso es algo que siempre he querido saber. ¿Ha conocido en persona a la reina de Inglaterra? Supongo que sí, porque su familia tiene lazos con la realeza. Me pregunto qué se debe de sentir.

—¿Con la realeza? —susurró mi madre, agarrándose a la encimera para no caerse. Tenía expresión de querer hacerme miles de preguntas pero la única que se abrió camino fue—: ¿Y qué hay del chico de anoche?

—¿Estuvo aquí? —se precipitó Eileen— ¿Philip Weston estuvo aquí? ¿Anoche? Por el amor de Dios...

—No, Philip Weston no estuvo aquí. Vine en coche con un amigo y pasó a conocer a mis padres. Y no se puede decir que esté saliendo con Philip, solo hemos salido un par de veces, y siempre con más gente. Es amigo de mis compañeros de trabajo.

—¡Aaah! —soltó Eileen.

Era una explicación excelente, pero mi madre seguía sin parecer demasiado satisfecha.

—¿Con quién has salido un par de veces? ¿Quién es ese tal Weston? ¿No será de los famosos Weston de Inglaterra?

Me sentí orgullosa de que incluso mi madre hubiera oído hablar de él.

—El mismo —respondí, feliz por que todo se estuviera aclarando.

—Bettina, sabrás que los Weston son antisemitas recalcitrantes, ¿no? Acuérdate del episodio de las cuentas suizas en la época del Holocausto. Y por si eso no fuera suficiente, te diré que tienen dos fábricas en América del Sur en las que explotan a los trabajadores. ¿Y tú estás saliendo con uno de ellos?

Eileen percibió que la conversación comenzaba a tomar un derrotero desagradable y se alejó con discreción.

—No estoy saliendo con él —repetí, aunque teniendo en cuenta que acababa de admitir haber salido con él, mi negación sonaba del todo ridícula.

Me observó como si hiciera años que no me veía y meneó la cabeza muy lentamente.

—No me habría esperado esto de ti, Bettina. En serio.

—¿Esperado qué?

—Jamás imaginé que una hija mía se relacionaría con ese tipo de gente. Queremos que triunfes y nos gusta cómo eres: lista, ambiciosa... pero creo que tu padre y yo intentamos inculcarte algo de conciencia civil y social. ¿Adónde ha ido a parar todo eso, Bettina? ¿Adónde?

Antes de que pudiera responder, un hombre al que no había visto antes en mi vida entró corriendo en la cocina para anunciar que los del periódico local estaban allí y querían sacarle unas fotos a mi madre. Mis padres llevaban cinco años organizando aquella fiesta con el fin de recaudar fondos para los centros de acogida de mujeres maltratadas de la localidad, y la iniciativa había tenido tal éxito que aparecía tanto en los periódicos del instituto como en los locales.

Me quedé observando mientras el fotógrafo retrataba a mis padres, primero en el invernáculo y después junto a la hoguera, y pasé el resto de la noche conociendo a todos los amigos y compañeros de trabajo suyos que pude. Ni mi madre ni mi padre volvieron a hablar de mi trabajo o de Philip Weston, pero se percibía la tensión en el ambiente. De repente, sentí unas ganas enormes de volver a la ciudad.

21

La semana posterior al día de Acción de Gracias fue un suplicio. Me pesaban las preocupaciones que mis padres tenían por mí. Philip no dejaba de llamarme por teléfono. Y aunque en principio no tuviera importancia, aún no había recibido noticias de Sammy. Me había pasado un par de días medio atontada, soñando con el Beso, recordando a Sammy y su manera de tomarme entre las manos, y perdiendo la paciencia poco a poco al ver que no se ponía en contacto conmigo. Para empeorar las cosas, Abby seguía escribiendo sobre mí sin que, al parecer, tuviera relevancia mi ausencia de la ciudad durante cinco días. Todo se había vuelto un embrollo y, precisamente porque Abby no había estado en el festival de la cosecha de mis padres, me angustiaba que mi nombre apareciera en los titulares de *Primicias de Nueva York*. «¿DIVERGENCIAS EN LA PAREJA DE ORO? ROBINSON SE RESARCE EN SU ALDEA NATAL.» Entrando en materia, Abby escribía que mi «repentina ausencia» era de particular interés dado que Philip y yo éramos «inseparables», y que yo hubiera «huido» a la casa de mis padres indicaba la presencia de un grave problema de pareja. Incluso, en una línea extra, decía que mi «fin de semana alejado de los circuitos nocturnos» debía de guardar relación con la necesidad de «desintoxicarse» o, tal vez, de «curarse las heridas de una ruptura». Acababa el artículo instando a sus lectores a mantenerse ojo avizor en caso de que se produjeran novedades en el culebrón Weston & Robinson.

Yo había arrancado la primera hoja del informe grapado y, tras arrugarla, la había lanzado con todas mis fuerzas. ¿Problemas de pareja? ¿Desintoxicarme? ¿Ruptura? Me resultaba más ofensiva la suposición de que Philip y yo hubiésemos roto que la de que estuviéramos saliendo. ¿Y lo de desintoxicarme? Ya estaba bien con que se me describiera como una noctámbula empedernida; que hubiera perdido el control era peor. Todo aquello era un lío, un lío incomprensible y ridículo. Hicieron falta tres días para convencer a Kelly (y a Elisa, que se mostraba muy preocupada con el particular) de que Philip y yo no habíamos reñido, que yo no había ido a Poughkeepsie en busca de clínicas de rehabilitación, y que no tenía intención de «plantar» a Philip de un momento a otro.

Diciembre consistió para mí en asistir a cuanta fiesta o acto se celebrara, hacerle carantoñas a Philip y atraer los sucios comentarios de Abby (que estaba muy dispuesta a hacerme el favor); mi vida volvió a una versión retorcida de la normalidad. Kelly había organizado un sistema de vacaciones rotatorio y, puesto que no podíamos marcharnos todos al mismo tiempo, yo había aceptado trabajar en la organización de un cóctel para profesionales judíos que tendría lugar en Nochebuena a cambio de librar el primero de año. Para esa fecha, esperaba marcharme a Los Ángeles para estar con Penelope pues, por fin, había hecho caso de su ofrecimiento de visitarla y comprar un billete cuando tuviera claro el calendario de mi trabajo. Faltaban dos semanas para Navidad, y nuestra reunión de los lunes por la mañana estaba siendo un desacostumbrado frenesí. Yo me dedicaba a imaginarnos a Penelope y a mí en pantalones cortos y chanclas, bebiendo un Bloody Mary tras otro, a la orilla de la playa, en medio del invierno, y la voz de Kelly me interrumpió la ensoñación.

—Tenemos un nuevo cliente y estoy muy ilusionada con él —anunció Kelly, precediendo sus palabras con una amplia sonrisa—. Desde hoy, representamos a la Asociación de Clubes Nocturnos de Estambul.

—¿Y se sale por la noche, en Estambul? —preguntó Leo, distraído en examinarse la piel inmaculada.

—¡No sabía que los clubes nocturnos estuvieran permitidos en Siria! —exclamó Elisa con gran sorpresa—. O sea, los musulmanes no pueden beber, ¿no?

—Estambul está en Turquía, Elisa —aclaró Leo, muy contento con el partido que le sacaba a sus conocimientos—. Y aunque sea un país musulmán, esta muy, pero que muy occidentalizado y existe una separación total entre, bueno, la Iglesia y el Estado. O entre la mezquita y el Estado, para ser más exactos.

Kelly sonrió.

—Exacto, Leo, muy cierto. Como todos sabéis, estamos listos para dar servicio a clientes extranjeros y creo que este será un comienzo muy bueno. La asociación está compuesta por treinta dueños de clubes nocturnos de Estambul que buscan a alguien que patrocine el ambiente nocturno de su ciudad. Y nos han elegido a nosotros.

—No sabía que hubiera gente con ganas de irse a Turquía para salir por la noche —se quejó Elisa—. Porque no es que se parezca demasiado a Ibiza, ¿sabes?

—Justo, y por eso necesitan nuestra ayuda —sentenció Kelly—. Por lo que sé, Estambul es una ciudad cosmopolita, muy moderna, y no tienen problemas para atraer a figuras europeas a sus playas, clubes y tiendas de baratijas. Sin embargo, el turismo ha caído en picado desde el 11-S y ahora quieren llegar a los estadounidenses (a los jóvenes, sobre todo) y demostrarles que salir de marcha en Estambul es tan fácil como en Europa, más barato y, por si fuera poco, exótico. Nuestro trabajo consiste en hacer que la suya sea la ciudad a la que ir.

—¿Y cómo vamos a conseguirlo? —cuestionó Leo, concentrado en el estudio de la hebilla de su cinturón Gucci y, por lo visto, terriblemente aburrido.

—Bueno, para empezar, tenéis que familiarizaros con el sitio que estamos intentando promocionar. Por esa razón, pasaréis Fin de Año en Estambul. Skye se quedará conmigo para que el negocio siga rodando por aquí. Os marcháis el veintiocho de diciembre.

—¿Qué? —inquirí, casi gritando—. ¿Vamos a ir a Turquía? ¿Dentro de dos semanas?

Me sentí fatal por tener que decirle a Penelope que no iba a ir a Los Ángeles aunque, al mismo tiempo, me excitaba la posibilidad de ir a un lugar tan impresionante.

—Kelly, yo estoy de acuerdo con Bette. No creo que sea una buena idea. Yo, vamos, no suelo ir a países asolados por la guerra —avisó Elisa.

—Yo no dije que no quisiera ir —susurré.

—¿Asolados por la guerra? ¿Eres gilipollas? —quiso saber Skye.

—A mí no me importa eso de la asolación posbélica, pero no creo que sea muy agradable ir a uno de esos países del Tercer Mundo en los que la comida es peligrosa, el agua no es recomendable y el servicio de habitaciones es siempre desastroso. Y menos para Fin de Año —dijo Leo, mirando a Kelly.

—Mirad, todo eso que decís es parte del problema —repuso Kelly, conservando la tranquilidad más allá de lo que yo la hubiera creído capaz—. Turquía es una democracia occidental. Están intentando entrar en la Unión Europea. Hay un Four Seasons, un Ritz y un Kempinski. Si hasta tienen una tienda de Versace, por el amor de Dios. Tengo plena confianza en que allí os encontraréis cómodos. Vuestra única tarea consiste en evaluar todos los clubes, salas de fiestas y restaurantes que os sea posible. Llevaos ropa elegante. Bebed el champán que os ofrezcan. Id de compras. Gastad dinero. Salid todo lo que podáis. Celebrad el treinta y uno juntos. Y, por supuesto, entretened a vuestros invitados.

—¿Invitados? ¿Te refieres a los dueños de los clubes? Mira, yo no me voy a prostituir con uno de esos turcos ni de coña, ¿me oyes, Kelly? Ni siquiera por ti —amenazó Elisa, con los brazos cruzados para demostrar su poderío ético.

—Tiene gracia —juzgó Kelly—. Mas no temáis, joven Elisa. Los invitados a los que me refiero son un grupo de modernillos de aquí, de Manhattan.

Elisa levantó la vista.

—¿Quiénes? ¿Quiénes van a venir? ¿A qué te refieres? ¿Vendrán famosos con nosotros? —inquirió.

Davide y Leo también pusieron atención. Todos nos inclinamos hacia delante, a la espera de que Kelly nos diera la primicia.

—En fin; todavía no contamos con la confirmación de todos, pero, por ahora, nos ha llegado la aceptación de Marlena Bergeron, Emanuel de Silva, Monica Templeton, Oliver Montrachon, Alessandra Uribe Sandoval y Camila von Alburg. Ayuda mucho el que no haya demasiado que hacer en la ciudad para Fin de Año; todo el mundo está a la caza de planes. Iréis en un avión privado y os alojaréis en el Four Seasons. El cliente correrá con los gastos de todo: coches, bebida, cenas y todo lo que haga falta para que vuestros invitados (y los fotógrafos) pasen una buena estancia.

—¿En avión privado? —murmuré.

—¿Fotógrafos? ¡Por favor, dime que no vas a mandarnos junto a un montón de paparazzi! —gimió Elisa.

—Será como suele ser; solo habrá tres, y los tres son independientes, de manera que no tendrán que rendir cuentas ante ninguna publicación. Con tres o cuatro periodistas, además de los fotógrafos, tendremos una fantástica cobertura mediática.

Sopesé aquel asunto. En menos de dos semanas, estaría camino de Estambul (Turquía) para beber, bailar y hacer vida social junto a la piscina de uno de los mejores hoteles del mundo; mi única labor sería la de encargarme de que unos cuantos y elegidísimos personajes del cotilleo tuvieran a su alcance la suficiente cantidad de alcohol y drogas para que salieran con una sonrisa feliz en las fotos y que, al mismo tiempo, conservasen cierto nivel de raciocinio con el que dar respuestas más o menos inteligibles a los reporteros. Al volver, las instantáneas de las fiestas se habrían abierto paso en todos los tabloides y revistas para anunciar que la gente importante se iba de fiesta a Estambul, y nadie sabría que se les había pagado, a ellos para que figuraran, y a los fotógrafos y reporteros para que dejaran constancia de su divertimento. Estaba muy bien pensado y condensaba a la perfección el *leitmotiv* del sector: del montaje a la página.

Entonces, me acordé de Penelope y se me vino el mundo encima. ¿Iba a volver a hacerle lo mismo?

—Bette, me he tomado la libertad de decirle a los de la asociación que reservaran la suite de luna de miel para Philip y para ti. ¡Es lo menos que podía hacer por mi pareja favorita! —exclamó Kelly, con evidente orgullo.

—¿Philip va a ir? —barboté.

Desde el beso con Sammy, mi supuesta relación con Philip se había vuelto todavía más forzada.

—¡Pues claro que sí! ¡Casi todo ha sido idea suya! Yo le estaba contando lo de nuestro nuevo cliente, en el acto del BumbleBee, y él me ofreció sus servicios y dijo que le encantaría llevarse a unos cuantos amigos suyos a salir por ahí, si eso servía de ayuda. Incluso brindó el avión privado de su padre, aunque no hacía falta pues la asociación ya había decidido que utilizáramos el suyo. ¿Estás contenta, Bette?

Abrí la boca para decir algo, cualquier cosa, pero Kelly, que ya salía de la sala de reuniones, se me adelantó.

—Bueno, chicos, las próximas dos semanas prometen mucho trabajo. Elisa, serás la encargada de comunicarte con el cliente y los invitados para confirmar y reconfirmar todos los detalles del viaje: asegúrate de que sepan cuándo van y qué es lo que necesitan llevar. Leo, tú te concentrarás en estar en contacto con los reporteros, fotógrafos y consejos editoriales; prepara una nota de prensa rápida y un artículo con lo que esperamos que sea el viaje, y, una vez allí, llévalos a donde puedan conseguir las mejores tomas. Davide, empieza a recopilar información sobre el grupo de invitados. Todos están en la base de datos, claro, así que imprime sus perfiles y que sepamos sus trayectorias en sociedad, preferencias y fobias tan pronto como te sea posible, y luego llama al Four Seasons y asegúrate de que tienen las aguas, vinos y aperitivos apropiados en cada habitación. No creo que se produzcan conflictos de orden amoroso, pero aseguraos. Aparte de que Camilla se follara a Oliver y de que Oliver, por lo que se ve, se dedique ahora a acostarse con Monica, se trata, en mi opinión, de un grupo bastante poco libidinoso y eso nos facilitará las cosas.

Todos tomaban notas como posesos, y las chicas de la Lista, a las que se había permitido asistir a la reunión desde una esquina, nos miraban con asombro.

—Kelly, ¿y yo qué hago? —pregunté, antes de que se marchara.

—¿Tú? Bette: preocuparte por Philip y nada más. Él es la pieza clave, así que debes conseguir que esté tan contento como sea posible. Dale todo lo que pida, proporciónale todo lo que necesite. Si Philip está contento, sus amigos también lo estarán, y, como consecuencia, nuestro proyecto irá como la seda.

Nos echó un último vistazo para cerciorarse de que nadie de nosotros tenía dudas sobre lo que acababa de decirnos y, después, volvió a su mesa.

Leo, Skye y Elisa comenzaron a charlar animadamente y decidieron irse a trabajar y a comer al Pastis, pero yo no quise ir. No podía sacarme de la cabeza una imagen de pesadilla: Philip en el balcón de la desperdiciada habitación de luna de miel vestido con unos calzoncillos de seda y ejecutando todo tipo de contorsiones de yoga mientras los reporteros tomaban fotografías de nuestra cama compartida y Penelope observaba desde lejos.

22

Al fin, conseguí contactar con Penelope el martes por la noche. Estaba lejos, en el espacio y por la diferencia horaria, pero también lo estaba en un sentido más profundo. Me juró que me había perdonado por marcharme de su cena de despedida y, sin embargo, no tuve la impresión de que se le hubiera pasado el disgusto. Todavía no le había contado lo del beso de Sammy ni lo ocurrido con mis padres en el festival de la cosecha, ni tampoco que Abby estuviese tras los horribles artículos de *Primicias de Nueva York*. Tres meses atrás, no habría podido imaginarme semejantes omisiones, pero en aquel momento así era y yo iba a provocar que empeorara, y mucho. Tal vez hasta eliminar la posibilidad de que nos reconciliáramos.

Llevaba tres horas intentando hablar por teléfono con Penelope como fuera y, al mismo tiempo, pensando en Sammy, en si habría vuelto y estaría preparado para dejar a su novia y que así pudiéramos estar juntos. Siempre se alegraba tanto de verme en Bungalow que yo no dudaba de que haría lo correcto; es decir, romper con Isabelle y embarcarse conmigo en lo que, a buen seguro, sería una relación larga y feliz.

Los dedos acabaron por obedecer la orden de marcar que les enviaba el cerebro, y antes de que colgara por centésima vez, Penelope contestó.

—¡Hola! ¿Cómo estás? —saludé, con demasiado entusiasmo.

Aún no sabía qué decir y pretendía ganar tiempo.

—¡Bette! Hola. ¿Qué pasa?

Su entusiasmo no era menor que el mío.

—No demasiado. Lo normal, ya te imaginas. —Dicho lo cual decidí que, de perdidos, al río—. Tengo algo que decirte, Pe...

Ella me interrumpió, sin darme oportunidad para decir nada más.

—Bette, antes de que digas nada, tengo algo horrible que contarte. —Tomó aire y agregó—: No voy a poder estar contigo en Fin de Año.

¿Qué? ¿Cómo era posible? ¿Ya se habría enterado de la excursioncita a Turquía? ¿Estaba tan decepcionada que prefería anularlo ella primero? Debió de interpretar el silencio que siguió como indicativo de que me había enfadado, pues se apresuró a seguir hablando.

—¿Estás ahí? Bette, lo siento, no sabes hasta qué punto lo siento. Acaban de llamarme mis padres diciendo que han alquilado un chalet en Las Ventanas durante una semana, entre Nochebuena y Año Nuevo. Les dije que ya tenía planes para Fin de Año y ellos contestaron con que habían invitado a los padres y al hermano de Avery, así que vamos a ir todos, yo incluida, irremediablemente. Como siempre.

Estaba teniendo una suerte difícil de creer.

—¿De verdad? ¿Te vas a México?

Le pregunté solo para asegurarme de que mi interpretación era correcta, pero debí de parecer muy, pero que muy enojada.

—Oh, Bette, por favor, perdóname, perdóname. Desde luego, te voy a reembolsar el billete de avión y te compraré otro para que vengas en cuanto puedas. Lo siento, de verdad. Por si te sirve de consuelo, te diré que mi Fin de Año va a ser una pesadilla...

Era tanta la consternación de su voz que me dieron ganas de darle un abrazo.

—Pe, no te preocupes...

—¿En serio? ¿No estas cabreada?

—Para serte sincera, te llamé para decirte que tampoco yo iba a poder ir por ahí en Fin de Año. Kelly nos manda a Turquía.

—¿A Turquía? —inquirió, sin entender—. ¿Por qué a Turquía?

—Por trabajo, aunque parezca mentira. Tenemos a un nuevo cliente (una asociación de bares de copas) que quiere que promocionemos la vida nocturna de Estambul. La cosa consiste en salir por allí con la farándula y que aparezca en los medios. Se supone que Fin de Año es una fecha inmejorable para hacerlo.

Penelope comenzó a reír y dijo:

—¿Así que has dejado que me arrastre por el suelo rogándote que me perdonaras cuando habías llamado para cancelarlo, pasara lo que pasara? ¡Eres una zorra!

—Ah, perdona, pero has sido tú la que me ha dicho que no fuera a visitarte, así que no veo por qué tienes que llamarme zorra.

Nos echamos a reír y sentí que me acababa de quitar un gran peso de encima.

—No, en serio, me parece genial —dijo—. ¿Vas a tener tiempo de hacer algo de turismo? Dicen que Santa Sofía es extraordinaria. Igual que la Mezquita Azul, o el Gran Bazar... Y puedes hacer el trayecto en barco por el Bósforo. ¡Oh, Dios, Bette! Suena fantástico...

No quise confesar que la única actividad diurna que había visto programada era masajes con piedras calientes, ni que el paseo en barco sería en realidad una fiesta salvaje a bordo de un crucero, de modo que me limité a emitir unos cuantos sonidos de aprobación e intenté cambiar de tema.

—Sí, puede estar bien. ¿Y tú? ¿Qué me cuentas?

—Bueno, no mucho —respondió—. Como siempre...

—¡Penelope! Te has ido a vivir a la otra punta del país, si mal no recuerdo. ¿Cómo son ahí las cosas? ¿Qué tal te va? ¡Cuéntamelo todo!

Encendí un cigarrillo y coloqué a Millington sobre mis piernas, lista para escuchar maravillas de la ciudad bañada por el sol, pero el tono de Penelope no transmitía demasiada emoción.

—De momento todo está bien —añadió con detenimiento.

—Pareces triste. ¿Pasa algo?

—No lo sé. —Suspiró—. California está bien, es bonita. Muy bonita. Una vez te acostumbras a los asquerosos batidos con sabor a hierba, se convierte en un lugar en el que se puede vivir. Tenemos un apartamento fantástico en Santa Mónica a tan solo un par de calles de la playa y me encanta estar tan lejos de nuestros padres. No sé, es solo que...

—¿Qué?

—Bueno, yo creía que Avery se calmaría un poco, pero enseguida se ha hecho colega de todos los niños pijos que se mudaron aquí al terminar la universidad. Casi no lo veo, y como no empieza hasta mediados de enero, le queda un mes entero para no hacer otra cosa que no sea salir por la noche, cada noche.

Previsible, pensé, pero no se lo dije.

—Vamos cariño, estoy segura de que se está habituando a la ciudad. Cuando empiece en la universidad se calmará, ya verás.

—Sí, supongo que tienes razón. Seguro. Es solo que, bueno... —Se interrumpió—. Da igual.

—¡Penelope! ¿Qué ibas a decir?

—Es que vas a pensar que soy la peor persona del mundo.

—Deja que te recuerde, amiga mía, que estás hablando con alguien que, por llamarlo de alguna manera, sale con un tipo solo por motivos profesionales. No creo que esté en posición de juzgar a nadie.

Suspiró.

—La otra noche, cuando él estaba en el Viceroy, me metí en su correo Yahoo y descubrí unos cuantos mensajes un poco perturbadores.

—¿Os habéis dicho la contraseña de vuestros respectivos correos? —pregunté horrorizada.

—Claro que no. Pero la suya no era demasiado difícil de adivinar. Tecleé el nombre de su pipa de maría y *voilà!* Acceso inmediato.

—¿El nombre de la pipa? En fin, y ¿qué has averiguado?

Lo cierto fue que no me pareció mal que hubiera curioseado los mensajes de Avery. Yo misma había pasado meses intentando descifrar la contraseña de Cameron, pero siempre la escribía demasiado rápido.

—Sé que es probable que esté exagerando, pero me encontré con unos mensajes muy tiernos que le envía a una chica con la que trabajaba cuando vivíamos en Nueva York.

—Define «tiernos».

—Pues le alaba su capacidad de aguantar el alcohol mejor que cualquier otra chica...

—Vaya, Pe, sí. Es todo un Don Juan. Podría escribir un manual de seducción.

—De acuerdo. Ya sé que parece ridículo, pero me dio la impresión de que estaba flirteando con ella. Además, se despide con los «xxx» de rigor.

—¡Por Dios! ¿Será gay? Mira que si es gay... no lo es ¿no? No hay ningún heterosexual en este mundo que utilice eso para mandarle besos a alguien.

—Bueno, lo que está claro es que a mí no me lo ha escrito nunca, así que me tiene mosqueada. Ayer volvió a las tres de la mañana, y cuando le pregunté si mantenía contacto con alguien de su antiguo trabajo, me respondió que no y se quedó dormido. ¿Estaré exagerando? Además, esta mañana ha estado muy cariñoso, se ha ofrecido a llevarme de compras y a pasar todo el día conmigo...

No sabía qué decirle. Todavía faltaban ocho meses para la boda y yo mantenía la esperanza de que Penelope se diera cuenta de que Avery era un capullo integral con el que no debía casarse antes de que fuera demasiado tarde. Yo estaba dispuesta a echar leña al fuego siempre que fuera necesario, pero era ella la que debía tomar la decisión.

—Bueno —comencé, escogiendo las palabras con extremo cuidado—, toda relación tiene sus altos y sus bajos, ¿no? Por eso la gente se compromete antes. Es solo eso. Un compromiso. Si descubres algo en él con lo que crees que no podrás vivir para siempre, pues... no te casas y...

—Bette, no estoy diciendo eso —intervino con sequedad. Metedura de pata—. Quiero a Avery y, por supuesto, me casaré con él. Solo estaba hablando con mi mejor amiga de lo que, estoy segura, no es más que una sospecha infundada y obsesiva. Está claro que el problema lo tengo yo y no Avery. Necesito estar más segura de sus sentimientos hacia mí, eso es todo.

—Claro, Pe, claro. Te entiendo. Es justo lo que quería decir. Y ya sabes que puedes contar conmigo para lo que haga falta, o solo para escuchar. Siento lo que te he dicho.

—No importa, es que estoy un poco sensible. Echo de menos Nueva York. Oye, gracias por escuchar, siento haberte soltado este rollo. ¿Tú qué tal? ¿Cómo está Philip? ¿Todo bien?

¿Cómo habíamos llegado al punto en que mi mejor amiga no solo me preguntaba por Philip sino que no sabía siquiera que Sammy existía? En la época en que trabajábamos juntas todo el día y salíamos al Black Door por la noche me habría resultado inconcebible haber besado a Sammy y no haber llamado a Pe de inmediato para contárselo, pero todo aquello había quedado atrás hacía ya mucho tiempo. O al menos a mí me parecía una eternidad.

—Es complicado. Todo el mundo cree que estamos saliendo... incluso él, pero no es así —respondí, a sabiendas de que no tenía ningún sentido, pero sin las fuerzas para explicarle toda la historia.

—Bueno, quizá me esté metiendo donde no me llaman, pero no estoy segura de que sea el hombre adecuado para ti, Bette.

Me pregunté qué me diría si supiera lo que mi madre me había contado sobre los Weston.

—Ya lo sé, pero la situación me sobrepasa, ¿entiendes? —Suspiré.

—No muy bien, la verdad. No me has explicado nada.

—El trabajo se ha inmiscuido en todos los ámbitos de mi vida. A mi jefa no se le da demasiado bien diferenciar entre lo que sucede en la oficina y fuera de ella, así que todo parece mezclarse. ¿Tiene algún sentido lo que estoy diciendo?

—No. ¿Qué tiene que ver tu jefa con tu vida personal?

—No es eso. Will me consiguió el trabajo y espera que lo haga lo mejor posible. Me hizo un favor enorme y creo que lo estoy haciendo bien, aunque no tengo claro lo que eso significa. Y todo el tema de Philip está relacionado con eso. —Sabía que todo aquello era un sinsentido y que, de expresarme en cualquier lengua africana, mi discurso no resultaría más confuso. Sin embargo, no tenía fuerzas para entrar en detalles.

—Está bien —titubeó Penelope—. No tengo ni idea de qué me hablas pero ya sabes que puedes contar conmigo, ¿de acuerdo? Estoy a tan solo una llamada de distancia.

—Ya lo sé, cariño. Te lo agradezco.

—Y otra vez, siento mucho lo de Fin de Año, pero me alegro de que tengas planes tan fabulosos. Ya me enteraré de todo por los periódicos...

—Por cierto... ¡No te lo he dicho! ¿Cómo puedo haberme olvidado de algo así? Sabes que *Primicias de Nueva York* ha estado escribiendo todo ese montón de basura sobre mí, ¿no?

—Sí, es difícil no estar al corriente.

—Bueno, a que no adivinas quién lo escribe.

—Claro que sí. Alguien con un pseudónimo ridículo, ¿no? Ellie algo.

—Sí, pero ¿te imaginas de quién se trata?

—No, ¿la conozco?

—Efectivamente, mi querida Pe. Es Abby. El vórtice. La muy puta me ha estado siguiendo por todas partes y publicando bazofia bajo un nombre falso.

Pe contuvo la respiración.

—¿Abby está detrás de todo eso? ¿Estás segura? ¿Y qué vas a hacer? Tienes que conseguir que la encierren.

Solté un resoplido.

—¡Eso mismo creo yo! Kelly me lo dijo hace unas semanas pero le juré guardar el secreto. Llevo tiempo obsesionada con ello, pero vamos siempre con tantas prisas que me olvidé de decírtelo. ¿No te parece una locura? Nunca creí que me odiara hasta ese punto.

—Es extraño, sí. Siempre he sabido que no es tu admiradora número uno (ni la mía, por cierto), pero esto me parece demasiado retorcido. Incluso para Abby.

—Me muero de ganas de enfrentarme a ella y no puedo. No sabes lo desquiciante que es. —Eché un vistazo al reloj y me levanté del sofá de un salto—. Dios mío, Pe, ya son las ocho. Lo siento pero tengo que salir pitando, hoy recibo en casa al grupo de lectura y tengo que organizarlo todo.

—No sé por qué pero me encanta que todavía leas esos libros. Eres una romántica, Bette.

Pensé en Sammy y estuve a punto de decirle algo, pero en el último momento decidí no hacerlo.

—Sí, ya sabes, no pierdo la esperanza... —murmuré.

Me sentí mejor después de hablar con Pe. Debería haber pasado la tarde buscando información en Google sobre la gente que nos iba a acompañar a Turquía, pero, si no era estrictamente necesario, jamás cancelaba mi cita con el grupo de lectura. Me llevó una hora preparar el apartamento para la visita de las chicas, pero cuando sonó el timbre, supe que el esfuerzo valdría la pena.

—Hoy he decidido rendir tributo al tema latino —anuncié, cuando todas se hubieron acomodado. Estábamos leyendo *Corazones en deuda*. En la cubierta aparecía un hombre alto y moreno con traje y pajarita negra abrazado a una elegante mujer vestida de fiesta en lo que parecía la cubierta de un yate—. Aquí tenéis una jarra de sangría y allí están los margaritas.

Las chicas lo celebraron con gritos y aplausos y comenzaron a servirse.

—También hay quesadillas de pollo, mini burritos y nachos con guacamole. Y de postre, sorbete de limón.

—¿Y qué relación tienen los sorbetes con el tema latino? —preguntó Courtney, mientras cogía uno de la bandeja.

—No mucha, la verdad, pero es mi postre preferido —respondí. En aquel momento Millington soltó un agudo ladrido desde el rincón en el que estaba escondida—. Ven, Milli, ven aquí. Muy bien, buena chica.

Haciéndose la remolona, por fin se acercó y dejó que todas vieran el bonito sombrero que lucía para la ocasión.

—No me lo puedo creer —dijo Jill entre risas, mientras admiraba el minúsculo tocado.

—Lo compré en una tienda de ropa infantil de las afueras. ¿Ves? Lleva una cuerda que se ata a la barbilla y así no se le cae. ¿No es genial?

Janie se sirvió otra quesadilla y acarició a Millington.

—Bette... y pensar que has pasado de ser la más indecisa del grupo, la que nunca quería organizar reuniones en su casa, a la anfitriona perfecta... Bueno, debo decir que estoy impresionada.

—Sí, supongo que mi trabajo tiene algo que ver. En estos momentos soy capaz de organizar una fiesta con los ojos cerrados.

Antes de dar comienzo a la sesión, comimos y bebimos la sangría suficiente para comentar sin ambages lo mucho que nos gustaba la selección de aquella noche. Cuando Vika sacó su ejemplar deslomado de la bolsa, la melopea de todas nosotras era ya considerable.

—Os leo el resumen que aparece en internet —anunció mientras desplegaba una hoja de papel—. ¿Estáis listas?

Asentimos.

—Bien, aquí va, «El millonario César Montárez deseó a Rosalind nada más verla; aquella atracción no se parecía a nada que hubiera sentido jamás. Pero César no respetaba demasiado a las mujeres sedientas de dinero como ella; como mucho podría convertirla en su amante. Eso era algo que Rosalind jamás aceptaría. Entonces, César descubrió que ella tenía ciertas deudas y pensó que ahora podría comprarla. Rosalind no podía hacer otra cosa que aceptar el precio...».

—¡Guau! ¿Qué me decís? Promete, ¿no? ¿Algún comentario?

—Es tan romántico cuando él la ve en aquel restaurante de la playa. Entonces ya sabe que ella es la mujer de su vida. ¿Por qué no serán así todos los hombres? —preguntó Courtney.

Estoy segura de que Sammy es así, pensé, algo distraída.

Entonces comenzamos a charlar sobre nuestros personajes favoritos, las vueltas inesperadas del argumento y las escenas de sexo, lo cual, inevitablemente, recondujo la conversación hacia nuestras vidas, anécdotas de trabajo, familia, y, sobre todo, hombres.

Era casi media noche cuando sonó el telefonillo.

—¿Sí? —respondí.

—Bette, aquí tengo a un tal Philip Weston que quiere verte. ¿Lo dejo subir?

—¿Philip? ¿Está aquí? ¿Ahora?

No me di cuenta de que lo había dicho en alto hasta que Seamus añadió:

—Así es, Bette.

—Tengo visita —espeté con voz temblorosa—. ¿Puedes pedirle que me llame cuando llegue a casa?

—Bette, cariño, deja que suba. El colega y yo... ¿Cómo dices que te llamas? ¿Seamus? Buen chico. Estamos tomando una cerveza y hablando de lo estupenda chica que eres. Así que sé buena y deja que suba.

Eché un vistazo a mis raídos vaqueros y a la camiseta desteñida que llevaba y me pregunté qué diablos querría Philip a aquellas horas. Lo habría tenido claro si se tratara de cualquier otro hombre, pero Philip jamás me había llamado borracho —y mucho menos me había venido a ver—, así que no pude evitar sentir curiosidad.

—Qué diablos... Sube.

—¿Cómo? ¿Philip Weston está aquí? ¿Ahora? —preguntó Janie, con la voz entrecortada—. Pero si tenemos una pinta horrorosa. ¡Tú incluida!

Tenía razón, por supuesto, pero no había tiempo para remediarlo.

—Bette, no creas que te vas a librar tan fácilmente. Nos vamos, pero ya te puedes ir preparando para darnos todos los detalles en la próxima reunión —me advirtió Vika.

Courtney asintió.

—Sigues afirmando que lo que se dice en *Primicias de Nueva York* es falso, pero Philip Weston aparece en tu apartamento a media noche... Nos merecemos una explicación detallada.

Se oyó un golpe en la puerta seguido por un ruido sordo procedente del pasillo. Abrí y Philip entró dando tumbos.

—Bette, cariño, estoy un poco pedo —farfulló, aguantándose contra la pared.

—Sí, ya veo. Pasa.

Lo sujeté mientras él arrastraba los pies y las chicas se hicieron a un lado para dejar vía libre.

—¡Philip Weston! —exclamó Janie.

—El único e irrepetible. —Sonrió y recorrió la habitación con la vista antes de desplomarse en el sofá—. Muñeca, ¿de dónde han salido todas estas bellezas?

Courtney se lo quedó mirando y, sin apartar la vista de él, recalcó:

—Bette, ya nos vamos. Chicas, dejemos que Bette y Philip se pongan a lo suyo. Estoy segura de que nos lo contará con pelos y señales en la próxima reunión. Por cierto, ¿qué libro toca?

Alex sacó un ejemplar de *El latino indomable* y lo enseñó fugazmente para que Philip no lo viera.

—Propongo este.

—Perfecto. Leeremos ese para la próxima cita. Gracias por venir, chicas.

—Oh, no, somos nosotras las que deberíamos darte las gracias, Bette —repuso Janie, mientras la abrazaba para despedirme.

—Me muero de ganas de que nos lo cuentes todo —susurró Jill.

Cuando se hubieron marchado, devolví mi atención al inglés borracho que descansaba en mi sofá.

—¿Te apetece un té? ¿Café?

—Un gin-tonic estaría genial, cariño. Me apetece una copa antes de ir a dormir.

Puse la tetera al fuego y me senté en una silla frente a él; no demasiado cerca porque el olor a alcohol era insoportable. Emanaba de cada uno de sus poros, como les sucede a todos los hombres que han bebido demasiado, e impregnaba cuanto se encontraba a un radio de dos metros a la redonda. Me recordó el hedor característico de los pisos de universitarios en primero de carrera. Aun así, estaba irresistible. Su bronceado era tan intenso que no permitía adivinar en él el tono verdoso que debería tener y la cantidad de gomina que llevaba mantenía intacto su peinado.

—¿Dónde has estado esta noche?

—Bueno, de aquí para allá, nena, de aquí para allá. Una maldita periodista y su cámara me han estado siguiendo toda la noche. Los mandé a la mierda varias veces, pero creo que me han seguido hasta aquí —balbuceó, mientras se inclinaba para coger a Millington, que lo miró, gruñó y salió disparada—. Ven aquí, cachorrito. Ven y saluda a Philip. ¿Qué le pasa a tu perro, nena?

—Pues verás, no se fía demasiado de los ingleses altos y borrachos que llevan mocasines Gucci sin calcetines. Pero no te lo tomes como algo personal.

Por alguna razón, aquel comentario le hizo una gracia extraordinaria y se rió tanto que a punto estuvo de caerse del sofá.

—Ya que ella no quiere, ¿por qué no te acercas tú y me saludas como es debido?

La tetera comenzó a pitar y me acerqué hasta la cocina para servir dos tazas. De camino, alcancé a ver a Millington acurrucada en el suelo del baño, temblando ligeramente.

—Cariño, no tendrías que haberte tomado tantas molestias —gritó, con algo más de coherencia.

—Estoy haciendo té, Philip. Solo hay que poner agua a hervir.

—No, cariño, me refería a tu indumentaria. En serio, te echaría un polvo llevaras lo que llevaras. —Volvió a acometerle un ataque de risa y me pregunté cómo era posible que alguien fuera tan agudo.

Le alcancé una taza y me correspondió con un pellizco en el culo.

—Philip...

Me agarró con fuerza por la cintura y me sentó sobre su regazo.

—Todos creen que eres mi novia, corazón. —Volvía a farfullar.

—Sí, qué raro, ¿verdad? Sobre todo porque nunca hemos... intimado.

—Pero no habrás ido contándolo por ahí, ¿no? —se apresuró a preguntar, espabilado por primera vez desde que había entrado en mi apartamento.

—¿Contando qué?

—Anda, acércate, nena. Bésame.

—Me tienes delante, Philip —dije, con un hilo de voz.

Metió la mano por debajo de mi camiseta y comenzó a acariciarme la espalda. Era tan agradable que, por un momento, conseguí olvidar que aquel tipo era Philip borracho y no Sammy. Sin pensármelo dos veces, le rodeé el cuello con los brazos y acerqué mis labios a los suyos. Me llevó unos segundos darme cuenta de que había abierto la boca, no para besarme, sino para objetar.

—Oyeee, cariño, no te quites las bragas tan pronto, ¿no?

Me apartó con expresión horrorizada y me miró como si me hubiera arrancado la ropa y me hubiera lanzado en picado a su entrepierna.

—¿Qué pasa? ¿Qué problema hay? —inquirí.

No estaba dispuesta a dejar que volviera a hacer lo mismo de siempre... Tenía que comprobar de una vez por todas que no eran imaginaciones mías y hacerle saber que no me servían sus excusas baratas. Quería la confirmación de que, en cualquier circunstancia, preferiría morir antes que tocarme.

—Claro que me gustas, corazón. ¿Qué hay de mi ginebra con tónica? ¿Por qué no me dejas beber un poquito y después hablamos?

Me separé de él y fui a por una botella de Stella Artois a la nevera. La había comprado hacía años tras leer en *Glamour* que siempre se debe guardar una buena cerveza en el refrigerador por si acaso se presenta un hombre en el apartamento de una, y aplaudí en silencio la buena idea que habían tenido. Al volver, sin embargo, Philip estaba postrado y no demasiado consciente.

—Philip, eh, mira, tengo una cerveza para ti.

—Arg —gruñó con un leve temblor en los párpados, claro síntoma de que intentaba hacerse el dormido.

—Vamos, arriba. Estarás borracho pero no estás dormido. ¿Por qué no te vas en taxi?

—Mmm. Creo que voy a dormir un poquito, corazón...

Con pasmosa agilidad, puso sobre mi sofá los mocasines que calzaba y, luego, se abrazó a un cojín.

Al poco rato, extendí una sabana sobre Philip y sus ronquidos, rescaté a Millington de entre la bañera y el lavamanos, y me fui directa a la cama sin siquiera desvestirme ni apagar las luces.

23

El día había llegado: aquella tarde nos íbamos a Turquía. Había ido a la oficina para recoger algunas cosas en el último momento y encontré un fax de Will. Llevaba por título un simple «Puaaaj» y contenía un artículo de *Primicias de Nueva York*. El titular decía: «EL REY DE LA NOCHE DE MANHATTAN: ¿ES GAY O SOLO ESTÁ CONFUSO?». La firma: Ellie Infiltrada. Saber su verdadera identidad no hacía más que empeorar la situación. El texto no dejaba lugar a dudas:

> Philip Weston, heredero de la fortuna de los Weston y príncipe inglés de la juventud neoyorquina, ha sorprendido a todos tras ser visto la semana pasada en Roxy, un afamado club de ambiente en Chelsea. Weston, a quien se ha relacionado con diversas editoras de *Vogue*, modelos brasileñas y jóvenes promesas de Hollywood, fue identificado mientras se abrazaba a un desconocido en la sala vip del citado club, según afirman ciertas fuentes. Cuando Weston advirtió que había sido descubierto, partió a toda prisa en su Vespa para dirigirse al apartamento de su ligue actual, Bettina Robinson, de Kelly & Company (véase información complementaria). La agente de Weston se negó a efectuar comentarios.

«Véase información complementaria. Véase información complementaria. Véase...» Leí aquella frase unas doce veces antes de animarme a hacer lo que decía. Como era de esperar, aquella información complementaria incluía una foto mía, obtenida en Bungalow la noche en que había conocido a Philip; allí estaba yo, con la cabeza hacia atrás y en pleno éxtasis, echándome champán al coleto sin que, al parecer, me diera cuenta de la presencia de la cámara ni de que Philip me estuviera tocando el culo con prodigalidad. Si necesitaba una prueba de lo mucho que había sido despellejada aquella noche que tan poco recordaba, allí la tenía. Titular: «¿QUIÉN ES BETTINA ROBINSON?». Firma: «Ellie Infiltrada». La página, llena de letra, contenía una lista con los datos relevantes de mi biografía escritos en negrita, entre los que se encontraba mi lugar de nacimiento (por suerte, solo «Nuevo México»), colegios, titulaciones, cargo ocupado en el CWK y mi relación con Will, a quien describía como «controvertido columnista nacional cuyo público se distribuye exclusivamente entre los blancos, ricos y mayores de cincuenta años». Era aberrante, desde luego, pero no por ello menos cierto. Sin embargo, cuando mi vista topó con el último párrafo, las cosas pasaron de castaño a oscuro. Abby había encontrado a alguien que decía que yo era «conocida en Emory por haber frecuentado la cama de muchos chicos», hasta el punto de que en mi expediente abundaban las «acusaciones de inmoralidad, aún por confirmar». Citaba a otra persona que explicaba que me estaba dedicando a «conspirar para conseguir el control de Kelly & Company» a pesar de que no tuviera experiencia previa como relaciones públicas. Cuando Abby le pedía que se explicase, la «fuente» le confiaba que «todo el mundo sabía que ella no escribía sus trabajos sino que trataba de "congraciarse" con los asistentes del profesor en las asignaturas más difíciles, que, en su caso, eran la práctica totalidad». La última frase de aquel pequeño párrafo afirmaba que yo había perseguido sin descanso a Philip desde el momento en que lo había conocido con la intención de aumentar mi fama y obtener ventajas para mi nueva profesión.

Por supuesto, lo primero que se me ocurrió fue atrapar a Abby y someterla a una nueva y audaz forma de tortura, aunque, como apenas podía respirar, no me encontré en situación de continuar con aquellos pensamientos. Pasé unos momentos dramáticos, resollando. De algún modo, respetaba el concepto que Abby tenía de sí misma: si se hubiera adjudicado aquel historial en lugar de endosármelo a mí, habría aplaudido su honestidad. Sin embargo, el ensimismamiento en que me hallaba duró poco, hasta el momento en que Kelly apareció en la puerta de su oficina con una copia del artículo en la mano, gruñendo con tanta ferocidad que me hizo dar un respingo.

—¡Bette! Lo has visto ya, ¿verdad? ¿Lo has leído? —inquirió con entusiasmo, acercándoseme con la agilidad y el enardecimiento de un jugador de rugby.

Como me retrasaba en contestarle, interpretó que mi respuesta era negativa y arrojó el papel sobre mi mesa.

—¿Y tampoco has leído el Trapos Sucios? —gritó—. Las chicas me llamaron esta mañana para decírmelo.

—Kelly, ya, es que estoy asqueada de todo esto y...

—¡Serás pícara! Y yo que pensaba que eras una hormiguita trabajadora, una esclava de banco con una vida gris; y ahora me encuentro con que la señora es la reina de la noche. Bette, en serio, esto es increíble. Siempre te habíamos creído un poco, en fin, un poco reservada, digamos; sin ánimo de ofender, desde luego. No he sido lo bastante perspicaz para ver lo que hay en ti. A saber dónde te has estado escondiendo estos últimos dos años. ¿Te das cuenta de que te has hecho con toda una sección de información complementaria? Mira, compruébalo tú misma.

—Ya lo he comprobado —repuse, medio atontada tras comprender que Kelly estaba contenta y no espantada por una columna semejante—. Nada de lo que dice es cierto, lo sabes, ¿verdad? La que escribió esto estuvo conmigo en la universidad y...

—Bette, tienes tu propia sección. Repite conmigo: tengo mi sección. ¡Y en *Primicias de Nueva York*! Hay una foto enorme en la que casi pareces una estrella del rock. Bueno, es que ya eres una estrella, Bette. ¡Felicidades! ¡Hay que celebrarlo!

Kelly se marchó brincando, era de suponer que a organizar un tempranero brindis con champán, y yo me quedé considerando la posibilidad de quedarme en Estambul para siempre. A los pocos minutos, mi teléfono comenzó a desgañitarse y tuve que soportar un aluvión de llamadas desagradables, cada una de ellas espantosa a su modo. Mi padre, el primero, me anunció que, a pesar de que los estudiantes estuvieran de vacaciones, uno de ellos le había mandado el artículo por correo electrónico; tras él, mi madre me explicó que había oído a algunos de los voluntarios del servicio de atención telefónica preguntarse en voz alta cuándo iba yo a darme cuenta de que estaba saliendo con un antisemita, con un capataz de esclavos, y que si llegaría a decidirme alguna vez a confesarle a alguien mi actitud promiscua y carente de amor propio. Una mujer dejó un mensaje en el que me brindaba sus servicios como representante y me advertía con todo respeto que, de haber estado trabajando para mí, aquello no habría sucedido, y dos reporteros dedicados a las columnas de cotilleo de dos periodicuchos locales me preguntaban si estaría dispuesta a mantener una entrevista telefónica en la que dar mi opinión sobre temas tan cruciales como la ruptura entre Brad Pitt y Jennifer Aniston, mi fiesta favorita en Nueva York y mi juicio en relación a la orientación sexual de Philip. Megu llamó de parte de Michael para decirme que si necesitaba hablar de algo, ambos querían que supiera que podía contar con ellos. Elisa, de camino a la oficina en un taxi, me felicitó por haber conseguido una sección para mí sola. Lo mismo hizo la secretaria de Philip, Marta. Simon me llamó cuando me dirigía al aeropuerto en limusina. Tuvo a bien aclararme, con bastante simpatía habida cuenta de nuestras últimas conversaciones, que ninguna persona digna de respeto leía *Primicias de Nueva York* y que, en consecuencia, no me preocupara, pues estaba seguro de que nadie se enteraría.

Decidí hacer caso omiso de todo, pero luego recordé que, en realidad, estaba a punto de marcharme del país y que no podía dejar de llamar a mis padres para despedirme. Opté por marcar el número del móvil de mi padre pues, dado que suponía que lo tendría apagado, podría dejarles un mensaje sin necesidad de hablar con ellos, desearles un feliz Año Nuevo y decirles que llamaría a la vuelta. No tuve esa suerte.

—Vaya, ¿a quién tenemos aquí? Anne, acércate, nuestra hija famosa está al teléfono. Bettina, tu madre quiere hablar contigo.

Oí un crujido y los pitidos de las teclas que pulsaron sin querer al pasarse el teléfono, y luego la voz de mi madre, alta y clara.

—¿Bettina? ¿Por qué escriben esas cosas sobre ti? ¿Son verdad? Dímelo, porque cuando me preguntan no sé qué responder. Jamás me hubiera creído algo así, pero desde que oí lo de ese Weston...

—Mamá, ahora no voy a hablar de eso. Estoy yendo al aeropuerto. Y claro que es mentira. ¿Cómo podrías dudarlo?

Suspiró, no supe si por alivio o por frustración.

—Bettina, cariño, no te debe extrañar que tu madre dude después de descubrir que su hija tiene una vida extravagante y misteriosa.

—Puede que sea extravagante, mamá, pero no misteriosa. Te lo prometo. Te lo explicaré cuando vuelva, porque ahora tengo que darme prisa para no perder el avión. Despídete de papá de mi parte. Os llamo el domingo, ¿vale? Os quiero.

Dudó un momento, mientras decidía si insistirme o no en el tema, y luego volvió a suspirar.

—Está bien, ya hablaremos. Aprovecha para ver cuanto puedas y ten cuidado. Y, bueno, intenta que tu vida privada no sea noticia, ¿vale?

En resumen; había sido una mañana para olvidar. Sin embargo y por suerte, me enfrentaba a un nuevo problema con el que ocupar mi mente y dejar de pensar en la sección de información complementaria: Louis Vuitton. En cantidades industriales: más baúles, maletas con ruedas, neceseres, fundas para trajes, bolsos de viaje y carteras con la «L» y la «V» en el cierre que los que debía de haber en la tienda insignia de Milán o en la monstruosa boutique de la Quinta avenida. Al parecer, todos los viajeros habían leído en el memorando que el equipaje a llevar tenía que ser Louis Vuitton. Tres mozos con uniforme color burdeos estaban dejándose la piel para acarrear los bultos desde la terminal, distinguida con el sutil nombre de «Million Air», hasta la panza del estilizado Gulfstream, si bien sus progresos eran lentos. Elisa, Davide, Leo y yo habíamos tomado una limusina desde la ciudad hasta Teterboro y llegado hacía unas horas para verificar que todo estuviera preparado antes de que llegase el helicóptero en que venían Philip y sus muchachos desde el helipuerto de Wall Street.

Mientras tanto, y dado que se me distinguió con la estimulante y retadora responsabilidad de supervisar el transporte y almacenaje de los fardos Louis Vitton y asegurarme de que a bordo hubiera provisión suficiente de pulverizadores de agua Evian, no tuve demasiado tiempo para estresarme por que se me hubiera retratado en tanto que pécora mentirosa y marrullera en la publicación rosa más alternativa y codiciada del momento, la misma que había llegado a las manos de mis amigos, mis compañeros de trabajo y mis familiares. No faltaba mucho para las cinco en punto, hora a la que se había programado la partida, y todo el mundo estaba en el avión excepto dos invitados de última hora —una famosa y su «acompañante», que dijeron encontrarse atascados en Lincoln Tunnel—, cuando se produjo la primera crisis.

Había tantas maletas que los mozos no conseguían meterlas todas en la bodega del avión.

—El avión está al máximo de su capacidad —me avisó uno

de ellos—. Los Gulfstream G500 admiten seis bultos de tamaño medio por persona, o bien cuatro bultos grandes, pero este grupo está muy por encima de eso.

—¿Como cuánto?

—Bueno —me dijo, con expresión valorativa—. Todos los pasajeros sobrepasan la media de equipaje permitida. Una señorita tiene siete maletas, una de ellas tan grande y pesada que tuvimos que utilizar una grúa para cargarla.

—¿Qué propone usted que hagamos? —le pregunté.

—Bien, señora, pues, en el mejor de los casos, deberían ustedes dejar algunos de estos bultos en tierra.

Horriblemente consciente de que estábamos en el peor de los casos, me decidí a cooperar y averiguar si alguien estaría dispuesto a marcharse sin sus pertenencias. Subí al avión, le pedí el micrófono del interfono al copiloto y expliqué la situación al pasaje. La respuesta, no muy sorprendente, consistió en un abucheo general.

—Debes de estar de broma, joder—juzgó Oliver, acometido por una risa histérica—. Es un puto avión privado, ¿entiendes? Diles que tendrán que arreglárselas.

Oliver estaba acostumbrado a aquella clase de mesianismos: era el fundador de un fondo riesgo de tanto éxito que *Gotham Magazine* le había nombrado «Soltero Más Atractivo de Manhattan 2004».

—Si te crees que me voy a ir sin mis zapatos, estás muy equivocada —sentenció Camilla, la magnate de los cosméticos, entre dos sorbos de Cristal—. Son cuatro días, tres conjuntos por día y dos pares de zapatos por conjunto. No voy a dejar nada ni de broma.

—Quiero que suba al avión hasta la última de esas maletas —anunció Alessandra—. Me he acordado de traer baúles vacíos para todo lo que compre, así que se las ingenien para meter las demás maletas en ellos.

La madre de Alessandra era una compradora compulsiva, una mujer cuya triste fama procedía de gastarse varios millones de dólares al año en ropa, zapatos y bolsos de dudoso gusto. Estaba claro: de tal palo, tal astilla.

—No te preocupes tanto, corazón. Ven aquí a ponerte un poco piripi. Deja que la tripulación se encargue; para eso les pagamos.

Y ahí estaba Philip, claro, repantigado en una de las butacas de cuero color crema y con su camisa Armani de cuadros abierta más allá de lo decoroso. Subida a las piernas de Davide, Elisa tampoco parecía preocuparse demasiado, concentrada como estaba en enchufar su iPod al sistema de alta fidelidad de la cabina.

Un panorama inmejorable. Si a nadie le importaba, a mí tampoco. Además, mientras no dejaran atrás mi única Samsonite plateada, el problema no tenía que ver conmigo. Acepté una copa de champán de una azafata que me la ofrecía, de aspecto impecable y aun así mejorado por el uniforme naval que constituía su atavío, y escuché a uno de los pilotos —que también parecía una estrella de cine, con su mandíbula cincelada a lo Brad Pitt y sus mechas discretas en el pelo— darnos el parte del vuelo. Resultaba un poco desalentador comprobar que tanto tripulantes como pasajeros tenían aspecto de ser los amigos que Barbie siempre había querido tener, y que yo no estuviera a la par.

—La duración estimada del vuelo es de diez horas, y encontraremos turbulencias leves al atravesar el Atlántico —recitó el piloto con una espléndida sonrisa a la que acompañaba con su extraño acento, indefinible aunque europeo.

Nadie tan guapo debería ser el responsable de nuestras vidas, pensé. Era más probable que alguien menos guapo y sofisticado bebiera menos y estuviese más descansado.

—Eh, Helmut; ¿por qué no hacemos que esta monada se desvíe a Mikonos y nos pasamos un día por allí? —le instó Philip al piloto.

El corral jaleó su ocurrencia.

—¿Mikonos? —dudó Camilla—. Bueno, eso es más atractivo que... que Beirut. Por lo menos, es un lugar civilizado. Uno de los restaurantes Nobu está allí.

Helmut volvió a reír.

—Solo tenéis que decirlo, chicos —dijo—, y yo os llevaré allí donde os plazca.

Una voz femenina se distinguió de las demás. Venía subiendo por la escalerilla.

—¿Vamos a Mikonos? —la oímos preguntarle a alguien, sin saber todavía de quién se trataba—. Creía que íbamos a ir a Estambul. Joder; esa mierda de agente mío nunca se entera de nada. ¡Ya me había decidido a comprar una alfombra turca! —gritó.

Se me ocurrió que aquella debía de ser Isabelle, nuestra desaparecida famosa sin trabajo y sin que, por lo visto, necesitara de un agente. Justo cuando estaba a punto de agradecerle en silencio el que supiera que Estambul está en Turquía, una pareja entró en la cabina y miró a su alrededor; una pareja que consistía, como suelen hacerlo las parejas, en dos personas. Me llevó un segundo advertir que la mitad masculina de aquella pareja no era otro que Sammy. Mi Sammy.

—Isabelle, cariño, pues claro que vamos a Estambul, tal y como te han dicho. Lo dicen de broma; ¡ya sabes cómo se ponen cada vez que se habla de las islas griegas! Venga, deja tus cosas y tomémonos algo —dijo Elisa para consolar a la mujer a quien reconocí del parque—. Y, por favor, preséntanos a este guapísimo amigo tuyo.

Entonces, Sammy se quedó inmóvil, tan rígido e incómodo que lo creí a punto de sufrir un colapso. Aún no me había visto, ni tampoco al resto del grupo, pero a pesar de ello consiguió articular un murmullo.

—Soy Sammy. De Bungalow 8, ¿te acuerdas? —dijo, con un tono de voz agudo que no le conocía.

Elisa se lo quedó mirando con los ojos muy abiertos mientras Isabelle trataba de arrastrar al interior un gigantesco baúl Louis Vuitton. Le dio una palmada en el hombro y le señaló en la dirección del bulto, y él lo levantó sin esfuerzo y lo colocó entre dos de las butacas.

—¿Bungalow? ¿Nos conocimos allí, alguna noche? —preguntó Elisa con expresión confusa.

Recordé las muchas veces en las que había ido allí con ella y la había visto coquetear con Sammy, abrazarlo, agradecerle su gentileza, comportarse con él como si compartieran la más íntima de las amistades. Sin embargo, en aquel momento no estaba fingiendo; Elisa no tenía ni idea de quién era él.

En aquel punto, la atención del grupo se centró en cierta sensación extraña en la que todos debían de estar preguntándose por qué aquel tío tan atractivo les resultaba tan conocido cuando no podían ponerle un nombre.

—Trabajo allí —repuso Sammy en voz baja y mirándola a los ojos.

—¿En Bungalow 8? —inquirió Elisa, cuyo pasmo iba en aumento—. ¡Vale, ya lo entiendo! ¡O sea, que te pasas tanto tiempo por allí que para ti es como si fuera tu oficina! Sí, claro, sé exactamente a qué te refieres. A nosotros nos pasa lo mismo, ¿verdad, Bette?

Sonrió y bebió un sorbo de su copa con una expresión que denotaba su alivio por haber salido airosa de la situación.

Sammy se sobresaltó al oír mi nombre y, sin embargo, mantuvo su mirada fija en la cara de Elisa, como si se viera incapacitado para cambiar la dirección de sus ojos. Pasaron unos buenos diez segundos y, después, volvió la cabeza con lentitud y me miró. La sonrisa que me dedicó era de tristeza pero no de sorpresa.

—Hola —susurró.

Isabelle se había sentado junto a Elisa y todos habían reanudado la cháchara, lo cual le dio al momento un aire de intensa intimidad.

—Hola —respondí con naturalidad pero con la cabeza bullendo por aquel giro inesperado.

Al darnos la lista definitiva, Kelly había mencionado que

Isabelle Vandemark había aceptado asistir a condición de que pudiera viajar con ella su asistente. Y, naturalmente, Kelly había accedido. ¿Significaba aquello que Isabelle no era la novia de Sammy? Tenía que averiguarlo.

—Si quieres, aquí hay un asiento —dije, mientras le señalaba con la mano el de mi izquierda.

Sammy dirigió la vista hacia Isabelle, que estaba entretenida charlando con Elisa, y comenzó a abrirse camino entre piernas y maletas con ruedas para llegar hasta mí. Su estilo contrastaba con la extravagancia de Leo y con la estudiada elegancia de Philip. Tenía un aspecto más masculino y también más vulnerable, todo al mismo tiempo. Cuando se sentó en el asiento de piel que quedaba junto a mí sentí como si la cabina se hubiera despresurizado.

—Bette —comenzó, en voz tan baja que tuve que acercarme para oír algo—, no sabía que estarías aquí. Lo siento. De verdad, no tenía ni idea de que este fuera tu viaje.

—¿Cómo? ¿Acaso te dijo que ibais los dos solos a pasar unos días a Estambul? —inquirí, conteniendo las lágrimas.

—Pues sí, ¿te lo puedes creer? Justo eso. La semana pasada mencionó que quería que la acompañara a una especie de fiesta de trabajo, pero no me dijo dónde tendría lugar hasta ayer mismo. Yo no pregunté nada, me limité a hacer la maleta.

—¿Y tú vas adónde ella te diga? ¿Qué me dices del trabajo? O de la escuela... No entiendo cómo puedes dejarlo todo cuando ella te lo ordena. Ninguno de los aquí presentes tiene trabajo, así que me parece de lo más normal que se metan en un avión y se larguen a Estambul si les apetece, pero ¿tú? ¿Significa eso que lo has dejado?

La expresión de su rostro, hasta entonces avergonzada, se volvió severa.

—No. En el trabajo comprenden que a veces surjan este tipo de cosas.

—Ah, bueno, eso tiene mucho sentido —repuse con ironía—. Haberlo dicho antes.

—Bette, lo siento. Es complicado. Ella es complicada.

Me di cuenta de que lo estaba pasando mal e intenté calmarme.

—Bueno, Sammy, perdona. No es de mi incumbencia. Es solo que no me lo esperaba.

Por desgracia, no me debía ninguna explicación. Desde el Beso, solo lo había visto en Bungalow 8. En una de aquellas ocasiones un grupo de banqueros vestidos de caqui le estaban reprochando que no los dejara entrar y Sammy se limitó a mirarme, me saludó con una débil sonrisa y levantó el cordón para que pudiera pasar.

—Dejémoslo por ahora, ¿de acuerdo? Me ha costado un mundo llegar hasta aquí y llevo un día horrible —musitó. Y cerró los ojos.

Me acordé del horripilante Trapos Sucios, pero creí que aquel no era el momento de sacar a relucir episodios desagradables.

La tripulación se las arregló para embutir en el avión todo el equipaje, y después de que la azafata nos diera unas instrucciones de seguridad perturbadoras por lo breves, emprendimos rumbo a un cielo todavía sin luna. A los pocos minutos, Elisa comenzó a colocar un montón de pastillas sobre la bandeja que tenía desplegada frente a ella y a subastarlas al estilo propio de Sotheby's.

—¿Anfetas? ¿Barbitúricos? ¿Qué os apetece? ¿Preferís fiesta o dormir un rato? —preguntó al resto del grupo, en el que ya empezaba a hacer mella el aburrimiento—. Esto es totalmente extraoficial, ¿estamos? —Se volvió hacia uno de los periodistas y este asintió con desgana.

—Dormir —se quejó Isabelle—. Llevo una semana terrible y estoy agotada.

—Por supuesto, dormir —intervino Leo, mientras se quitaba las zapatillas de deporte Prada y dejaba a la vista un fantástico trabajo de pedicura.

Davide asintió e incluso Philip estuvo de acuerdo en que,

teniendo en cuenta que pasaría los próximos cuatro días saliendo de fiesta, lo más conveniente sería dormir durante el vuelo.

—¡Sois todos unos muermos! —exclamó Elisa con gesto de profunda decepción—. Pero bueno, si así lo queréis... ¿Qué os apetece?

—¿Qué traes? —preguntó con poco interés Emanuel, el multimillonario argentino que apenas era capaz de levantar la cara del pozal de martini que sostenía entre las manos.

—¿Qué quieres? Solo tienes que pedirlo. Además, nos lo tenemos que terminar todo antes de aterrizar. He visto *El Expreso de Medianoche* y no me apetece pasar por lo mismo —aclaró Elisa.

—Sí, sí, los turcos son muy jodidos con el tema de las drogas —intervino Philip—. El conserje del hotel se encargará del suministro cuando lleguemos allí, pero más vale que no llevéis nada encima.

—Yo tomaré un par de Valiums —anunció Leo.

—Yo prefiero Xanax.

—¿Tienes Ambien? Con un par de comprimidos y una copa me conformo.

—¿Qué me dices de Percocet? ¿Traes?

Esperaron su turno mientras Elisa se paseaba por la cabina repartiendo a cada uno la marca y la dosis que había pedido. Tan solo Sammy y yo nos abstuvimos, pero nadie pareció darse cuenta. Encendí un cigarrillo para no dar una imagen demasiado angelical, aunque sabía que, entre aquella pandilla de drogadictos, mi gesto no sería considerado un acto radical. Sammy me dijo que le dolía la cabeza, se excusó y le preguntó a Philip si podía ir a acostarse en la cama.

—No es mi avión, colega, haz lo que quieras. Pero espero que no te importe si dentro de un rato quiero utilizarla yo y te pido que te largues —respondió con amabilidad, antes de lanzarme una mirada lasciva.

Sentí un escalofrío, pero levanté el reposapiés y traté de

seguir *Pulp Fiction* en la enorme pantalla de plasma que había frente a nosotros. Había logrado concentrarme en la película y no pensar en Sammy durante más de treinta segundos, cuando Elisa llegó correteando hasta mí.

—Está bien, estoy, no sé, como confusa —me dijo, mientras abría un paquete de Marlboro Light—. ¿Quién es ese tío?

—¿Qué tío? ¿Sammy?

—El chico de Isabelle. ¿Qué ha querido decir con que trabaja en Bungalow 8?

—Es el portero, Elisa. Debes de haberlo visto, no sé, unas mil veces.

—¿El portero? ¿Y qué hace un gorila en nuestro avión? —susurró. Pero entonces abandonó la mueca de asco y pareció entenderlo todo—. Claro, ya veo. Debe de ser uno de los Downtown Boys.

—No los conozco, pero ya te he dicho que es portero.

Elisa me miró con desdén.

—Bette, no te enteras de nada, ¿verdad? Ya sabes, Downtown Boys, la compañía que nos proporciona guapísimos camareros, barmans y personal de seguridad para las fiestas y eventos. Además, tú te encargaste de contratar a las bellezas que trabajaron en la presentación del BumbleBee, ¿no? Pues Downtown hace lo mismo, solo que es una agencia mucho más exclusiva. Y es un secreto a voces que satisfacen cualquier necesidad de sus clientes. Sea cual sea.

—¿A qué te refieres? —espeté.

—Pues a que no me sorprendería que Isabelle haya traído a Sammy para que la acompañe a los eventos, la escolte en las fiestas y le haga mucha compañía. A eso me refiero. Su marido no está interesado en los compromisos sociales de su esposa.

—¿Está casada?

Aquella era la mejor noticia que había recibido en todo el día.

—¿Me lo preguntas en serio? ¿Acaso crees que el papel

que ocupa en la esfera social se debe a su encanto? Está casada con un vizconde austríaco, y, aunque no es tan difícil encontrarte con alguien que tenga un título en ese país, este lleva desde principios de los ochenta apareciendo cada año en la lista de las cien personas más ricas del mundo de la revista *Forbes*. O bueno, es probable que desde siempre. ¿No me dirás que creías que el gorila era su novio?

Mi silencio fue revelador.

—¡Joder, sí! ¡Lo pensabas! Eres tan dulce, Bette. ¿De verdad crees que alguien como Isabelle saldría con un gorila? —Se rió tanto que a punto estuvo de ahogarse—. ¡Es una idea tan descabellada! ¡Puede que se lo folle, pero te aseguro que no sale con él!

Sentí la tentación de quemarla con mi cigarro, pero lo que me acababa de decir me había hecho tan feliz que opté por reprimirme. Pasados un par de minutos comenzó a aburrirse y volvió a los brazos de Davide, que tenía los ojos clavados en los pechos de Isabelle, que a su vez intentaba ligar con Philip mientras este estaba enfrascado en una conversación con Leo acerca de las ventajas e inconvenientes de dejar que tu pedicuro elimine las células muertas de la piel con una cuchilla en lugar de exfoliar la zona con piedra pómez. Los fotógrafos y periodistas estaban sentados a la enorme mesa rectangular, jugando a póquer y acabando con las reservas de bourbon. Los demás estaban ya inconscientes o dando cabezadas, y antes incluso de llegar a la escena en que Travolta le clava la jeringuilla en el pecho a Uma Thurman, yo también me quedé dormida.

24

Hasta las dos de la tarde del día siguiente no estuve a solas ni durante un segundo. Volamos toda la noche, aterrizamos a las once de la mañana del jueves y pasamos del interior lujoso y tapizado en piel del Gulfstream al interior lujoso y tapizado en piel de la flota de limusinas que nos había mandado la Asociación de Propietarios de Clubes Nocturnos, o la APCN, como el señor Kamal Avigdor solía referirse a ella. Era evidente que el señor Avigdor había leído el informe sobre los integrantes de nuestro grupo, pues nos recibió vestido con una indumentaria clásica y elegante. Nos esperaba de pie, sobre la alfombra roja que habían extendido en la pista, flanqueado por dos chicas de deslumbrante belleza —sus asistentes, según él, aunque yo pensé que en algún momento habrían sido algo más— y con una cálida sonrisa de bienvenida. Llevaba un traje negro y ajustado, ceñido al cuerpo como solo los hombres europeos se pueden permitir lucir, y una combinación de camisa y corbata verdes que realzaban su piel y cabellos morenos y sus ojos también verdes. Como era de esperar, llevaba todos los accesorios adecuados: mocasines Ferragamo, reloj Patek Philippe y una especie de bolso de piel blanda y color amarillento que, en manos de cualquier otro hombre habría provocado ganas de llorar, pero que a él le daba un porte todavía más masculino. Lo situé entre los treinta y los treinta cinco, pero no me habría sorprendido descubrir que, en realidad, tenía diez años más o diez menos. Lo que más me impresionó fue que nos dio la bienvenida llamándonos a cada uno por nuestro nombre.

Elisa, Leo, Davide y yo llegamos a la ciudad acompañados del señor Avigdor —que no dejaba de insistir en que lo llamáramos Kamal—, mientras el resto del grupo nos seguía en las demás limusinas. Nos resumió en qué consistiría el fin de semana y nos aseguró que nuestra única responsabilidad era que los invitados disfrutaran de lo lindo. Él, nos dijo, se encargaría del resto. Debíamos pedirle cualquier cosa que necesitáramos, fuera lo que fuese («por cualquier cosa, me refiero exactamente a eso, a lo que haga falta: chicos, chicas, productos de piel, comida o bebida que les cueste encontrar, "sustancias recreativas", lo que sea») y él se encargaría de contactar con la persona adecuada. Nos entregó un itinerario con listados de restaurantes y clubes que no se parecía en nada a un plan de trabajo. Durante el día no había nada programado; disponíamos del tiempo que quisiéramos para «sesiones de belleza, baño turco, salir de compras y tomar el sol, algo en lo que, estoy seguro, estarán todos interesados». Sin embargo, las tres noches que pasaríamos allí estaban plagadas de actividades. Todo empezaría a las ocho, hora a la que nos servirían la cena en un fabuloso restaurante. De allí nos dirigiríamos a dos fantásticas salas donde tomar una copa y relajarnos, para terminar la noche en un club súper fabuloso y ultra selecto donde permaneceríamos hasta el amanecer, en compañía de los jóvenes turcos y los turistas europeos. La noche de Fin de Año se diferenciaba de las otras dos en que, a media noche, tendríamos que realizar un brindis con champán que sería retransmitido por la televisión nacional. El deber de los fotógrafos se limitaba a recoger en imágenes cada minuto de diversión desenfrenada, y Kamal estaba seguro de que la publicidad obtenida sería tan beneficiosa en Turquía como en Estados Unidos, pues, al fin y al cabo,

¿quién no quiere ir de fiesta a los mismos lugares a los que va Philip Weston?

A excepción de las quejas de rigor sobre las habitaciones («Está demasiado cerca del cuartucho donde el servicio guarda su mierda de productos», «No hay suficientes toallas para el pelo», «No me entusiasma salir al balcón y encontrarme con una mezquita»), el paso por la recepción del hotel se produjo sin mayores altercados y todo el mundo pareció encantado cuando nos llevaron hasta la magnífica terraza del hotel con vistas al majestuoso Palacio Topkapi para disfrutar del elegante cóctel organizado en nuestro honor. Tras una hora logré escabullirme sin que nadie se diera cuenta y fui paseando hasta el Gran Bazar con la firme intención de fijarme en todo y en todos. Crucé la Puerta Nuruosmaniye entre gritos de «Señora, ¿qué quieres? Yo tengo» y deambulé por el cavernoso edificio, entrando y saliendo de los tenderetes, abstraída por la enorme cantidad de abalorios, objetos de plata, alfombras, especias, narguiles y vendedores que aspiraban y fumaban sin cesar. Me disponía a regatear por una pashmina azul pastel con un hombre diminuto que no podía tener menos de noventa años, cuando noté una palmadita en el hombro.

—Tú sabes que te estás peleando por, más o menos, cuarenta centavos ¿no? —me preguntó Sammy, con expresión satisfecha, como si hubiera descubierto un gran secreto.

—¡Ya lo sé! —respondí indignada, aunque no tenía ni idea.

—¿Y por qué lo haces?

—Se nota que no estás muy familiarizado con esta cultura. Regatear es normal. Además, si no lo haces pueden llegar a ofenderse.

—No me digas. Señor, ¿cuánto pide por este pañuelo? —Sammy se dirigió al anciano jorobado con la voz más dulce que se pueda llegar a imaginar.

—Seis dólares, señor. De la mejor calidad. Es del sur. Lo tejió mi nieta la semana pasada. Muy bonito. —El hombre sonrió dejando al descubierto una boca desprovista de dientes que le daba un aspecto aún más afable.

—Nos la quedamos —respondió Sammy mientras sacaba un fajo de liras turcas de la cartera y las acercaba a la mano del anciano, de tan delgada casi transparente—. Muchas gracias.

—Gracias a usted, señor. Pashmina bonita para chica bonita. Que tengan un buen día —dijo alegremente, palmeando a Sammy en la espalda antes de volver a fumar de su pipa de agua.

—Sí, tienes toda la razón. Creo que se ha ofendido mucho.

Me sujetó el pelo en una cola, me colocó el pañuelo alrededor del cuello y lo dejó caer de nuevo por encima de la suave prenda de seda.

—No tenías por qué hacerlo.

Pero me alegro tanto de que lo hayas hecho, pensé.

—Ya lo sé. Pero quería disculparme por haberte fastidiado el viaje. No sabía que estarías aquí, Bette. Lo siento.

—¿Qué sientes? —pregunté a media voz—. No seas tonto, no tienes que disculparte por nada.

—¿Te apetece un café? Llegamos hace horas y todavía no nos hemos tomado un café turco. Me entusiasma la idea de que no lleve espuma de leche desnatada, ni sirope, ni edulcorantes. ¿Qué me dices?

—Claro. En mi guía dice que aquí cerca hay un lugar genial.

—¿Tu guía?

—La *Lonely Planet*. ¿Cómo puedes viajar sin ella?

—Eres una pija, Bette —respondió, mientras tiraba de la punta de mi pashmina—. Nos quedamos en el Four Seasons, nos llevan de un lado a otro en limusina, puedes gastar tanto dinero como quieras y tú te traes la *Lonely Planet*. Increíble.

—¿Y por qué te parece tan increíble? Quizá es que quiero ver cosas que no se incluyen en nuestro circuito exclusivo de cenas e hidromasajes.

Meneó la cabeza, abrió la mochila y hurgó en ella.

—Por esto me parece increíble. —Sacó un ejemplar de la misma guía—. Anda, vamos a encontrar ese sitio.

Nos acomodamos en los minúsculos taburetes que había alrededor de una mesa también diminuta y pedimos dos cafés, que llegaron acompañados por un plato de galletitas de azúcar.

—¿Puedo hacerte una pregunta? —dije, tras tomar un sorbo del espeso líquido.

—Claro. Ataca.

—¿Qué relación tienes con Isabelle? —solté con naturalidad.

A Sammy se le congeló la expresión y se quedó mirando la mesa sin responder.

—Da igual, no es asunto mío —me apresuré en añadir, en un intento de no estropear el momento.

—Es complicado.

—Sí, eso dijiste. —Un gatito se encaramó hasta lo alto de una pila de alfombras y la chica que atendía el puesto le sirvió un plato de leche—. Bueno, es cosa tuya, así que dejemos el tema y disfrutemos del café ¿te parece?

—Me paga para que pase tiempo con ella —confesó en voz baja, mientras daba un sorbo a su taza y sus ojos se encontraban de nuevo con los míos.

No supe qué hacer con esa información. Teniendo en cuenta que Elisa ya me había puesto al corriente, no me sorprendió, pero lo dijo con tanta naturalidad, con una calma tan propia de él, que me pareció extraño.

—No acabo de entenderlo. ¿Tiene que ver con trabajar para una de esas agencias que contratan a tíos buenos para que hagan de camareros o algo así?

Se rió de buena gana.

—No, jamás he ido por ese camino, aunque aprecio que me concedas su nivel de atractivo.

—Entonces no entiendo nada.

—Muchas veces, la gente nos conoce en Bungalow y nos contrata para que trabajemos en sus fiestas privadas y así. El verano pasado, yo trabajaba en la barra e Isabelle venía cada dos por tres. Me propuso pagarme unos cuantos miles por noche para atender un servicio de bar en sus fiestas o para recibir y saludar a los invitados de sus actos de beneficencia. Cuando la nombraron copresidenta de las actividades benéficas ofrecidas por el jardín botánico de Nueva York, decidió que necesitaba un asistente permanente. Supongo que yo era la alternativa más a mano porque, vaya, también puedo hacer otro tipo de cosas.

—¿Otro tipo de cosas? ¿Te paga para que te acuestes con ella? —espeté, sin pensar en lo que estaba diciendo.

—¡No! —se quejó él con expresión cortante—. Perdona, pero es que es demasiado que tú llegues a imaginarte semejante cosa. La respuesta oficial es no, no me estoy acostando con ella, pero la que se aproxima más a la verdad es que no estoy seguro de cuánto más podré aguantar sin verme en la obligación de hacerlo. Al principio no pensaba que mi trabajo fuera a suponer algo así, pero, a medida que ha pasado el tiempo, se ha hecho evidente que sí forma parte de lo que se me exige.

—¿Y qué pasa con su marido? —pregunté.

—¿Qué pasa con él?

—¿No le importa que su mujercita haya contratado a un joven de buen ver para que la acompañe en casa, la ayude en sus diversas obras sociales y se embarque junto a ella en románticas escapadas de fin de semana a Estambul? Me dirás que está encantado.

Al mencionar las palabras «de buen ver» y aplicárselas a él, sentí un pequeño hormigueo sospechoso.

—¿Y por qué no iba a estarlo? Siempre que ella lo lleve con discreción, no le avergüence en público y se muestre disponible cuando él la necesite, supongo que no le importará no tener que participar de su vida social, no decirle lo guapa y estupenda que es, no discutir con ella si prefiere que se ponga un vestido de Stella McCartney o de Alexander McQueen. Se limita a firmar los cheques que cobro, en realidad. Es un tío decente.

No sabía qué decir a aquello, así que traté de pensar en alguna contestación inofensiva.

—Es solo un trabajo; y muy bien pagado, por cierto. Si lo que quiero es abrir un restaurante, no puedo permitirme el lujo de renunciar a un salario de seis cifras porque no me apetezca salir con una mujer guapa unas cuantas horas a la semana.

—¿Seis cifras? No va en serio.

—Pues sí. ¿Por qué otra razón crees que estaría dispuesto a hacerlo? Es más que humillante, sí, pero yo tengo un objetivo que por algo está cada vez más cerca.

Se llevó una galleta a la boca y masticó.

—¿Sí?

—Bueno, no es nada definitivo, pero unas personas de la escuela de hostelería me propusieron la semana pasada que abriéramos juntos un restaurante.

—¿En serio? —Me acerqué a él—. Cuéntame más.

—Me vas a decir que se parece más a una franquicia que a un lugar totalmente nuevo, supongo. Es propiedad de los dueños del Houston's, y algunos de sus establecimientos ya están funcionando en la costa Oeste. Al parecer, trabajan muy bien. Es un menú tradicional; nada que admita la creatividad, pues el concepto y el menú son innegociables. De todos modos, sería todo mío. O, para ser más exactos, mío y de ellos.

Estaba tan emocionado como alguien a quien acabaran de diagnosticarle una enfermedad de transmisión sexual.

—Suena muy bien —le dije, intentando ponerle a mi voz un poco de entusiasmo—. ¿Estás ilusionado?

Pensó unos segundos antes de responder y luego suspiró.

—No sé si «ilusionado» es la palabra que se ajusta más a

lo que siento. Creo que es una buena oportunidad. No se parece demasiado a lo que tenía en mente, pero implica dar un paso en la buena dirección. Era una locura pensar que iba a ser capaz de incorporar mi visión personal a un restaurante a esta altura de mi carrera; no era realista. Así que, para contestar a tu pregunta, si tengo un deseo ferviente de ser el propietario de un restaurante Houston's en el Upper East Side, la respuesta es no. Pero si eso me libra de trabajar en Bungalow y me ayuda a acercarme a mis metas, entonces sí, creo que vale la pena.

—No está mal —concedí—. Una gran oportunidad.

—De momento. —Se levantó, trajo otros dos cafés y se sentó frente a mí—. Vale, tu turno.

—¿Mi turno para qué? —quise saber.

—¿Qué tienes tú con el señor Weston?

—Es complicado.

Mi comentario le hizo reír y alzar las cejas.

—Ja, ja, muy lista. Venga; acabo de contarte una historia verdaderamente sórdida. ¿Cómo es que estás saliendo con él?

—¿Por qué te extraña tanto?

—Por nada; solo porque sois muy..., en fin, muy diferentes.

—¿Diferentes en qué sentido?

Sabía muy bien en qué sentido éramos diferentes, pero me divertía oír a Sammy hacerme preguntas que lo avergonzaban.

—Vamos, Bette, déjalo ya. Sé lo que es venir de Poughkeepsie y unirse a la gente guay de Manhattan, ¿sabes? Lo entiendo. Lo que no entiendo es cómo puede gustarte. Tal vez seas capaz de estar con ese tipo de individuos, pero lo cierto es que no perteneces a su clase. Lo cual, dicho sea de paso, me viene muy bien.

—No estoy saliendo con él —afirmé, tras meditarlo un poco.

—Toda la prensa rosa de Manhattan os sitúa paseándoos

juntos por aquí y por allá. Joder, si apenas salís del Bungalow. Quizá no le llames a eso salir, pero no creo que él lo haya entendido.

—Para serte sincera; no sé cómo explicarlo porque no estoy segura de entenderlo. Es como si Philip y yo hubiéramos llegado a un acuerdo implícito por el que estamos juntos, aun a pesar de que no nos hayamos liado.

Levantó la mirada de repente.

—¿Que no qué? Eso es imposible.

—No es imposible. Te mentiría si te dijera que me da igual no saber por qué no parece interesado, pero eso te lo aseguro; no hemos llegado a...

Sammy acabó su segunda tacita de café y se quedó meditabundo.

—Veamos; me estás diciendo que nunca te has acostado con él.

Lo miré y me llenó de júbilo ver que le importaba.

—No. Y, para que lo sepas todo, te diré que intenté seducirle varias veces. Siempre hay alguna excusa; ha bebido demasiado o ha estado con otra chica. Es vergonzoso, si lo piensas, pero ¿qué se le va a hacer? El tiempo que paso con él tiene consecuencias directas en mi trabajo. Kelly está encantada con la publicidad que Philip le reporta a la empresa, y todo lo que tengo que hacer es sonreír cuando me hacen fotos. Nunca pensé que acabaría así, pero es que tenemos esa especie de acuerdo del que te he hablado: yo actúo como si fuera su novia y él me paga con beneficios para mi trabajo. Es espeluznante y, aun así, podría decirse que los dos hacemos lo mismo. Ambos conseguimos lo que queremos.

Era un alivio poder decir en voz alta lo que todavía no le había explicado a nadie.

—No me he enterado de nada de lo que has dicho.

—Genial. Gracias por escucharme. Además, estaba contestando a tu pregunta.

—Es que no me puedo creer que no te hayas acostado con

él. ¿De verdad no estás saliendo con él? —me preguntó mientras hacía girar su taza de café con el dedo.

—Sammy, ya sabes cómo es Philip. No es capaz de salir con nadie. No entiendo por qué me ha elegido a mí y tampoco me importa, porque le viene bien a mi autoestima. De todas maneras, yo no podría estar con alguien así, incluso a pesar de sus fabulosos abdominales.

—¿Conque «fabulosos abdominales», eh? ¿Mejores que estos?

Y antes de que supiera lo que estaba pasando, se había levantado la camisa para enseñarme un estómago prieto.

—Vaya —exclamé, adelantando una mano para palmear los volúmenes—. Supongo que debería decir que ganas tú.

—¿Que deberías decir? —se burló, dejando caer la camisa y colocándose junto a mí—. Ven aquí.

Nos besamos mucho, con ganas, tan cerca el uno del otro como nos lo permitieron los minúsculos taburetes en los que estábamos sentados, y nos tocamos las caras, los cabellos, los cuellos, intentando acercarnos aún más.

—Eso no hacer aquí —nos previno un hombrecillo, tras dar dos golpecitos sobre la mesa—. Eso no correcto aquí.

Nos separamos al momento, avergonzados por la reconvención, y recuperamos la compostura. Sammy le pidió disculpas al hombre, que se limitó a asentir y a marcharse no sin antes darse la vuelta para mirarme.

—¿Acabamos de protagonizar nuestro primer escándalo público? —preguntó Sammy.

—Diría que sí —contesté, riéndome y feliz—, y que ha sido más que un escándalo. Tal vez haya sido el primer beso para estos muros. Estamos en el Gran Bazar de Estambul, nada menos.

—¿Qué otro lugar hay mejor? —bromeó, apartándose para dejar que me levantara.

Comencé a andar delante de él en la dirección de la puerta, pero él me tomó de la mano para añadir:

—Voy en serio, Bette. No estoy jugando contigo.

Me miraba a los ojos.

—Lo mismo digo, Sammy.

Pensé que estaba a punto de asfixiarme, pero su sonrisa me devolvió el aliento.

—Me gustaría abrazarte, justo ahora, pero no quiero que nos azoten por cometer indecencias en la calle. —En lugar de ello, me rodéo los hombros con un brazo—. Hagamos que pasen estos cuatro días y escapémonos cuando podamos, ¿te parece? No creo que convenga que alguien se entere.

Asentí, aunque lo único que quería era echar una buena ración de Valium en las copas de Isabelle y de Philip, verlos desvanecerse poco a poco y después disfrutar de un descanso agradable y permanente. Pero ¡no! Aquello no era justo; nadie merecía la muerte. En cambio, sí sería aceptable si les dejara vivir a condición de que tomasen un vuelo de ida a una aldea subsahariana de su elección.

Nos llevó más de una hora recorrer el trecho de calle que conducía hasta el hotel. Nos besamos, agarramos, tocamos y metimos mano en todos y cada uno de los callejones y entradas, en los recibidores, árboles o bancos que pudieran ocultarnos por unos minutos a los ojos de los que habrían de censurarnos. Cuando la fachada dorada del Four Seasons se nos hizo visible, yo estaba bien segura de que, como había previsto, Sammy llevaba calzoncillos Calvin Klein.

—Entra tú primero. Haz lo que tengas que hacer en los próximos días... excepto entrar en contacto con Philip Weston, ya sea de una manera o de otra. Aborrezco que tengas que compartir la habitación con él.

Las comisuras de la boca se le tensaron en señal de disgusto.

—Claro, sí, y a mí me vuelve loca que vayas arrastrándote hasta la cama de Isabelle mientras le dices lo guapa que está con su nueva ropa interior de La Perla.

Lo cierto era que la sola idea bastaba para que me entraran náuseas.

—Ve —me dijo, tras besarme—. Nos vemos a la hora de la cena.

—Vale —repuse, devolviéndole el beso; y, luego, a mi pesar, espeté—: Te echaré de menos.

Le sonreí al botones de la puerta y crucé como una exhalación el vestíbulo hasta llegar al ascensor, y, desde allí, hasta mi habitación. Apenas reparé en que Philip estaba despatarrado en la cama, tan solo cubierto por una toalla y un antifaz para dormir.

—¿Dónde has estado, corazón? Estoy hecho polvo. La resaca me está matando y tú vas y me dejas solo —se quejó—. ¿Por qué no humedeces un paño y me lo colocas sobre la frente? Eso sería estupendo.

—¿Y por qué no lo humedeces tú el paño y te lo colocas sobre la frente, Philip? —le pregunté con voz cantarina—. He venido para dejar esto, porque me voy directa a los baños. Tómate un Advil o dos y luego estate vestido y arreglado en el vestíbulo a eso de las ocho menos cuarto, ¿de acuerdo?

Di un portazo con todas mis fuerzas y fui corriendo hasta llegar a los resbaladizos mármoles del baño turco del hotel. Le dije al encargado que quería masaje, pedicura y un vaso de té con menta mientras me bañaba, y, después, me desvestí lentamente en una sauna que olía a eucalipto, pensando en Sammy.

25

Como eramos una docena de personas sin nada que hacer excepto beber o pasar el rato, aquella primera noche, en la cena, nos dedicamos a jugar a las preguntas y respuestas de cultura general; al Trivial, digamos. Nadie lo dijo con esas palabras, desde luego, ni tampoco hubo mención alguna a ninguna clase de juego —mucho menos a uno trivial—, pues eso se habría considerado fuera de lugar; pero, por el modo en que nos hicimos preguntas los unos a los otros, eso fue lo que ocurrió, sin duda. Me recordó a la costumbre de Michael y Penelope de preguntarse el uno al otro cuestiones referentes a Sensación de Vivir. «¿Quién era el dueño del Peach Pit?», le preguntaba Michael con seriedad protocolaria. «Pero ¿es que hay alguien que no lo sepa? Rush Sanders, el padre de Steve. ¡Acerté!», contestaba Penelope enarcando las cejas. Eran capaces de continuar durante varias horas («¿En qué hotel vivía Dylan con su padre, Jack?», «¿Cómo se llama el personaje que en el primer capítulo se dispara a sí mismo por accidente en su propia fiesta de cumpleaños?», «¿Verdadero o falso?: Donna se acostó con Ray Pruit») para probarse el uno al otro que conocían todas las escenas y personajes.

A duras penas estaba yo en condiciones de juzgar mi superioridad intelectual respecto a Elisa o Marlena porque pudieran nombrar a todos los miembros del grupo que interpretaba la Cábala junto a Madonna, sobre todo porque mis mejores amigos sabían con exactitud cuándo Mel Silver había engañado a Jackie (la madre de Kelly), y yo recordaba los nombres de los organizadores de la boda de Trista Rehn y Ryan Sutter o el del hijo camboyano adoptado de Angelina Jolie. Dicho lo cual, lo cierto era que jamás había visto a un grupo de personas tan aburridas e indiferentes jugar a nada con semejante devoción.

—O sea, ¿es que hay alguien que todavía no sepa que Marc Anthony tiene dos hijos anteriores a su matrimonio con Jennifer López? Pero si eso, venga, es lo más elemental del mundo. A ver si puedes decirme dónde estaba el juzgado en el que él pidió el divorcio —le gritó Alessandra a Monica.

La segunda bufó.

—¡Por favor! Estás de broma. Cualquiera que haya leído algo sabe que lo hizo en la República Dominicana para ganar tiempo. Lo que probablemente no sepáis (porque es difícil que el gran público se entere con esos periodicuchos de mala muerte que publican todos los días) es el nombre del barco que George tiene en su casa del lago Como.

—¿George? —preguntó Oliver mientras los demás ponían atención.

—George Clooney —aclaró Marlena—. ¿Quién si no?

—Dios, no puedo seguir oyéndoos —se quejó Leo—. Sois todos patéticos. —Estuve a punto de felicitar a Leo por aquella muestra de sentido común, pero enseguida descubrí que habría estado de más—. ¿Creéis que esas cosas tienen importancia? Nombradme a tres de las personas con las que salió Jade Jagger, y decidme para qué joyería está trabajando en estos momentos.

Philip suspiró con desgana y le propinó a Leo una palmada en la espalda.

—Leo, hombre, pónnoslo un poquito más difícil. Es la pregunta más estúpida que haya podido ocurrírsete..., entre otras cosas porque todos los que estamos aquí asistimos a la inauguración de la joyería Garrard.

Continuó en la misma línea durante la cena hasta que, cuando llegaron los postres, comenzamos a cuestionarnos cómo sería un bar de copas turco.

—En fin, por mi parte, no pienso volver a participar en algo como esto. Ya sé que es un país musulmán y todo eso, pero es que me he vestido con el máximo conservadurismo que mi ropero permite —anunció Isabelle, mirándose la ropa.

Su vestido parecía haber sido confeccionado con metal y apenas tapaba lo que podía considerarse obsceno con propiedad. Le dejaba la espalda entera al descubierto y parte del trasero, y, por delante, le bajaba hasta el ombligo y ascendía por sus perfectos pechos, hasta un poco más arriba de los pezones, zona en la que, según interpreté, debía de habérselo pegado a la piel. Unas sandalias plateadas con tacón de aguja y un bolsito de cocodrilo completaban su indumentaria.

—¿Crees que aquí tendrán Cristal? —preguntó Davide con urgencia—. Se pueden comprar botellas enteras, ¿verdad, Bette?

Estaba por decirle que podría sobrevivir a aquella noche sin que en ello tuviera que ver la presencia o la ausencia de botellas de cerveza cuando Kamal, que había estado escuchando sin que su expresión revelara nada concreto, se acercó con actitud conspiradora.

—Amigos —dijo—, les aseguro que todo lo que tienen a su disposición será de su agrado. Estoy convencido de que la noche va a gustarles, pues lo hemos preparado todo para ustedes.

—Oye, Kamal, hablemos de mujeres. ¿Qué pasa con las turcas? —preguntó Philip.

Davide aplaudió la propuesta con una carcajada y Elisa me buscó con la mirada para que yo supiera lo mucho que le desagradaba. Me di cuenta de que la suya era la manera en que las novias debían actuar y, sin perder un momento, hice lo propio.

—¿En general, se refiere? —preguntó Kamal; tras pensar un momento, agregó—: Señor Weston, creo que tendrá usted ocasión de comprobar que las turcas no se diferencian mucho de las estadounidenses o de las inglesas, ni tampoco de cualesquiera otras. Algunas son más fogosas, digámoslo así, y otras proceden de buenas familias y no gustan de exponerse.

—¿Y a cuáles es más probable que conozcamos esta noche, Kamal? ¿A las fogosas o a las reinas del hielo?

Philip había conseguido ganarse a Kamal, que le rió el chiste para seguirle el juego. Bebió un largo sorbo y después intentó que sus facciones cobraran un gesto adusto.

—A las del primer grupo, señor Weston. Preveo que esta noche va usted a encontrarse fundamentalmente con las del primer grupo.

Philip le devolvió la sonrisa y levantó una mano con la pretensión de hacerla chocar con la de Kamal, quien, a su vez, estuvo rápido a la hora de interpretar su pose.

—Así es como debe ser, señor Avigdor. Gracias por la información.

Como era de esperar, no llegó ninguna cuenta a nuestra mesa, y, tras meternos en el barco —un yate, tal vez, o un velero— que iba a llevarnos por el Bósforo hasta Bella, descubrí que estaba achispada y que disfrutaba de la noche. En un esfuerzo por distraerme de la visión de Isabelle manoseando a Sammy, había invertido tiempo en ir persuadiendo, uno a uno, a todos los invitados para que posaran ante los fotógrafos al llegar al club y que luego festejaran durante media hora a la vista de los reporteros que habíamos llevado, los cuales registrarían cuanto dijesen o hicieran. Sin embargo, después de aquello, habríamos terminado de trabajar, de forma que podríamos continuar con la fiesta y el vicio sin tener que preocuparnos por los molestos titulares de «¡COCAÍNA Y PROSTITUTAS!». Debíamos seguir alerta para evitar los medios de información turcos, pero Kamal nos prometió que no los dejaría pasar a las zonas vip, así que no había que temer. Cuando el barco atracó en el puerto, cubierto para la ocasión con una alfombra roja, todos estaban entusiasmados.

—¿Es que se nos van a quedar mirando todos esos hombres? —le preguntó Elisa a Kamal con gesto de preocupación.

—¿A ustedes? Por supuesto. Admiran su belleza, pero no creo que les incomoden —respondió.

—Bueno, si están acostumbrados a ver mujeres con burka todo el tiempo, supongo que es normal —añadió pensativa.

Sammy me dirigió una mirada de incredulidad —una de tantas aquella noche, ya que durante la cena nos habíamos sentado el uno frente al otro— y tuve que hacer un esfuerzo por contener la carcajada. Elisa se dio cuenta y se volvió airada hacia mí.

—¿Qué pasa? ¿Te apetece tener a un montón de paletos mirándote toda la noche? Para eso no hacía falta venir hasta aquí... ¡Nos podríamos haber quedado en New Jersey!

Kamal no le hizo ningún caso y la ayudó a bajar del barco. Entonces nos presentó a un grupo de hombres, todos ellos muy atractivos y muy, pero que muy ricos. Se trataba de nuestros clientes. Cada uno iba acompañado de entre dos y cuatro chicas preciosas que, para sorpresa de Elisa e Isabelle, no llevaban burka. Ni sujetador, a decir verdad. La cantidad de carne desnuda a la vista era abrumadora, y todavía no habíamos entrado en el club.

Uno de aquellos hombres se presentó como Nedim, y nos comunicó con gran orgullo que era el propietario de Bella, el enorme complejo turístico y de entretenimiento que se extendía frente a nosotros. Tenía su propio puerto deportivo para que los famosos y los turistas vip se ahorraran las colas en la puerta. De aquel modo, los invitados bajaban de sus barcos y llegaban a una pasarela donde les proporcionaban al instante cualquier cosa que pidieran. Nedim tenía el mismo aspecto que cualquier otro propietario de club que yo conociera: fumaba un cigarrillo tras otro y llevaba camiseta y pantalones retro y el pelo de punta. La clase de hombre en el que nadie se fijaría si no fuera porque conducía un Porsche rojo e iba regalando botellas de champán.

—Señoras y caballeros, bienvenidos a Bella —anunció, con los brazos abiertos—, el primer destino nocturno de Estambul. Bella se encuentra, como pueden ver, sobre el estrecho del Bósforo, justo en la línea que separa Europa de Asia, y nuestra clientela refleja ese estilo internacional. Síganme, por favor, y prepárense para disfrutar de lo que Bella les ofrece.

Nos llevó hasta una enorme mesa redonda situada justo encima del agua, en una zona del club cercada por cordones de terciopelo; sin lugar a dudas la zona vip. Una delgada lámina de teca era cuanto nos separaba de la corriente, y aunque la plataforma se levantaba a tan solo un metro del agua, temí que alguno de nosotros, borracho perdido, pudiera llevarse un susto. Las vistas eran increíbles: barcos grandes y pequeños cruzaban lentamente las turbias aguas, y pasaban frente a una preciosa mezquita iluminada, cuyos minaretes parecían alzarse hasta el cielo. El suelo era de madera satinada y oscura, casi negra, y los bancos estaban forrados con seda bordada con hilos de oro que formaban intrincados dibujos. Era un espacio al aire libre, con la excepción de algún trozo cubierto por sábanas de lienzo blanco que se hinchaban con el viento y le daban al lugar un aspecto todavía más exótico. La única iluminación procedía de unas lámparas de cristal de estilo turco y cientos de velas distribuidas por todas partes. Encima de cada mesa había cuencos de madera tallada con pequeños albaricoques y pistachos. Aquel lugar era, sin duda alguna, el más bonito e hipnotizador en el que había estado jamás. Mucho más chic que cualquier local de Nueva York o Los Ángeles, pero sin el estilo forzado que todos los clubes adoptaban una vez empezaban a ponerse de moda.

Una flota de elegantes camareros se situó alrededor de la mesa y tomó nota de nuestras bebidas. A la media hora estábamos todos entonados y, al llegar la medianoche, Elisa y Philip ya bailaban encima de la mesa. Entre ellos parecía existir una complicidad romántica... y reciente. Los fotógrafos sacaban fotos sin cesar, pero Nedim los tenía tan distraídos con alcohol, chicas, y sabe Dios qué más, que se perdieron la imagen de Marlena sentada a horcajadas sobre un futbolista turco que también se encontraba en la zona vip. Los separé antes de que los demás los vieran y los convencí para que fueran a hacer lo mismo a la habitación del Four Seasons, donde estarían mucho más cómodos. Ni siquiera protestaron cuando los guié hasta la limusina que estaba aparcada en la puerta y pedí al conductor que los llevara de vuelta al hotel. Acababa de hablar con el conserje (quien me aseguró que los subiría hasta la habitación de Marlena sin que los fotógrafos se dieran cuenta) cuando Sammy apareció a mi lado.

—Hola. ¿Dónde te has estado escondiendo? —susurró, mientras me abrazaba por detrás y me besaba el cuello—. Te he tenido bien controlada toda la noche, pero de repente, has desaparecido.

—Hola —respondí.

Dio media vuelta para asegurarse de que no teníamos cerca a Isabelle, Philip ni a ningún fotógrafo y me dijo con brusquedad:

—Larguémonos de aquí. Están tan borrachos que no se darán cuenta. —Volvió a besarme el cuello, en aquella ocasión sin ninguna delicadeza, y, por primera vez, tuve la sensación de que Sammy no era un buen chico. Afortunadamente.

—No puedo, Sammy. Me gustaría, pero no puedo. Tengo que vigilar a toda esta gente. Es mi única responsabilidad.

—Son casi las dos. ¿Hasta qué hora crees que puede durar?

—Tú lo sabes mejor que nadie. Hasta que amanezca, sin problemas. Quizá podamos vernos en el hotel, pero ahora tengo que volver ahí adentro.

Sammy se encogió de hombros y suspiró.

—Ya lo sé, pero es una mierda. Vamos, entra tú primero y yo lo haré en un par de minutos. —Empezó a acariciarme el pelo, pero paró de inmediato cuando oyó su nombre.

—¿Sammy? ¿Estás aquí fuera? ¿Has visto a mi chico...

esto, a mi asistente? —La voz chillona de Isabelle retumbó sobre el agua.

Me di la vuelta y la vi preguntándole a uno de los guardas de seguridad que nos había estado vigilando para que nadie nos molestara.

—¡Joder! —exclamó Sammy, alejándose de mí—. ¿Qué pasa? ¿No es capaz de encontrar el baño por sí sola? Tengo que irme.

—Espera, déjame a mí. —Lo agarré de la mano—. Isabelle, ¡aquí! ¡Está aquí!

Isabelle se volvió hacia nosotros, primero con expresión de alegría, y después de total confusión. Se nos acercó y se dirigió a él sin siquiera mirarme.

—Llevo horas buscándote —gimoteó, sin tener en cuenta que yo estaba allí.

—Siento habértelo robado, Isabelle. Marlena y el chico que ha conocido estaban bastante destrozados, y Sammy ha tenido la amabilidad de ayudarme a meterlos en un coche. Estábamos a punto de entrar.

Mis palabras parecieron tranquilizarla, aunque seguía sin mirarme. Tenía los ojos clavados en Sammy, concentrado a su vez en observarse los zapatos.

—Está bien, voy a ver qué tal está todo el mundo —anuncié con entusiasmo.

Me dirigí hacia la puerta y oí a Isabelle gritar con frialdad:

—¡No te pago lo que te pago para que me dejes tirada! —escupió.

—Vamos, cálmate, Isabelle —replicó Sammy con tono de estar agotado—. He salido cinco minutos para echarle una mano. No creo que eso sea dejarte tirada.

—¿Y qué crees que se siente cuando tu chico te deja sola para ayudar a otra?

Por desgracia, tuve que entrar en el club y no pude oír la respuesta de Sammy. Me abrí paso entre una multitud de plebeyos y llegué hasta la zona vip. Vacía. El rap había dado paso a una especie de música trance turca que hacía las delicias de los cuerpos semidesnudos que bailaban a su ritmo. Camilla, Alessandra y Monica habían encontrado compañía —un futbolista del Real Madrid, un presentador de la CNN Internacional y un playboy inglés que afirmaba conocer a Philip del colegio— y se encontraban repartidas por los varios rincones de Bella, bajo la atenta mirada de Nedim y los demás propietarios. Vi a Elisa y a Davide haciendo aspavientos en medio de la pista de baile. Imaginé que se estaban peleando, pero me acerqué hasta ellos y me di cuenta de que no se trataba de una riña ni de ningún tipo de conversación. Ambos se habían metido tanta cocaína que gritaban lo que les venía a la cabeza para hacerse oír por encima del otro. Como era habitual, los fotógrafos y periodistas ocupaban una mesa apartada de la nuestra y se dedicaban a beber y fumar sin parar. Cuando me acerqué para preguntarles si les hacía falta algo, ni siquiera me miraron. No vi a Leo, pero con Philip lo tenía fácil. Solo tuve que localizar a la chica más rubia y con las tetas más grandes de toda la sala y desviar la mirada unos centímetros a su derecha. Allí estaba él, frente a la cabina del pinchadiscos, agarrado con fuerza a la cintura de la rubia. Ella me resultaba familiar, pero estaba de espaldas y no logré identificarla. Mientras esperaba a que se dieran la vuelta, observé que Philip se llevaba la mano al bolsillo de sus vaqueros AG, sacaba un fajo de dinero y se lo acercaba al pinchadiscos, un chico algo enclenque que adoptaba la postura canónica de auricular en un solo oído aguantado con el hombro.

—Oye tío, ¿cuánto costaría que pincharas algo de música con letra? —preguntó Philip mientras la rubia se reía y bebía sin cesar—. No puedo soportar esta mierda de música turca ni un segundo más.

El pinchadiscos cogió los billetes, los escondió debajo de uno de sus aparatos e intercambió unas palabras con el otro chico que estaba sentado en la cabina. Este se volvió hacia Philip y le dijo:

—¿Qué quieres escuchar? Pondrá lo que quieras.

—Dile que algo de Bon Jovi o de Guns n' Roses.

El chico hizo llegar la petición de Philip al pinchadiscos, que, perplejo, asintió.

A los diez segundos «Paradise City» empezó a retumbar a través de los altavoces, y creí que, si no dejaba de mover el cuello con tanto vigor, Philip acabaría por desnucarse. Cuando me vio le susurró algo a la chica, esta asintió y se marchó.

—Oye, cariño, ¿qué me dices de esta música? Mucho mejor, ¿no? —preguntó, mientras contemplaba su reflejo en la cabina del pinchadiscos.

—¿Esa chica no era Lizzie Greenwald? —intenté averiguar, tras darme cuenta de por qué me resultaba tan familiar.

—Al parecer, ella y Tara Reid oyeron hablar de esta fiesta pija y decidieron pasarse a echar un vistazo —respondió, sin dejar de dar cabezazos contra una pared invisible.

—Es... es muy guapa —añadí con poco entusiasmo, consciente de que debería estar orgullosa, al menos a nivel profesional, de que Lizzie Greenwald y Tara Reid hubieran seguido a nuestro grupo hasta Estambul.

—Bueno, tiene la cara como un bolso de cocodrilo —respondió, agarrándome por el brazo y tirando de mí hacia la pista de baile—. Vamos, cariño, suéltate un poco, baila conmigo.

A los pocos minutos logré escabullirme y volví a encontrarme con Elisa, que parecía algo más calmada. Davide le estaba masajeando los hombros mientras ella parloteaba y daba profundas caladas al porro que él sujetaba entre los labios.

—Oye, ¿crees que te podrás ocupar de esta gente? Creo que algunos se han retirado ya al hotel así que quizá debería ir para allá y asegurarme de que todo anda bien.

—Sí, claro. Te preocupas demasiado, Bette. Todo el mundo se lo está pasando de maravilla. ¿Dónde está Leo? Dile que tú vuelves y que te veremos allí.

Davide le sopló una bocanada de humo en la cara que le hizo reír a carcajadas.

—Perfecto. Quedamos así. Te veo mañana.

—Sí, eso. No espero ver la luz en todo el día, pero cuando me despierte iré a buscarte. Oye, ¿dónde está Philip? —preguntó, esforzándose por que su tono saliera natural.

—¿Philip? Cuando lo vi por última vez estaba bailando con Lizzie Greenwald y Tara Reid.

—¿Qué dices? ¿Están aquí? —Se levantó de las piernas de Davide de un brinco y sus labios dibujaron una enorme sonrisa—. Es total, las voy a saludar. Hasta luego, Bette.

Di un par de vueltas en busca de Leo, pero no lo encontré, así que asumí que habría conocido a algún chico y habría vuelto al hotel a continuar la fiesta. Nedim se ofreció a llevarme en su Porsche, y yo habría aceptado encantada de no haber sido porque la oferta iba acompañada de una caricia en la parte baja de mi espalda, de una sonrisa sugerente y de la opción de darme una vuelta por todos los locales de moda de la ciudad. Así que la rechacé con amabilidad y tomé una de las limusinas aparcadas en la puerta. La mujer de recepción me saludó por ni nombre y me dio un informe detallado de quiénes habían regresado y a qué hora exacta.

—Espera, te han dejado un mensaje.

Me pasó una papel doblado que me di prisa en abrir temiéndome alguna calamidad. La nota, escrita en mayúsculas decía: «TE ESPERO EN LA HABITACIÓN 18. PASA CUANDO VUELVAS». No estaba firmada, pero incluía la tarjeta de plástico que era la llave de esa habitación.

Reflexioné durante unos segundos y deduje que tenía que haberla escrito Sammy, que se las habría arreglado para conseguir librarse de Isabelle y poder así pasar un rato a solas conmigo. Pensé en ello y decidí que era el gesto más romántico que me habían dedicado en toda mi vida. Aquella mañana la había pasado en el baño turco, recibiendo tratamientos que me habían dejado como nueva, y mi amante secreto requería mi asistencia a un encuentro romántico. Las cosas no podían ir mejor.

La subida en ascensor se me hizo eterna, y cuando por fin llamé a la puerta indicada, estaba temblando de pura excitación.

Pasó un minuto antes de que abrieran, un minuto que se me hizo largo como un mes, durante el cual me asaltó la fugaz y terrible idea de que no fuera Sammy quien me recibiera o de que la mujer de recepción se hubiera equivocado. Estos y otros malentendidos me cruzaron la mente en aquellos pocos segundos en los que permanecí a la espera, inmóvil por el pánico e intentando decidir qué haría si no fuera él quien estuviera dentro, listo para arrancarme la ropa y lanzarme sobre el mullido colchón de la cama cubierta por las espléndidas sábanas que, seguro, debía de haber en todas las habitaciones de un hotel como el Four Seasons. Por favor, por favor, le supliqué a una entidad no identificada, que sea él, y que tenga tantas ganas de estar conmigo como las que yo tengo de estar con él, y por favor, haz que tenga...

La puerta se abrió, el brazo de Sammy me acercó de un brusco tirón, y ya nos estábamos besando antes incluso de que nos diera tiempo a cerrarla.

—Me apetece tanto estar contigo —susurró justo antes de recorrerme con los labios la cara, el cuello, los hombros.

Empezó a desabrocharme el vestido, pero pronto se impacientó y optó por levantarme los brazos y quitármelo por la cabeza.

Aquellas fueron sus únicas palabras; no hacía falta decir nada más. Me tumbé en la cama, tan fabulosa como me la había imaginado, y comenzamos a atacarnos con una furia tal que, de no haber resultado tan placentera, habría llegado a asustarme. Nuestros cuerpos se entrelazaron hasta el punto de que parecía imposible que pudiéramos separarnos jamás, y yo perdí toda noción de tiempo, de lugar o de dónde me estaba tocando. Se produjo una explosión de sensaciones motivadas por el peso de su cuerpo sobre el mío, el olor de su piel, las caricias con las que me recorría y me ponían el vello de punta... Fue como una escena sacada de las páginas de una de mis novelas, o incluso mejor. Entonces llamaron a la puerta y me di cuenta de las docenas de velas con las que había decorado la habitación, de las dos copas de vino que había preparado y del excelente CD de Buddah Bar que sonaba en el reproductor Bose que había junto a la cama.

—¿Quién sabe que estás aquí? —susurré, mientras me incorporaba de un salto y volvía a caer sobre la cama, todo en el mismo movimiento.

—Solo lo saben en recepción. Pagué con mi tarjeta.

—¿Es posible que Isabelle nos haya oído?

—Imposible. Se tomó un montón de pastillas para superar el jet lag. Se pasará los dos próximos días durmiendo.

Seguimos contemplando posibilidades durante unos minutos y me di cuenta de que ya estaba amaneciendo y de que debía regresar a mi habitación cuanto antes si no quería tener que enfrentarme a muchas preguntas.

Sammy volvió a colocarme encima de él y empezó a lamerme el lóbulo, con pendiente y todo.

—No te vayas. Aún no.

—Lo siento, pero debo irme ya. No quieres que se entere nadie, ¿verdad? Al menos, no de este modo.

—Sí, sí, tienes razón. No de este modo. Tendremos todo el tiempo del mundo cuando regresemos a Nueva York.

—Eso. No te vas a librar de mí tan fácilmente cuando hayamos vuelto —musité.

Mi bonito vestido de pedrería se había convertido en una pelota, pero, de algún modo fui capaz de desplegarlo y ponérmelo con elegancia antes de volver a tumbarme a su lado. Recogí el sujetador que colgaba de la cabecera de la cama, busqué mis braguitas y guardé ambas prendas en el bolso. Ni se me pasó por la cabeza volver a ponérmelas.

Sammy tiró de una de las sábanas embrolladas y se la ató a la cintura de camino a la puerta.

—Bette, muchas gracias por una noche fantástica —me

dijo, mientras me acariciaba la cara con suavidad, haciendo que me sintiera pequeña, delicada y hermosa.

Me puse de puntillas para rodearle el cuello con los brazos y le susurré:

—Ha sido perfecta.

Y lo había sido. Tal y como siempre la había imaginado, hasta que abrí la puerta y quedé cegada por el flash más intenso y agresivo que había visto jamás. Y a aquel le siguió otro y otro, y yo me quedé paralizada, incapaz de reaccionar.

—Vaya, lo siento. Me he equivocado de habitación —dijo John, uno de los periodistas que habían venido con nosotros.

—Pero ¿qué coño te pasa? —gritó Sammy.

—Déjame a mí. Espera. —Salí al pasillo y cerré la puerta de la habitación—. Oye, ¿a qué viene esto?, ¿tú de qué vas? —chillé.

—Mira, cariño, ya te he dicho que lo siento. No he visto nada, así que ningún problema —respondió con seguridad.

John era el más astuto de todo el grupo y el que más nerviosa me había puesto desde el principio. Todo su trabajo consistía en fotografías robadas que vendía a los tabloides horteras y sensacionalistas que más dinero le ofrecían. Kelly insistió en que nos acompañara porque a los directores de las revistas les encantaba el material que conseguía.

—¿Qué hacías en la puerta de mi habitación? Bueno, esto... de su habitación. Llevo toda la mañana informando a la gente del plan de esta noche, así que ya ves, no se trata de nada interesante.

—Verás, no me importa demasiado con quién te acuestes. —Soltó una risotada de satisfacción—. Aunque, claro está, podría encontrar a alguien a quien sí le pareciera interesante saber que la novia de Philip ha pasado la noche con otro tipo. Pero bueno, te has portado muy bien con todos nosotros durante este viaje, así que me olvidaré del asunto.

El muy cabrón le echó una mirada lasciva a mi arrugado vestido, y después se fijó en mi cara, seguramente con restos de maquillaje corrido. Era innegable que tenía aspecto de haber pasado una noche de sexo desenfrenado.

—Además —continuó, mientras le quitaba el flash a su cámara y lo metía en una bolsa negra que llevaba colgada al hombro—, lo que yo creí que estaba pasando ahí dentro era mucho más excitante y jugoso que el hecho de que te estuvieras tirando al chico de Isabelle.

—¿Cómo dices?

Me entraron ganas de estrangularlo por atreverse a insinuar que la noche que acababa de pasar no tenía nada de interesante, porque no se creyera mi ridícula excusa sobre estar informando a todo el mundo del plan de aquella noche, y por tener la cara dura de decir que Sammy le pertenecía a Isabelle. Por supuesto, no fui capaz de pensar en nada ofensivo ni ocurrente que decir.

—Bueno, digamos que nuestras fuentes daban por segura una fiesta privada entre tu novio y alguno de sus amigos más íntimos. —Alzó las pobladas cejas, en realidad unidas, y descubrió los dientes en un intento por sonreír—. Por «novio» me refiero a Philip Weston —agregó.

Reprimí mi cólera.

—Mmm. Lo que dices es fascinante, pero tengo que seguir con mi ronda, así que si no te importa...

Me alejé de él; iba descalza, con las sandalias en una mano y el bolso en la otra, y enfilé hacia el ascensor.

Cuanto más pensaba en ello, menos terrorífico me parecía, entre otras cosas, porque el periodista no había dado muestras de excitación al toparse con Sammy y conmigo en actitud escandalosa, se lo esperara o no. ¿Y por qué iba aquel hombre a concederle importancia al particular?, medité. Los tipos como él se pasan la vida persiguiendo a los famosos y tomando nota de sus varios dramas, así que ¿por qué iba a interesarle en lo más mínimo una insignificante relaciones públicas que saltaba de cama en cama? ¡Y mucho menos aún si la cama a la que había saltado no era la de un famoso! No podía obviarse, claro, el factor Philip. Y si Kelly se enteraba de que me habían sorprendido in fraganti con el amiguito que Isabelle había alquilado, iba a hacerle más bien poca gracia, y además, a Isabelle podría ocurrírsele provocar mi despido. No obstante, todo aquello era una pura especulación, por no hablar de la improbabilidad de que John lo filtrase. Solo Abby manifestaba interés en mis correrías, aunque estaba claro que sus redes no llegaban hasta Estambul. Me di cuenta de que parte de mi desazón al ver al fotógrafo se debía a que, durante unas afortunadas veinticuatro horas, me había olvidado de lo vulnerable que me sentía cuando me espiaban o me acosaban: como Abby se encontraba a varios miles de kilómetros de distancia, no había tenido la constante y repulsiva sensación de que alguien estaba intentando convertirme en carne de cañón para los lectores de la prensa rosa. Así las cosas, tomé aire y, tras agradecer que Abby se hallara en otro país, me recordé que podría haber sido mucho peor.

Mientras me acercaba a la suite que compartía con Philip, observé que la puerta estaba entreabierta —apenas lo suficiente para percibirlo— y oí ciertos ruidos ahogados que provenían del interior. Acababan de dar las ocho de la mañana —la noche estaba mediada, se diría, pues no había regresado al hotel hasta las tres y Philip todavía estaba en Bella al marcharme— y comprendí de inmediato que, en efecto, el hipotético trío estaba teniendo lugar, si bien en mi habitación. Deseché la idea de llamar antes de entrar y abrí la puerta de golpe.

Rodeé la esquina de la entrada, crucé las puertas acristaladas y vi a Leo tumbado en la cama, desnudo. Me llevó un segundo o dos advertir que la mata de cabello que se movía a modo de pistón sobre la región pélvica de Leo pertenecía al señor Philip Weston, cuyas nalgas, además, me daban la bienvenida. Leo me vio antes de que yo reaccionara.

—Eh, Bette, ¿cómo va? —saludó con despreocupación y sin hacer amago de tapar lo que allí se mostraba.

Al oír mi nombre, Philip se dio la vuelta y, con ello, me

permitió examinar unos cuantos centímetros del cuerpo de Leo que todavía no había visto.

—Ah, hola nena, ¿qué tal? —me preguntó antes de limpiarse los labios con suma delicadeza sirviéndose de una funda de almohada—. ¿Dónde has estado toda la noche?

—¿Dónde he estado toda la noche?

Como venía siendo habitual, yo me limité a repetir lo ya dicho.

—Me harté de esperarte, corazón —se quejó, mientras saltaba de la cama como un chiquillo el día de Navidad y se ponía una bata.

En aquel momento me di cuenta de que aquella había sido la primera vez que lo había visto desnudo.

—Te hartaste, ¿no? —contesté con grandes dosis de perspicacia.

—Oye, si hubieras regresado en su momento, no creo que Leo hubiese terminado en mi cama, ¿no te parece, corazón?

Me reí a carcajadas. Aquello tenía su gracia.

—Vamos, Philip, ¡por favor! Pero si no has querido dormir conmigo en...

—Cálmate, preciosa, cálmate un poco. Leo apareció hace unos minutos y cayó redondo. Yo también debí de echarme un sueñecito. Los dos estábamos muy pasados, pero al menos hemos dormido algo.

Mis risas iban en aumento.

—¿Estás hablando en serio? ¿Intentas decirme que no he visto lo que acabo de ver?

Si alguno de ellos hubiera tenido la amabilidad de mostrarse mínimamente avergonzado, yo habría sido capaz, tal vez, de aceptar la situación.

—Voy a pedir café y zumo de naranja; y unos cuantos croissants tal vez. Ya estoy empezando a notar la resaca —anunció Leo, que, todavía sin mostrar intenciones de taparse, se había hecho con el mando del televisor y se dedicaba a cambiar de canal.

—Buena idea, colega. A mí me apetece un expreso doble, aspirinas y un Bloody Mary —indicó Philip.

—¿Esto está sucediendo de verdad? —inquirí, preguntándome en qué punto aquella noche (o mi vida entera) había ingresado en el surrealismo.

Pronto descubrí que era yo la única que tenía la impresión de encontrarse en una dimensión paralela.

—¿Eh? —musitó Philip mientras se desembarazaba de la bata para meterse en la ducha y dejaba la puerta del baño bien abierta—. Leo, dile a tu compañera de trabajo que tú y yo solo somos colegas.

Leo se levantó de la cama y se enfundó unos vaqueros.

—Claro, Philip. Bette, somos amigos y nada más, cariño. ¿Quieres algo de comer?

—Eh, no, gracias. Yo, mmm, yo me voy a desayunar abajo, ¿vale? Os veo después.

Cogí unos vaqueros limpios, una camiseta y unas chanclas, metí todo en la bolsa de plástico para la lavandería que proporcionaba el hotel, y, un tanto mareada, salí a escape de la habitación para dejar que Leo y Philip siguieran disfrutando de su tranquila familiaridad.

Me encaminé al restaurante con idea de comer algo y matar el tiempo mientras mi habitación estuviera ocupada, pero cuando el camarero me trajo una jarra de café y una cesta con estupendos pasteles y magdalenas, Elisa apareció trastabillando y se dejó caer en la silla que estaba frente a mí.

—No puedo dormir, joder. Y me encuentro fatal —me hizo saber.

Me espanté al verla, pues no esperaba que nadie estuviese despierto a aquellas horas y, además, porque pensé que ya sabría lo que había sucedido. El pelo enmarañado, los ojos hundidos y enmarcados en negro, y los temblores en las manos, me indicaron que Elisa tenía demasiada droga en el cuerpo para siquiera pensar en dormir, así que, como yo, habría venido a pasar el rato.

—Ponte cómoda y pide algo —le dije, fingiendo indiferencia.

El camarero le trajo una taza y un platillo. Se quedó mirando aquello con ojos vidriosos, como si fuera la primera vez que contemplaba unas piezas de vajilla, y luego se recuperó y se sirvió café. Entonces, me miró con aire de sospecha.

—Te has levantado muy temprano. ¿Y Philip? —me preguntó después de beberse el contenido de la taza de un solo trago.

—¿Philip? —dije con voz estrangulada—. Ah, está dormido, creo. No se por qué me he despertado tan temprano. Supongo que debe de ser por el desfase horario.

—¿El desfase horario? —se burló—. Si ese es el único problema que tienes, tómate un Xanax. Lo mío sí que no tiene remedio.

—Toma, come algo. Tal vez te venga bien.

Mi idea le hizo gracia.

—Esa magdalena equivale a la grasa y las calorías de dos hamburguesas, por lo menos. No, gracias.

Se sirvió otra taza de café solo y se la bebió.

—¿Davide está en su habitación? —le pregunté, sin demasiado interés por conocer la respuesta pero con ganas de decir algo.

—No sé dónde está. Le perdí la pista a eso de las tres de la madrugada. Supongo que estará con alguna niñita turca.

No le sorprendía ni le entristecía que así fuese, por lo visto. La miré y ella suspiró.

—Estás pensando que Philip nunca te haría algo así, ¿verdad? Es muy buen tío...

Quise aplaudir para celebrar la pertinencia de su comentario, pero conseguí mantener la cordura.

—Ya, ya —murmuré—. Tú habías oído algo de que Philip fuera... bueno, quiero decir, de que le interesaran los...

—¿De que le interesara qué? —espetó, mirándome con fijeza.

—Ah, bueno, no sé... ¿Los tíos?

Dio un grito y abrió mucho la boca.

—¿Philip Weston un homosexual? ¿Estás de coña? Bette, ¿cómo puedes ser tan ingenua? Mira, que resulte que tenga mucho estilo, conduzca una Vespa y practique el yoga, no es razón suficiente para decir que le gustan los hombres.

No, pensé, claro que no. Pero ¿y si te dijera que, hace solo media hora, lo vi practicando sexo oral con nuestro querido y homosexual compañero de trabajo?

—Ya sé que no. Pero...

—Bette, ¿cuándo serás capaz de apreciar a Philip? Cualquier chica con dos dedos de frente haría cualquier cosa por no perderlo, pero a ti parece que te dé igual. Por cierto, al parecer, se ha producido un escándalo esta mañana.

Cambió de tema tan de repente que no tuve tiempo de saber si aquello tenía que preocuparme.

—¿Un escándalo? ¿Con alguien de nuestro grupo? ¿Quién lo ha visto?

Me miró a los ojos y supe que conocía toda la historia, pese a lo cual se limitó a decir:

—No estoy segura. Uno de los fotógrafos (el gordo, ¿cómo se llamaba?) mencionó que tal vez hubiera conseguido un par de fotos «interesantes» de cierta persona en situación comprometida. ¿Tienes idea de quién será o qué ha ocurrido?

Mastiqué con lentitud el croissant y examiné la portada del *International Herald Tribune*.

—Pues no, no sé nada. ¿Tendríamos que preocuparnos? Quiero decir, que no queremos que surja nada que pueda perjudicarnos.

Elisa se sirvió una tercera taza de café a la que, a diferencia de las anteriores, solo le añadió un comprimido de edulcorante. Las manos le temblaban por el esfuerzo realizado.

—Supongo que tendremos que esperar a ver qué pasa, ¿no? Me voy a intentar dormir; tengo que estar de vuelta dentro de dos horas para que me froten en el baño turco. Por lo que sé, es mucho mejor para la piel que los tratamientos con láser. Nos vemos después.

La vi alejarse caminando con aquellas piernas delgadas, más parecidas a zancos, y traté de interpretar nuestro extraño encuentro. Sin embargo, lo del baño turco me hizo recordar que yo también había pedido hora, así que terminé el desayuno y corrí hasta los baños para recibir un masaje y una sesión de pedicura. Me lo había ganado.

26

—Esta es mi favorita —anunció Will al pasarme una hoja impresa.

Estaba claro que aquello no le hacía ninguna gracia. Había reunido una colección de todos los artículos en los que aparecía mi nombre, y la estábamos revisando mientras desayunábamos, un domingo por la mañana. Había vuelto de Turquía la semana anterior y me constaba que el viaje había logrado su objetivo. Nadie había dado señales de saber algo de lo que, en realidad, había sucedido con Philip o con Sammy y, sin embargo, estaba por enterarme de que mi optimismo en esos temas carecía de justificación.

Por lo visto, Abby poseía el don de la omnisciencia. De alguna manera, debía de haberse puesto en contacto con John, el fotógrafo gordo, pues había conseguido hacerse con una pequeña media verdad y la había transformado en una injuria. La había publicado el viernes y, tras leerla, aposté a que Kelly sufriría un ataque al corazón.

> La relaciones públicas Bette Robinson dio que hablar durante un viaje promocional a Estambul que tuvo lugar el mes pasado, según nos informan nuestras fuentes. En principio conocida por su relación con Philip Weston, se ha sabido que Robinson mantuvo un encuentro íntimo con Rick Salo-

mon —famoso por haber sacado a la luz la cinta de Paris Hilton— en el mismo hotel en el que la citada relaciones públicas se alojaba con Weston. ¿Querrían nuestros lectores asistir a una reedición de la famosa cinta, abundante en contenido sexual, en la que la protagonista fuera la organizadora de fiestas más querida por todos en el lugar del figurante de fiestas más querido por todos? Seguiremos informando.

La foto que acompañaba al simpático texto era la que me habían sacado al salir de la habitación de Sammy; tenía una mano ocupada con las sandalias y me pasaba la otra por el cabello revuelto, la boca indecorosamente abierta y el maquillaje hecho un cisco. El aspecto, de fulana, era comparable al de Paris Hilton, si bien me faltaba tener su fabulosa percha. En segundo plano, se veía una figura desenfocada que, tras una inspección más atenta, resultaba ser un hombre con una toalla sujeta alrededor de la cintura cuya identidad no podía determinarse. Desde luego, era Sammy; el cabrón del fotógrafo se había pasado cinco días a su lado y sabía quién era, pero no se había molestado en decírselo a Abby. Supuse que ella no habría dedicado mucho tiempo a averiguar de quién se trataba, pues lo suyo consistía en elegir al azar a quien más me perjudicase y relacionarlo conmigo en calidad de amante nocturno ilícito.

Por primera vez desde que trabajaba para ella, a Kelly no le gustaba un artículo. Me pidió que le dijera con franqueza si había alguna verdad en aquel cotilleo y luego quiso saber por qué Abby estaba tan interesada en mí. Le aseguré que no conocía al tipo de la cinta de Paris Hilton y que, por supuesto, tampoco me había acostado con él —ni delante de las cámaras ni detrás de ellas— y tuve la impresión de que me creía. Lo curioso del caso fue que no se le ocurriera preguntarme quién era el hombre en cuestión, gracias a lo cual no tuve necesidad de mentir. Tras el interrogatorio, Kelly me ordenó cortar de raíz toda confrontación que yo pudiera tener con Abby dado que aquel tipo de publicidad había dejado de ser beneficioso. Me recordó que solo faltaban unas cuantas semanas para la fiesta de *Playboy* y que, hasta entonces, no podían salir a la luz informaciones negativas referentes a mi vida privada. Le dejé claro que lo entendía y prometí que haría que aquello se acabase a pesar de que, en mi fuero interno, supiera que no tenía recursos para hacerlo. Me di cuenta de que me encontraba en la obligación de llamar a Abby y enfrentarme a ella, pero la sola idea de oír su voz se me antojó aterradora.

Philip, claro, había mantenido la boca cerrada; estaba aliviado por que hubiera sido mi indiscreción y no la suya la que había salido en la foto, aunque ello conllevara que lo juzgaran de fracasado por tener una novia que lo engañaba o, en palabras de Will, de cornudo. Prefería eso a verse retratado en su expedición a la otra acera. Philip y yo no nos habíamos dicho nada que tuviera que ver con aquella primera noche en Turquía. Ni una palabra. *Rien de rien*.

El resto del viaje había transcurrido sin la menor incidencia, entre tratamientos termales y noches licenciosas, entre cerciorarme de que los invitados estuvieran a su gusto y vigilar desde lejos a Sammy (ocupado con Isabelle, a quien se le habían terminado las pastillas). Lo de Turquía acabó como había comenzado: con una fraternidad fingida que todos mantuvieron y que yo agradecí, pues si hubieran estado un poco más al tanto, se habrían dado cuenta de que no me acercaba a la habitación de Philip ni para echar una cabezada.

La primera semana tras la vuelta, Philip y yo nos habíamos encontrado por ahí sin que ninguno de nosotros negara lo que la gente seguía pensando; es decir, que seguíamos juntos. Tras el desastre que había supuesto la fotografía, esa «vuelta a la normalidad» me proporcionaba cierta capacidad de maniobra con Kelly. Sin embargo, me hacía falta una vía poco dramática para escapar de la «relación», no tanto por la presión mediática como por lo mucho que me gustaba Sammy.

La buena noticia era que toda publicación que se preciara

había dedicado gran cantidad de páginas a la buena vida que nuestro grupo se había dado en Turquía, por otra parte orquestada al detalle, y que nuestros clientes, los felices dueños de clubes nocturnos de Estambul, esperaban la pronta acogida de un extraordinario número de crápulas estadounidenses. Solo *Primicias de Nueva York* se había desmarcado publicando aquella instantánea desafortunada. De todos modos, Kelly había aceptado sin rechistar nuestra «reconciliación». Y Sammy no había hecho más que disculparse en las pocas ocasiones que habíamos tenido para hablarnos, siempre condicionadas por el férreo control a que lo sometía Isabelle. Las únicas personas en las que predominaba el desconsuelo eran mis padres.

Cuando me llamó, mi madre estaba tan histérica que tuve que colgarle en mitad de la conversación y pedirle a Will que hablara con ella para explicarle que no puede creerse todo lo que se lee, sobre todo si lo que se lee procede de la prensa del corazón. Mi tío había conseguido calmarla un poco, claro que sin conseguir variar en nada el hecho de que mis padres hubieran visto una foto que me habían sacado justo después de salir de la cama de alguien, fuera o no fuese ese alguien el que había brindado al gran público la cinta de Paris Hilton. No entendían qué estaba haciendo con mi vida profesional e íntima... ni por qué razón. A pesar de que hubieran estado muy disgustados con la situación, lo peor ya había pasado y solo Will mantenía viva su obsesión con el tema.

Era domingo, siete días después de haber vuelto de Turquía, y me encontraba disfrutando del desayuno que solía compartir con Simon y Will. Me estaba quejando de la falta de objetividad del artículo cuando Will me interrumpió.

—Bette, querida, no utilices la palabra «objetividad» para referirte a la prensa rosa. No creo que seas tan inocente.

—Vale, pero ¿qué quieres que haga? ¿Que me parezca estupendo que esa lagartona vengativa pueda decir lo que le venga en gana sobre mí y luego lo publique? Gracias a ella, no he perdido mi trabajo de milagro. Y me alegra conservarlo.

—¿Qué me dices?

Alzó las cejas y le dio un sorbo a su Bloody Mary con el meñique extendido.

—Si no recuerdo mal, trabajo para Kelly porque tú así lo ordenaste. Dijiste que tuviera más amigos, que saliera, que tuviera una vida. Bueno, eso es lo que he hecho.

—Lo que has hecho —aclaró, sosteniendo en alto la fotografía para darle a sus palabras un mayor énfasis— tiene poco que ver con lo que apuntaban mis consejos, y lo sabes. No tengo problemas para apoyarte en cualquier cosa que emprendas que te haga feliz, pero no me parece exagerado decir que esto no es apropiado.

Aquel comentario provocó que me quedara callada durante unos momentos.

—¿Y entonces qué propones que haga? —le pregunté—. Tú pensabas que trabajar en el banco era soporífero y ahora ¿desapruebas el trabajo que tú me elegiste porque me lo haya estropeado una chica que conocí hace muchos años? No me parece justo.

Suspiró.

—Sí, bueno, querida, abre un poco los ojos. Ya eres una mujer hecha y derecha, y estoy seguro de que, si te lo propusieras, encontrarías algo (¿cómo decirlo?) más discreto que tu forma de vida actual. Organizar fiestas y salir, beber un par de copas y tener un breve idilio con un atractivo individuo, es una cosa y me parece bien. Pero otra muy distinta es que te líes con un lechuguino descerebrado para satisfacer a tu jefa y que, con ello, consigas que tu nombre y tu foto estén en el punto de mira de todos los mentideros de la ciudad, y, por si fuera poco, te olvides del cumpleaños de tu tío por estar ejerciendo de niñera con un grupete de famosos de medio pelo; eso no es lo que yo tenía en mente cuando empezaste a trabajar.

El cumpleaños de Will: dos de enero. Me había olvidado.

Will hizo un gesto al camarero para que le sirviera otro Bloody Mary.

—Querida, discúlpame un momento —me dijo—. Voy a salir fuera para llamar a Simon. Es impropio de él llegar tan tarde.

Dejó la servilleta sobre la silla y cruzó la espaciosa habitación con un par de elegantes zancadas.

Cuando regresó, parecía feliz y tranquilo.

—¿Cómo va tu vida amorosa, querida? —preguntó, como si no hubiéramos estado hablando del asunto.

—¿No te lo he dicho ya? Philip no me interesa en absoluto.

—Cariño, no me refería a Philip. ¿Qué hay del grandullón que llevaste en coche hasta Poughkeepsie? Me cayó bastante bien.

—¿Cómo pudo caerte bien si lo viste treinta segundos?

—Sí, pero en esos treinta segundos se mostró dispuesto a ponerse de mi parte. Y eso me parece una virtud, así que dime: ¿no te gusta?

Me miró con un interés poco habitual en él.

Sopesé si contarle o no la aventura en Estambul y, por fin, confesé. Al fin y al cabo, estaría bien que al menos una persona cercana supiera que no era una golfa.

—Sí, bueno, supongo que podría decirse que sí —murmuré.

—Que sí ¿qué? ¿Te gusta o no? —insistió, guiñándome un ojo.

—Es el chico de la foto, solo que no se le ve.

Will tenía cara de estar conteniendo una amplia sonrisa.

—¿Fue a Turquía contigo? ¿Cómo lo conseguiste, querida?

—Es una larga historia, pero digamos que no sabía que él también iba.

Arqueó una ceja.

—¿En serio? Bueno, pues me parece estupendo. Lamento que haya salido en las columnas de cotilleo, pero me alegro de que hayáis... cimentado vuestra relación.

Entonces Will comenzó a cotorrear y a decir que siempre me había imaginado con alguien como Sammy —un tipo fuerte y callado—, que ya era hora que encontrara un novio capaz de darse cuenta de las cosas que realmente importan y me preguntó por sus tendencias políticas. Yo respondí a todas sus preguntas encantada, pues ya que no podía estar con Sammy, me conformaba con hablar de él cuanto fuera necesario. Habíamos empezado a comer nuestras tortillas cuando Will sacó a relucir el único tema en el que yo no quería pensar.

—Bueno, al menos eso explica que, aunque hace ya una semana que has vuelto, no te haya visto hasta hoy. Me ofendería que hubiera sido porque te pasas las noches callejeando por cuestiones de trabajo, pero ahora que sé que ha entrado un novio en escena... Las relaciones que empiezan hay que mimarlas, y ¡el principio es la mejor época! Oh, sí, el principio... no te cansas jamás de estar con aquella persona, cada instante de separación se vive como una tortura, y eso dura unos dos años, por cierto, tras los cuales todo da un giro copernicano y pagarías por tener tiempo para ti. Pero a ti aún te falta mucho para llegar a ese momento, mi amor. Dime, ¿qué tal va todo?

Comencé a destrozar la tortilla, a extenderla por el plato en círculos y finalmente, solté el tenedor.

—La verdad es que desde que volvimos no nos hemos visto —confesé, consciente de que aquello sonaba horrible—. Y no es que nos hayamos peleado —me apresuré en añadir—, solo que está muy ocupado porque quiere abrir un restaurante y tiene que hablar con mucha gente. Y bueno, aunque no es lo que siempre ha soñado es una buena oportunidad para empezar, y sí, hemos hablado por teléfono un par de veces, pero claro, yo también estoy hasta arriba de trabajo, por lo de la fiesta de *Playboy*, ya sabes, es complicado.

Reflexioné unos instantes sobre lo que acababa de soltar

y me di cuenta de que aquel era el discurso delirante propio de una chica que trata de convencerse y convencer a los demás de que un chico está interesado en ella, aunque los indicios apunten en otra dirección. Era más que perturbador que no hubiera visto a Sammy desde que regresamos, pero era cierto que ambos habíamos estado muy ocupados y, además, en Nueva York no era extraño que las parejas pasaran días sin quedar. Por otra parte, me recordé que Sammy me había llamado tres veces en siete días para decirme que se lo había pasado muy bien en Turquía y que no veía el momento para que todo se calmara y pudiéramos tener una cita en condiciones. Había leído suficientes novelas rosa como para saber que lo peor que podía hacer era presionar o exigir. Hasta entonces, las cosas habían seguido su curso, y, aunque no habría estado mal verlo una o dos veces durante aquella semana, no había motivos graves de preocupación. Después de todo, yo estaba convencida de que teníamos por delante una relación larga y feliz, así que ¿qué sentido tenía intentar precipitar los acontecimientos?

—Mmm. Ya veo. —Will adoptó una fugaz mueca de preocupación—. Estoy seguro de que sabes lo que haces, querida. ¿Tienes idea de cuándo volverás a verle?

—Pues sí. Mañana por la noche tengo que asistir a una fiesta de la revista *In Style* en la que Sammy también trabaja. Me preguntó si querría tomar un café con él al terminar.

Will pareció alegrarse por la noticia.

—Excelente. Dale recuerdos de mi parte. —Se inclinó hacia mí como si fuera una amiga que le confiesa a otra un oscuro secreto—. Te ordeno que lo invites a comer el próximo domingo —añadió, mientras Simon hacía su aparición.

—¿A Sammy? ¡Una idea fantástica! Comeremos los cuatro y así tendremos ocasión de conocerlo —intervino Simon.

Confirmado: mi relación con Sammy era cualquier cosa menos secreta.

—Sería estupendo, pero trabaja de cocinero en el Gramercy Tavern todos los domingos, así que no podrá asistir. Tal vez en otra ocasión.

Ambos pusieron cara de profunda decepción, pero tras unos segundos, Will reaccionó.

—Bueno, pues iremos nosotros hasta allí —propuso sin demasiado entusiasmo—. He oído que no se come mal.

—Sí, ¿por qué no? Suena genial. En algún momento tendremos que...

Por fortuna, pronto comenzaron a hablar de su próximo viaje al Caribe y yo fingí interés mientras soñaba despierta con la cita para tomar un café que había propuesto mi recién estrenado novio.

27

Estaba tan ilusionada por ver a Sammy después de la fiesta, que pasé el lunes sumida en un estado de ensoñación. Aunque estuve presente durante toda la reunión de la mañana, al término no fui capaz de recordar ni uno de los puntos que habíamos tratado y tuve que pedirle a una de las chicas de la Lista que me pasara una copia de las notas que había tomado para hacerme una idea de lo que allí se había discutido. El personal de la oficina estaba dedicado en exclusiva a la fiesta de *Playboy*, ya cercana, y aunque, en teoría, yo era una de las máximas responsables, no conseguía concentrarme. Aproveché la hora de la comida para hacerme la manicura y a las tres de la tarde anuncié que salía a tomar un café, pero en realidad fui a la boutique a recoger el sexy vestido de noche que me había comprado aquel fin de semana y que había dejado allí para que le subieran —aún más— el dobladillo. Hacia las seis comencé a dar vueltas por la oficina mientras farfullaba historias ininteligibles sobre mis padres, tío Will, una amiga enferma... cualquier excusa que me permitiera salir antes y tener un par de horas para llegar a casa, relajarme y conseguir un aspecto presentable. Mandé sendos correos electrónicos a Kelly y a Elisa para comunicarles que asistiría a la fiesta de *In Style* de aquella noche y les presentaría un informe al día siguiente, y a las seis y media en punto me marché de la oficina.

Dediqué el resto de la tarde a frenéticas tareas de acicalamiento (rasurar, exfoliar, hidratar, depilar, cepillar, maquillar) y cuando, por fin, el taxi paró frente a la puerta de Bungalow 8, estaba tan emocionada que me costaba respirar. El día antes, después de comer, Will me había acompañado a Bergdorf Goodman y había insistido en comprarme el fabuloso vestido Chaiken de corte imperio que lucía para la ocasión. De línea romántica y elegante, la falda me llegaba justo a las rodillas y, como por arte de magia, disimulaba todas mis imperfecciones. Era la primera vez que contaba con un modelo tan extraordinario y caro en mi haber, y desde el mismo instante en que me lo puse supe que aquella noche sería especial.

La expresión de Sammy cuando bajé del taxi no me decepcionó. Me recorrió con los ojos, desde los zapatos de tacón plateados con incrustaciones hasta los glamourosos pendientes largos que Penelope me había regalado por mi cumpleaños. A medida que iba subiendo, su sonrisa se iba haciendo cada vez más amplia y, cuando hubo terminado, lo único que consiguió articular fue «¡Guau!» y «Mmm». Yo no podía ser más feliz.

—¿Te gusta? —pregunté, dando una vuelta sobre mí misma. Por fortuna, los dos o tres que estaban fumando en la puerta apuraron sus cigarrillos, entraron en el local y nos dejaron a solas.

—¡Bette, estás radiante! —dijo convencido.

—¡Gracias! Tú también estás muy guapo. —Calma y naturalidad, me repetí, calma y naturalidad. Que se quede con las ganas.

—¿Sigue en pie lo de salir cuando esto termine? —preguntó, mientras les indicaba a las dos chicas que acababan de llegar que esperaran un momento.

—Claro, si te apetece... —respondí, haciendo un esfuerzo enorme por que mi tono no transmitiera el entusiasmo que me embargaba.

—Por supuesto. Saldré a la una, una y media como muy

tarde, así que si no te importa esperar, podemos ir a un lugar que conozco cerca de aquí.

Suspiré, aliviada por que no pareciera dispuesto a cancelar nuestra cita. Me daba igual que aún faltaran cuatro horas para la una, o que al día siguiente tuviera que levantarme temprano para ir a trabajar. Nada importaba, pues en unas horas estaría sentada en algún rincón, con la cabeza apoyada sobre su poderoso hombro, sorbiendo un capuchino y riéndome como una colegiala por las dulces palabras que me susurraría al oído. Algo así como que teníamos que poner fin a nuestras respectivas «relaciones» con Philip e Isabelle para poder estar juntos como ambos deseábamos, que jamás había conocido a alguien que lo entendiera tan bien como yo, y que le parecía increíble que nos conociéramos desde que éramos niños. Me diría también que no sería fácil estar juntos, que las presiones sociales y profesionales jugarían un papel importante, pero que creía que nuestra relación valía la pena el esfuerzo y que él estaba dispuesto a hacerlo. Yo fingiría estar considerando sus palabras, asentiría y ladearía la cabeza de vez en cuando como queriendo decir «sí, te entiendo a la perfección», y cuando, por fin, le mirara a los ojos y le dijera que, por supuesto, me parecía una gran idea, él se acercaría y me besaría, primero con delicadeza y después febrilmente. A partir de aquel instante estaríamos juntos para siempre, como amigos, amantes, almas gemelas y, aunque habría momentos complicados, los superaríamos con la ayuda del otro. Había leído tantas historias similares en mis novelas que no me podía creer que aquella fuera real.

—Genial.

Y antes de que pudiera cambiar de opinión o añadir algo más, caminé con elegancia (o así lo intenté) hacia la puerta, la abrí e hice mi entrada en el club, abarrotado de gente.

Al contrario de lo que había imaginado, la noche pasó en un abrir y cerrar de ojos. Me serví de mi buen humor para pasear por la sala irradiando simpatía y charlar con Elisa y Davide y con algunos tipos que había conocido a través de Avery.

No estaba dispuesta a que nada me estropeara la noche, ni siquiera Abby, a quien descubrí escondida en un rincón al lado de la barra. Cuando se dio cuenta de que la había visto corrió hacia mí y antes de que pudiera escabullirme ya estaba abrazándome con efusión. Me zafé del achuchón, la miré a los ojos como si estuviera intentando reconocerla y, sin decir palabra, di media vuelta y me fui. Tras unos segundos oí que gritaba mi nombre, pero levanté la mano para indicarle que no se atreviera a seguirme y cuando llegué a la mesa de mis compañeros, ya no había rastro de ella. Me acababa de servir una copa de champán cuando entró Sammy y me indicó que ya nos podíamos marchar.

Caminamos diez calles antes de llegar a un pequeño bar que todavía no había quitado la decoración navideña. Abrió la puerta para que entrara yo primero y escogió la mesa que había en un rincón, justo como yo había imaginado. Me froté las manos para hacerlas entrar en calor, y cuando rodeé con ellas mi tazón de chocolate caliente, Sammy posó las suyas sobre las mías.

—Bette, quiero pedirte algo —me dijo, mirándome a los ojos.

Me quedé sin aliento pero me las arreglé para que no se notara. ¿Pedirme algo? ¿Pedirme qué? ¿Pedirme que si estoy saliendo con alguien deje de hacerlo porque deberíamos estar juntos? ¿Pedirme que sea tu compañera de viaje durante toda la vida? La respuesta es sí, sí, por supuesto, Sammy, pero ¿no crees que estamos yendo demasiado deprisa? Estaba sumida en estas y otras preguntas cuando añadió:

—Quiero pedirte que tengas paciencia.

Aquella frase me devolvió a la realidad. ¿Paciencia? No estaba segura, pero me pareció que aquella no era la forma de iniciar una conversación acerca de nuestro compromiso. Al menos en las novelas que yo leía no sucedía así.

Como siempre, mi dominio del idioma pareció desvanecerse en el aire.

—¿Paciencia? —repetí.

—Bette, quiero que lo nuestro funcione, más que nada en este mundo, pero necesito que tengas paciencia conmigo. Esta mañana he recibido una noticia que no me podía creer.

—¿Qué noticia? —pregunté.

Fuera cual fuese, no podía ser buena.

—Me ha llamado un abogado que trabaja para un importante bufete de la ciudad. Me ha dicho que representa a unos inversores que están dispuestos a apostar por un nuevo restaurante. Según me ha dicho, tienen intereses en muchos otros negocios, pero ninguno de hostelería. Así que están buscando a un chef audaz y moderno, palabras exactas, y están considerando posibles candidatos, así que me ha preguntado si a mí me interesaría.

Aquello no era lo que yo me esperaba oír. Por suerte, recordé que debía responder.

—¡Felicidades! —espeté—. Es una gran noticia ¿no?

Sammy me miró aliviado.

—Sí, lo es, pero si decido intentarlo voy a tener muchísimo trabajo. Me han pedido que haga un informe sobre mis ideas acerca de las salas, la comida, la decoración e incluso mis preferencias en cuanto a quiénes podrían ser mi primer y segundo ayudante y el maestro pastelero. Quieren que les entregue todo esto el mes que viene junto con tres propuestas de menú.

Por fin entendí qué relación tenía con aquello mi paciencia.

—Ahora mismo, entre las clases y el trabajo, casi no tengo tiempo de nada, y sé que esto va a ocupar todos mis ratos libres. La buena noticia es que me permitirá salir de mi relación con Isabelle, lo cual es un alivio, pero voy a estar ocupado todo el día. Tal vez no tenga derecho a pedirte que me esperes, pero, bueno, tengo que intentarlo y si pudieras entender que...

—No digas más —lo interrumpí, inclinándome hacia él por encima de la mesa—. Lo entiendo perfectamente y me alegro mucho por ti.

Me obligué a pronunciar las palabras exactas que sabía que debía decir y cuando, horas más tarde, repasé la conversación con Millington sentada en mi regazo, me sentí orgullosa de mí misma por haber conseguido que fueran las que Sammy esperaba oír. Sobra decir que aquella no era la noticia que yo me había imaginado, pero, al igual que las heroínas de mis libros, estaba dispuesta a luchar por lo que quería.

Sammy parecía nervioso, de modo que sonreí, tomé sus manos entre las mías y le dije:

—Estoy segura de que lo harás muy bien.

Nos terminamos las bebidas y luché por contener las lágrimas antes de subir al taxi. Se trataba solo de un pequeño obstáculo que yo estaba dispuesta a salvar. Me dije que todo lo bueno requería un esfuerzo, y Sammy, por supuesto, valía la pena. Si quería paciencia tendría paciencia. Estaba claro que Sammy y yo estábamos hechos el uno para el otro.

28

—Ya está bien, chicos, escuchad. Un poco de atención, y pongámonos a ello.

Kelly se terminó la cuarta Coca-Cola Light y pidió otra mientras todos los demás nos preparábamos para la que sería nuestra última reunión antes de la fiesta de *Playboy*. Nos encontrábamos en la sección reservada del Balthazar, el restaurante preferido de Kelly y su lugar favorito para repasar los proyectos importantes. La comida acababa de llegar, así que Kelly apartó a un lado su ensalada niçoise y se levantó, algo temblorosa por el exceso de cafeína.

—Como ya sabéis mañana es el «día D». Revisaremos juntos la lista, aunque es solo una formalidad. Y ¿por qué es solo una formalidad?, os preguntaréis. Pues bien, porque todo, absolutamente todo, va a salir según lo previsto. Si hay una noche en la que todo debe estar perfecto, esa noche es la de mañana. Y por si alguno de vosotros alberga la más mínima duda, os repito que todo saldrá de puta madre, porque no aceptaré que sea de otro modo.

Todos asentimos, acostumbrados como estábamos a su verborrea previa a los grandes eventos, pero en ese momento su discurso se vio interrumpido por gritos que llegaban desde fuera. Al igual que los demás clientes, nos volvimos para mirar en dirección a la puerta. Leo fue el primero en dar una explicación.

—Han llegado Ashlee y Jessica Simpson con... —Se levantó para fijarse en el resto del grupo y continuó—: Con su padre y con ese chico, ¿cómo se llama? El que sale con Ashlee de vez en cuando. Ryan algo, creo.

—¿Quién se encarga? —gruñó Kelly.

—Yo misma —se ofreció Elisa.

Abrió su enorme bolso Stella en azul eléctrico de Marc Jacobs, sacó el móvil y comenzó a buscar un número en su agenda. Cuando lo hubo encontrado, pulsó la tecla de llamada y a los diez segundos mantenía una animada conversación mientras los demás escuchábamos.

—Hola, soy Elisa, de Kelly & Company. Sí, exactamente. No, es que acabo de enterarme que las niñas están en Nueva York, y nos encantaría invitarlas a la fiesta de mañana.

Daba por sentado que la persona con la que hablaba conocía la naturaleza de la fiesta. Después de todo, ¿quién no? Elisa sonrió y le dirigió a Kelly una mirada cómplice mientras señalaba el teléfono.

—Sí, claro. No, lo entiendo muy bien. Les daremos quince minutos de presentación solo para ellas y que así no tengan que compartir alfombra roja con nadie, y por supuesto, alguien las acompañará hasta su mesa en la zona vip.

Hizo una pausa para oír a su interlocutor y luego continuó.

—Las niñas contarán con un asistente que estará a su disposición toda la noche para satisfacer al momento cualquier necesidad. Te garantizo que no habrá entrevistas de ningún tipo, aunque, en fin, si fueran tan amables de posar para los fotógrafos durante unos segundos, sería un placer para nosotros cubrir los costes del hotel, peluquería, maquillaje, transporte y, si fuera necesario, vestimenta.

Otra pausa, esta vez seguida por un ceño fruncido.

—Sí, claro que va a estar allí. Sí, sí, será un placer hacerme cargo de eso. —Su excitación se había vuelto fingida— ¡Estupendo! Mañana por la mañana estaré a la espera de que te comuniques conmigo para acabar de definir todos los detalles. ¡Fabuloso! *Ciao!*

—¡Muy bien! —exclamó Kelly mientras el resto comenzábamos a aplaudir y yo advertía lo buena jefa que era—. ¿Qué fue lo último que te pidió?

Elisa apretó las mandíbulas.

—Ah, nada; su agente dijo que ambas suspiran por Philip Weston. Quería que él se acercara a conocerlas.

—¡Por supuesto! —estalló Kelly—. ¡Eso es fácil! Bette, tú y Philip les daréis la bienvenida a esas chicas a la entrada y las llevaréis hasta el lugar que les corresponda. Dile a Philip que ligue, que ligue y que no deje de ligar. Elisa, mañana llama al agente por Bette y poneos al corriente, ¿está bien? Por cierto, Bette, ¿cómo está lo del final?

Sentí que Elisa me miraba y no precisamente con cariño.

—Pues nada, creo que todo está listo.

El plato fuerte de mi trabajo consistía en la sorpresa que iba a darse a medianoche. Había estado trabajando en ella sin parar durante el mes anterior, y, por fin, tenía la certeza de que iba a ser espectacular. Kelly había aceptado mi plan con la condición de que solo lo conociéramos las dos, pues no quería correr el riesgo de que se filtrara a la prensa. Como resultado nadie excepto Kelly, yo y el señor Hugh Hefner en persona, estaba enterado de lo que iba a tener lugar a medianoche.

—El espectáculo de medianoche es un hecho —añadí—. Todo va a ir bien.

Elisa bostezó para que todos la oyéramos. No le hice caso y seguí hablando:

—Todos los miembros de la prensa irán identificados con unos pases que no pueden copiarse, alterarse ni falsificarse, y, además, los recibirán por mensajero una hora antes del comienzo. Aquí tenéis copias de la lista de periodistas. —Hice una pausa para poner sobre la mesa un taco de papeles y hacerlos circular alrededor—. Están registrados todos los reporteros y fotógrafos que van a asistir, qué aspectos específicos, si es que los tienen, pretenden cubrir, a quién prefieren retratar, la gente y las zonas a las que cada uno tendrá o no acceso, y, por supuesto, sus preferencias en materia de bebida.

Kelly asintió y examinó la hoja.

—¿También figuran aquí los acompañantes?

—En efecto. Según está estipulado en el programa, todos los de la oficina tendremos que escoltar por turnos a diferentes periodistas para asegurarnos de que se acercan a las personas con las que nos conviene que se encuentren.

—Ayer tuve una reunión con los de producción y estoy contenta con cómo se desarrollarán las cosas por ese lado —interrumpió Elisa—. Lo que han pensado para el servicio de bar, camareros, iluminación, escenarios, música, decoración y catering coincide con las instrucciones que les habíamos dado y con los gustos del cliente. —Dejó de hablar un momento, mientras elegía la hoja de ensalada que iba a comerse—. Pues bien, todo está preparado —murmuró—. Pero volvamos a lo de la prensa. Bette, ¿te has puesto en contacto con los fotógrafos para hacerles saber que cuentan con nuestra total cooperación en todo aquello que necesiten?

—Sí. A principio de semana, les dije a dos de los de prácticas que les llamaran, y hablaron con el último el miércoles. En suma, creo que va a ir como la seda.

La reunión del mediodía continuó de manera semejante durante otra hora y, luego, Kelly nos dejó libres el resto de la tarde para que fuéramos a casa, no faltáramos a la cita con el estilista, intentáramos relajarnos y nos preparáramos para la velada que estaba por llegar. Yo ya había pensado en pasar la noche en casa —con Millington y con un gran cuenco de palomitas hechas en el microondas— y ver peli mala tras peli mala en el canal TNT, así que recibí con alborozo la noticia de que también disponía de la tarde para mí. Desde luego, aquel tiempo extra iba a traducirse en pensar en Sammy con mayor detención. Como las anteriores dos semanas había estado muy ocupada con los preparativos, no me había dedicado demasiado a mis emociones; por ello, me estremecí al pensar cuánto podría llegar a obsesionarme durante aquella mínima porción de tiempo libre.

Kelly pagó la cuenta y nos despedimos los unos de los otros; en ese momento, Elisa me llevó a un lado.

—¿Tienes un minuto? —me dijo.

—Claro, ¿qué pasa?

—Mira, sé que las cosas están revueltas entre nosotras, pero me parece que deberíamos emplearnos a fondo para lo de mañana. Ni tú ni yo queremos pasar toda la noche trabajando, así que tenemos que inventarnos un sistema por el que solo una de nosotras tenga que estar al pie del cañón mientras la otra descansa. Y luego nos cambiamos, ¿entiendes?

Me sorprendió oírla reconocer lo deteriorada que estaba nuestra relación y me alegró que no se mostrara enojada a ese respecto.

—Vale, me parece bien. No creo que vayamos a hacer otra cosa que no sea ocuparnos del negocio, aunque, aun así, podemos intentarlo, ¿vale?

Aquello era lo que esperaba oír.

—Fantástico. Me parece fantástico. Nos vemos mañana, Bette.

Se ajustó la bufanda al escuálido cuello y se marchó calle abajo. Qué tía rara, juzgué para mis adentros al verla subirse a un taxi. Esperé a que el coche se perdiera de vista para volverme y emprender mi camino. Por fin tenía una tarde a mi disposición y no quería desperdiciar ni un momento.

29

Acababa de ver *Tienes un e-mail* e iba por la mitad de *No puedes comprar mi amor* cuando sonó el teléfono. Me sorprendió comprobar que la llamada era de Penelope; me sorprendió y me emocionó. Le había dado unas cuantas pinceladas sobre lo ocurrido con Sammy, pero ella no tenía ni idea de cuánto lo adoraba. Había conseguido inferir de sus soliloquios optimistas que Avery no pasaba demasiado tiempo a su lado, que todavía no había encontrado trabajo y que las parejas con las que salían no eran de su gusto, porque ella jamás admitiría cosas así de buenas a primeras. Al tener poco que decirnos, nos mandábamos correos electrónicos con chorradas varias, y yo no era capaz de acordarme de la última vez que había recibido una llamada seria, trasnochada y genuina de mi mejor amiga.

—Hola, Bette, ¿qué tal? Perdona por llamarte tan tarde, pero es que no me acabo de acostumbrar a la diferencia horaria y, de todos modos, pensé que aún estarías despierta. Avery ha vuelto a marcharse de Los Ángeles y aquí no tengo a nadie más a quien llamar y molestar, así que ¡te ha tocado!

Hablaba con voz apagada y yo quise encontrarme a su lado.

—Pe, ¡me alegra que hayas llamado! ¿Cómo estás?

—No te he despertado, ¿verdad?

—Qué va. Estaba viendo pelis malas. ¿Qué hay de ti? Es una suerte oírte.

—¿Está el heredero británico de tu novio por ahí? —preguntó.

En condiciones normales, las dos juntas ya habríamos analizado un centenar de veces lo que había querido decir Sammy con su «ten paciencia», y ella me estaría asegurando una y otra vez que la consagración de mi incipiente relación con él era cuestión de tiempo. Pero ahora, a pesar de saber algo de Sammy, ni tan solo se daba por enterada de que no estaba saliendo con Philip.

—Pe, no es mi novio, ya lo sabes. Vamos a ir los dos en amor y compañía a la fiesta de *Playboy*, pero solo para las fotos.

—Claro, claro. ¿Cuándo es eso? Va a ser un bombazo, ¿verdad?

—¡Mañana por la noche! Y es muy estresante porque hemos estado trabajando en ello muchísimo tiempo y yo soy la que está al mando después de Kelly. De todas maneras, confío en que esté todo encarrilado. Basta con que los fotógrafos se porten como es debido y con que aparezcan todas las conejitas.

Seguimos hablando en el mismo tono durante unos cuantos minutos, sin que ninguna de las dos admitiera que tenía muchas lagunas en cuanto a la situación de la otra.

—¿Y qué piensas hacer con Abby y con que esté escribiendo esas mentiras sobre ti? —me preguntó, por primera vez con el tono que yo le había conocido.

Había intentado no pensar en aquello, pero al hacerlo, la ira —la rabia procedente de lo que yo consideraba una violación— bastó por sí sola para sacarme de mis casillas.

—Todavía no entiendo por qué me odia tanto. No poder enfrentarme con ella es un auténtico suplicio. ¿Tú piensas que habrá gente que se crea que tuve un lío con el tío ese, el de la cinta de Paris Hilton? Pero ¡si ni siquiera sé cómo se llama!

—Nadie lo sabe —opinó, chasqueando la lengua—. No sé qué le pasa a Abby, aunque no me cuesta imaginarla publicando toda esa basura si me acuerdo de cómo se adueñaba en la universidad de los trabajos de los demás para hacerlos pasar por los suyos, ¿no crees? ¿Recuerdas cuando, en segundo, dejó de ir al funeral de su abuela porque en el periódico estaban haciendo entrevistas para buscar a nuevos reporteros de opinión? La tía está perturbada, y mucho. Avery siempre dijo que sería muy capaz de vender a sus padres si con ello lograra salirse con la suya, y creo que está en lo cierto. Él se había acostado con ella, cómo no, así que es de suponer que habla por experiencia.

—¿Cómo? ¿Avery se enrolló con Abby? No lo sabía.

—No estoy del todo segura, pero me lo figuro. Todos sus amigos lo hicieron y, joder, casi todos los que la conocieron en la universidad. No podría asegurarlo, pero apostaría a que...

Reprimí las náuseas y reuní fuerzas para decir:

—¿Y cómo está ese prometido tuyo? ¿Dices que se ha marchado?

Su suspiro me dio a entender más cosas que las palabras que me dijo a continuación.

—Está bien, imagino. No lo veo mucho, o casi nada. Pensé que pasaría más tiempo a mi lado una vez que empezara en la universidad y tuviera que ir al campus a diario, pero el curso no ha servido más que para darle nuevas excusas con que justificar sus constantes escapadas. Tiene un montón de amigos nuevos, o sea que supongo que no le va mal.

—¿Y te caen bien sus amigas?

—¿Qué amigas? —bufó—. Toda esa gente no tiene más de veintidós años y acaban de salir de la universidad. Él actúa de padrino y ellos de leales seguidores. Resulta un poco molesto, pero qué le voy a decir.

Estaba de acuerdo por completo. Traté de cambiar de tema de conversación y llevarla a terreno seguro.

—Estoy convencida de que es una etapa, que se está adaptando. En fin; estaréis explorando la ciudad, al menos. Aunque Los Ángeles no sea Nueva York, supongo que algo habrá que hacer por ahí, ¿no?

—Voy a la playa de vez en cuando, o de compras a Whole Foods; me he apuntado a clases de yoga y me ha dado por hacer una dieta vegetariana. También voy a muchas entrevistas; sé que voy a encontrar algo, pero lo visto hasta ahora carece de interés. Avery estará de vuelta pasado mañana, y puede que entonces hagamos una pequeña excursión hasta Laguna. U otra vez a México; la primera fue estupenda. Bueno, claro, en el caso de que no tenga que pasarse el día entero estudiando.

Estaba desamparada, tanto que me entraron ganas de llorar junto a ella.

—¿Dónde está, cariño? ¿Hace cuánto que se ha marchado?

—Pues en Nueva York; ha ido a pasar unos días por motivos familiares, creo: una reunión con el administrador de la herencia y representante de no sé muy bien qué. No estoy segura, pero hoy me ha dicho que podía ocuparse él solo y que no hacía falta que yo fuera hasta Nueva York.

—Entiendo. Me encantaría que estuvieras aquí para que pudieras venir a la fiesta de *Playboy*. Te nombraría comandanta de las conejitas; tendrías que verificar que los pompones y las orejas estuvieran en su sitio. Apetecible, ¿verdad?

—Bastante. Bette, te echo mucho de menos.

—Yo también a ti, Pe. Oye, y si te apetece, toma un avión y vente aquí a hacerme una visita. Estás en la costa Este, no en las islas Marianas, así que, si nos echas de menos, yo te recibo con los brazos abiertos. Podríamos ir a comer con Abby y luego saldría en los periódicos que tú y yo nos hemos tirado a todos los defensas de los New York Giants. ¿No sería fabuloso?

Se rió y lamenté no poder darle un abrazo.

—Para serte sincera, te diré que no me opongo a acostarme con el equipo entero. Eso no es malo, ¿verdad?

—Claro que no, bonita, claro que no. Escucha, tengo que irme a dormir porque mañana me espera una noche muy larga. ¿Qué te parece si te llamo después de la fiesta?

—Vale. Me hace bien hablar contigo. Suerte mañana y que no surjan más escándalos. Te quiero, Bette.

—Te quiero, Pe. Te prometo que todo va a ir a mejor, ya verás. Te echo de menos, pronto volveremos a hablar.

Devolví el auricular a su sitio y me arrastré hasta la cama para acabar de ver la película, contenta por haber descubierto que Penelope y yo volveríamos a ser las de siempre, de algún modo.

30

—Probando. Un, dos, tres, probando. ¿Me oís? Responded: número uno... —dije por el intercomunicador, a la espera de que todos recitaran los números que les correspondían para comprobar que sus respectivos intercomunicadores estaban en perfecto funcionamiento. Cuando oí a Leo cantar el dieciséis, supe que estábamos todos y tomé aire. Los invitados estaban empezando a llegar y, mientras tanto, yo bregaba con las continuas inconveniencias que no dejaban de presentarse. Mi plena confianza y mis planes perfectos del día anterior estaban por desvanecerse y darle alas al pánico.

—Skye, ¿me oyes? —susurré a través del micrófono, que, unido con disimulo al auricular que llevaba en el oído, tenía situado justo frente a los labios.

—Bette, bonita. Aquí me tienes. Cálmate; todo va como tiene que ir.

—Me calmaré cuando me digas que han terminado con el corta y pega. Hace unos minutos estaba hecho un desastre.

—Estoy en el exterior y tiene buena pinta: diez metros de logotipos de *Playboy* de cartón, a la espera de que los famosos se pongan delante para que les hagan las fotos. Le dieron los últimos retoques hace justo un minuto, de manera que en muy poco tiempo estarán listos. No hay problema.

—¿Elisa? ¿Tenemos el programa definitivo de organización de la prensa y de seguridad? Sammy, de Bungalow 8, se encarga de la puerta vip, así que necesita saber a qué fotógrafos debe dejar pasar.

Estaba ladrando las órdenes como una loca y, al mismo tiempo y cada vez más, odiando el sonido de mi propia voz. Pese a ello, no había titubeado al pronunciar el nombre de Sammy, lo cual era un progreso. Al llegar, me había besado en la mejilla y susurrado «Buena suerte», y no había podido por menos de evitar desmayarme. Saber que iba a estar en el mismo recinto que él, era la única certeza que me ayudaría a soportar aquella noche.

—Recibido. *ET* y *Acces Hollywood* disponen de primera fila. Los de *E!* seguían sin saber si asistirían o no (están picados por no haber conseguido la exclusiva), pero tenemos un lugar reservado en caso de que mandaran a alguien. Los anteriores junto a CNN, MTV y un tío que está haciendo un documental sobre fiestas para la Fox y que cuenta con una autorización de no sé qué director de estudio cinematográfico importante, tienen permiso para estar en el interior; los paparazzi corrientes se quedarán fuera. Todos han recibido instrucciones para distinguir quién es quién y quién puede acceder por la puerta vip. Solo tengo una duda: ¿quién es Sammy?

No era cuestión de que dijera por el intercomunicador que Sammy también estaba conectado a nuestro sistema de comunicación y que, en consecuencia, oía todas y cada una de las palabras que decíamos; ni tampoco que la mera visión de él me ponía de los nervios.

—Elisa, tienes mucha gracia. Ve junto a él y dale la lista, ¿te parece?

Recé para que no rechistara, pero, para mi desgracia, insistió con aquella voz suya famélica y amodorrada.

—No, en serio, Bette. ¿Quién es Sammy? —gimió—. Ah, espera; es el encargado del equipo de producción, ¿verdad? ¿Para qué necesita la lista de los vips?

—Elisa, Sammy está aquí para ocuparse de la seguridad.

No nos pareció bien utilizar a la gente de Sanctuary, que parecen la Gestapo, y Sammy ha tenido la amabilidad de venir a echarnos una mano. Debe de estar en la entrada, solventando los detalles de última hora. Tú dale la lista.

Pensé que bastaría con aquella explicación; Elisa, sin embargo, todavía no se había dado por enterada.

—¡Eh, espera! Ese Sammy... ¿No es el chico que Isabelle tenía a su servicio? ¡Claro! Ahora me acuerdo. Estuvo en Estambul con nosotros, ¿a que sí? Ella lo trataba como si fuera su esclavo. Tu creías que ellos...

—¿Qué? ¿Elisa? No te oigo. Ahora estoy hablando con Danny; volveré a conectarme dentro de un rato.

Me quité los auriculares y me dejé caer en una de las butacas, tratando de no pensar en lo que se habría imaginado Sammy al oír nuestra breve conversación.

—¿Qué pasa? —me preguntó el siempre verboso Danny desde su puesto en la barra.

Miraba con codicia a las conejitas, que iban de un lado a otro, preparadas ya para recibir la avalancha de hombres sobones y mujeres celosas.

—Nada, nada. Creo que está todo listo. ¿Qué me dices?

—Nada.

—¿Se te ocurre algo de lo que me pueda estar olvidando?

Se terminó la tercera cerveza de los últimos cinco minutos y, antes de eructar, me dijo que no.

Eché una ojeada alrededor y lo que vi me satisfizo. El club se había transformado en el espacio perfecto para celebrar los cincuenta años de los desplegables de la revista. Habíamos dispuesto dos entradas, una para los vips y otra para el resto, cada una de ellas cubierta por un toldo negro, con la alfombra roja de rigor y conejos por todas partes. Los chicos de seguridad llevarían traje y pequeños auriculares con el fin de llamar lo menos posible la atención. Tras atravesar la entrada, los invitados llegarían a un largo pasillo también cubierto de negro que terminaba en una amplia escalinata adornada con vaporosas cortinas oscuras. Una vez subidas las escaleras y atravesadas las cortinas, llegarían a lo alto de un escenario, una plataforma desde la que observar la sala principal antes de bajar el tramo de escaleras que les habría de conducir hasta ella. A la izquierda había una barra de veinticinco metros en la que treinta y cinco camareras ataviadas con biquinis y orejas y cola de conejo servirían copas durante toda la noche. La pared de la barra estaba cubierta de arriba abajo por un *collage* con los desplegables que habían ocupado el centro de la revista en los últimos cincuenta años: cada uno de ellos a todo color, ampliado y dispuesto en orden aleatorio. A la derecha se encontraba la zona vip, cercada por cordones de terciopelo, decorada con bancos tapizados en terciopelo negro y tarjetas de «RESERVADO» apoyadas junto a las cubiteras que había sobre cada una de las mesas de cristal. En el centro de la sala había un escenario circular en forma de gigantesco pastel a varios niveles. Los dos pisos inferiores estaban destinados a pista de baile en la que las conejitas harían su actuación a medianoche, y del último de los pisos aparecería por sorpresa la estrella invitada de la fiesta. Alrededor del pastel se abría un espacio enorme pensado para bailar o dejarse ver, cuyo perímetro estaba rodeado de bancos y sillones también oscuros.

—Hola, ¿cómo va todo? —me preguntó Kelly, mientras daba una vuelta para que pudiera examinar el cortísimo y ajustadísimo vestido transparente que lucía—. ¿Te gusta?

—Estás impresionante —respondí con total sinceridad.

—Bette, quiero presentarte a Henry. Henry, esta es Bette, una de mis pupilas más brillantes.

Henry, un hombre de pelo castaño, de aspecto agradable pero algo insulso, alrededor de los cuarenta, de constitución y altura media, me dio la mano y me sonrió con calidez.

—Encantado, Bette. Kelly me ha hablado mucho de ti.

—Todo cosas buenas, espero —respondí, sin pizca de originalidad—. ¿Te lo estás pasando bien? Esto ya está a punto de empezar.

Ambos rieron y después se miraron con tanta devoción y ternura que me fue imposible no odiarlos.

A las diez en punto la fiesta ya estaba en marcha. Hugh Hefner y sus seis novias se hicieron con las dos mejores mesas de la zona vip y bebieron Jack Rabbits, un combinado de Jack Daniels y Coca-Cola Light. A su alrededor se sentaron algunos de los famosos y su séquito: James Gandolfini, la doctora Ruth, Pamela Anderson, Helen Gurley Brown, Kid Rock, Ivanka Trump y Ja Rule, quienes parecían satisfechos con el inagotable suministro de alcohol y las bandejas de fresas y bombones en forma de conejito que les habíamos servido. Los plebeyos, por su parte, habían llegado a ese punto en que, habiendo bebido lo suficiente, se lanzaron a bailar, de modo que las conejitas empezaron a pulular a su alrededor, dispuestas a frotarse contra cualquier hombre o mujer que se cruzara en su camino. Verlas actuar era todo un espectáculo. Habría unas doscientas —todas ellas engalanadas con orejas y bodys de satén negros que les dejaban al aire las nalgas— bullendo entre el personal, moviendo el culo y la colita al ritmo de la música y echando las caderas hacia delante para enseñar las pequeñas cintas en las que figuraba su nombre y ciudad de procedencia. Lo que los hombres no sabían era que la fiesta de verdad tenía lugar en el baño de señoras del piso inferior, donde las conejitas se reunían para fumar, charlar y burlarse de los tipos que las miraban boquiabiertos. Para hacer pipí tenían que desabrocharse y quitarse los bodys y no eran capaces de embutirse de nuevo en ellos sin ayuda. Las estaba observando, apoyada contra la pared mientras esperaba mi turno, cuando salió una chica rubia y agarró los descomunales y turgentes pechos de una de sus compañeras. Los admiró durante unos segundos y, con ellos todavía entre las manos, le preguntó:

—¿Naturales o de goma?

La manoseada soltó una risita, se encogió de hombros y respondió:

—Cariño, me las compré hace un par de meses.

Entonces se agachó, se metió de nuevo en el body y le hizo un gesto a la otra para que le subiera la cremallera. Se juntó las tetas con fuerza para colocarlas de nuevo dentro de las copas del sujetador y, por un segundo, creí que el exceso de peso en la delantera haría que se cayera de bruces. Se terminaron sus Cosmopolitan, dejaron las copas en el lavamanos y brincaron escaleras arriba de vuelta a la fiesta.

Antes de regresar a la sala quise comunicarme con los demás para asegurarme de que todo marchaba según lo previsto. Por suerte, los incidentes eran menores: una de las bolas de luz giratorias se había caído sin causar daño a nadie, se produjeron un par de peleas sin importancia que Sammy y sus colegas se ocuparon de detener, y nos quedamos sin cerezas de cóctel porque, al parecer, las conejitas se las llevaban de la barra a manos llenas. Elisa estaba lo suficientemente sobria para controlar la sala vip y Leo, que había logrado no bajarse aún los pantalones, patrullaba el área de la barra y la pista de baile. Faltaba solo una hora para la sorpresa de medianoche y tenía que empezar a prepararme para ello.

La actuación estelar era mi responsabilidad; desde mi vuelta de Turquía había estado trabajando en ella con tesón y deseaba con todas mis fuerzas que todo saliera según lo previsto. En ese momento, solo Kelly, el relaciones públicas de *Playboy* y Hugh sabían de qué se trataba, y yo me moría de ganas de ver la reacción de la concurrencia. Me disponía a comunicarme con Sammy y el personal de la puerta para decirles por tercera vez que no dejaran pasar a Abby bajo ninguna circunstancia cuando oí la voz de Sammy a través del auricular.

—¿Bette? Al habla Sammy. Acaban de llegar Jessica y Ashlee.

—Recibido. Voy para allá.

Cogí un gin-tonic de la barra con el que sobornar a Philip, pero no lo encontré por ninguna parte. Como no quería que las dos hermanas entraran solas, pedí a los demás que si lo veían le dijeran que lo esperaba en la puerta y llegué justo en el momento en que bajaban del Bentley que les habíamos mandado.

—Hola, chicas. Estamos encantados de que hayáis podido venir. Entremos, os enseñaré el local.

Las acompañé por la alfombra roja entre constantes fogonazos de cámaras y flashes. Posaron como auténticas profesionales durante los quince minutos de rigor, sacando cadera, abrazándose y avanzando con un garbo pasmoso para los quince centímetros de tacón de aguja a los que iban subidas. Me siguieron hasta la puerta, nos cruzamos con Sammy (que me guiñó un ojo) y las llevé hasta la sala vip. Hice un gesto al atractivo joven que habíamos contratado para que las atendiera y salí corriendo a buscar a Philip, hasta entonces desaparecido.

Mandé varios mensajes desesperados a mis compañeros y di un par de vueltas al local, pero nada. No lo encontraba por ninguna parte. Me disponía a pedirle a algún chico que entrara en el baño de hombres por si estaba allí haciendo sabe Dios qué cuando vi que faltaban solo cinco minutos para las doce. El espectáculo estaba a punto de comenzar. Subí por las escaleras a toda velocidad y le indiqué al pinchadiscos que había llegado el momento. Este interrumpió «Dancing Queen» e hizo sonar un estruendoso redoble de tambor. Aquella era la señal. Hugh se abrió paso entre el montón de novias que lo rodeaban y subió al segundo piso del escenario. Dio un golpecito al micrófono y gritó: «Gracias a todos por venir». La multitud lo jaleó con aplausos, vítores y alaridos de «¡Hefner, Hef, Hef, Hef!».

—Sí, bueno, muchas gracias por haber venido a celebrar conmigo y mi equipo... —Se detuvo unos segundos a la espera de que el enfervorizado público lo dejara continuar— ... cincuenta años de importantes artículos, famosos escritores y, cómo no, ¡chicas preciosas!

El público estaba enloquecido y cuando Hugh les agradeció una vez más su presencia y volvió a la mesa en la que lo esperaban sus amigas, todos prorrumpieron en gritos y aullidos ensordecedores. Algunos creyeron que la sorpresa había llegado a su fin y se dirigieron a la barra o a la pista de baile para seguir con la fiesta, pero entonces comenzó a sonar el «Happy Birthday to You» y todo el mundo se quedó clavado en su sitio. Antes de que pudieran darse cuenta de lo que estaba sucediendo, del centro del pastel comenzó a surgir un pequeño escenario circular que, a medida que ascendía, revelaba la silueta de una mujer, en aquel momento todavía rodeada por una vaporosa cortina. Los espectadores, inmóviles, guardaban silencio con los ojos clavados en la parte superior del pastel. Cuando la minúscula plataforma se detuvo cerca del techo, la tela de gasa blanca se esfumó y apareció Ashanti con un traje de pedrería morado, brillante y ceñido y una boa de piel alrededor del cuello. Estaba deslumbrante. Comenzó a cantar «Happy Birthday to You» con la voz más sexy y profunda que yo había oído jamás. Se trataba de un evidente homenaje a Marilyn Monroe y su versión para John Fitzgerald Kennedy, solo que Ashanti se la dedicó a Hugh Hefner, a quien llamó «presidente de los conejos». Cuando terminó, el público le dedicó una clamorosa ovación. Del techo comenzó a llover confeti y purpurina dorada mientras las conejitas, unas ochenta y cinco, se subían al piso inferior del escenario para hacer una coreografía especial entre aplausos y gritos de alegría. Cuando el pinchadiscos puso «Always on Time» el entusiasmo general se convirtió en frenesí. Oí a un chico hablar por teléfono y decirle a su interlocutor «Tío, ¡esta es la puta fiesta del siglo!», y observé que algunas parejas que se habían formado aquella noche estaban dando rienda suelta a su pasión en la pista de baile. A excepción del comentario de Ashanti sobre el «presidente de los conejos», todo había salido tal y como me lo había imaginado... o incluso mejor.

Elisa, Leo y Sammy me felicitaron por el intercomunicador; incluso Kelly logró hacerse con uno para exclamar que había sido todo un éxito. La euforia duró unos diez minutos más, pasados los cuales la fiesta fue decayendo a una velocidad vertiginosa. Di una vuelta por la zona vip en busca de Philip y en uno de los rincones de la sala divisé una mata de pelo rubia que me resultaba muy familiar hundida entre los pechos de la que parecía una conejita. Me volví de inmediato suplicando a todos los santos que hubiera algún fotógrafo dispuesto a inmortalizarlo hurgando en el escote de aquella chica y a publicar la fotografía en todos los periódicos del país, y tener así una excusa para terminar con él de una vez por todas. Se me hizo extraño verlo intimar con una mujer cuando hacía tan poco que lo había visto intimar con un hombre, pero era una oportunidad de oro y no estaba dispuesta a dejarla escapar: no me importaba hacer el papel de novia traicionada si con aquello conseguía librarme de él para siempre. Me acerqué, le di un golpecito en el hombro y me preparé para montar un escándalo delante de todo el mundo, pero entonces el chico se volvió y me gritó: «¿Qué cojones quieres? ¿No ves que estoy ocupado?».

Ni acento inglés, ni mandíbula cuadrada, ni mueca de niño arrepentido. No era Philip. Para mi sorpresa, aquel rostro contraído por la rabia era el de Avery. Cuando me reconoció se me quedó mirando con expresión aterrada y solo fue capaz de susurrar mi nombre.

—¿Avery?

No pude moverme, pensar ni decir nada apropiado en aquellas circunstancias. La chica nos observaba desde el rincón con cara de petulancia, pero estaba muy oscuro y no logré verla bien. Me fijé en ella durante unos segundos y me di cuenta de que tenía los labios hinchados por la sesión de intenso besuqueo y el pintalabios corrido hasta la barbilla. Entonces la reconocí. Era Abby.

—Bette, esto es... esto no es lo que... Bette, conoces a Abby, ¿verdad?

Avery sudaba y agitaba las manos con extraños movimientos propios de un tarado.

—¡Bette! Me alegro de verte. Ya he leído lo que escribieron sobre ti el otro día —dijo en tono cantarín mientras acariciaba la espalda de Avery, la frotaba y masajeaba, a sabiendas de que yo seguía con la mirada cada uno de sus movimientos.

Seguí con los ojos clavados en ellos, aún incapaz de articular palabra y consciente de que Abby ignoraba que yo ya sabía su identidad secreta. Era todo demasiado sórdido, y como no me decidía por a cuál de los dos atacar primero, permanecí de pie sin abrir la boca. Avery interpretó mi silencio como una señal de que debía seguir hablando él.

—Penelope sabe que estoy en Nueva York y también que me gusta mucho salir, pero no sé si es buena idea que se entere de... esto. Todavía se está adaptando a... a la ciudad y además y creo que lo más... mmm... lo más prudente sería no decirle nada. ¿Qué me dices? —soltó, arrastrando cada una de las palabras.

Abby consideró que aquel era el momento oportuno para comenzar a lamerle la oreja en un arrebato de fingida pasión, pero Avery se la quitó de encima de un manotazo como si fuera un mosquito, me tomó por el brazo y me llevó a un lugar apartado. El chico estaba cerca del coma etílico, pero todavía era capaz de caminar con destreza.

Tras un par de segundos volví a la realidad y me zafé de su mano con un movimiento brusco.

—¡Hijo de puta! —susurré. Me habría encantado gritar pero no me salía la voz.

—¿Algún problema? —preguntó Abby, frotándose de nuevo contra Avery.

La miré con el mayor odio que había sentido jamás y respondí:

—¿Problema? No, ¿por qué lo preguntas? Ningún problema. Pero tiene gracia; me da la impresión de que mañana no escribirás en tu columna que te echaste encima del prometido de otra... alguien a quien conoces desde hace más de ocho años. No, supongo que la columnita de mañana no os mencionará ni a ti ni a Avery, sino que contarás algo tan bonito como que me viste robando la propina de las camareras, metiéndome droga o en plena orgía con los fotógrafos, ¿verdad?

Guardaron silencio durante unos segundos y, por fin, respondió Abby.

—Pero ¿qué dices, Bette? ¿Te has vuelto loca?

—No, no me he vuelto loca, sino que ya sé que tú eres Ellie Infiltrada. ¿Y sabes qué es lo jodido para ti, aparte del hecho que hayas escogido un nombre tan estúpido como ese? Pues que no voy a descansar hasta que se entere todo el mundo. Voy a llamar a todos los reporteros, directores, *bloggers* y asistentes de la ciudad y les voy a decir quién eres y que todo lo que escribes es pura basura. Pero a quien me va a encantar contárselo es a tu jefa. Mencionaré la perífrasis «demanda por calumnias», a ver si le hace mucha gracia. Y tal vez también se ría cuando le cuente que estuvieron a punto de echarte de la universidad por robar los trabajos de tus compañeros. O cuando le hable de la noche en que no te acostaste con uno, ni dos, ni tres, sino con cuatro tíos del equipo de *lacrosse*. Y bien, Abby, ¿cómo crees que se lo tomará?

—Escucha, Bette, yo...

Avery parecía no haber puesto atención a una sola palabra de lo que acababa de decir, preocupado como estaba por las consecuencias que aquello tendría en su vida.

—No, Avery, me vas a escuchar tú a mí —escupí con veneno—. Tienes una semana a partir de hoy para contárselo a Penelope. ¿Me oyes? Si no lo haces, seré yo quien lo haga.

—Joder, Bette, no seas así. No tienes ni idea de lo que dices. Si no ha pasado nada, de verdad.

—Escucha Avery: una semana. ¿Te ha quedado claro?

Di media vuelta y me alejé de allí rezando para que Avery no pensara que me había marcado un farol y tuviera que ser yo quien se lo contara a Pe. Sería muy duro decirle a mi mejor amiga que el capullo de su prometido la había dejado tirada para pasar un fin de semana de alcohol y chicas, sobre todo en un momento en que nuestra relación no estaba en su punto más álgido.

Había avanzado unos cuantos metros cuando sentí que Avery me agarraba con fuerza por el codo. Tiró de mí tan bruscamente que me hizo tropezar y caer sobre unos bancos que evitaron que me fuera de bruces contra el suelo. Me senté y acercó su cara a escasos centímetros de la mía. Apestaba a alcohol, pero aun así fue capaz de articular su discurso con bastante coherencia.

—Bette, voy a negar cada una de las putas palabras que le digas a Penelope. ¿A quién te parece que va a creer? A mí, el chico al que lleva diez años adorando, o a ti, la amiga que se larga de su fiesta de despedida para pasar la noche con un tío. ¿Eh?

Se acercó aún más, con expresión desencajada, y me acorraló contra una esquina en actitud amenazante. Me pregunté si sería apropiado propinarle un rodillazo en los huevos en aquel mismo momento, pues aunque no me daba ningún miedo, su proximidad comenzaba a incomodarme. Sin embargo, no me dio tiempo a tomar la decisión; todavía no había colocado la rodilla en posición de ataque cuando se apartó como si una corriente de aire lo hubiera succionado por detrás.

—¿Puedo hacer algo por ti? —gruñó Sammy, sin soltarle la camisa.

—Tío, quítame tus sucias manos de encima. ¿Quién coño te has creído que eres? —escupió Avery, más borracho y cabreado de lo que me había parecido antes—. Esto no es asunto tuyo, ¿lo entiendes?

—Soy guarda de seguridad, así que se podría decir que sí es asunto mío.

—Pues verás, esta es mi amiga y estamos hablando, así que lárgate de una puta vez.

Avery irguió la espalda en un intento fallido de recuperar la compostura.

—¿No me digas? Pues a mí me ha parecido que tu amiga no tenía putas ganas de continuar con la charla. Y ahora desaparece.

Permanecí sentada, frotándome el brazo mientras ellos seguían intercambiando opiniones y me pregunté cuál de los dos lograría antes meter la palabra «puta» tres veces en una sola frase.

—Tío, cálmate. Nadie ha pedido tus servicios, ¿estamos? Conozco a Bette desde hace un montón de años, así que vuelve a la puta puerta. O sirve copas, no sé, pero déjanos en paz.

Por un breve instante creí que Sammy le daría un puñetazo, pero tras inspirar profundamente, logró contenerse y me preguntó:

—¿Estarás bien?

Quise contárselo todo, explicarle que Avery era el futuro marido de Penelope y decirle que acababa de verlo con otra chica, una zorra que se llamaba Abby y que era, además, Ellie Infiltrada, y que, aunque ya sabía que era un cabrón y que engañaba a mi amiga, nunca antes lo había visto tan alterado. Tuve ganas de abrazarlo y darle las gracias una y otra vez por cuidar de mí y aparecer justo en el momento en que creía que lo necesitaba y pedirle consejo sobre qué decirle a Penelope y cómo librarme de Avery.

Durante unos segundos me planteé hacer justo eso: mandar a la mierda la fiesta, el trabajo, lo que Abby escribiría al día siguiente, y salir de allí del brazo de Sammy y olvidarme de todo lo demás. Sin embargo, Sammy leyó en mis ojos lo que estaba pensando y, acercándose a mí, me susurró:

—Procura tranquilizarte. Hablamos luego.

Justo cuando intentaba poner en práctica su consejo, aparecieron Elisa y Philip agarrados del brazo.

—¿Qué está pasando aquí? —farfulló Philip, con desgana.

—Philip, no te metas, no pasa nada —respondí, deseando que se marcharan lo antes posible.

—Elisa, ¿por qué no le dices a este puto matón que me deje en paz? —se quejó Avery, mientras se servía otra copa—. El gorila se está metiendo donde no lo llaman. Estaba hablando con una vieja amiga y se ha puesto como una furia. ¿Trabaja para ti?

Habiendo perdido todo el interés en la conversación, Philip se dejó caer sobre el sillón y se concentró en prepararse un gin-tonic. Elisa, en cambio, parecía disgustada por que alguno de sus empleados estuviera molestando a uno de sus invitados asiduos.

—¿Quién eres tú? —le preguntó a Sammy.

Él la miró como diciendo: «¿Lo preguntas en serio, imbécil? ¿Acabamos de pasar cinco días en un país extranjero y todavía no sabes quién soy?». Sin embargo, se limitó a contestarle con gesto impertérrito:

—Soy Sammy, Elisa. Nos hemos visto bastantes veces en Bungalow 8, y también coincidimos en el viaje a Estambul. Esta noche, me ocupo de la seguridad.

Su voz era fuerte y homogénea, sin siquiera un ápice de condescendencia o sarcasmo.

—Mmm, qué interesante. ¿Así que lo que pretendes decirme es que, solo porque trabajes unas cuantas noches en Bungalow y seas el chico de Isabelle Vandemark, te crees con derecho de tratar de mala manera a uno de nuestros amigos, a un vip si me apuras?

Además de un poco bebida, resultaba obvio que estaba disfrutando con aquella demostración de poder a la vista de los demás.

Sammy se la quedó mirando sin inmutarse.

—Con el debido respeto; tu amigo estaba molestando a mi... estaba acosando físicamente a tu compañera, y ella no daba muestras de estar cómoda con su compañía, así que le recomendé que fuera a prestar sus atenciones a otra parte.

—Te llamas Sammy, ¿me equivoco? —repuso Elisa con desdén—. Avery Wainwright es uno de nuestros mejores amigos, y no me cabe duda de que Bette jamás estaría incómoda con él. ¿No deberías estar algo así como separando a los que se peleen en los baños o diciéndoles a esos paletos que hacen cola fuera que aquí no son bien recibidos?

—Elisa —intercedí sin saber muy bien qué iba a decir a continuación—. Estaba haciendo su trabajo y nada más. Creyó que yo necesitaba ayuda.

—Pero ¿lo estás defendiendo, Bette? Ya me encargaré de que sus superiores sepan que ha provocado un incidente con uno de nuestros vips. —Se volvió hacia Sammy y le enseñó una botella vacía de Grey Goose—. Mientras tanto, sé de alguna utilidad y tráenos otra botella.

—Elisa, cariño, lo defiende porque se lo está follando —terció una voz a nuestras espaldas; Abby—. O eso diría yo. Philip, no creo que estés demasiado mentalizado para encajarlo, ¿verdad? Tu novia folla con el gorila de Bungalow. Es muy fuerte —concluyó, con una carcajada.

Philip hizo lo que pudo para reírse, no demasiado proclive a airear quién dormía con quién.

—No es cierto. —Estiró las piernas sobre la mesa de cristal—. Puede que no me sea fiel, pero no creo que tengamos que acusarla de joder con los empleados. Bette, ¿a que no estás jodiendo con los empleados, corazón?

—Pues claro que lo está —insistió Abby—. Oye, Elisa, ¿por qué nunca me lo dijiste? Es tan obvio... Porque tuviste que saberlo. No puedo creer que no me haya dado cuenta antes.

Fue como si me dieran con una pala en la cabeza. «¿Por qué nunca me lo dijiste?» Estaba todo claro, y era espantoso. Abby había sabido dónde estaba yo y qué hacía porque Elisa se lo había estado diciendo. Así de simple. Fin de la historia. Lo único que no llegaba a entender era qué había decidido a Elisa a hacer algo así. Lo de Abby no era muy difícil de averiguar: era una alcahueta redomada, rencorosa y malintencionada, capaz de vender a su madre —o de acostarse con el prometido de una amiga— si con ello conseguía un mínimo de engrandecimiento para su carrera o para su reputación. Sin embargo, Elisa, ¿por qué?

Elisa, sin tener nada mejor que hacer, procedió a reírse y a beber champán. Solo me miró en una ocasión —lo suficiente para que yo advirtiera que lo que estaba ocurriendo era real—, para apartar la mirada antes de que yo tuviera tiempo de decirle algo. Avery había recomenzado su alegato y Sammy se había dado la vuelta con un gesto sombrío en el rostro. Solo Philip, demasiado borracho o tal vez demasiado indiferente, no acababa de entender lo que sucedía.

—Dime nena —insistió—, ¿retozas con el gorila?

Con aire ausente, jugueteó con el pelo de Abby mientras ella me miraba con una expresión de placer, de disfrute en la cara. Solo entonces tuve la sospecha de que también él podría haber conocido la pequeña alianza entre Elisa y Abby desde el principio. O peor: podría haber participado de la insidia, ¿quizá para conseguir así una confirmación en público de su supuesta heterosexualidad? Se me antojaba demasiado malévolo para imaginármelo.

—Vaya, una pregunta interesante, Philip —dije en voz alta. Avery, Elisa, Philip, Abby y Sammy se dieron la vuelta y me miraron—. Es muy interesante que estés tan preocupado por si me acosté o no con «el gorila», como tú le llamas. Desde luego, tus dudas no se deben a que estés celoso. En fin, si tú y yo ni siquiera hemos pasado de los dos o tres besitos húmedos o, más bien, babosos.

Philip se quedó pálido como un muerto. Entre el resto cundía la confusión.

—¿Cómo? Eh, tíos, ¡por favor! Lo sabéis todo de todos: ¿os creeríais que el autoproclamado regalo divino para las mujeres de Nueva York prefiere, en realidad, a los hombres? Bueno, pues esta pretende que os lo creáis.

Todos hablaron al mismo tiempo.

—Sí, y qué más —afirmó Elisa.

—Bette, cariño, ¿por qué dices tonterías? —me preguntó Philip con una confianza en la voz que no encontraba eco en su expresión.

Oí en los auriculares a una voz desconocida decir que P. Diddy había llegado de improviso, procedente de otra fiesta que tenía lugar en las cercanías. En circunstancias normales, su llegada habría supuesto un motivo de alegría. Sin embargo, dado que traía con él a un séquito de cien personas, que hubiera venido era un desastre. Al parecer, llevaba tiempo esperando en la puerta y, como Sammy había estado en el interior, su subalterno no había querido tomar ninguna decisión. ¿Le habíamos dicho que no podía entrar porque la sala estaba ya abarrotada? ¿Y si le dijéramos que eligiese a diez amigos y se sentara en la mesa vip que le apeteciese, pero que el resto de sus acompañantes debía esperar fuera? ¿Cómo echar a cien de los que ya estaban en la fiesta para acomodarlos, a él y a su dotación? ¿Y quién iba a tener la suerte de disponer qué opción se llevaría a cabo? No había nadie levantando la mano.

Antes de que hubiésemos solventado la tormenta P. Diddy, uno de los ayudantes me llamó para darme la noticia de que unos cuantos invitados de una banda musical importante estaban a punto de ser detenidos tras haber comprado drogas en el baño; el mismo baño en que la flor y la nata de Nueva York había hecho una breve parada técnica después de haber esperado a la puerta. Lo más molesto no era tanto el incidente en sí, sino que cinco paparazzi estaban tomando fotografías del desaguisado, fotografías que, sin duda alguna, ensombrecerían la buena imagen que nos habíamos esforzado en dar.

La tercera llamada fue de Leo. Me hizo saber que, por razones que nadie se explicaba, la compañía de producción había cometido un error de cálculo y acabábamos de quedarnos sin champán.

—Es imposible. Sabían cuánta gente iba a venir. Sabían

que estábamos menos preocupados por el licor y la cerveza, y más por el champán. Es lo que beben las conejitas. Es lo que beben nuestras invitadas. Es lo que beben los banqueros. El único modo de hacer que las chicas se queden hasta tarde consiste en encharcarlas de champán. ¡Y solo son las doce y media! ¿Qué vamos a hacer? —grité, abrumada por el estruendo de la canción de Ashlee Simpson que estaba sonando.

—Ya, Bette, estoy en ello. Mandé a varios camareros a buscar cuantas cajas pudieran encontrar, pero no sé si tendrán demasiado éxito a esta hora de la noche. Pueden comprar unas cuantas botellas en cualquier tienda, aunque no grandes cantidades.

—Bette, necesito saber qué quieres que haga con, eeeh, con el vip que tenemos a la espera —me dijo el atemorizado portero por el auricular—. Se está intranquilizando.

—Bette, ¿estás ahí? —oí a Kelly decir; debía de haberse hecho con el intercomunicador de alguien del equipo y con una idea de la situación. Ya no era la jefa gentil, sino un monstruo endemoniado—. ¿Estás al tanto de que han arrestado a unos chicos por tráfico de drogas? En nuestras fiestas, no detienen a la gente, ¿me estás oyendo? No la detienen. —Se calló un momento y volvió a la carga—. ¡Bette! ¿Me oyes? ¡Te necesito en la puerta a la voz de ya! Todo se está yendo al garete y tú estás desaparecida. ¿Dónde coño estás?

Vi que Elisa se quitaba su intercomunicador —ya por sabotear con deliberación o por simple agotamiento; no lo supe— y se sentaba al lado de Philip para tratar de ganarse su atención y distraerlo de Abby. ¿Por qué pelearse cuando hay bebida a la vista? Yo estaba tratando de reunir fuerzas con las que enfrentarme a la maraña de problemas que se habían presentado y no concedí importancia a lo que se estaba hablando.

—Eh, colega. Sí, tú. —Philip, escoltado por Abby y Elisa, estaba llamando a Sammy.

Avery estaba con ellos, sentado y balbuceando incoherencias.

—¿Qué quieres, tío? —contestó Sammy, todavía no muy seguro de ser él el aludido.

—Sé buen chico y tráenos una botella de cualquier cosa. Chicas, ¿qué bebemos? ¿Champán? ¿O preferís vodka?

Sammy no salía de su asombro.

—No soy tu camarero —aclaró.

Philip debió de encontrar muy graciosas aquellas palabras pues comenzó a convulsionarse, acometido por las carcajadas.

—Tráenos de beber, colega, y punto, ¿vale? Me importa poco que seas una cosa u otra.

No quise esperar a ver si Sammy le pegaba, le ignoraba o le llevaba la botella de vodka. Solo pensaba en lo cómoda que sería una cama en aquellos momentos y en lo igual que me daba que P. Diddy hubiera venido con uno o con cien invitados o que hubiera venido. Se me ocurrió concluir que había pasado día y noche en compañía de la peor calaña de gente que había conocido, y que, con ello, solo había obtenido una caja con recortes de prensa concebidos para humillarme a mí y a las personas a las que quería. Mientras observaba a un reportero fotografiar las muecas de Philip y mi intercomunicador seguía informándome de nuevas complicaciones, graves como conflictos internacionales, me acordé de Will, de Penelope, de las chicas del club de lectura, de mis padres y, cómo no, de Sammy. Y por segunda vez, con una calma que no había experimentado en muchos meses, me deshice del intercomunicador, lo dejé sobre la mesa y le dije a Elisa con un hilo de voz:

—Me largo. —Me volví hacia Sammy y, sin que me importara lo que dijeran o quién lo dijese, le anuncié—: Me voy a casa. Me gustaría que pasaras, si es que puedes venir más tarde. Vivo en el ciento cuarenta y cinco este de la calle Veintiocho, apartamento 1313; te estaré esperando.

Y antes de que nadie dijera nada, me marché. Crucé la pista de baile, evité a una pareja que, por lo visto, estaba efectuando el acto carnal junto al pinchadiscos, y seguí hasta la puerta, en la que una muchedumbre poseída se bamboleaba al ritmo de la música. Divisé a Kelly con el rabillo del ojo, y a unas cuantas chicas de la Lista que estaban coqueteando con sus pares del grupo de P. Diddy, pero conseguí escabullirme sin ser vista y llegar a la acera. Era tal la concentración de gente que su volumen amenazaba con copar la calle, y nadie se fijaba en mí. Recorrí media manzana sin que nadie me dirigiera la palabra y estaba abriendo la puerta del taxi al que había dado el alto cuando oí a Sammy gritar mi nombre. Corrió hacia mí y cerró la puerta antes de que pudiera entrar.

—Bette. No hagas eso. Puedo apañármelas en mi trabajo. Vamos, vuelve. Más tarde hablamos.

Me puse de puntillas para besarle la mejilla y alcé el brazo para hacerle señas a otro taxi.

—No quiero volver, Sammy. Quiero irme a casa. Espero verte después.

Abrió la boca con la intención de protestar, pero yo ya había entrado en el taxi.

—Yo también puedo apañármelas —musité con una sonrisa.

El conductor arrancó y la tumultuosa pesadilla quedó atrás.

31

A las dos y media de la madrugada aún no había tenido noticias de Sammy. Mi teléfono echaba humo de tantas llamadas que estaba recibiendo de Kelly, Philip y Avery, las cuales ignoraba puntillosamente. Conseguí calmarme lo bastante para escribir una carta en la que presentarle mis disculpas a Kelly y, a eso de las tres, alcancé el convencimiento de que Elisa, a diferencia de Abby, no era de por sí tan malvada y perversa, sino solo avariciosa, muy avariciosa. Cuando dieron las cuatro y sin que Sammy hubiera dado señales de vida, comencé a temerme lo peor. Me dormí al cabo del rato, cerca de las cinco, y, cuando me desperté, dos horas más tarde, lloré al comprobar que no había mensajes en el contestador ni rastro de Sammy.

Llamó a las once de la mañana. Sopesé la alternativa de no contestar y descubrí que no podía dejar de hacerlo, consciente de que la vista de su nombre en la pantalla del teléfono bastaba para minarme la voluntad.

—¿Hola? —murmuré.

Quise que mi voz denotara naturalidad y, sin embargo, me pudo la asfixia.

—Bette, soy Sammy. ¿Llamo en mal momento?

«Bueno, depende —quise decirle—. ¿Me llamas para disculparte por lo de anoche o, al menos, para ofrecer algún tipo de argumento que explique por qué no has venido? Porque, si ese es el caso, entonces el momento es el mejor que pueda imaginarme: ven para que pueda hacerte una tortilla riquísima, acariciarte los hombros doloridos y cubrirte de besos. Sin embargo, si llamas con la más mínima intención de decirme que pasa algo malo —conmigo, contigo o, en el peor de los casos, con nosotros—, entonces debes saber que ahora estoy muy ocupada.»

—No, claro que no. ¿Qué pasa?

Aquellas palabras habían sonado tranquilas y despreocupadas; algo así deseé.

—Quería saber en qué acabó lo de anoche. Estaba muy preocupado por ti... quiero decir, por que te hubieras marchado dejando las cosas a medias.

No había hecho mención a que yo lo hubiera invitado a venir a mi apartamento y, aun así, bastó con la preocupación implícita en su voz. Armada con la seguridad de que él estaba interesado en mí, me lancé a hablar y, una vez en ello, ya no pude parar.

—Marcharme de la manera en que lo hice fue una metedura de pata, que poco dice a favor de mi madurez o de mi profesionalidad. Tendría que haberme quedado y aguantado en mi puesto por muy cuesta arriba que se me estuviera haciendo la noche. Pero me sentí como si me hubiera salido de mí misma: me fui. Y estoy contenta de haberlo hecho. ¿Sabes qué ocurrió después? —le pregunté.

—Ni idea, pero lo que sí sé es que me desagrada esa gente, Bette. ¿Por qué te puso el tal Avery las manos encima? ¿Qué estaba pasando?

Y se lo expliqué con todo lujo de detalles. Le conté cómo había descubierto a Leo y a Philip juntos, en Estambul. Le describí la situación que había con Abby, su doble personalidad y su manera de obtener la información a través de Elisa. Le dije que en los últimos tiempos Elisa se había mostrado muy competitiva, que pretendía a Philip y que su actitud me sentaba fatal. Le hablé de Penelope y Avery, relatándole el día en que se habían conocido y el del compromiso, y le revelé que había visto a Avery enrollándose con Abby. Le confesé que había estado faltando a las cenas de Will y Simon y a los desayunos de los domingos porque siempre había tenido la impresión forzosa de tener otros deberes que cumplir. Le declaré que no le había devuelto las llamadas a Michael, aquellas en las que me invitaba a tomar algo, pues había estado demasiado ocupada y no sabía qué decirle. Admití que mis padres estaban tan decepcionados que apenas eran capaces de dirigirme la palabra, y que ignoraba por completo qué estaba sucediendo en la vida de mi mejor amiga. Y le pedí perdón por haber intentado negar u ocultar que él y yo estábamos juntos, porque estaba emocionada y no arrepentida.

Me escuchó y me hizo algunas preguntas, pero cuando hablé de él, suspiró. Mal síntoma.

—Bette, sé que no te arrepientes, sé que no tiene que ver con eso. Ambos estuvimos de acuerdo en callarnos lo nuestro por causa de nuestras respectivas circunstancias. No seas tan dura contigo misma. Anoche, hiciste lo correcto. Tendría que ser yo el que te pidiera perdón.

Abrí una bolsa de patatas y me eché unas cuantas en la mano.

—¿De qué estás hablando? Ayer estuviste en tu papel.

—Debería haberle partido la cara a ese niñato —afirmó—; así de claro.

—¿A quién? ¿A Avery?

—A Avery o a Philip, ¿qué más da? Me costó lo mío no llegar a las manos.

Aquello era lo que estaba bien que dijera, así que ¿por qué se me había caído el alma a los pies? ¿Tal vez porque comprendía que su preocupación había sido tal que había tardado diez horas en llamarme? ¿O porque todavía no había dicho palabra sobre que estuviéramos juntos? O tal vez fuera más sencillo; yo estaba intranquila por haber dejado el trabajo sin pensar y la idea de ponerme a buscar otro comenzaba a instalárseme en la cabeza. Siempre había sabido que la banca no era lo mío, pero me podía el desconcierto al haber intentado desempeñarme en un sector del todo distinto —y, no podía negarse, mucho más divertido— y haberme dado cuenta de que tampoco valía para aquello. Como si me adivinara el pensamiento, Sammy me preguntó qué pensaba hacer y yo le respondí que Kelly había tenido a bien ofrecerme unos cuantos proyectos por cuenta propia cuando la había llamado para disculparme aquella mañana, pero que había aceptado mi dimisión sin poner peros. Agregué que quizá fuera momento de tragarme el orgullo y unirme al equipo de Will. Mientras divagaba, advertí que ni siquiera le había preguntado por lo de su restaurante.

Tras hacerlo, él se quedó callado unos instantes y luego dijo:

—Tengo buenas noticias.

—¡Lo has conseguido! —grité con atolondramiento; luego, recuperada la prudencia, musité—: ¿Lo has conseguido?

—Sí, lo he conseguido —confirmó él con una sonrisa que quise verle en los labios—. Les mandé las propuestas para el concepto y el menú en menos de dos semanas. El abogado reconoció que sus clientes estaban impresionados. Me han nombrado cocinero jefe y ya han comprado un pequeño local en el East Village.

Estaba tan emocionada que apenas podía articular palabra, aunque él pareció no darse cuenta.

—Sí —continuó diciendo—, todo va a ir muy deprisa. Por lo que sé, se trata de un restaurante cuyos inversores se echaron atrás justo antes de la inauguración. Creo que se produjo algún tipo de escándalo empresarial. En fin, los inversores de los que te hablé aprovecharon la situación y compraron el local a muy buen precio. Empezaron enseguida a buscar un chef y quieren abrir lo antes posible. ¿Te lo puedes creer?

—¡Felicidades! —exclamé—. Es fantástico. ¡Sabía que lo conseguirías!

Estaba entusiasmada, cómo no, pero en el mismo instante en que aquellas palabras salieron de mi boca, sentí como si me hubieran dado un fuerte golpe en el estómago. Estaba mal y lo sabía, pero no pude evitar pensar que aquella noticia no nos beneficiaría en nada.

—Gracias, Bette, es algo muy importante para mí. Me moría de ganas de contártelo.

—Pero ¿qué va a pasar con nosotros? —solté sin pensar.

El silencio que se produjo —horrendo, espantoso, intenso— me resultó revelador. Aun así, no podía aceptarlo. Yo sabía que estábamos hechos el uno para el otro. Los obstáculos no eran insalvables; solo pequeñas piedras en un largo camino que se abría ante nosotros.

Cuando por fin respondió, Sammy parecía derrotado pero no triste.

—Voy a estar dedicado en cuerpo y alma al proyecto —respondió, y en aquel momento supe que lo nuestro no iba a poder ser.

—Claro, es la oportunidad de tu vida —añadí a toda prisa.

Habíamos llegado al punto en que un héroe de novela rosa diría «Pero tú también lo eres, así que voy a hacer cuanto esté en mi mano para conseguir que nuestra relación funcione». Sammy no lo dijo. Al contrario, sus palabras fueron las siguientes:

—Y las oportunidades hay que aprovecharlas, Bette. Te respeto demasiado como para pedirte que me esperes, aunque, no te lo voy a negar, me gustaría que lo hicieras.

¡Joder Sammy! Pídeme que te espere y lo haré, pídeme que entienda que será complicado, pero que cuando haya pasado lo peor, estaremos juntos, felices y enamorados para siempre. Y deja ya el rollo del respeto, no quiero que me respetes, solo quiero que me quieras, pensé.

Sin embargo, no se lo dije. Me limité a secarme los lagrimones que me corrían por las mejillas y a intentar que mi voz sonara firme. Cuando fui capaz de responder, mi discurso resultó calmado y elocuente.

—Sammy, entiendo que es una oportunidad de oro, y me alegro muchísimo por ti, de verdad. Debes invertir todo tu tiempo y energía en hacer que ese restaurante sea fantástico. Te prometo que no estoy triste, ni enfadada, ni nada por el estilo, solo muy feliz por ti. Sigue con ello. Haz lo que tengas que hacer. Eso sí, espero que cuando tu restaurante se convierta en el lugar de moda de la ciudad, me invites a cenar. Ya hablaremos, ¿de acuerdo? Te voy a echar de menos.

Colgué con lentitud el auricular y me lo quedé mirando casi cinco minutos antes de echarme a llorar. Sammy no volvió a llamar.

32

—Cuéntame de nuevo tu teoría sobre mi vida y lo mucho que mejorará algún día, por favor —le pedí a Penelope, sentada junto a mí en el salón de mi casa. Me había pasado los últimos tres meses y medio tumbada en el sofá en chándal, y no tenía la más mínima intención de volver a ponerme ropa de calle.

—Vamos, Bette, cariño, por supuesto que lo hará. ¡Mira qué bien me están yendo a mí las cosas! —exclamó con ironía.

—¿Qué ponen esta noche? ¿Te acordaste de grabar el capítulo de la semana pasada de *Mujeres Desesperadas*? —pregunté con desgana.

Soltó el ejemplar de *Marie Claire* que estaba leyendo y me miró fijamente.

—Bette, lo vimos juntas el pasado domingo. ¿Por qué tendría que haberlo grabado?

—Porque quiero volver a verlo —gimoteé—. Por favor, tiene que haber algo que valga la pena. ¿Qué me dices del documental porno que pasaron por HBO? ¿Lo tenemos grabado? —Penelope suspiró—. ¿Qué me dices de Gran Hermano? —Me incorporé y comencé a pulsar las teclas del mando a distancia—. Tiene que haber grabado algún trozo, aunque sea viejo, da igual. ¿Cómo puede ser que no tengamos ni un Gran Hermano?

Estaba a punto de echarme a llorar.

—¡Por el amor de Dios, Bette! Contrólate. Esto no puede seguir así.

Penelope tenía razón. Llevaba tanto tiempo revolcándome en el lodo que había empezado a acostumbrarme. Aquel período de desempleo no se parecía en nada al anterior: ni mañanas en la cama, ni paseos relajantes hasta la tienda de golosinas, ni tardes empleadas en descubrir nuevos barrios. No había puesto ningún empeño en buscar trabajo y subsistía (a duras penas) realizando tareas de comprobación de manera esporádica que Will o sus compañeros me encargaban para hacerme un favor. Mi rutina consistía en levantarme, ponerme la bata, tumbarme en el sofá y quitarme el trabajo de encima lo antes posible para poder pasar el resto del día sin hacer nada de provecho. El hecho de que Penelope —que tenía motivos de sobra para estar más hundida que yo— estuviera saliendo adelante había comenzado a alarmarme.

Desde nuestra última conversación a la mañana siguiente de la fiesta de *Playboy* no había vuelto a saber nada de Sammy. Y de eso hacía tres meses, dos semanas y cuatro días. Nada más colgar el auricular, Penelope me llamó y me dijo que acababa de hablar con Avery y estaba «al corriente de todo». Avery la había llamado durante la fiesta para confesar que estaba muy borracho y que «sin querer» había besado a una chica. Cuando Pe me llamó estaba disgustada pero seguía justificando la actitud de aquel mamarracho, así que hice acopio de todas mis fuerzas y le conté la verdad. Ella le pidió explicaciones y Avery acabó por admitir que llevaba tiempo acostándose con Abby, entre otras.

Entonces, haciendo gala de una calma extraordinaria, Penelope le pidió a su asistenta (el «regalo» de compromiso que los padres de él le habían hecho a la parejita feliz) que le preparara las maletas y las mandara de vuelta a Nueva York. Reservó dos billetes de última hora en primera clase que cargó a la tarjeta de crédito de Avery, llamó para que la fuera a recoger la limusina más cara que encontró y se dedicó a ahogar sus penas en champán tumbada sobre los dos asientos de la lujosa cabina del avión. Fui a recogerla al aeropuerto y me la llevé al Black Door, donde ambas nos emborrachamos hasta casi perder el conocimiento. Durante las dos primeras semanas se quedó en casa de sus padres, quienes tuvieron el detalle de no pedirle que lo perdonara ni que volviera con él, y cuando la convivencia se le hizo insoportable se mudó a mi sofá.

Formábamos una pareja perfecta: las dos éramos desgraciadas, teníamos el corazón roto y estábamos en el paro. Compartíamos baño, botellas de vino, alquiler y sesiones de infumable programación televisiva. Todo iba a las mil maravillas hasta el momento en que Penelope encontró trabajo. La semana anterior me había comunicado que le habían ofrecido empleo en una empresa de servicios de inversión en Westchester, de modo que tendría que buscarse un piso cerca de allí. Yo sabía que nuestra fiesta pijama no duraría toda la vida, pero aun así, no pude evitar sentirme traicionada. Estaba de tan buen humor que incluso mencionó lo atractivo que le había parecido el chico que la había entrevistado. Era evidente: Penelope saldría adelante y yo seguiría siendo una infeliz hasta el fin de mis días.

—¿Cuánto tiempo crees que debo esperar antes de ir al restaurante? —pregunté por enésima vez.

—Ya te lo he dicho. Estoy dispuesta a disfrazarme e ir contigo a echarle un vistazo al lugar. Será todo muy discreto... aunque, ¡ni siquiera me conoce! Bueno, tal vez no sea una buena idea, pero ¡no me digas que no sería divertido!

—¿Has leído la crítica en *The Wall Street Journal*? Lo ponen por las nubes y dicen de Sammy que es uno de los mejores chefs de los últimos cinco años.

—Ya lo sé, cariño. Parece que se trata de una opinión generalizada. ¿No eres feliz por él?

—No tienes ni idea —susurré.

—¿Qué dices?

—Nada, nada. Claro que soy feliz por él, es solo que me gustaría ser feliz con él.

Sammy había inaugurado su restaurante —un bonito lugar de cocina de fusión que no se parecía en nada a una franquicia— hacía dos meses, y con escasa repercusión. Yo misma no me habría enterado de no haber sido porque Will lo había mencionado de pasada en una de las tradicionales cenas de los jueves, pero a partir de aquel momento estuve siguiendo la pista de todos los detalles. Al principio no se daba demasiada información: la biografía del chef y escasos detalles sobre la noche de la inauguración. Al parecer, el acogedor local de comida italiana con espacio para doce mesas del Lower East Side había sido el proyecto mimado de un ex banquero famoso que llevaba tiempo en el punto de mira de Eliot Spitzer, fiscal general del Estado, quien, finalmente, logró que lo condenaran a entre dos y tres años de cárcel. La multa que le impuso la Comisión de Valores y Bolsa fue tan elevada que el tipo tuvo que vender todo su patrimonio. Y como el lugar había sido derruido y renovado por completo, cocina de última generación incluida, Sammy pudo abrirlo casi de inmediato. Al principio, la publicidad se reducía a alguna que otra crítica de los clientes aparecida en diversos sitios web o a breves artículos sobre el aburguesamiento que estaba experimentando la zona. Pero entonces se produjo la circunstancia que lo hizo pasar de «buen restaurante de barrio» a «sitio clave de la ciudad» en cuestión de semanas.

Según la sección de ocio de *The Wall Street Journal*, los clientes acudían temprano y con asiduidad, y Sammy era capaz de satisfacer a todo el mundo con un menú que, aunque aceptable, se podía mejorar. Sin embargo, cuando Frank Bruni fue para escribir la reseña que aparecería en *The New York Times*, Sammy ya le había tomado el pulso. Bruni le concedió tres estrellas, algo insólito para un chef novel. Los demás periódicos y revistas se sumaron a la opinión de Bruni con extraordinarias críticas y *New York Magazine* publicó un artículo que, aunque no obtuvo la repercusión que se merecía, iba encabezado por el siguiente titular: «SEVI: EL ÚNICO RESTAURANTE QUE MERECE NUESTRA ATENCIÓN». En poco tiempo había pasado de ser un total desconocido a chef de un restaurante de Nueva York en el que resultaba imprescindible realizar una reserva. El único problema era que Sammy no aceptaba reservas de nadie y bajo ninguna circunstancia. En todas las entrevistas que leí —y huelga decir que fueron absolutamente todas— Sammy insistía en que fueran quienes fuesen, sus clientes no recibían nunca un trato preferencial. «Pasé muchos años decidiendo quién entraba en un sitio y quién no, y eso se acabó. Si alguien quiere comer aquí, sea quien sea, puede venir y será tratado como cualquier otro.» Aquel era el único requisito para asistir a su restaurante.

—Pero... si no acepta reservas, ¡no irá nadie! —le grité a Penelope la primera vez que lo leí.

—¿A qué te refieres con que no irá nadie?

—Pues a que lo que todo el mundo espera oír de boca de un empleado lo más desagradable posible, es que, si pretende encontrar mesa entre las cinco y la medianoche, tendrá que esperar, al menos, seis meses.

Penelope se rió.

—¡Va en serio! ¡Conozco a ese tipo de gente! El único modo de conseguir clientes es hacerles creer que no son bienvenidos. La forma más rápida de llenar esas mesas es decirle a todo el que llame que están reservadas, subir el precio de los entrantes ocho dólares y el de las bebidas cuatro. Contratar camareros arrogantes que crean que sirviendo mesas están perdiendo el tiempo y a una relaciones públicas que mire a todo el mundo de arriba abajo con desprecio, y quizá así tenga alguna opción —le dije medio en broma.

Estaba muy equivocada: su sistema funcionaba.

La crítica que apareció en *The Wall Street Journal* sostenía que la oferta hostelera de Nueva York había estado dominada en los últimos tiempos por una serie de inauguraciones de locales elitistas y chefs estrella y que, solo en el nuevo Time Warner Building, había ya cinco restaurantes de ese tipo. Decía también que la gente se estaba cansando de tanta pompa y boato y prefería disfrutar de una deliciosa comida en un ambiente sencillo y relajado. Exactamente lo que ofrecía el restaurante de Sammy. Me sentía tan orgullosa de él que tenía que esforzarme por contener las lágrimas cada vez que leía una nueva reseña o escuchaba que alguien lo mencionaba, lo cual, por cierto, era harto frecuente. Me moría de ganas de ir y verlo con mis propios ojos, pero no conseguía pasar por alto que Sammy no me hubiera llamado para invitarme.

—Venga —dijo Penelope, acercándome la carpeta en la que guardaba los folletos de comida para llevar—, la cena corre de mi cuenta. Pidamos algo y después salgamos a tomar una copa.

La miré como si me hubiera propuesto salir de inmediato rumbo a Bangladesh.

—¿Una copa? ¿Salir? Estás de broma —respondí, mientras miraba con desgana la oferta de menús—. No hay nada para comer.

Penelope me arrancó la carpeta de las manos y sacó un par de hojas al azar.

—¿Nada para comer? Tenemos comida china, tailandesa, india, vietnamita, italiana, hamburguesas, sushi, ensaladas, pizza... solo eso. Elige algo, Bette, hazme el favor.

—Me da igual, Pe. Lo que te apetezca estará bien.

Me fijé en que marcaba el número de un lugar llamado Nawab y la observé en silencio mientras pedía dos tikka masalas de pollo con arroz basmati y dos raciones de pan ácimo. Colgó el auricular y se volvió hacia mí.

—Bette, te lo voy a preguntar por última vez. ¿Qué quieres hacer este fin de semana?

Solté un suspiro cargado de significado y me acomodé en el sofá.

—Pe, me da igual. No es un cumpleaños importante. Tengo reunión con las chicas del club de lectura, lo cual es más que suficiente. No sé por qué insistes tanto en que hagamos algo... preferiría olvidarme del tema.

—Sí, claro. Todo el mundo dice que le da igual, pero lo cierto es que no es así. ¿Qué te parece si organizo una cena el sábado por la noche? Tú, yo, Michael y ¿quizá alguien del CWK? ¿Las chicas del club de lectura?

—Suena bien, Pe, de verdad, pero Will mencionó algo de una cena el sábado. Iremos a un buen restaurante que no recuerdo dónde está. ¿Te apetece venir?

Seguimos charlando hasta que llegó la comida y conseguí levantar mi cada vez más gordo trasero del sofá y sentarlo a la mesa de la cocina. Mientras saboreábamos los trozos de pollo mezclados con el arroz me asaltó la idea de lo mucho que iba a echar de menos a Penelope. Me gustaba vivir con ella y, aún más importante, habíamos recuperado nuestra amistad. Me la quedé mirando mientras movía el tenedor para enfatizar la divertida anécdota que me estaba contando y, sin dejarla acabar, me levanté y le di un abrazo.

—¿Y esto a qué ha venido? —preguntó.

—Te voy a echar de menos, Pe. No sabes cuánto.

33

—Muchas gracias a todas. Chicas, sois las mejores —dije, mientras daba un abrazo a cada una de ellas.

Las sesiones especiales del club de lectura que coincidían con el cumpleaños de alguna de nosotras las celebrábamos con pastel y un par de copas. En aquella ocasión, el pastel era una *mousse* de chocolate blanco y para beber tomamos el clásico vodka con limonada, con un chorrito de azúcar y rodajas de limón. Las chicas me obsequiaron con un vale de regalo de Barnes & Noble por valor de cien dólares, y tras nuestra breve celebración, me sentía achispada y feliz.

—Que te lo pases bien en la cena de esta noche —me dijo Vika—. Llámanos si quieres que quedemos cuando salgas de casa de tu tío.

Asentí, me despedí de todas y empecé a bajar las escaleras pensando en que ya iba siendo hora de volver a salir con gente. Era solo la una de la tarde y no tenía que estar en casa de Will hasta las ocho, de modo que me dirigí al Starbucks de Astor Place y me senté en la terraza a tomar un café perfumado con sirope de vainilla y a leer el *New York Post*. Algunos hábitos son difíciles de abandonar, así que, como siempre, lo abrí por la página de «Page Six». Lo que vi me dejó boquiabierta: un artículo sobre Abby acompañado por su foto en el que se decía que *Primicias de Nueva York* había decidido eliminar la columna que firmaba como Ellie Infiltrada y que la habían despedido por falsear su currículo. De manera muy superficial, se explicaba que una fuente anónima los había avisado de que, aunque ella afirmaba que se había licenciado por la Universidad de Emory, lo cierto era que le quedaban todavía tres asignaturas para aprobar la carrera. Llamé a Penelope antes incluso de terminar de leer el artículo.

—¡Pe, no te lo vas a creer! ¿Has leído «Page Six»? Ve a comprar el periódico, ¡ahora mismo!

Aunque no se podía decir que me hubiera olvidado de Abby, tampoco me había propuesto destrozarle la vida. No había escrito una palabra sobre mí desde la fiesta de *Playboy*, pero yo no sabía si ello se debía a que le preocupaban mis amenazas o a que hubiera dejado de trabajar en Kelly & Company y de salir con Philip, y, en consecuencia, no mereciera ya salir en la prensa rosa. También cabía la posibilidad de que su amorío con Avery hubiese llegado a su fin. En cualquier caso, no había dejado de rezar para que la despidieran.

—¡Feliz cumpleaños, Bette!

—¿Qué? Ah, sí, gracias. Pero escucha, ¿has leído ya el *New York Post*?

Dedicó un minuto entero a reírse y, mientras tanto, concebí la idea de que me estaba perdiendo algo.

—Mi regalo para ti, Bette. ¡Felices veintiocho!

—Pero ¿qué dices? No entiendo nada. ¿Has tenido algo que ver con eso? —le pregunté, tan esperanzada que resultó casi humillante.

—Podríamos decirlo así —concedió con timidez.

—¡Pe! ¡Cuéntame ahora mismo qué ha ocurrido! Este podría ser el día más feliz de mi vida. ¡Explícame!

—Vale, calma. En realidad, tuvo bastante que ver el azar... me vino como caído del cielo.

—¿El qué?

—El dato de que nuestra común amiga Abby no tiene una licenciatura universitaria.

—¿Y cómo lo supiste?

—Bueno, después de que mi ex prometido me dijera que se la estaba tirando...

—Seamos exactas, Pe. Él te dijo que se estaba tirando a alguien; yo te dije que se la estaba tirando a ella —sentencié con ganas de ser útil.

—Vale. De todas maneras, después de que yo me enterara de que el uno se tiraba a la otra y viceversa, me vi en la necesidad de escribirle a ella una pequeña carta con la que hacerla partícipe de mis pensamientos.

—¿Y eso qué relación guarda con que no tenga una licenciatura?

Estaba tan impaciente por oír lo básico que apenas era capaz de aguantar detalles superfluos.

—Bette, ¡a eso voy! No quería mandarle un correo electrónico porque existía la nada menospreciable posibilidad de que lo leyeran un millón de personas, pero descubrí que el listín telefónico de Nueva York no registra su dirección; debe de creerse que es una especie de celebridad, y que la gente acudiría a su puerta con el deseo de ver a la estrella en persona. Llamé a *Primicias de Nueva York* y allí no estaban dispuestos a facilitarme sus datos. Entonces, se me ocurrió llamar a Emory.

—Bien, veo por dónde vas.

—Me imaginé que siendo su compañera de promoción, no me pondrían pegas para darme su dirección. Llamé a la secretaría de alumnos y les dije que estaba buscando a una compañera de clase porque quería invitarla a mi boda, pero que había perdido el contacto con ella.

—Qué ocurrencia feliz —jaleé.

—Gracias, así me pareció a mí también. Siguiendo con lo mío; buscaron en sus archivos y resultó que no tenían ficha con aquel nombre. Te ahorraré los detalles escabrosos; tras unos pocos minutos de pesquisa, supimos que, a pesar de que Abby se hubiera matriculado contigo y conmigo, no fue capaz de graduarse al mismo tiempo que nosotras... ni tampoco nunca.

—Dios. Creo que sé adónde va todo esto, y no puedo estar más orgullosa.

—Pues aún es mejor. Estuve hablando por teléfono con una chica del registro. Me dijo que no le contara a nadie que la razón por la que a Abby le faltaban tres créditos para terminar se debía a que la decana de humanidades había descubierto que se estaba acostando con su marido y le había sugerido que dejara la carrera de inmediato. No nos enteramos porque Abby jamás se lo contó a nadie; se limitó a pasearse por el campus hasta que todos nos hubimos graduado.

—Impresionante —exclamé—, pero no sorprendente.

—Sí, bueno, a aquellas alturas, solo me hicieron falta unos minutos para abrir una cuenta anónima en Hotmail, hacerles saber a los de *Primicias de Nueva York* que su columnista estrella no estaba licenciada y darles una pequeña pista para que supiesen por qué. Estuve llamando a sus oficinas y preguntando por ella hasta que ayer me dijeron que ya no trabajaba para ellos, momento que aproveché para mandar una nota sin firma a «Page Six».

—Dios mío, Penelope, eres perversa. ¡Nunca me lo imaginaría de ti!

—En fin, una vez más: ¡feliz cumpleaños! Lo descubrí hace unos meses, cuando escribí la carta, pero pensé que si conseguía esperar, tendría un buen presente que ofrecerte por tu cumpleaños. Considéralo el regalo que te hago; bueno, y que también me hago a mí —añadió.

Colgamos y me entregué a la euforia, a imaginar a Abby deambulando por las calles pidiendo limosna o, mejor aún, vendiendo hamburguesas vestida con el uniforme de McDonald's. El teléfono volvió a sonar en cuestión de segundos y lo descolgué sin mirar la pantalla.

—¿Qué más? —espeté, convencida de que era Penelope, que volvía a llamarme para contarme un cotilleo jugoso del que se habría olvidado.

—¿Hola? —dijo una voz masculina—. ¿Bette?

Dios, Dios, era Sammy. ¡Sammy! ¡Saaammmy! Quise cantar y bailar y gritar su nombre para que se enteraran todos los clientes de la cafetería.

—Holaaa —susurré, sin llegar a creer que se estaba produciendo la llamada que había esperado, que había deseado durante cuatro meses.

Se rió por causa de mi evidente júbilo.

—Me alegra oírte.

—Y a mí a ti —repuse, apurada—. ¿Cómo te ha ido?

—Bien, bien. Abrí el restaurante por fin, y...

—Lo sé, lo he leído en los periódicos. ¡Felicidades! Es un éxito rotundo; ¡fantástico!

Me moría por saber cómo había hecho para montarlo a tanta velocidad, pero no iba a arriesgarme a hacerle un sinnúmero de preguntas molestas.

—Sí, gracias. Mira, voy siempre a cien, pero quería llamarte y...

Oh, no. Hablaba con la voz de quien ha cambiado, de quien, seguramente, tenía una nueva novia que trabajaba ayudando a los demás y se sentía realizada..., alguien que no vestía unos pantalones de algodón harapientos y sucios, sino el más espléndido de los pijamas de seda con el que pasearse por el apartamento. Alguien que...

—... preguntarte si te apetecería cenar conmigo esta noche.

Quise asegurarme de que había oído bien, pero ambos nos quedamos en silencio.

—¿A cenar? —aventuré—. ¿Esta noche?

—Supongo que ya tendrás planes, ¿verdad? Siento llamarte en el último momento, yo solo...

—No, no tengo planes —grité antes de que cambiara de opinión. No estaba actuando con astucia y tranquilidad, aunque no me importó. No me había perdido un desayuno del domingo o una cena del jueves desde mi salida de Kelly & Company, así que Will tendría que entender lo de aquella noche—. Por supuesto que puedo ir a cenar; desde luego.

Supe que sonreía.

—Genial. ¿Qué te parece si me paso por tu casa a eso de las siete? Podemos tomar algo por ahí cerca, y luego me gustaría traerte a mi restaurante. Si te parece bien...

—¿Bien? Es perfecto, perfecto —barboté—. ¿A las siete? Nos vemos entonces.

Y colgué el auricular antes de que tuviera la oportunidad de meter la pata con cualquiera de mis comentarios. Era el destino. Resultaba innegable, evidente, meridianamente claro que había sido el destino el que había inspirado a Sammy a llamarme el día de mi cumpleaños: un síntoma inequívoco de que estábamos destinados a estar juntos para siempre. Me puse a considerar la posibilidad de contarle o no que aquel día cumplía veintiocho años, pero enseguida me di cuenta de que iba a verlo aquella misma noche.

Los preparativos a que me sometí fueron frenéticos. Llamé a Will mientras me dirigía a mi apartamento en taxi y le rogué que me perdonara, pero él se limitó a reírse y a decirme que estaría dispuesto a aceptar un retraso en nuestra cita si por fin iba a salir con un chico. Fui corriendo al manicuro de la esquina a que me arreglaran las manos y me dieran un masaje de diez dólares durante diez minutos con el que relajarme. Penelope se ocupó del estilo del vestuario y los complementos, y combinó distintas piezas, entre ellas, tres vestidos y un aparatoso top bordado con cuentas, dos pares de zapatos, cuatro bolsos y todos los adornos de su joyero, el cual no hacía mucho que sus padres habían engrosado con la intención de que su hija abandonara el duelo. Me lo dejó todo allí y se marchó, pues había pensado pasar la noche con Michael y Megu y esperar a que yo le diera noticias. Me probé las diferentes posibilidades y las descarté, recorrí el apartamento de punta a punta como una alucinada, bailé «We belong», de Pat Benatar, con Millington en los brazos y, por fin, me senté con recato en el sofá una hora antes del momento en que habíamos quedado, dispuesta a esperar a Sammy.

Cuando Seamus llamó al timbre, pensé que dejaría de respirar. Sammy llegó a mi puerta unos instantes después. Nunca lo había visto tan guapo. Vestía chaqueta y camisa pero no corbata, y la combinación le daba un aire muy sofisticado y apuesto aunque no demasiado recargado; advertí que le había crecido el pelo y que lo llevaba ni demasiado largo ni demasiado corto: a lo Hugh Grant, podría decirse. Percibí su aroma a jabón y a menta cuando se me acercó para besarme la mejilla, y, de no haber estado agarrándome al marco de la puerta como una posesa, habría corrido el riesgo de desplomarme.

—Me alegro mucho de verte, Bette —dijo, tomándome de la mano y llevándome hasta el ascensor.

Yo fui caminando sin esfuerzo con las sandalias D&G que me habían prestado, y me sentía guapa y femenina con una falda hasta las rodillas y un veraniego cárdigan de cachemir que me dejaba al descubierto la porción justa de escote. Era como describían las novelas rosa: a pesar de que no nos hubiéramos visto durante meses, me sentí como si no hubiera pasado ni tan solo un día.

—Y yo de verte a ti —contesté, satisfecha porque podría admirar su figura durante toda la noche.

Me llevó a una bodega muy agradable, situada a tres manzanas de mi casa; nos sentamos a una mesa del fondo y comenzamos a hablar de inmediato. Estaba encantada por comprobar que Sammy no había cambiado en absoluto.

—Dime qué tal te ha ido —me dijo, tras beber un sorbo del vino Syrah que con tanta sabiduría había pedido—. ¿A qué te has estado dedicando?

—No, no, de ninguna manera. Yo no soy la que tiene noticias maravillosas y excitantes —contesté, consciente de que aquella no era la frase del siglo—. Creo que he leído todas las opiniones que se han escrito sobre ti, ¡y son excelentes!

—Sí, bueno, he tenido suerte. Mucha suerte. —Carraspeó, algo incómodo—. Bette, yo... ah, tengo algo que decirte.

Oh, Dios. No había posibilidad de que aquello fuera un

buen síntoma de ningún tipo. Me censuré por mi prematuro entusiasmo, por pensar que porque Sammy hubiera llamado —y en mi cumpleaños, nada menos—, sus intenciones iban más allá de la mera amistad y del cumplimiento de una promesa. Eran aquellas malditas novelas las que tenían la culpa. Me juré que jamás volvería a tocar aquellas páginas miserables, pues a ellas se debía que yo hubiera albergado expectativas irreales. Como es sabido, ni Dominick ni Enrique dijeron jamás «Tengo algo que decirte» antes de pedirles la mano a las mujeres de sus sueños. Estaba claro que las suyas eran las palabras de un hombre que estaba por anunciar que estaba enamorado... pero no de mí. No creí que pudiera aguantar un revés semejante.

—¿Ah, sí? —conseguí pronunciar, rodeándome el pecho con los brazos en un vano intento de protegerme—. ¿Y qué es?

Volvió a instalársele en la cara una expresión extraña, y luego el camarero nos interrumpió para dejar la cuenta frente a Sammy.

—Perdonadme que os tenga que pedir que os marchéis, pero estamos a punto de cerrar para dar una fiesta privada en el local. Recogeré esto en cuanto estéis listos.

Quise dar un grito. Oír que Sammy estaba enamorado de la mujer perfecta, mezcla de una modelo y la Madre Teresa, iba a resultar, de por sí, bastante duro; ¿de verdad tenía que esperar para que me lo contara? Por lo visto, sí. Esperé mientras Sammy sacaba de su cartera la cantidad de dinero exacta y volví a esperar cuando fue al baño. En el exterior esperé más, por el taxi, y luego se produjo una nueva espera mientras Sammy y el taxista discutían sobre cuál era la mejor ruta para llegar al Sevi. Por fin arrancó el coche, pero tuve que aguardar de nuevo cuando Sammy, tras disculparse con profusión, contestó una inoportuna llamada de teléfono. Murmuró un poco e hizo varios ruidos afirmativos; dijo un único «sí» en cierto momento, pero, por lo demás, su participación en aquella conversación telefónica fue leve y algo en mi interior me reveló que estaba hablando con ella. Tras colgar al fin, me volví hacia él, le miré a los ojos y le dije:

—¿Qué era lo que tenías que decirme?

—Sé que va a parecerte raro (y te juro que yo lo descubrí hace solo un par de días), pero ¿te acuerdas de mis famosos inversores?

No, qué va. Aquello no era para indicarme lo enamorado que estaba de otra mujer. No estaba mal, pues, pero podía haber sido mejor.

—Sí. Pretendían financiar al próximo mejor chef de la ciudad o algo así, ¿no? ¿Has tenido que perfilar nuevos menús y conceptos?

—Exacto —afirmó—. Bueno, lo que quería decirte es algo así como que tengo que agradecértelo a ti.

Me lo quedé mirando con fascinación, a la espera de que confesase que yo era su inspiración, su razón para seguir adelante, su musa... y todo ello en vano, como tuve ocasión de comprobar inmediatamente después.

—Es extraño decirte esto, pero ellos insistieron en que tenía que ser así. Los inversores que me financiaron fueron Will y Simon.

—¿Cómo? —exclamé—. ¿Mi Will y mi Simon?

Asintió y me tomó la mano.

—No lo sabías, ¿verdad? Al principio pensé que habrías conseguido convencerlos, no sabía cómo, pero ellos me dejaron claro que tú estabas al margen. De todos modos, yo también me enteré hace poco. No los había visto desde aquella vez en que vinieron a desayunar al Gramercy Tavern hace unos meses.

Estaba tan pasmada que apenas podía hablar y, aun así, todavía no había oído el dato crucial: hasta entonces, Sammy no me había dicho que sintiera un amor desesperado y apasionado por otra persona.

—No sé qué decir.

—Di que no estás enfadada —dijo, acercándoseme.

—¿Enfadada? ¿Y por qué iba a estarlo? Al contrario, ¡me alegro por ti! No sé por qué Will no me lo habrá dicho. Supongo que me contarán toda la historia el domingo.

—Justo. En realidad, eso fue lo que dijo.

No hubo tiempo para digerir aquella novedad, pues el taxi había llegado hasta el Lower East Side en un tiempo récord. Tan pronto como abrimos la puerta, reconocí el pequeño toldo gracias a las fotografías que había visto en el periódico; cobijada bajo él, distinguí a una elegante pareja entretenida en examinar el menú, visible desde el exterior. Se volvieron en nuestra dirección y nos dijeron con tono decepcionado:

—Parece que, por alguna razón, no van a abrir esta noche.

Miré a Sammy sin entender qué ocurría y él sonrió.

—Tengo una sorpresa para ti —murmuró.

—¿Una cena íntima? —pregunté, con tanta esperanza en la voz que resultó casi vergonzoso.

Él asintió.

—Sí. Quería que esta noche fuera muy, muy especial. He cerrado para que pudiéramos estar los dos solos. Espero que no te importe que tenga que estar en la cocina unos minutos —me dijo—. He pensado en un menú Sevi especial.

—No te preocupes, puedo esperar. ¿Qué significa «Sevi», por cierto? No conocía la palabra.

Me tomó la mano, sonrió y luego bajó la vista.

—Significa «amor» en turco —musitó.

Creí que me desmayaría de felicidad. En lugar de ello, me concentré en poner un pie después del otro. Lo seguí hasta el interior tratando de distinguir algo en la oscuridad, pero, un instante después, las luces se encendieron y pude verlo todo o, más bien, a todo el mundo.

—¡Sorpresa! —gritaron, y comenzaron a entonar un desafinado «Cumpleaños feliz» durante el que tuve oportunidad de comprobar que todas las miradas se dirigían a mí.

—Dios mío —susurré.

Habían colocado unas mesas pequeñas en el centro de la estancia y las habían unido para dar lugar a una única y larga mesa. Todos mis amigos y mi familia estaban a su alrededor, saludándome y pronunciando mi nombre.

—Dios... mío...

—Ven, siéntate —me ofreció Sammy, tomándome de la mano una vez más y conduciéndome al centro de la mesa.

Abracé y besé a cuantas personas me encontré de camino a mi sitio y, cuando me hube sentado, Penelope me colocó en la cabeza una diadema de cartulina y proclamó algo bastante embarazoso, algo así como «Eres nuestra reina por un día».

—¡Feliz cumpleaños, cariño! —dijo mi madre, acercándoseme para darme un beso en la mejilla—. Tu padre y yo no queríamos perdernos esto por nada del mundo.

Olía suavemente a incienso y vestía un hermoso poncho tejido a mano, elaborado, como era de suponer, con lana natural y no tratada con tintes. Mi padre estaba sentado a su lado, con el pelo recogido en una escrupulosa coleta y con su mejor par de sandalias israelíes puestas en los pies.

Eché un vistazo a la concurrencia y vi que habían venido todos: Penelope y su madre, encantada por que su hija hubiera conseguido llevarla al lugar de moda; Michael y Megu, que habían pedido la noche libre para poder estar conmigo; Kelly y Henry, el hombre con quien la había visto en la fiesta de *Playboy*; todas las chicas del club de lectura, cada una de ellas con paquetes en la mano que debían de contener ejemplares de novelas nuevas; y, por supuesto, Simon, ataviado con su enésima envoltura de lino, más bonita aún que las que le conocía, y Will, pegado a su martini (más tarde, me enteré de que Sammy había bautizado a la copa de la casa con el nombre de «El deseo de Will») y sentado justo frente a mí.

Tras repetidas peticiones de que dijera unas palabras, conseguí levantarme de la silla y pronunciar torpemente unas cuantas frases. Casi de inmediato, un camarero trajo varias botellas de champán y todos brindamos por mi cumpleaños y por el éxito de Sammy. Y entonces empezó la cena, sin mayor dilación. De la cocina emergieron montones de fuentes a hombros de los camareros, todas ellas humeantes y de aromas deliciosos, que fueron colocadas ante nuestros ojos con gran pompa. Sammy, sin dejar de mirarme, me guiñó un ojo. Inició una conversación con Alex; le señaló el pendiente que llevaba en la nariz y ella se rió. Los miré durante un momento, entretenida con un espléndido cordero aderezado con comino y eneldo, y luego me dediqué a examinar al resto de comensales: todos estaban animados y conversaban, se pasaban los platos los unos a los otros y se llenaban las copas con champán. Oí que mis padres se presentaban a Kelly, que Courtney le hablaba a la madre de Penelope sobre nuestro club de lectura y que Simon le contaba chistes a Michael y a Megu.

Yo me limité a estar allí, disfrutando, hasta que Will colocó su silla junto a la mía.

—Una noche muy especial, ¿a que sí? —me dijo—. ¿Te has sorprendido mucho?

—¡Y tanto! Will, ¿cómo pudiste no decirme que tú y Simon estabais detrás de este proyecto? No sé cómo agradecértelo.

—No tienes que agradecérmelo, querida. No lo hicimos por ti, ni tampoco por Sammy y ello a pesar de que esté bastante orgulloso de él. Tú nos habías hablado de que trabajaba en el Gramercy Tavern y despertaste nuestra curiosidad. Hace unos meses, Simon y yo nos dejamos caer por allí y tengo que reconocer que nos encantó. ¡Ese chico es un genio! Además, debe de prestar mucha atención a lo que le cuentas: me sirvió un Bloody Mary tal y como a mí me gusta, con un toque extra de tabasco y dos limas. Sobre la mesa había un ejemplar de *The New York Times* abierto por la sección dominical y ni una sola patata a la vista. ¡Ni una! Llevo años comiendo en el Essex House y todavía no se han enterado de cómo me gustan las cosas. Simon y yo quedamos encantados, así que decidimos llevárnoslo de allí antes de que se nos adelantaran. Y al parecer, ha resultado, ¿no crees?

—¿Fuisteis a desayunar al Gramercy Tavern solo para ver a Sammy?

Will se cruzó de brazos y arqueó una ceja.

—Querida, este chico te tenía fascinada en todos los sentidos... eso era evidente. Tanto Simon como yo sentíamos curiosidad. Cuando aquel día le pregunté sobre sus planes y comenzó a divagar sobre un lugar llamado Houston's o algo así, supe que debíamos intervenir y salvarlo.

—Sí, en Turquía me comentó que pensaba abrirlo en el Upper East Side con algunos compañeros de la escuela de hostelería —respondí.

Will soltó un profundo suspiro y asintió.

—Eso es. ¡Qué horror! ¿No te parece? Este chico no está hecho para hacerse cargo de una franquicia. Le dije a mi abogado que yo pondría el dinero pero que Sammy se encargaría de todo. Con tener mesa asegurada me bastaba; del resto, no quería saber nada de nada. Además, mejor así que dejar que se lo quedara el gobierno, ¿no? Y como ya no escribo la columna, pensé que me vendría bien meterme en algo del todo diferente.

Aquella noticia me dejó boquiabierta. De todas las sorpresas de la noche, el hecho de que Will hubiera dejado su trabajo resultó la más impactante.

—¿Qué dices? ¿Que ya no qué? ¿En serio? ¿Por qué ahora? ¿Cuántos años llevabas escribiendo? ¿Cien? ¡Todo el mundo lee tu columna, Will! ¿Qué pasará con ella?

Dio un sorbo a su copa de martini con gesto pensativo.

—Son muchas preguntas, querida. Verás, no tengo ninguna explicación interesante. Es solo que este era el momento adecuado. No necesito que *Primicias de Nueva York* publique que mi columna ya no es lo que era para darme cuenta. Durante años y años fue un gran éxito, pero ha llegado el momento de cambiar e intentar algo diferente.

—Supongo que tienes razón —admití.

Además, sabía que era la decisión acertada. Pero Will llevaba escribiendo su columna desde antes de que yo naciera y se me hacía muy extraño que, de la noche a la mañana, dejara de existir.

—Sin embargo, te diré que he hablado con el púber para el que trabajaba y me asegura que, si quieres, allí siempre habrá un puesto para ti. No quiero insistir demasiado, pero creo que deberías considerarlo. Escribes de maravilla y no entiendo por qué no te dedicas a ello. Tan solo di que sí y tras un tiempo de tareas de investigación, espero que puedas comenzar como ayudante de redacción.

—La verdad es que lo he estado pensando —solté, desvelando así lo que me había prometido guardar en secreto hasta haber tenido tiempo de madurar la idea—. Me gustaría intentar escribir algo.

—¡Excelente! Justo lo que esperaba oír. Para serte franco, creo que esta decisión llega un poco tarde, pero más vale tarde que nunca. Lo llamaré esta misma noche y...

—No, Will, deja que te explique. Esto no te va a gustar...

—Dios bendito, por favor no me digas que quieres escribir sobre bodas para algún suplemento dominical, o algo por el estilo. Por favor te lo pido.

—Aún peor —respondí, más para crear tensión que porque en verdad lo creyera—. Quiero escribir una novela romántica. Es más, ya tengo hecho un esquema y no creo que esté mal del todo. —Me preparé para el aluvión de críticas salvajes, pero no se llegó a producir.

Will me miró como si intentara encontrar una explicación y, por fin, añadió:

—Tal vez sea porque llevo algún que otro martini de más, pero me parece una idea estupenda. —Se inclinó y me dio un sonoro beso en la mejilla.

Novelas románticas. Ni más ni menos. Desde la vuelta de Turquía y mi marcha del mundo de lujo que Kelly & Company me había dado la oportunidad de descubrir, había estado imaginándome la historia de dos personajes cuyos destinos se cruzaban y las circunstancias que los llevarían a estar juntos. Habría quien diría que aquel relato se basaba en mi experiencia, otros verían en él una obra de ficción. Lo realmente importante era que me hacía sentir bien y había sido lo único bueno de los últimos tiempos. Hasta aquella noche, claro.

Estaba a punto de contárselo a mis padres cuando sonó mi móvil. Qué raro, toda la gente que conozco está sentada a esta mesa, pensé. Hurgué en la bolsa con intención de apagarlo, pero vi que se trataba del número de Elisa. La Elisa con quien no había vuelto a hablar ni había vuelto a ver desde la fiesta de *Playboy*, la misma que, por alguna razón —un cerebro desnutrido, una fijación enfermiza con Philip o quizá solo por diversión— había estado dándole información sobre mí a Abby durante varios meses. No pude resistir la curiosidad y me dirigí a la cocina para responder a la llamada.

—¿Hola? ¿Elisa?

—Bette, ¿eres tú? Escucha, ¡tengo una noticia fabulosa!

—¿Ah, sí? Cuenta, cuenta —respondí, satisfecha por el tono de superioridad e indiferencia con que fui capaz de dirigirme a ella.

—Bueno, recuerdo que tenías algún, esto, algún tipo de relación con el portero de Bungalow, ese que abrió el Sevi, ¿no es así?

Como siempre, estaba fingiendo haber olvidado que se llamaba Sammy, pero en aquella ocasión no me molesté en recordarle su nombre.

—Exacto. Da la casualidad de que ahora mismo estoy en el Sevi.

—¿Estás ahí? ¿En el restaurante? ¡Perfecto! Verás, he oído que Lindsay Lohan está en Nueva York para pasar aquí la noche antes de volar a Londres vía Los Ángeles. Supongo que sabes que estamos representando a Von Dutch y que ella es ahora la imagen de la marca, ¿no? Pues bien, ¡quiere cenar en el Sevi esta noche! Y ha insistido mucho, la verdad. Voy de camino a recogerla al hotel Mandarin Oriental y aunque no sé cuánta gente la acompaña, supongo que no serán más de cinco o seis. Llegaremos en media hora, una como máximo. Dile a tu amigo el chef que el menú tiene que estar a la altura de los vips que le llevo, ¿de acuerdo? Bette, ¡a él le va a venir tan bien esta publicidad! —dijo con la voz entrecortada por la emoción.

Mentiría si dijera que no se me pasó por la cabeza preguntárselo a Sammy. Era cierto: sería una publicidad extraordinaria que garantizaría que su restaurante apareciera en las revistas del país que todavía no lo habían descubierto. Sin embargo, en ese instante eché un vistazo a la sala y vi que Sammy estaba colocando un pastel de cumpleaños en el centro de la mesa. Se trataba de un rectángulo enorme decorado con nata montada y una capa de azúcar glaseado de varios colores. Me acerqué unos pasos para fijarme en él y descubrí la cubierta de *Alto, moreno y exótico* reproducida hasta el más mínimo detalle. Todo el mundo lo señalaba, se reía y se preguntaba dónde me había metido.

En aquel momento la posibilidad de decirle que sí a Elisa se desvaneció en el aire.

—Gracias pero no, Elisa. El restaurante está cerrado para una fiesta privada.

Colgué sin darle tiempo a objetar y volví a la mesa. Miré a alrededor y me dije «Ni siquiera he tenido que mentir. Esta es la fiesta del año».

Agradecimientos*

Hay tres personas a las que quiero agradecer de forma especial su apoyo en el desarrollo de este proyecto:

La única agente literaria a la que vale la pena conocer, Marysue Rucci, maestra a la hora de decir de cien formas distintas, siempre con sutileza y elegancia: «Esto es una mierda».

David Rosenthal, mi editor, quien, gracias a su fichero giratorio Rolodex y a las cenas que organiza, consigue que no me quede en casa siete noches a la semana.

Deborah Schneider, mi fantástica representante. Se encarga de la logística de mi profesión, de modo que a mí me queda todo el tiempo del mundo para escribir obras cumbre de la literatura de nuestra época.

Muchísimas gracias también a Hanley Baxter, Aileen Boyle, Gretchen Braun, Britt Carlson, Jane Cha, Deborah Darrock, Nick Dewar, Lynne Drew, Wendy Finerman, Cathy Gleason, Tracey Guest, Maxine Hitchcock, Helen Johnstone, Juan Carlos Maciques, Diana Mackay, Victoria Meyer, Tara Parsons, Carolyn Reidy, Jack Romanos, Charles Salzberg, Vivienne Schuster, Jackie Seow, Peggy Siegal, Shari Smiley, Ludmilla Suvorova y Kyle White.

Y por supuesto un agradecimiento enorme a mis padres, Cheryl y Steve, y a mi hermana, Dana. Sin vuestra ayuda no habría sido capaz de escribir esta obra maestra.

* Aunque todos los que aparecen en este libro son personajes de ficción, el de Millington, el Yorkshire Terrier, está inspirado en Mitzy, el maltés.